leopoldstadt

Sabina Naber arbeitete nach ihrem Studium in Wien u. a. als Regisseurin, Journalistin und Drehbuchautorin. 2002 startete sie ihre schriftstellerische Laufbahn, mittlerweile sind zwölf Romane und unzählige Kurzgeschichten erschienen (Friedrich-Glauser-Preis 2007 und Nominierung für den Leo-Perutz-Preis 2013). Des Weiteren ist sie auch als Fotokünstlerin tätig.
www.sabinanaber.at

Dieses Buch ist ein Roman. Die Handlung ist frei erfunden, wenngleich ins historische Umfeld eingebettet. Manche Personen, Ereignisse und Orte sind historisch, andere nicht. Darüber hinaus sind Ähnlichkeiten mit lebenden oder toten Personen rein zufällig.

SABINA NABER

leopoldstadt

KRIMINALROMAN

emons:

Bibliografische Information der Deutschen Nationalbibliothek
Die Deutsche Nationalbibliothek verzeichnet diese Publikation in der Deutschen Nationalbibliografie; detaillierte bibliografische Daten sind im Internet über http://dnb.d-nb.de abrufbar.

MIX
Papier aus verantwortungsvollen Quellen
FSC® C083411

Umschlaggestaltung: Nina Schäfer unter Verwendung eines Bildes von Donald Jean/Arcangel.com
Gestaltung Innenteil: DÜDE Satz und Grafik, Odenthal
Lektorat: Carlos Westerkamp
Druck und Bindung: CPI – Clausen & Bosse, Leck
Printed in Germany 2021
ISBN 978-3-7408-1136-5
Originalausgabe

Dieser Roman wurde vermittelt durch die Literarische Agentur Kossack GbR.

Fünf Schatten
Sie schleichen in der Hitze der Nacht
Zwischen den Steinen der Vergangenheit
Zwischen den Löchern der Zukunft
Sie umkreisen einander
Suchen, hassen, brauchen einander
Verdammen die Ankunft
Des Einen in seiner lauten Eitelkeit
Mit Blut rekommandieren sie Macht
Die Ratten
Lachen.

14. August 1966, Sonntag

1

»Mein Kind, das is ein deppertes, in seinem Hirn, da scheppert es.« Alois ließ den Blick auf seinem Ältesten ruhen und nickte ein paarmal.

»Aber das kann doch …« Wilhelm Fodor verstummte, als die Hand seines besten Freundes in seine Richtung zuckte. Tja, selbst als Patenonkel sollte man sich nicht in Erziehungsfragen einmischen.

Er sah, wie Alois' Frau Adele die Augen verdrehte. »Einmal, nur einmal möchte ich einen ruhigen Nachmittag haben. Geht des net in eure Schädel?«

Ihre zwei Jüngeren verschanzten sich hinter Wilhelm, wobei sich Rosa auf die Picknickdecke kniete und den himmelblauen Rock über die Beine zog, ja, ihn sogar glatt strich. Und in diesem Moment wusste Wilhelm, dass sie ihren älteren Bruder wohl zum wilden Spiel angefeuert hatte, denn so brav tat sie nur, wenn sie etwas angestellt hatte. Für eine Achtjährige war sie ziemlich gerissen.

Gleichzeitig jammerte der kleine Karli einmal mehr, dass das Picknick fad sei und er endlich schwimmen gehen wolle.

Viktor senkte den Kopf. »Es tut mir leid, Vater.« Sein Arm fuhr zum See. »Aber ich könnt doch reinspringen«, er sah seinen Vater mit weit aufgerissenen Augen an, »nur ganz kurz könnt ich reinspringen und den Ball holen.« Er nestelte sofort am Gürtel, um sich die kurzen Hosen auszuziehen.

Wilhelm schaute zu dem entfleuchten Spielgerät. Es schaukelte ungefähr fünfzehn Meter vom Ufer entfernt auf den Wellen, aber Viktor schaffte das sicherlich ohne Mühe. Für seine zehn Jahre war er ein exzellenter Schwimmer, kein Wunder, hatte er die Sommer der letzten Jahre doch nahezu durchgehend an der Alten Donau verbracht.

»Sicher net, weil –«

»Weil da sind viel zu viele Schlingpflanzen und was weiß ich noch.« Adele stemmte die Hände in die Hüften und blitzte ihren Ältesten an. »Ja, wer net hört, muss fühlen. Jetzt musst dich entscheiden. Verwendest das Geld vom Zeitungsaustragen für einen neuen Fußball? Oder bleibst beim Sparen für die Fußballschuh?«

Viktors Lippen zitterten.

Am liebsten wäre Wilhelm aufgesprungen, hätte den Arm um ihn gelegt und ihm sowohl den Kauf eines neuen Balls als auch jenen der Schuhe versprochen. Der Bub brannte einfach für das Spiel, er wollte trainieren und trainieren, damit ihn der Sport-Club aufnahm. Doch Wilhelm hatte von Alois und Adele genaue Instruktionen erhalten: Gelegentlich Karten fürs Stadion waren in Ordnung, ab und zu eine Fahrt zu einem Auswärtsspiel war auch genehmigt und zu Weihnachten in vier Monaten der neue Trainingsanzug sowieso willkommen. Aber nichts dazwischen. Wilhelm wäre »alles dazwischen« wesentlich lieber gewesen als Stadionbesuche, denn ihn langweilten Fußballspiele, aber was tat man als Patenonkel nicht alles für seinen Schützling?

»Mutter! Vater! Nur ganz kurz! Ich bin auch gleich wieder heraußen!«

Alois deutete auf eine weiße Tafel mit schwarzer Schrift. »Was steht da? Da im Wienerwaldsee ist das Baden verboten, und da machen wir deinetwegen keine –«

»Ich geh ja net baden, ich spring nur kurz rein!«

»Das is Trinkwasser, da in dem See da. Willst vielleicht du umgekehrt das Lulu von anderen Leuten in deinem Wasser haben?«

Wilhelm presste die Lippen ganz fest zusammen. Denn natürlich war ein kurzer Sprung eines am sonntäglichen Morgen frisch gebadeten Buben bei dieser Menge an Wasser ganz egal. Aber es ging seinen Freunden ums Prinzip, das war ihm klar. Und diese Konsequenz machte ihm manchmal zu schaffen. Wenn er schon ausnahmsweise an einem Sonntag mit darauffolgendem Feiertag keinen unaufgeklärten Mord bearbeiten und auch keinen Bereitschaftsdienst schieben musste, dann wollte er sich entspannen und das Leben genießen, seine Lieben verwöhnen und keinesfalls Streit in der Luft liegen spüren. Schon gar nicht bei dieser Hitze, die seit ewigen Zeiten herrschte, da uferte ein kleiner Stunk gern gleich einmal zu etwas Größerem aus.

Viktor blickte nochmals zum Ball, dann erneut zu seinem Vater, schüttelte den Kopf und trabte zu einem ein paar Meter entfernt liegenden Felsbrocken. Er ließ sich nieder, stützte ein Bein auf und sah in die Ferne auf den verlorenen Freund. Die Nachmittagssonne machte Viktors Gestalt zum Schattenriss. Dahinter pulsierte der Wienerwald in Smaragd- und Tannengrün. Der Bub wirkte mit seinem kleinen Hut wie die jüngere Ausgabe von Luis Trenker, der sich in dieser Pose gern in seinen Bergfilmen präsentierte – der einsame, unverstandene Kämpfer, dessen Wille nie gebrochen werden kann.

Aus dem Kofferradio besang Caterina Valente den Platz, wo ihre Sonne schien. Es könnte so friedlich sein.

Alois widmete sich wieder der Salami auf seinem Holzbrett. Mit dem Taschenmesser schnitt er exakte Scheiben ab und reichte sie Wilhelm. »Und das ist auch für dich.« Grinsend trennte er das zweite Scherzl vom Brotlaib.

»Ich kann des net leiden«, fuhr Adele auf. »So trocknet's doch viel schneller aus.«

Alois lachte. »Aber geh, bei unserem gesunden Appetit is am Abend schon gar nix mehr davon da.«

»Ich hab keinen so gsunden Appetit«, schnappte sie zurück.

Alois packte sie um die Schultern und küsste sie grinsend auf den Mund. »Soll ich dir einen machen?« Er zwickte sie in die Seite.

Seine Frau quietschte auf und kuschelte den Kopf an sein Ohr. »Do net vor di Kinder, Loisl.«

Er küsste sie auf den Scheitel. »Vielleicht schicken wir sie alle drei schwimmen? Mit dem Willi?«

Rosa und Karl sprangen auf. »Los, wir gehen zum Vogel«, befahl Rosa ihrem Bruder. Hand in Hand stromerten sie zum Denkmal für einen einst in den See gestürzten Piloten.

Wilhelm schaute ihnen nach. Immer wieder verblüffte es ihn, wie viel Kinder mitbekamen, auch von Dingen, die sie so gar nichts angehen sollten, und ebenso, wie selbstverständlich sie damit umgingen. Er konnte sich bestens vorstellen, wie vor ein paar Jahren Viktor und Rosa bei ähnlichem Geturtel mit zielsicherer Intuition in den Hof spielen gegangen waren und so die Zeugung von Karl ermöglicht hatten. Bei seinen eigenen Eltern – Adoptiveltern – hatte er Derartiges nie üben müssen, denn die beiden waren die personifizierte katholische Sittsamkeit gewesen, hatten in seinem Beisein einander höchstens an der Hand gehalten, und das auch nur zu so besonderen Gelegenheiten wie einem gelungenen Weihnachtsfest. Und nach ihrem Tod war er schlagartig erwachsen geworden. Im Krieg und in der Gesellschaft eines polternden Schwerenöters wie seinem leiblichen Vater hatte es da nicht viel Spielraum gegeben. Im wahrsten Sinn des Wortes.

Er wandte sich zurück zu seinen Freunden und sah, wie Alois am Ohr von Adele knabberte – diese Vernarrtheit der beiden ineinander war für ihn nach so vielen Jahren Ehe ein Wunder. »Äh, ja, ich schau mir jetzt einmal die Brücke genauer an.« Er drehte sich demonstrativ Richtung Süden und fixierte die mächtigen Pfeiler des Talübergangs Wolfsgraben, wie das Teilstück der neuen Autobahn hieß. »Wir hätten das Picknick auf dem fertigen Abschnitt beim Auhof machen sollen. Hier sieht man nicht wirklich viel.«

Adele riss sich los und setzte sich gerade auf die Knie, wie zuvor ihre Tochter. Sie zupfte die toupierten Haare in Form. »Ja, das war lustig das letzte Mal. Aber ist die Brücke nicht beeindruckend? Wann ist die Eröffnung glei no amal?«

Alois legte sich auf den Rücken, mit den Armen unter dem Kopf, und blinzelte in den Himmel. »Irgendwann im Winter, sagen s'.«

»Hat ja nur gute zwanzig Jahr dauert. Aber jetzt is sie fertig, die Autobahn. Endlich.« Adele strahlte, als wäre dieser Umstand das derzeit Wichtigste in ihrem Leben. »Dann könn ma nach Salzburg brausen.«

»Mit unserem Auto net.«

»Geh, sei net so.« Sie schlug ihrem Mann auf den Fuß. »Wir sind vielleicht net so schnell wie der Jochen Rindt, aber wir brausen auch.«

»Und was tun ma dann in Salzburg? Dort kennen wir ja niemanden.« Er brummte nachdenklich. »Net amal einen Genossen kenn i von dort. Also besser, mein ich.«

»Du bist a Grantscherm«, befand Adele und schnappte sich ein Stück vom Marmorgugelhupf.

»Ganz fertig ist sie dann ja noch immer nicht.« Wilhelm belegte sich das Scherzl mit den Salamischeiben.

Alois stützte sich auf. »Geh, wirklich? Wieso net?«

»Weil's in Amstetten aus ist. Dort musst runter von der Autobahn, quer durch die Stadt, und dann wieder rauf auf die Autobahn.«

Alois schüttelte den Kopf. »Des san Hirnhappler. Irgendwelche Satelliten schießen s' zum Mond und sonst wohin, aber a Straßn, die ka Loch hat, kennan s' net baun.«

»Den Satelliten zum Mond haben ja auch die Russen baut.« Unverhohlener Stolz klang bei Adeles Bemerkung mit.

»Und den fürs Wetter die Amis. Und die waren vorher oben«, konterte Alois. Ihm war, wie auch Wilhelm, die unverbrüchliche Sympathie seiner Frau für die Sowjetunion nicht koscher. Zwar bekräftigte sie ein ums andere Mal, keine Kommunistin zu sein, aber sicher waren sich weder Alois noch Wilhelm.

Adele lächelte ihren Mann an. Der Vergleich mit einer Sphinx bot sich an. Er lächelte zurück. Wortloser Kampf.

Er legte sich wieder auf den Rücken. »Na, mir soll's recht sein, das mit der Luckn in der Straßn, mein ich. Ich muss net nach Salzburg. Aber deinen Lukaschek wird's freuen«, wandte er sich an Wilhelm. »Is der net aus Amstetten?«

Wilhelm lachte auf. »Man könnt fast meinen, die haben die Autobahn nur wegen ihm genau bis dorthin baut.« Sie lachten alle drei. »Aber eigentlich ist das für den Lukki wurscht, der fährt sowieso nicht schneller als ein Moperl. Nein, als ein Radl. Was gut ist, bei seiner unorthodoxen Bremserei.« Zu hoffen war nur, dass sein zweiter Assistent mit seinem Fahrstil auf der Autobahn weniger Menschen als auf der Bundesstraße gefährdete.

»Wenn ma vom Teufel redt.« Adele streckte den Arm Richtung Zufahrtsstraße. Ein Streifenwagen schlich heran. »Derf ma jetzt da auch scho nimma picknickn?«

Wilhelm flehte inständig, dass genau das der Grund für das Auftauchen seiner Kollegen sein möge – und nicht jener, den er vermutete, der es zugleich aber gar nicht sein konnte, denn niemand wusste, dass er hier am Wienerwaldsee picknickte.

Ein Spargel und ein Hamster schälten sich aus dem Wagen. Die beiden Streifenbeamten marschierten zielsicher zu ihnen, blieben in einem Respektabstand von zwei Metern stehen und salutierten – wie immer gab diese Geste Wilhelm einen Stich. Nach all den Jahren. Mittlerweile einundzwanzig. Verdammter Krieg.

»Chefinspektor Fodor?«, sprach der Spargel die gefürchtete Frage aus.

2

Die Zentrale habe sie genau zu jenem Platz geschickt, um den Herrn Chefinspektor quasi in den Dienst zu stellen. Mit allem gebotenen Respekt.

Mehr war den beiden Helden des Pflasters nicht zu entlocken. Seufzend unterwarf sich Wilhelm ihrem Drängen, ihn sofort und auf der Stelle zu einem Leichenfund zu bringen. Es konnte kein Scherz sein, weil ja niemand wusste, dass er im Wienerwald weilte, also auch und schon gar nicht die beiden. Doch irgendjemand musste hellseherische Fähigkeiten besitzen, wahrscheinlich war derjenige vor Ort. Und Wilhelm gedachte, ihn alsbald zur Schnecke zu machen. Es gab noch zwei weitere Ermittlungsgruppen, außerdem hatte er seine freien Tage wahrlich verdient gehabt. Und in der Eile hatte er sogar sein Salamibrot liegen gelassen. Jetzt knurrte sein Magen.

Als sie Auhof passierten und neben dem Wienfluss gegen die innere Stadt strebten, konnte er sich nicht mehr beherrschen und schnauzte: »Na, wo ist er denn, der Fundort? Brauch ma noch lange?« Verdammt, er wusste doch erst seit zwei Tagen, dass er mit Alois und dessen Familie einen Ausflug machen würde. Er hatte außer mit Elisabeth mit niemandem darüber gesprochen. Und von seiner Halbschwester wusste bei der Polizei niemand, wie von seiner ganzen adeligen Halbfamilie nicht, also konnte sie auch niemand kontaktiert haben.

»Es ist nicht mehr weit. Nur bis nach Schönbrunn.« Der Spargel.

»Tja, exakt bis zur Kaiser-Franz-Josef-Brücke.« Der Hamster.

»Exakt«, der Spargel betonte das Wort, »bis zur Hietzinger«, neuerliche Betonung, »Brücke. Kaiser gibt's kan mehr.«

»Ganz exakt«, hörte sich Wilhelm schon wieder schnauzen, »bis zur Kennedybrücke.«

Der Spargel starrte ihn an.

»Na, noch nicht mitkriegt? Der amerikanische Präsident, der ermordet worden ist? Ihm zu Ehren Umbenennung?« Wilhelm hasste seinen keifenden Ton, aber er war einfach stinksauer. Und es war ihm wurscht, dass die beiden nichts für seinen verpatzten Tag konnten. Er wandte sich demonstrativ zum Fenster.

Die gutbürgerlichen Vorstadthäuser von Hietzing glitten an ihnen vorüber. Da, ja, da hinter diesem Holzzaun, zwei Gassen weiter, da war ein gutes Wirtshaus! Er kannte es von einem Rendezvous mit der Tochter des Schneiders zwei Häuserblöcke von seiner Wohnung entfernt. Sie hatte es ihrerseits durch ein Rendezvous mit einem Angestellten der Bundesgärten entdeckt, wie sich nach vier Achterln herausgestellt hatte. Das Beuschel war wunderbar gewesen, die Art der jungen Frau, wie ein Schwein beim Lachen zu grunzen, weniger. Und obwohl sie ihm eindeutige Avancen zu mehr gemacht hatte, war er der perfekte Gentleman geblieben – immer im Kopf die Vision, dass sie vielleicht in intimeren Momenten ebenso grunzte. Er hatte ewig nicht mehr an dieses Wirtshaus mit dem wunderbaren, von Kastanien, Linden und Weiden beschatteten Gastgarten gedacht, durch den ein kleiner Bach quer hindurchlief. Das wäre ein Lokal, in das er Elisabeth einmal entführen konnte. Sie liebte derart verträumte Flecken.

Es warf ihn gegen die Scheibe, und für einen Moment meinte er, am Steuer säße sein erster Assistent Fischer, der einer etwas rasanteren Fahrweise als Lukaschek frönte. Doch es war natürlich nur der Spargel, der zur Stadtbahnstation abbog. Hier begann der abgesperrte Bereich, der bereits trotz der Hitze dicht von Schaulustigen umsäumt war. Ein Streifenbeamter hob das Band, und sie rollten in den kleinen, mit Einsatzwagen überfüllten Park neben dem Wienfluss. Mitten im Getümmel stand der weiße Opel von Engelbert Waller, dem Gerichtsmediziner. Und Engelbert, ja, sein Engelbert, mit dem ihn als Einzigen in seinem beruflichen Umfeld so etwas Ähnliches wie Freundschaft verband, der wusste von Elisabeth. Er wusste nicht nur von ihrer Existenz an sich, sondern auch ihren Nachnamen und in etwa ihren Wohnort. Oft genug hatten sie über Wilhelms Problem, sich gegenüber den Kollegen nicht als illegitimer Sprössling eines Adeligen erkennen geben zu wollen, diskutiert. Keine Hellseherei. Hinterlist. Pure Hinterlist.

Wilhelm sprang aus dem Auto, hörte noch so etwas wie »Hier wären wir, Herr …«, beschloss im Bruchteil einer Sekunde, seinen beiden Chauffeuren demnächst etwas Gutes zu tun, um sich für sein ruppiges Benehmen zu entschuldigen, vergaß es im nächsten Moment wieder, als er erkannte, wohin ihn ein Kollege winkte: zu einer Strickleiter. Wilhelm beugte sich über das Geländer und begutachtete die hohen Wände, die den Fluss umgaben. Es war tatsächlich nirgends eine Stiege zu sehen. Im Dunkel unter der Brücke erkannte er eine halb sitzende, halb liegende und eine vor dieser hockende Gestalt. Ein Streifenbeamter stand etwas abseits. Das war ein ungewohnter Anblick, so ein einzelner Pflasterhirsch und kein Absperrungsband direkt beim Leichnam. Aber eine Sicherung war dort unten wirklich nicht vonnöten. Der Anblick war außerdem irgendwie nicht stimmig. Hm, der Kollege, die Leiche, Waller … Der Grant flammte erneut ihn ihm auf. Wilhelm schwang sich über das

Geländer, kletterte hinunter – und merkte, wie seine Wut schlagartig verrauchte, als er Waller mit Dackelblick auf sich zueilen sah.

»Tut mir leid, Fodor, ich weiß, wie wichtig dir deine Patenkinder sind, aber es ging einfach nicht anders. Die Partie vom Kummer ist schon bei einem anderen Mord, haben wir ein paar Stunden vorher reinbekommen. Eine hat einen Hitzekoller kriegt und ihren Holden erschossen. Und der Prikobil hat auf dem Weg hierher mit seinen Leuten gemeint, sie sind stärker als eine Bim.« Er hob die Handflächen. »Keine Sorge, sie haben's überlebt, ziemlich gut sogar, aber ein paar Tage müssen sie schon im Spital bleiben, da geht eben nichts mit Ermitteln.«

Wilhelm erkannte in den Augen seines Freundes, dass es ihm wirklich leidtat. Und bei dieser unglücklichen Verquickung der Umstände konnte man eben nichts machen.

»Den Fischer hat euer Chef bei seiner Tochter erwischt, der Lukaschek war sowieso wie immer in seinem Schrebergarten. Die beiden müssten auch gleich da sein.«

Gut, bald waren sie also komplett. Er musste sich jetzt beruhigen, den Kopf für die Arbeit freibekommen. Er zündete sich eine Zigarette an und inhalierte tief.

Waller stellte sich neben ihn. »Wär's dir lieber, ich hätte nichts von deinem Ausflug gewusst und der Chef persönlich hätte die Sache übernommen?«

Wilhelm musste lächeln. Die Aussicht, Franz Wiesinger könnte sich wieder einmal mit den Niederungen des alltäglichen Geschäfts abmühen müssen, hatte etwas Reizvolles, aber auch Erschreckendes an sich, weil man dann sicher doppelt und dreifach nacharbeiten musste. Der Gute war einfach schon zu lange von der Front weg. »Wir sollten endlich der Barth die Befugnisse geben. Für Notfälle zumindest.«

»Ja, ich weiß wie du, dass die Klara das kann. Sie ist mit randalierenden Jugendlichen und vergewaltigten Frauen definitiv unterfordert. Aber mit deinem Wunsch musst du zum Hetzenauer gehen. Oder besser noch gleich zum Klaus.«

»Und der liebe Herr Innenminister und der liebe Herr Bundeskanzler sind so konservativ, dass sie mich bei dieser Frage anschauen werden, als würde ich verlangen, einer Spinne das Wahlrecht zu verleihen.« Wilhelm bot Waller eine Zigarette an.

Der nahm sie und ließ sich Feuer geben. Sie sinnierten den Wienfluss an, der aufgrund des mangelnden Niederschlags in letzter Zeit ein trauriges Rinnsal war.

Der Gerichtsmediziner lachte auf. »Dabei hat sich der Klaus jetzt mit der Rehor schon eine Laus in den Pelz gesetzt.«

»Ja, die erste Frau Minister. Schlagen wir ein Kreuz.« Wilhelm tat es mit großer Geste. »Aber für was ist sie zuständig? Für Soziales. Frauen können eben nur das.«

»Du hörst dich wie eine Frauenrechtlerin an.«

Wilhelm zuckte mit den Schultern.

»Wohl die Stimme deiner Halbschwester«, mutmaßte Waller. »Elisabeth lässt dich übrigens lieb grüßen. Und sie entschuldigt sich, dass sie dir in den Rücken gefallen ist.«

»Davon hab ich was«, knurrte Wilhelm. »Apropos: Was haben wir da eigentlich?«

Waller schlenderte Richtung Leiche. »Also, ich möchte einmal sagen, etwas nicht ganz Alltägliches.«

Wilhelm folgte ihm. Er sah einen Mann von etwa Anfang vierzig, aber sehr jung wirkend, bekleidet mit Jeanshosen, einem ehemals weißen Hemd mit aufgekrempelten Ärmeln, dessen Knöpfe zur Hälfte abgerissen waren, und Soldatenstiefeln, am Armgelenk leuchtete eine goldene Uhr. Mit den Schultern war er an einen größeren Stein gelehnt, wodurch er wirkte, als betrachte er den Fluss. Die Haut auf Armen und Brust wies Schürfwunden und blaue Flecken auf.

»Des is ja a Neger.«

Wilhelm wirbelte es zur Stimme herum. »Fischer! Auch schon da?«

»Entführt.«

»Simma alle.« Wilhelm deutete zum Park hinauf. Da klammerte sich Lukaschek gerade an ein Packerl in seinen Armen und starrte in die Tiefe. Wilhelm ging ein paar Schritte in seine Richtung und winkte ihm, doch sein zweiter Assistent bemerkte ihn nicht. Natürlich hatte er mit seinen über hundert Kilo Angst, die Strickleiter hinunterzuklettern. Er war definitiv nicht der Sportlichste. Jetzt schüttelte er den Kopf, und zwar wie ein trotziges Kind.

»Geh, Fischer, hilf ihm.«

»Was soll ich ihm da helfen?«, maulte sein erster Assistent.

Wilhelm zuckte nur mit dem Kinn.

Fischer trabte zur Strickleiter und rief Lukaschek etwas zu, der zeigte ihm den Vogel, Fischer rief, Lukaschek verschwand, kehrte ohne Packerl zurück, schwang ein Bein über das Geländer, verharrte. Fischer rief, Lukaschek schüttelte erneut den Kopf und umklammerte das Eisen, Fischer kletterte hinauf.

Wilhelm und Waller traten zeitgleich ihre Zigaretten aus, zündeten sich neue an und widmeten sich wieder dem Schauspiel.

»Du, der Fischer …«, meinte Waller.

»Ja, ich weiß.«

Inzwischen hantelten sich die beiden, Fischer voran, Lukaschek hintennach, Sprosse um Sprosse nach unten.

»Willst ihn nicht vielleicht …?«, regte Waller an.

»Nein, er ist ein guter Kieberer. Ich brauch ihn. Wir werden das schon irgendwie –«

»Irgendwie? Na, schauen wir einmal, was wir irgendwie –«

»Ich hab's nicht so mit der Höhe«, unterbrach sie Lukaschek, der sich ihnen mit gesenktem Kopf näherte.

»Schoitl.« Fischer stippte einen Stein ins Wasser.

Lukaschek holte tief Luft, dann strahlte er Wilhelm an. »Was für a Glück, dass mir an Mord haben. Die Geli-Tant ist bei uns überraschend aufgetaucht. Und ich sag euch, die redt und redt, des is net zum Aushalten.«

»Na, bestens, dann sind wir komplett.« Wilhelm nahm einen weiteren tiefen Zug von der Zigarette. »Also, wir haben da einen –«

»Neger«, unterbrach ihn Fischer. »Seit wann haben wir da Bimbos in Wien?«

»Spätestens seit der Besatzung?«, fragte Waller in unschuldigstem Ton.

Er startete also bereits mit dem »Irgendwie«, der gute Waller.

»Die ist seit elf Jahren vorbei«, blaffte Fischer.

»Echt, einen Murl?« Lukaschek strahlte. »So einen wie den Harry Belafonte?«

Und Wilhelm schoss der Moment am See in den Sinn, als er beim Lauschen von Valentes »Wo meine Sonne scheint« sich nichts sehnlicher als Harmonie gewünscht hatte. Jetzt kam Lukaschek mit dem Sänger des Originalliedes daher, und Fischer würde gleich ...

»Ja, so an Affen«, kam es auch prompt von seinem ersten Assistenten.

»Fischer, beherrsch dich.« »Irgendwie« war eindeutig zu wenig.

»Ma wird ja no sagen dürfen, dass ma solchane da net brauchen, oder?«, brauste der auf.

»Lieber Herr Fischer, was haben Sie eigentlich gegen Schwarze?« Waller lächelte ihn an, was mehr einem Zähnefletschen glich – was wiederum kein Wunder war, denn als anerkannter Professor hatte er auf Universitäten und in Instituten überall auf der Welt Freunde, darunter auch Aktivisten dieser Black-Power-Bewegung in Amerika, weshalb er auch konsequent den höchst ungebräuchlichen Begriff »Schwarze« verwendete, was Wilhelm jedes Mal irritierte. Jedenfalls konnte Waller plumpe Vorurteile, seien sie auch noch so unschuldig dahingeredet, um die Burg nicht ausstehen. Das hatte auch schon Wilhelm am eigenen Leibe spüren müssen.

Fischers Nasenlöcher zuckten. »Des san Viecher. Weiß man doch. Nix im Hirn, aber nur eini, eini, eini.«

Wilhelm ballte die Hände, verbrannte sich bei seiner Zigarette, die er vergessen hatte.

»Was meinen Sie mit ›eini, eini, eini‹?« Waller blieb gefährlich freundlich, während er die Tschick austrat.

Fischer stellte sich ganz knapp vor Waller hin. »Sie wollen's wissen, ja? Sie wollen, dass ich sag, was Sie si net traun? Ja? Na, die vögeln unsere Frauen, und dann is a Pamperletsch nach dem andern da. Der nirgends hingehört. Weder da her no dort hin.

Des man i. Und was mach ma dann mit die armen Bauxerln? Wir stecken s' in ein Heim. Weil die Rattler so was wie Verantwortung net kennan. Weil s' Viecher san. Nichts anderes.«

Wilhelm hörte einerseits: Die vögeln mit ihrem langen, dicken Schwengel unsere Frauen, was wir nicht können. Er hörte aber auch, dass sich Fischer wirklich Sorgen um die Nachkommen machte. Warum nur um sie? Und warum nicht auch um die Nachkommen der weißen Besatzungssoldaten? Um die Früchte russischer Vergewaltigungen? Genau diese Frage stellte er ihm.

»Weil die net so auffalln. Die haben's net so schwer. Aber die anderen ... Die Uschi ... Also mit meiner Kleinen in der Klasse ist die Johanna, ein blitzgscheites Mädel. Aber keiner redt mit ihr, net einmal die Professoren. Bloß, weil s' dunkel is.«

Wilhelm sah ihn nur an, eine Antwort brachte er nicht zustande. Fischer war Rassist und Menschenrechtler zugleich, dieser Spagat wollte nicht in Wilhelms Hirn. Und den anderen schien es genauso zu gehen, denn sie starrten Fischer ebenso an wie er.

Der wandte sich ab und zündete sich eine Zigarette an.

Wilhelm fuhr sich mit den Händen übers Gesicht. Er musste nicht alles verstehen. Jetzt hatten sie sich einmal vorrangig um einen Ermordeten zu kümmern – wobei die Tatsache, dass der ein Farbiger war, ihm nicht unwesentlich schien. Denn natürlich war die Besatzungszeit lang genug vorbei, insofern hatte Fischer rein prinzipiell recht, Dunkelhäutige sah man seitdem eher selten. Und insofern brachte dieser Mord sicherlich nicht nur den journalistischen Blätterwald zum Rauschen, sondern ließ auch andere Rassisten aus ihren Löchern kriechen. Er musste sich zumindest bei seinem Team sicher sein, dass sich keiner im Ton vergriff. Doch wie sollte man einen, der von Menschen mit dunklerer Hautfarbe, wenn sie nicht gerade Kinder waren, nur als »Viecher« sprach, zu einer etwas objektiveren Einstellung führen?

Er grinste seinen ersten Assistenten an. »Es gibt auch andere, lieber Fischer, als deine verantwortungslosen Väter, zum Beispiel

Frauen. Oder warst du nie in der Volksoper? Hast dir gar nicht ›Porgy and Bess‹ angeschaut? Von dem gerade alle reden? Das ist absolute Pflicht.« So hatte Elisabeth argumentiert, als sie ihn in das Musical geschleppt und ihm damit ein unvergleichliches Erlebnis beschert hatte.

»Nein, was soll ich dort?«, keifte Fischer zurück.

»Ja, weil es eben eine Pflicht ist, ich war auch dort. Und ich kann Ihnen sagen, Fischer, da singt eine Göttin«, brachte sich Waller nun wieder ein, »Olive Moorefield.«

»Oder die beim Grand Prix Eurovision, diese …« Wilhelm rang nach dem Namen. Besonders beeindruckend war die junge Dame nicht gewesen, und der Sieg von Udo Jürgens hatte dann sowieso alles überstrahlt. »Aus Holland. Hat was Mexikanisches gesungen.«

»Milly Scott«, sprang Lukaschek bei.

»Du hast dir das gemerkt?« Wilhelm war ehrlich erstaunt.

»Die Anneliese fragt unsere Kinder regelmäßig die Namen von di Teilnehmer ab.« Er seufzte. »Is so a Steckenpferd von ihr, der Chanson-Preis.«

»Milly Scott«, wiederholte Wilhelm und sah seinen ersten Assistenten herausfordernd an.

Fischer brummte und stapfte zur Leiche. Sie folgten ihm.

»Weißt, Fischer, du solltest überhaupt den Mund halten«, forderte Lukaschek in scharfem Ton. »Du als Fan.«

»Als Fan von was?«

»Kicken, du Schoitl. Weil, was ist mit dem Köglberger, ha?«

Wilhelm schaute zu Waller, der zuckte mit einem Fragezeichen im Gesicht die Schultern.

»Des is es ja genau«, brauste Fischer auf. »Der is so a Pamperletsch. Der Vater hat si gschlichn. Die Oma hat ihn großziehen müssen.«

»Und letzte Saison is er mit dem LASK Meister wordn«, setzte Lukaschek befriedigt den Punkt.

»Zufall.« Fischer wandte sich ab.

Die Diskussion schien für ihn beendet – durch ein Fußballargument. Nun denn, Hauptsache, sie war beendet.

»Meine Herren, können wir uns jetzt vielleicht auf den Ermordeten konzentrieren?«, bat Wilhelm und deutete auf die Leiche.

Fischer hockte sich vor den toten Mann und beäugte ihn. »Ich will dem Herrn Doktor ja nicht vorgreifen, aber ich würde sagen, dass der da vor seinem Tod ordentlich hergnommen worden is, und dann …« Er stand auf und begutachtete ausführlich die Umgebung. »Und dann übers Geländer befördert worden. Weil man die Leiche da vorne aber zu schnell entdeckt hätte, hat man sie hier unter die Brücke geschleift. Ja, ich glaub, das waren mindestens zwei Täter.«

»Ich werde Sie zu meinem Assistenten ernennen, lieber Herr Fischer«, säuselte Waller. »Besser hätte ich es nicht zusammenfassen können.«

Lukaschek schnaufte ebenfalls zustimmend, und auch Wilhelm nickte. So könnte es gewesen sein. Ziemlich wahrscheinlich sogar. Doch irgendetwas stimmte nicht. Der Misston, der beim ersten Anblick des Auffindungsortes zu summen begonnen hatte, tat das noch immer.

Lukaschek deutete auf den verdrehten Hintern. »Hamma eigentlich an Ausweis gfunden? Oder a Geldbörsel?«

Waller schüttelte den Kopf.

Lukaschek sah Wilhelm fragend an.

»Ja, sag dem Reiser nachher, dass er und seine Leute da fünfhundert Meter rauf und runter suchen sollen.«

»Rauf?«, fragte Fischer.

»Ja, sicher ist sicher. Weil es könnte ja, was weiß ich, ein Hund vielleicht, beim Gassigehen die Sachen …«

Wilhelms Blick flatterte über das Gelände neben dem Rinnsal des Wienflusses. Es war wenig einladend. Er zückte sein Taschentuch und wischte sich den Nacken trocken. »Sicher ist sicher.« Er wandte sich an den Streifenpolizisten, der die ganze Zeit wie ein Zinnsoldat neben ihnen geschwiegen hatte. »Wer hat ihn eigentlich entdeckt? Und wann genau?«

»Ein anonymer Anruf heute Mittag, Herr Chefinspektor, von der Telefonzelle vorn am Hietzinger Platzl. Die Zentrale hat unsere Wache informiert, und dann sind mein Kollege Steiner und ich hierher und –«

»Mann oder Frau?«

Der Polizist zuckte mit den Schultern. »Das haben wir nicht gefragt, Chefinspektor Fodor, es tut mir sehr leid. Ich werde sofort –«

»Nein, passt schon, das machen wir selbst. Und wie lange ist er schon tot, Waller?«

Der Gerichtsmediziner wiegte den Kopf. »Er ist kalt. Und er ist noch nicht wieder schlaff, Rigor mortis in allen Bereichen, das deutet auf acht bis sechsunddreißig Stunden hin. Aber für etwas Exaktes muss ich ihn mir genau anschauen, die Hitze einberechnen – na ja, du weißt eh.«

»Also heut oder gestern in der Nacht«, meinte Lukaschek, »wenn wir davon ausgehen, dass niemand a Leich mitten am helllichten Tag über die Brücken wirft.«

Wilhelm trat unter der Brücke hervor und betrachtete die hohe Einmauerung des Flusses. »Mit dem richtigen Hebel verschwindet schnell was über ein Geländer. Und hier herunten ...« Er seufzte. »Wenn nicht zufällig jemand mit dem Hund raus ist oder seine Schlaflosigkeit mit einem Nachtspaziergang bekämpft hat, wird's schwierig mit Zeugen.«

Waller brummte zustimmend. »Jugendliche Nachtschwärmer so wie in der Innenstadt treiben sich hier auch kaum herum. Bonne chance, kann ich da nur sagen. Ich werde mich jetzt auf die Socken machen.« Er winkte ihnen zu und marschierte zur Mauer. Der Wachhabende am Geländer ließ ein Seil herunter, an dem Waller seine Ärztetasche befestigte. In derselben Geschwindigkeit, wie sie hochgezogen wurde, kletterte er die Strickleiter hinauf.

»Aber der Kollege«, Wilhelm betrachtete die Brustklappe des Streifenbeamten, »Sattler wird trotzdem die Häuser der Umgebung abklappern. Schwärmt gleich zu sechst aus, dann geht's schneller. Also gestern und vorgestern Nacht, verstanden?«

Der Mann salutierte.

Fischer ging zur Leiche zurück, sie folgten ihm. »Sollen

wir nicht lieber einen Aufruf im Radio machen lassen? Der ist doch ... nicht unauffällig. Den kennt sicher wer. Und wenn wir wissen, wann er zum letzten Mal gesehen worden ist, tun wir uns auch schon leichter.«

»Gute Idee.« Wilhelm klopfte ihm auf die Schulter.

Lukaschek ging in die Hocke und betrachtete den Toten von Kopf bis Fuß. »Oder wir werden die Sache einfach los.«

»Was meinst?« Fischer hockte sich zu ihm.

Lukaschek deutete auf die Schuhe.

Wilhelm durchfuhr es heiß. Die Stiefel waren ihm doch sofort aufgefallen, aber mit der anstrengenden Schulstunde in Sachen Vorurteile für Fischer hatte er sie völlig vergessen. »Natürlich! Das sind Stiefel, wie sie GIs tragen.« Er hockte sich zu seinen Assistenten. »Das Wachpersonal von den Amis sind doch Soldaten.«

»Wir informieren die Botschaft ...«, fuhr Lukaschek fort.

»Und die übernimmt den Fall«, schloss Fischer.

Sie grinsten einander an.

3

»Was schenkst du mir denn da?«, säuselte Lukaschek. »Das ist aber ein schöner Kieselstein.«

Kinderlachen drang an Wilhelms Ohr. In der nächsten Sekunde trappelten schnelle Schritte über Schotter, sie entfernten sich.

Wilhelm war froh, dass das Kind weg war, er hatte jetzt wirklich keine Nerven für Geschrei und vielleicht auch noch Aufforderungen zum Spiel. Er konzentrierte sich wieder auf die hellen Flecken, die das Sonnenlicht auf seine Lider zauberte, und schmeckte der Bitterkeit des mittlerweile dritten kleinen Schwarzen nach. Jeden Moment musste der Ober ihn zum Telefon holen, jeden Moment, das konnte gar nicht anders sein.

»Die genießen den Sonntag, und wir sitzen da blöd herum«, grantelte Fischer.

»Nein, die Botschaft ist immer besetzt, und die von der Army sind sicher auch jederzeit startklar«, brummte Wilhelm zurück.

»Vielleicht is es ja net nur wegen dem Sonntag, sondern weil morgen auch noch Maria Himmelfahrt ist?«

»Geh, das Militär ist doch immer einsatzbereit. Und außerdem – sind die überhaupt so katholisch wie wir da?«

»Warum sollen s' das nicht sein?«, fragte Lukaschek.

»Na, mir kommt's so vor, als hätte ich da bei der Wahl vom Kennedy gelesen, dass er als Katholik im höchsten Amt was Besonderes ist. Weil die meisten eben irgendwelche anderen Christen sind.«

»Ungläubige. Noch besser«, maulte Fischer. »Also noch einmal: Warum brauchen die dann so lang?«

»Weil s' die Leich vielleicht genauso wenig wolln wie mia«, erklärte Lukaschek in heiterem Ton.

In einem für Wilhelm entschieden etwas zu heiteren. Er schlug die Augen auf, blinzelte in den sonnendurchbrochenen Schatten des Ahorns über ihm, merkte, dass er in eine fast liegende Position gerutscht war, und setzte sich aufrecht hin. Ein Chefinspektor durfte sich nicht so gehen lassen, obwohl es Sonntag war und trotz Hitze mit dreißig Grad. Er blickte sich um. Der Gastgarten vom Dommayer war nach wie vor nur spärlich besetzt. Die meisten Menschen hatten sich wohl ins Grüne geflüchtet – wie er ursprünglich ja auch.

Er sah seine Assistenten an. »Na ja, es wird eben dauern, bis der Diensthabende den Chef erreicht, und dann muss der Wiesinger erst die richtige Ansprechperson bei denen finden. Die werden sicher gleich auftauchen. Ihr wisst doch, wie heikel die sind, wenn's um einen ihrer Leute geht.«

Fischer lachte trocken auf. »Fodor, lass es. Wir waren halt naiv, wie wir glaubt haben, dass ma in zwei Stunden schon wieder am Wasser liegen und an Gspritztn trinken.«

Von links kam ein Blitz in Weiß und Dunkelblau, er jagte Lukaschek direkt in die Arme. Der lachte auf. »Na, jetzt hast mi aber erschreckt, Klaner!« Er griff sich theatralisch ans Herz. »Des derfst mit an alten Mann net machen.«

Der vielleicht dreijährige, etwas dickliche Bub lachte, zog den Mund mit den Fingern auseinander und riss die Augen auf. Dabei heulte er wie ein Gespenst. Lukaschek äffte ihn nach. Der Kleine bewegte die Arme wie ein Greifvogel und jaulte einer Sirene gleich. Lukaschek imitierte auch das. Sie lachten.

Lukaschek zog den Buben auf seinen Schoß und bot ihm sein Glas an. »Magst an Orangensaft?«

»Ja, bitte.« Der Bub nickte und griff mit beiden Händen nach dem Glas. Er hatte den Zug eines ausgewachsenen Biertrinkers.

»Geh, Lukki, du kannst da do net einfach fremde Kinder verhaften«, meinte Fischer.

»Wer da wen verhaftet hat. Sag, wer bist du denn? Wem gehörst du denn?« Bei den letzten Worten sah sich Lukaschek um.

Wilhelm tat es ihm gleich. Doch da saßen nur zwei junge Frauen, die ins Gespräch vertieft waren und bei denen sich keinerlei Indizien für ein Kind wie ein Tretroller oder ein Teddybär befanden, sowie ein Ehepaar, das schweigend gemeinsam eine Portion Heiße Liebe löffelte, und zwei alte Herren. Im Eingang zum Saal war der Schattenriss eines schmalen, kleinen Mannes erkennbar, in Anzug und mit, dem Umriss nach zu schließen, einem Borsalino, der rauchend in den Garten blickte und sich nicht regte. Er schauderte wohl vor der Hitze und mochte zugleich die Stickigkeit des Innenraums genauso wenig. Wilhelm verstand seine Unentschlossenheit nur allzu gut.

Der Kleine drehte sich auf Lukascheks Schoß so, dass er ihm ins Gesicht blicken konnte. »Mein Papa ist ein König.« Er nickte mit großem dunklem Blick. »Er hat eine Armee mit lauter Skeletten. Und meine Mama spielt Musik, zu der sie dann marschieren.«

»Thomas! Ja, was machst du denn?« Eine Frau Mitte zwanzig steuerte auf sie zu. »Bitte, entschuldigen Sie! Das macht er sonst nie. Er ist eigentlich mehr der Schüchterne.«

Wilhelm betrachtete die dickliche Mitte bei dem kleinen Thomas, dann jene bei Lukaschek. Vielleicht galt hier der Spruch »Gleich und Gleich gesellt sich gern«?

Lukaschek stellte Klein-Thomas auf den Boden und absolvierte einen Diener. »Gestatten, Gruppeninspektor Lukaschek. Ihr Sohn war bei uns in besten Händen, gnädige Frau.«

Sie streckte ihm die Hand entgegen. »Hodina, sehr erfreut, und vielen Dank, dass Sie auf ihn aufgepasst haben. Wie gesagt, das macht er sonst nie.«

Wilhelm stand auf und nickte Fischer zu. Sie zogen ihre Sakkos an.

Lukaschek wuschelte dem Buben durch die Haare. »Schüchtern? Du? Also ich glaub ja, dass du einen Turboantrieb hast, so, wie du herumsaust und Faxen machst. Du bist mehr so ein Turbo-Tom.« Er lachte dröhnend.

Der Kleine strahlte ihn an.

Wilhelm stellte sich nun seinerseits vor, ebenso wie Fischer. Man wechselte Floskeln über die Hitze, über Kinder mit viel Phantasie, über den Gastgarten, und währenddessen bemerkte Wilhelm, dass der Mann im Eingang zum Saal sie beobachtete. Als dieser Wilhelms Blick gewahr wurde, verschwand er im Dunkel des Innenraums, noch immer oder schon wieder rauchend. Sein Gang war eigenartig, ohne dass Wilhelm seine Irritation festmachen konnte, und sein Verhalten erst recht. Vielleicht irgendein Bekannter, mit dem er Brösel hatte? Wilhelm durchforstete sein Gehirn nach jüngsten Querelen, ging biergeschwängerte Diskussionen in seinem Stammwirtshaus durch, die Betreiber von Geschäften in seinem Grätzl, aber es wollte ihm partout nichts Passendes einfallen. Vielleicht handelte es sich bei diesem Mann um einen ehemaligen Kunden, den er eingebuchtet hatte und der ihm noch immer böse war. Nein, dem widersprach der Anzug. Egal.

Man verabschiedete sich. Kurz vor dem Saal drehte sich der kleine Turbo-Tom noch einmal um und winkte. Wilhelm merkte, dass er lächelte. Der Bub gefiel ihm. Hoffentlich machte er etwas aus seiner Begabung zu phantasievollen Geschichten.

Sie setzten sich synchron und nahmen ebenso wieder ihre Dämmerpositionen ein.

»Na, wenigstens war des a Abwechslung«, meinte Fischer.

»Schau«, fühlte sich Wilhelm bemüßigt, seine Burschen aufzumuntern, »die Spurensicherer und die anderen Kollegen müssen am Fluss ausharren. Da haben wir's doch viel besser.«

»Ja, eh.«

Schweigen.

»Fischer, du bist einfach a Grantler«, meinte Lukaschek.

»Nur wenn ma fad is«, grantelte der zurück.

Schweigen.

»Wissts, was ma komisch vorkommt?«, fragte Fischer.

Fragendes Schweigen.

»Is euch aufgfalln, dass da weit und breit ka Stiegn zum Fluss runter is bei der Kennedybrückn?«

Lukaschek schnaufte. »Und ob!«

»Eben.«

»Was willst damit sagen, Fischer?«

In Wilhelms Hirn wurde es sonnenhell. Er setzte sich aufrecht hin. »Das ist es, Fischer, das ist es!«

»Was?« Lukaschek wuzelte sich ebenfalls in eine offizielle Haltung.

»Na, mir ist die ganze Zeit auch was komisch vorkommen. Und das ist es!«

»Was?«, wiederholte Lukaschek.

»Dass der Mörder – oder die Mörder, ja, gehen wir besser von mehreren aus«, warf Fischer in einem leicht gelangweilten Ton ein, »also, dass die das Opfer entweder irgendwo anders, wo eine Stiege is, in das Bett reingeworfen haben ...«

»Und die Leiche dann mühsam bis zur Kennedybrücke geschleppt haben«, ergänzte Wilhelm.

»Oder dass sie den Mann sehr wohl von unserer Brücke runtergeworfen haben, dann zur nächsten Stiege grennt sind, von dort dann wieder zur Brücke glatscht sind ...«

»Um die Leiche so wunderbar an einer Stelle unter der Brücke zu drapieren, wo sie auf keinen Fall an- oder weggeschwemmt hat werden können. Als hätten sie wollen, dass er net gefunden wird und zugleich, dass er es schon wird.«

Schweigen.

»Es passt also alles von vurn bis hinten net zsamm«, fasste Lukaschek zusammen.

»Es könnt natürlich sein, dass sie auch Strickleitern verwendet haben«, gab Fischer zu bedenken.

»Könnte sein«, stimmte ihm Wilhelm zu.

»Könnt i, war i, larifari«, beendete Lukaschek die Überlegungen.

»Chiefinspector Fodor?«

Wilhelm wandte sich der sonoren Stimme zu und sah sich einem US-Soldaten Anfang fünfzig gegenüber. Er stand auf und streckte die Hand zur Begrüßung aus. »Jawohl, Chefinspektor Fodor. Und ich nehme an, Sie sind …?«

»Colonel Rosenblum. Sehr erfreut.«

Der Mann packte seine Hand derart fest, dass Wilhelm einen Schmerzenslaut unterdrücken musste. Und während seine Assistenten den eisernen Griff durchlitten, versuchte sich Wilhelm zu erinnern, wie wichtig ein Colonel war: oberer Dienstgrad, oft für Sondereinsätze in Gebrauch.

Wilhelm zückte sein Geldbörsel und legte dreißig Schilling auf den Tisch. »Na fein, dann können wir jetzt die Übergabe des Leichnams –«

»Stopp, Mister Fodor, nicht so schnell.« Der Akzent des Mannes war nicht so richtig amerikanisch. Er klang etwas bemüht. Rosenblum war wahrscheinlich ein Emigrant, auch der Name deutete in diese Richtung.

Fischer entschlüpfte ein »Geh, net!«.

Wilhelm blitzte ihn an und wandte sich dann an Rosenblum. »Wieso? Gibt's Probleme?«

Rosenblum deutete ihnen, sich wieder zu setzen, was sie brav taten, und nahm sich einen Sessel vom Nebentisch. Er überschlug die Beine und lächelte sie an. »Probleme? Nein. Der Tote geht uns nur nichts an.«

»Des is a Neger«, entfuhr es Fischer.

»Richtig, Mister Fischer.« Rosenblum nickte. »But not every black man is an American.«

»Er hat eure Stiefel an!«, fauchte Fischer.

»Gestohlen?« Rosenblum überschlug die Beine in die andere Richtung.

Wilhelm atmete tief durch. »Sie haben die Leiche gesehen?«

Rosenblum nickte.

»Und Sie vermissen niemanden, der ihm ähnelt?«

Kopfschütteln. »Er gehört nicht zu uns. He hasn't any dog tag.«

»Das kann er verloren haben«, wandte Wilhelm ein.

»Das«, gewichtige Betonung des Wortes, »verlieren unsere Männer nie.«

»Tog teck?«, fragte Lukaschek.

Fischer beugte sich so zu ihm, dass er ihn gegenüber Rosenblum abschirmte, und raunte: »Was die immer um den Hals hängen haben.«

»Ah, die Hundemarke!« Lukaschek strahlte auf.

Wilhelm lächelte Rosenblum an und überschlug nun auch die Beine. »Vielleicht wurde sie ihm gestohlen?«

Rosenblum beugte sich zu ihm. »Wir vermissen niemanden.« Er hatte jedes Wort einzeln betont.

Wilhelm lehnte sich ebenfalls vor, sie waren nun beinahe Nase an Nase. »Und das haben Sie in der kurzen Zeit herausgefunden?«

»Wir sind organisiert.«

Wilhelm beschloss, sich erst einmal eine Zigarette anzuzünden. Mit dieser Entwicklung hatte er wahrlich nicht gerechnet. Konnte es tatsächlich sein, dass der Tote aus Afrika war? Oder aus Deutschland? Oder aus Österreich? England? Frankreich? Italien? Dass er tatsächlich die Stiefel gestohlen hatte? Waren sie ihren Vorurteilen aufgesessen? Er bot, gerade noch im Zeitrahmen des Anstands, dem Ami eine Zigarette an, der sie auch nahm. Sie pafften.

»Colonel, ich danke Ihnen für diese Information. Aber wenn es sich nun herausstellt, dass der Tote doch ein amerikanischer Staatsbürger –«

»Auch dann sind wir nicht zuständig. In this case you'll better contact the embassy again.«

Sein Wechsel zwischen den Sprachen war definitiv nicht nachvollziehbar – und Wilhelm ärgerte sich über diesen unnötigen Gedanken. Viel wichtiger war doch, dass sie nun mit einem malträtierten und ermordeten »black man« dasaßen, dessen Todesumstände mehr als zweifelhaft waren, wie sie kurz vor dem Eintreffen des Colonels festgestellt hatten.

Rosenblum stand auf und faltete die Hände mit einem Klatschen. »Good luck, wie wir Amerikaner sagen. Nice to meet you.« Er salutierte und stolzierte davon. Ein Rauchkringel vor dem Dunkel des Saals war das Letzte, was Wilhelm von ihm sah.

4

Die Abendsonne hockte auf dem Gallitzinberg und rollte ihre glutroten Bänder über Ottakring hinweg bis zu den Firsten der Dachlandschaft rund um das Allgemeine Krankenhaus. Wilhelm liebte diesen Anblick. Die Gerichtsmedizin in der Sensengasse lag perfekt, um einen traumhaften Sonnenuntergang zu beobachten. Womit wieder einmal bewiesen war, dass jedes Ding seine zwei Seiten hatte: Leichen in Purpur – ein Gegensatz und gleichzeitig eine poetische Einheit.

Er wandte sich wieder dem Geschehen zu, das eigentlich noch keines war. Denn sie standen erst am Beginn der Leichenöffnung. Blümel, Wallers Assistent, war gerade dabei, den Toten zu entkleiden. Lukaschek lehnte am benachbarten Tisch und widmete sich dem Packerl, das er zum Tatort mitgebracht hatte. Es entpuppte sich als geschickt gefaltetes Geschirrtuch, das drei doppelte Brote mit Fleischlaberln beinhaltete. Seine Anneliese sei einfach die Beste. Man habe ihn ja nicht nur – Gott sei's gedankt – von der Geli-Tant weggeholt, sondern auch vom Mittagessen, das müsse er nun nachholen.

Fischer entschlüpfte ein Seufzer.

Lukaschek betrachtete die drei Doppeldeckerbrote, seinen Kollegen, die zwei Stück Gugelhupf, die sich auch noch im Geschirrtuch befanden, und gab Fischer ein Brot. Der bedankte sich ungewohnt höflich. Er schien knapp am Verhungern gewesen zu sein.

Waller lehnte am übernächsten Tisch und studierte die Arbeiter-Zeitung. Er hatte sich von Wilhelm überzeugen lassen, dass man alle Meinungen kennenlernen sollte, um sich ein möglichst lückenloses Gesamtbild einer Sache machen zu können. Jetzt zuckte er kurz mit dem Kopf. Wilhelm lugte über Wallers Schulter in die Zeitung. Offenbar las er den Kommentar mit dem Titel »Die langhaarige ›Gefahr‹«, in dem der Verfasser der Frage nachging, warum der Ku-Klux-Klan, der deutsche Kanzler Erhard, sein Ost-Pendant Ulbricht und der noch östlichere Breschnew in dem Urteil einig waren, dass junge Männer mit langen Haaren zutiefst zu verurteilen seien. Es waren sehr amüsante Betrachtungen, wie Wilhelm bei der Morgenlektüre selbst festgestellt hatte.

Fischer knabberte die Rinde des Deckelbrotes ab. »Die Uschi wird mir das lange nicht verzeihen.«

»Geh, die weiß inzwischen doch, wie das so ist bei unserem Beruf«, wandte Lukaschek ein.

Fischer schlenderte ganz langsam zu seinem Kollegen. »Du hast deine Bangert jeden Tag am Abend, ich hab die Uschi vielleicht, wenn's gut geht, einmal in der Wochen. Die Alten –«

»Geh, red net so, das sind ihre Großeltern«, mauzte Lukaschek.

»Des san … Wurscht. Jedenfalls wollen s' net, dass ich sie unter der Wochn seh, weil sie sonst in der Schule Probleme hat!« Seine hohe, nachäffende Stimme vermittelte eine Mischung zwischen Unglauben, Verachtung und Schmerz. »Und dann haben wir einmal einen Sonntag miteinander, und dann holen sie mich, weil die anderen Trotteln ihre Sachn net auf die Reih kriegn, und dann haben wir da an Neger, der ka Ami is und scho gar ka GI, und dann sitzen wir da und warten drauf, dass da irgendan Pickerl auf seinem Hintern is, das uns sagt, wer er is und warum er hamdraht wordn is.«

Er hätte hungrig bleiben sollen, das hatte ihn schweigsam gemacht.

»Ja, da schau her! Schau her da, ja!«, meldete sich Blümel zu Wort.

Wilhelm trat mit seinen Assistenten zur Leiche. Blümel hielt ein zu einer Kugel sehr klein zusammengeknülltes Stück Papier in der Hand.

»Hat sich verkrochen in der kleinen Tasche, ja, das hat er, sich verkrochen«, erklärte der Hilfsgerichtsmediziner.

»Wenn Sie die Tasche für die Taschenuhr meinen, Blümel«, maulte Waller herüber, »dann benennen Sie sie auch so, wenn ich bitten darf. Akkuratesse, Blümel, was predige ich Ihnen immer wieder? Akkuratesse.«

»Taschenuhr?«, schmatzte Lukaschek.

»Ja, verehrter Kollege. Dafür wurde einst im sonnigen San Francisco diese kleine Tasche oberhalb der großen auf der rechten Seite einer jeder Jeanshose eingenäht. Oder dachten Sie, es sei für eine Notfallration?« Waller grinste Lukaschek an.

Der biss demonstrativ in das zweite Fleischlaberlbrot.

Fischer legte die Jause ab, schnappte sich eine Pinzette vom Besteckitisch, zückte sein Taschentuch und entfaltete mit behutsamen Bewegungen das Papier auf dem Nebentisch. »Eine Notiz. Sogar noch zum Derlesen.«

Wilhelm beäugte sie. »›Hotel Valerie, Wednesday, 1200. Red rose‹.« Er sah auf. »1200? Brigittenau? Da gibt's jetzt auch ein Hotel Valerie?«

»Wieso ›auch‹?«, fragte Lukaschek.

»Na, ich kenn nur das in der Taborstraßen, im zweiten Bezirk, das wäre dann 1020.«

»Ob die Amerikaner schon unsere neuen Postleitzahlen verinnerlicht haben?«, zweifelte Waller hinter seiner Zeitung. »Nach bloß einem halben Jahr?«

»Kann i mir net vorstellen«, gab ihm Lukaschek recht.

»Was sonst?« Wilhelm sah sie auffordernd an.

»Rote Rose«, sinnierte Fischer, »das ist ein Erkennungszeichen bei einem Rendezvous.« Er grinste breit. »Hat er eine strenge Madame erwischt, und die hat's dann ein bissel zu gut mit ihm gmeint, und da hat sie dann gemeinsam mit ihrem Gschamsterer die Leich entsorgen müssen. I sag nur: Auf, auf in die üblichen Hütten, und schon hamma den Fall geklärt!« Er lachte meckernd.

»Na, Fischer, jetzt ignorieren Sie aber Ihre eigene blitzsaubere Analyse.« Waller raschelte die Zeitung zusammen und gesellte sich zu Blümel, der gerade Proben vom Dreck auf der Leiche nahm.

»Na, ma wird ja no an Spaß machen dürfen«, knurrte Fischer. »Immerhin war er ja in einem Hotel mit einer roten Rose verabredet.«

»Ja, aber das Valerie«, wandte Wilhelm ein, »ist Kategorie A. Seit letztem Jahr. Also, wenn es das im Zweiten ist.«

Fischer deutete auf den Zettel. »Da steht vorher ›Mittwoch‹, also vor der Zahl. Es ist alles in Englisch, also was ist, wenn ...«

Wilhelm schnappte sich die Notiz. »Ja, wenn der Tote doch ein Ami ist, und nicht nur das, sondern auch ...«

»Ein Soldat«, ergänzte Fischer. »Weil beim Heer gibt ma die Uhrzeit doch immer in Hunderter an, oder?«

»Na, das is ja schon amal was«, schmatzte Lukaschek, »a Treffn am Mittwoch z'Mittag im Valerie.«

»Nein, Lukki!« fuhr ihn Fischer an. »Verstehst du nicht? Englisch, Stiefeln, Uhrzeit? Jetzt kann die Botschaft nicht mehr leugnen, dass der da zu ihr gehört! Und wir haben morgen wenigstens noch einen Tag frei.«

Wilhelm legte den Zettel behutsam ab. »Vergiss es, Fischer. Ich hab so das Gefühl, dass die sehr wohl wissen, wer der da ist. Aber warum sie ihn verleugnen?« Er zuckte mit den Schultern und zündete sich eine Zigarette an.

Waller streifte sich die Handschuhe über. »Meine Herren! Eine Vertretung, die ihre Mitglieder nicht mehr kennen will, das klingt gar nicht gut.«

»Ja, gar nicht gut«, echote Blümel.

»Ja, dann schauen wir einmal, ob uns der gute Mann erzählen kann, warum er so unbeliebt ist.« Waller beugte sich über die Leiche und studierte jeden Quadratzentimeter Haut, begleitet von gelegentlichen »Hmhms«. Dann ein Ächzen, als er und Blümel den Körper wendeten. Wieder nur Seufzer und »Hms«. Wilhelm sah seine Assistenten an, die ihn, sie runzelten alle drei die Stirn. Und wie zur Bestätigung ihrer dunklen Ahnungen meinte Waller schließlich, dass auch keine signifikanten Narben vorhanden seien, weder Blinddarm noch Kampfverletzungen, was erstaunlich sei für einen vermeintlichen Soldaten. Nun seufzte auch Wilhelm. Waller zog das Tischchen mit dem Chirurgenbesteck zu sich.

Wilhelm lehnte sich an den übernächsten Tisch. Es reichte schon der Geruch nach Blut und Leiche, er musste wahrlich nicht zum hundertsten Mal alle Einzelheiten sehen, die einen Menschen im Innern ausmachten. Er nahm die Zeitung auf. Am Vorabend hatte er zu viele lustige und feuchtfröhliche Stunden in seinem Stammwirtshaus Zur Stadt Brünn verlebt und war heute Morgen dementsprechend schwer aufgestanden. Das hatte die Morgenlektüre bis zu eben jenem Kommentar über die neue Haarmode verkürzt. Was gab es sonst noch Spannendes? Ah ja, China verkündete einen neuen »Sprung nach vorn«, und zwar in revolutionärer Atmosphäre, was wohl neuerliche Säuberungen bedeutete. Dieser Mao war ein brutaler Hund, und es war ihm unverständlich, wie so mancher Student diesen Mann in den Himmel heben konnte.

»Wir hatten Huhn«, etwas Feuchtes platschte auf eine Platte, »ja, ein Grillhenderl mit Schwarzbrot als Henkersmahlzeit«, verkündete Waller. »Dem Geruch nach zu urteilen, schwamm es in Bier den Schlund hinunter.«

»Und wie lange vor seinem Tod?«, fragte Lukaschek.

»Nun, nicht mehr als eine oder zwei Stunden.«

»A Wunder, dass er sich dann, wie er geschlagen worden is, net angespieben hat.« Er grunzte zufrieden. Jetzt war wohl der Gugelhupf dran.

Wilhelms Blick flog über den Artikel neben den Chinesen. Da pudelte sich die Zeitung noch immer über den mysteriösen Besuch oder eben Nicht-Besuch von Otto Habsburg in Österreich auf. Sollte der einstige Kronprinz doch seine Leute hierzulande auf ein Plauscherl treffen, er schaffte es sicher nicht, die

Monarchie wiederauferstehen zu lassen. In diesem Punkt waren die Sozialisten einfach ein bissel hysterisch.

»Unser Freund hier scheint an Diarrhoe gelitten zu haben«, verlautete Waller.

»Deswegen des Grillhenderl«, meinte Lukaschek, »des is ja recht schonend.«

»Generell kommt mir der Verdauungstrakt etwas beleidigt vor. Das muss ich mir noch genauer anschauen.«

»Das hilft uns aber bei der Identifizierung net besonders«, maulte Fischer.

»Geduld, mein Freund, Geduld. Ich kann nicht zaubern.«

Wilhelm konnte einen Gähnanfall nicht unterdrücken. Im Grunde sollte er ins Bett gehen und sich dieser heiklen Sache morgen möglichst ausgeschlafen widmen.

Sein Blick fiel auf den kleinen Artikel rechts oben. »Das gibt's doch nicht!«

»Was, Chef?« Lukaschek spazierte zu ihm.

»Na, die Amerikaner haben schon wieder eine Atombombe verloren!«

»Was? Eine Bombe?«

»Eine Atombombe.«

»So eine, wie sie sie in Japan haben fallen lassen?« Lukascheks Frage klang weniger nach Frage denn mehr nach Alarmierung.

»Nehme ich an. Oder gibt's da mehrere Arten?«

»Keine Ahnung«, brummelte es vom Seziertisch. »Ist nicht mein Fachgebiet.«

»Na, egal. Jedenfalls suchen sie jetzt … Moment … in den seichten Gewässern vor Puerto Rico nach einer verloren gegangenen Übungsbombe. Nicht zu fassen.«

»Das ist jetzt die zweite heuer, oder?«, merkte Waller an.

»Die zweite?« Fischers ohnehin schon hohe Stimme kiekste. »Die haben doch auch drüben in Deutschland ihr Klumpert herumstehen! Und wenn die da was nachliefern und über Österreich fliegen …«

»Dürfen sie nicht«, dozierte Lukaschek, »wir sind neutral.«

Fischer schnaufte. »Und was heißt überhaupt ›die zweite‹?«

Wilhelm faltete die Zeitung zusammen. »Im Jänner ist eine B-52 mit einem Tankflugzeug kollidiert und über Spanien runtergekommen. Es kann sein, dass der Bomber bestückt war. Genaues weiß man nicht. Also zumindest ich nicht, ich habe das nicht so weiterverfolgt.«

Lukaschek starrte ihn mit großen Augen an. »Was heißt ›mit einem Tankflugzeug kollidiert‹?«

Waller stieß sich vom Tisch ab, verschränkte die Hände und streckte sie durch. »Nun, vor Kurzem hat mir das ein freundlicher Herr auf einer Dinner-Party nach dem dritten Cognac erklärt. Weil inzwischen sowohl die Amerikaner als auch die Russen Atomwaffen besitzen, die Russen allerdings den Sputnik ins All geschossen haben, womit klar ist, dass sie nun auch Raketen dorthin befördern können, müssen die Amerikaner die Zeit zwischen Alarm und Gegenschlag um ein Vielfaches verringern. Das geht nur, indem sie ständig Bomber in der Luft halten. Und die werden während des Fluges aufgetankt.«

Schweigen.

»I mein, i träum!« Lukaschek faltete das Geschirrtuch konzentriert zusammen. »Sie sagen, da fliegen dauernd Atombomben über uns drüber?«

Waller stieß ihn mit dem Ellenbogen in die Seite. »Na, freuen Sie sich doch, Lukaschek, die ganze Welt wird ständig beschützt!«

»Ja eh, da stehen sich zwei mit einer Puffn gegenüber, und keiner bewegt sich. Aber was is, wenn eine davon irrtümlich losgeht?«

Fischer holte tief Luft. »Amerika is weit weg, und Russland a. Es hat uns in Österreich ja auch nix gmacht, wie das in Japan passiert is.«

»Ja, das hat uns auch nichts gemacht, nein, hat es nicht«, bestätigte Blümel.

Die beiden Männer nickten einander bekräftigend zu.

Wilhelm marschierte zur Leiche. »Ja, Männer, interessante Geschichten, aber nicht unser vorrangiges Thema. Mein lieber Bertl, können wir uns wieder unserem Kunden zuwenden?

Wenn ihn schon die Amerikaner ignorieren, wollen wenigstens wir ihn Gerechtigkeit erfahren lassen.«

Fischer stellte sich zu Wilhelm. »Ja, wollen wir, is ja auch a Mensch.«

»Was für eine Erkenntnis, Fischer.« Wilhelm grinste ihn an.

»Ich hab nix gegen die«, fuhr der auf, »ich mag nur net, wenn sie sich schlecht benehmen.«

Wilhelm legte die Hand auf die Schulter seines ersten Assistenten. »Fischer, der Krieg und die Besatzung sind lange vorbei, genau einundzwanzig beziehungsweise elf Jahre. Das waren andere Zeiten.«

»Nein, Chef, so einfach is des net. Was, wenn der da a Kind gmacht hat, er sich«, er ruderte mit den Armen, wohl um nach Worten zu suchen, »er sich jetzt daran erinnert, es haben will, aber der Mann, der inzwischen den Pamperletsch großgezogen hat, ihn nimma hergeben will? Hm? Streit, bumm, aus.«

»Nun, das könnte sein«, fühlte sich Wilhelm bemüßigt einzuräumen, »aber die Wunden, Fischer, die Wunden!«

»Also«, zog Waller das Wort, was ihm Aufmerksamkeit schenkte. »Blinddarm vorhanden, wie erwartet, Galle auch. Kein klar ersichtlicher Herzfehler. Die Knochen werden wir noch röntgen. Und das Gebiss – übrigens sehr regelmäßig und gepflegt – bekommt ihr auch für einen Vergleich.« Waller patschte die Hände zusammen. »Tja, fürs Erste war das noch nicht besonders ergiebig, aber wir nehmen ihn uns noch genauer zur Brust, gell, Blümel?«

»Jawohl!«

»Wir schauen uns jetzt noch einmal die äußeren Verletzungen ausführlicher an. Vielleicht kann ich euch dann sagen, womit sie ihm vor seinem Tod zugefügt wurden.«

Wilhelm lockerte sich die Krawatte. Ein Bier, ein Königreich für ein Bier. Hoffentlich brachten die Hausbefragungen durch die Streifenhörnchen etwas. Doch es wollte sich partout kein optimistisches Gefühl bei ihm einstellen.

5

Wilhelm hämmerte gegen die Tür der Stadt Brünn. Die Uhr zeigte zwar bereits sechs nach elf, aber in seinem Stammlokal brannte noch Licht. Die Herrin des Hauses, Wilma, war hoffentlich zu Bett gegangen, denn besser als sie eignete sich ihr Mann Otto als Schutzengel der Trostlosen. Er war immer für einen geschwinden Schlummertrunk zu haben – oder zwei.

Wilhelm schloss die Augen und schickte ein Stoßgebet ins Innere. Die Stadt Brünn war dank ihrer Nähe zum Theater in der Josefstadt und dem Forum-Kino eines der an einer Hand abzuzählenden Wirtshäuser in der Stadt, das überhaupt an einem Sonntagabend offen hatte. Die anderen waren für diese Uhrzeit viel zu weit entfernt. Und er brauchte jetzt wirklich noch dringend ein großes Bier. Seine liebe Perle Else verweigerte ihm den Kauf desselben seit ein paar Wochen, weil sie angeblich Schmerzen im Rücken hatte. Wilhelm vermutete vielmehr, dass es mit diesem peinlichen Moment zusammenhing, als sie ihn halb ausgezogen mit Speibe vor der Couch vorgefunden hatte.

So ein Ausrutscher passierte ihm wirklich äußerst selten, sie brauchte sich nicht so aufzuführen. Immerhin hatte er damals einen ganzen Abend lang dem Poeten, einem anderen Stammgast in der Stadt Brünn, Paroli geboten. Diesem alten Nazi, der sich geschickt aus der Porony-Affäre gezogen hatte, aber deswegen um nichts weniger nach wie vor seine Hassbrocken in die Gegend schleuderte. Wilhelm klopfte sich noch immer auf die Schulter, wenn er daran dachte, wie er dessen abstruse Welt auseinandergenommen hatte. Dafür waren allerdings viele Biere und ein paar Schnäpse notwendig gewesen. Da konnte der stärkste Mann schon einmal die Kontrolle über seine Peristaltik verlieren, wenn er sich schlussendlich in sicheren Gefilden wähnte. Aber Else hatte ihm schon mehrmals zu verstehen gegeben, dass sie so ein »Unbenehmen«, wie sie es nannte, bei einem Mann wie ihm, in dieser Position und mit fünfunddreißig Jahren, für nicht angebracht hielt.

Er hämmerte erneut.

Und in der nächsten Sekunde quietschte der Schlüssel im Schloss. Die Tür ging ein paar Zentimeter auf, und Ottos Glubschaugen wurden sichtbar. »Ah, Sie sind's.« Er öffnete.

»Ich weiß, geschlossene Gesellschaft.«

»Oder so. Der Herr Wickerl is no da, und auch der Schurli. Und a Neuer. Ganz a Schweigsamer, aber ein guter Gast. Hat die letzten vier Mal nur vom Besten trunkn und dann auch no ordentlich ...« Er rieb die Finger aneinander und nickte.

»Na, zum Reden bin ich eh nicht da.« Wilhelm betrat das Wirtshaus.

Sofort schoss ihm Schweiß aus allen Poren, denn in der Gaststube war es heißer als auf der Gasse und stickig wie in einer Waschküche. Sein Blick flog unwillkürlich zum Fenster neben der Budel. Die blickdichten Vorhänge waren vorgezogen. Und sie würden es auch bleiben, denn so konnte ein kontrollierender Streifenbeamter wenigstens so tun, als bemerke er nicht, dass Otto noch immer ausschenkte.

Wilhelm seufzte und stellte sich zu den anderen drei Nachtschwärmern an der Theke. Man begrüßte einander mit Kopfnicken. Herr Wickerl und Schurli senkten sofort wieder die Nasen in die vor ihnen stehenden Biergläser, nur der Fremde drehte sein Achtel Rot am Stiel und lächelte ihn weiterhin an. Er war um die fünfzig, eher schmalbrüstig, korrekt mit Anzug bekleidet und hatte auf dem Wangenknochen sowie oberhalb der wie gemalten schwarzen Augenbraue jeweils eine Narbe. Wilhelm spürte, wie ihn der andere beim Aufhängen des Sakkos auf der Garderobe beobachtete. Er warf ihm einen schnellen Blick zu – der Neue tat so, als entferne er ein Haar von seinem Ärmel. Seltsam, suchte er nun Anschluss oder nicht?

Aber die Schüchternheit war Wilhelm nur recht, er brauchte heute einfach Ruhe. Das große Blonde stand schon für ihn bereit, er nahm einen ausführlichen Zug. Schlagartig fühlte er sich um Klassen besser. Er lockerte sich die Krawatte noch weiter und öffnete den obersten Hemdknopf. Was für ein Tag! Und der morgige würde nicht nur keinesfalls besser, sondern noch viel anstrengender werden. Selbst wenn das Personal des Hotels sich – ziemlich wahrscheinlich – an den dunkelhäutigen Gast erinnerte, musste das nicht bedeuten, dass sie auch wussten, wer er war. Der Zettel beschrieb nur eine Verabredung, wie sie so oft für Hotels vereinbart wurde: eine Besprechung, die nicht jeder wie in einem stadtbekannten Café mitbekommen sollte und deswegen an einem neutralen Ort stattfand.

Wilhelm trank das Glas leer und orderte das nächste.

Und selbst im höchst unwahrscheinlichen Fall, dass Fischer mit seiner spaßigen Bemerkung von wegen strenger Lady in die Nähe der Wahrheit gekommen war, half das auch nichts. Denn Kunden von solchen Damen gaben nie ihren richtigen Namen an.

Schluck.

Aber verlangte ein Kategorie-A-Hotel bei der Zimmervermietung nicht Ausweise?

Schluck.

»›Die Welt steht auf kein Fall mehr lang, lang, lang, lang, lang, lang‹«, krächzte beziehungsweise sang Schurli plötzlich.

»Was soll das jetzt?«, schnauzte Herr Wickerl. Mit der ganzen Autorität seiner rund siebzig Jahre warf der dem Störenfried einen scharfen Blick zu und strich mit dem Zeigefinger über den weißen, dicken Schnurrbart.

Schurli setzte sich aufrecht hin und breitete die Arme aus. Er sang: »›Da wird einem halt angst und bang, und ich sag: Di Welt steht auf kein Fall mehr lang.‹«

»Ja, eh«, knurrte Herr Wickerl, »aber was meinst damit? Kommt a Komet, von dem i nix mitkriegt hab?« Er schüttelte den Kopf.

»Sie Trottel«, fuhr ihn Schurli an, wodurch er ins Wanken geriet. Er musste sich an der Theke festhalten. »Beim Nestroy war's a Komet, und bei uns san's …« Er würgte. Seine Augen wurden groß.

Otto war mit drei Schritten bei ihm, packte den Würgenden am Arm und drängte ihn quer durch den Raum. »Net da herinnen. Reiß di zsamm, Georg. Komm, glei haben wir's gschafft.« Sie verschwanden Richtung Toilette.

Herr Wickerl, wie der Fremde ebenfalls noch korrekt adjustiert, sah den beiden nach, wobei er sich, gerade aufgerichtet, mit seinem Stock abstützte. Er wirkte wie ein erboster Lehrer.

»Herr Doktor«, Wilhelm verwendete sicherheitshalber die offizielle Anrede des alten Stammgastes, worauf der sich zu ihm wandte, »nehmen Sie dem Schurli den ... die ...«

»›Trottel‹. Dieser kleine ... Gaskassier hat mich« – ein Rufzeichen stand dick und fett im Raum – »›Trottel‹ genannt!«

»Ja, aber Sie wissen doch, dass er nicht ganz gesund ist. Da oben.« Er tippte auf die Schläfe. »Sie haben ihn doch selber ...«

Der Herr Wickerl machte eine wegwerfende Handbewegung. »Sie haben recht, verehrter Herr Fodor, so recht.« Er nahm sein Bierglas in die Hand. »Widmen wir uns lieber dieser edlen Hopfenperle, dem einzigen guten Kameraden in diesen Zeiten.«

»Sehr richtig.« Der Neue hatte Richtung Eiskasten gesprochen. Er hatte einen seltsamen Akzent: nasal, weich und in Wellen, wie es typisch für Kleinadelige oder gehobene Beamte war, zugleich ... Wilhelm konnte es nicht genau sagen.

Er erkannte aus dem Augenwinkel, dass der Herr Wickerl ebenso erstaunt wie er selbst ob dieser Wortmeldung langsam den Kopf zu dem Fremden drehte.

»Wie meinen?« Der Ton des alten Doktors pendelte irgendwo zwischen sehr freundlich und lauernd.

»Die Hitze. Sie haben doch die Hitze gemeint, oder?«, fragte der Neue zurück.

Herr Wickerl nickte hoheitsvoll und nahm demonstrativ einen Schluck.

Wilhelm öffnete den zweiten Hemdknopf. Einen ruhigen Absacker hatte er haben wollen, und stattdessen schien Ärger in der Luft zu liegen. Aber das war ja kein Wunder, wenn das Thermometer über dreißig Grad stieg. Da wurden die Leute einfach angespannt.

»Und was sagen Sie, sozusagen als Kamerad, zu dieser Ungeheuerlichkeit in England?«, wandte sich der alte Mann Wilhelm zu. »Das kommt davon, wenn man seine Leute unbewaffnet lässt. Ein Polizist ohne Pistole, ha, das ist ja wahrlich lächerlich. Das haben sie jetzt davon. Aber ungeheuerlich ist es trotzdem.«

Drei Polizisten waren feige und hinterrücks von Gangstern erschossen worden, worauf nun Tausende Polizisten das ganze Land durchkämmten – ja, schlimm, aber was ging es ihn an? Wilhelm nickte sicherheitshalber.

»Und diese Prügelei da unten in Chile? Wie degoutant, wenn eine Frau eine andere schlägt. Eine Weltmeisterschaft sollte etwas Erhabenes sein! Aber das hat man davon, wenn man so einen Bewerb da irgendwo in Übersee austrägt. Schifahren ist eine europäische Domäne, und hier sollte man sich auch in ihr messen.«

»Immerhin haben wir sechs Medaillen gemacht«, mischte sich nun der Neue ein. Er trank sein Rotweinglas aus und sah sich nach Otto um.

Gemacht. Das Wort war fast deutsch ausgesprochen gewesen. Interessant. Wilhelm hörte auch dem Inhalt nach. Sechs Medaillen. Heidi Zimmermann hatte Silber im Riesenslalom und Bronze in der Kombination gemacht, Karl Schranz Bronze im Riesenslalom. Er sah seine ausgestreckten Finger an. »Drei. Wenn ich s' zähle, sind es nach Adam Riese nur drei.«

Der Neue betrachtete ihn und dann die drei Finger. »Oh ja, natürlich. Wie komme ich nur auf sechs? Die Hitze.« Er lächelte und sah sich erneut nach Otto um, der auch just in diesem Moment in die Gaststube zurückkehrte.

Während dieser sich um das Nachfüllen der Gläser kümmerte, rätselte Wilhelm über den seltsamen Versprecher. Der einzige Grund, der ihm dafür einfiel, war, dass der Mann mitreden hatte wollen, ohne jedoch Ahnung zu haben. Oder er hatte, passend zur Sprachnuance, Verwandte in Deutschland und mischte in seinem Kopf alles zusammen.

Nun torkelte auch Schurli zurück. Sein beiges Hemd wies auf der Brust einen großen feuchten Fleck auf, der sich aber bestens in die Riege der Schweißflecke unter den Achseln und am Rücken einreihte. Er rollte die Ärmel ab, um sie dann sogleich wieder fein säuberlich aufzukrempeln. »Ans no.«

»I glaub, du hast gnua, Georg«, erwiderte Otto.
»Is ja alles wieder draußen. Wie soll so a Verzweifelter wie ich nüchtern einschlafen?«
Otto seufzte ganz tief und betätigte den Zapfhahn.
»Und warum bist du so verzweifelt, mein lieber Schurli?« Herrn Wickerls Ton war äußerst jovial.
»Weil ma jetzt a Frau Minister haben.«
Wilhelm lachte auf. »Aber sag einmal! Deine Leute wollten doch immer, dass die Frauen was zum Reden haben.«
Schurli spuckte sich in die Hände und strich sich die Haare glatt. »Na ja, net alle von uns. I schon. Aber wir haben's net zusammenbracht. Die Schwarzen müssen die Ersten sein. Und des a no ohne Not. Keiner von uns redet ihnen drein, ganz allein regieren sie. Und dann das.« Er legte die Unterarme auf die Theke und den Kopf darauf. »Ganz alleine! Jetzt können sie tun, was wollen. Wie im Vierunddreißigerjahr.« Er schluchzte auf.
Der Neue lachte. Es klang sehr abwertend. »Ein Schutzbündler!«
Schurli fuhr auf. »Bist du leicht a Hahnenschwanzler?«
»Beileibe nicht.«
»A Ruh is da jetzt!«, fuhr Otto dazwischen. »Heut wird da net politisiert. Und scho gar net mit die alten Gschichtn außegruckt. Sonst könnts beide gleich aufstehen und gehen. Verstehts mi?«
Wilhelm war ihm unendlich dankbar. Der Bürgerkrieg aus dem Jahr 1934 zwischen den Roten und den Schwarzen beziehungsweise der über die Maßen durchgreifenden Staatsmacht war noch immer eine nässende Wunde. Unter zu viel Alkoholeinfluss vergiftete die Sache nach wie vor das Zusammenleben. Und nicht nur das, sondern auch die Politik. Ermüdender Hickhack hatte die letzten Jahre der Koalition zwischen den beiden geprägt.
Schurli ließ den Kopf wieder fallen und schluchzte. »Alles umsonst, wirklich alles umsonst. Reumannhof, Jarama, Gurs …«
»Jarama?« Der Neue wirkte alarmiert.

Wilhelm war es durch diese Reaktion. Er schickte Richtung Otto einen flehenden Blick, aber der rüttelte am Arm von Schurli, um ihn aus seinem Weltschmerz zu holen, und erklärte nebenbei: »Unser Georg war a großer Kämpfer in Spanien. Gegen den Franco. Glei ganz am Anfang is er hin, ganz jung war er, gell, Schurli? Siebzehn warst, oder? Und da haben s' auch noch was gwonnen, die Brigaden. Jarama. Gell, Schurli? Bataillon 12. Februar. Und an das denkst jetzt, wennst ins Bett gehst. Dann träumst schön.«

Otto packte ihn unter den Achseln und zerrte Schurli, der nur mehr unverständlich lallend protestierte, vor die Tür.

Herr Wickerl wandte sich dem Neuen zu. »Und woher kennen Sie Jarama, wenn ich fragen darf?«

»Nicht aus der Sicht eines Schutzbündlers, das können Sie mir glauben.« Er schnaufte, legte vierzig Schilling auf die Theke, schlug die Hacken zusammen, sagte: »Meine Herren! Es war mir ein Vergnügen«, und verließ das Wirtshaus.

Wilhelm betrachtete die vierzig Schilling. Der Mann hatte Roten getrunken. Ein Achtel vom Hauswein kostete zwei Schilling, was schon nicht mehr unter preiswert fiel, aber dennoch die Menge von über zwei Liter ausmachte. Der Fremde hatte jedoch nicht gelallt, also ziemlich sicher Bouteillenwein genossen. Eigenartiger Kauz. Jarama sagte sonst niemandem etwas. Nur Leute, die sich angelegentlich Schurlis Lamenti anhören mussten, oder jene, die dabei gewesen waren, wussten mit diesem Begriff etwas anzufangen. Der Mann war also auch in Spanien gewesen, aber laut eigener Aussage nicht auf der Seite der Internationalen Brigaden, bei denen sich die Roten eingereiht und die gegen Franco gekämpft hatten. Also blieb nur die Position für Franco. Hm, er hatte gar nicht gewusst, dass auf der Seite des Diktators auch Österreicher gewesen waren. Also genau genommen wohl Faschisten. Nazis. Jedenfalls dürfte er einen Schaden davongetragen haben, denn wenn Wilhelm das Gebaren dieses unsympathischen Menschen Revue passieren ließ, fiel ihm auf, dass der nur den linken Arm benutzt hatte. Das musste ihn schmerzen, nicht mehr den korrekten Arm zum Gruß erheben zu können. Wilhelm grinste. Egal, jetzt herrschte endlich Ruhe. Er nahm einen großen Schluck.

»Und was meinen Sie zu der Geschichte mit diesem Habsburg? Der kann doch nicht einfach Österreich betreten, meinen Sie nicht auch?« Herr Wickerl zupfte an seinem Schnurrbart.

Wilhelm wandte sich ab, verdrehte die Augen und zündete sich eine Zigarette an.

15. August 1966, Montag, Maria Himmelfahrt

1

Wilhelm stand sich die Beine in den Bauch. Und er schwitzte. Diese vermaledeite, unerträgliche Hitze! Kurz hatte er die Ahnung von Durchatmen verspürt, als er nach vier Bier und zwei Schnäpsen von der Stadt Brünn nach Hause geeilt war. Geeilt, ja, denn irgendwann hatte er Kopfweh bekommen, nachdem Herr Wickerl offensichtlich daran interessiert gewesen war, mit ihm jede, aber auch wirklich jede Schlagzeile der Zeitungen durchzukauen, um schließlich beim neuen Rundfunkgesetz zu landen und der Frage, was für unsinnige Neuerungen den Österreichern nun damit wieder ins Haus stünden. Doch Wilhelm vermochte sich gestern nicht – so wie ohnehin nie – dagegen zu verwehren, denn der alte Mann tat ihm leid. Nach achtundvierzig Jahren Ehe war diesem die Frau vor zwei Jahren verschieden und er darob sehr einsam geworden.

Und doch stand er, Wilhelm Fodor, Chefinspektor, nun zum verabredeten Zeitpunkt neben dem Hotel Valerie in der Taborstraße – in aller Herrgottsfrüh bei mindestens zweiundzwanzig Grad. Aber wer war nicht da? Seine Assistenten. Halb neun war doch wirklich christlich, da hatten sie keine Ausreden zu haben, Feiertag hin oder her.

Wilhelm nestelte die Zigarettenpackung aus der Sakkotasche. Sie war leer. Er sah sich um und erblickte unweit eine Trafik. Er durchsuchte seine Börse bereits nach Münzen für den Automaten, als er erkannte, dass die Hintertür, die sich seitlich im öffentlichen Durchgang des Hauses befand, trotz Feiertags ein Stückchen offen stand. Also betrat er das Geschäft und sah sich einem Mann auf einer Leiter mit einem Staubwedel in der Hand gegenüber – in der einzigen Hand, denn der linke Arm fehlte.

Wilhelm verkniff sich jede Reaktion, er brauchte nach dem gestrigen Abend wahrlich keine weitere Diskussion über irgendwelche Kriege und deren Auswirkungen. »Einen schönen Tag wünsche ich!«

Brummen.

»Könnten wir eine Ausnahme machen? Ich hab nicht genug Kleingeld für den Automaten.«

Der Trafikant brummte erneut, legte den Wedel aufs Regal, stieg gemächlich von der Leiter herab, klopfte sich den vermeintlichen Staub von der Brust und sah Wilhelm an.

Er orderte vor lauter schlechtem Gewissen gleich drei Packungen.

Der Mann kassierte und deutete auf die Zeitungen. »In Vorarlberg regnet's schon.«

»Da haben wir was davon.«

»Eh net. Aber vielleicht kommt's ja bald.«

»Schauma amal.«

»Da haben S' recht, wer weiß?«

Sie grinsten einander an. Ein Wiener war nie davon überzeugt, dass ein Ereignis im äußersten Westen des Landes auch für die Bundeshauptstadt von Bedeutung sein musste.

Wilhelm war schon auf der Türschwelle, als er sich seiner Arbeit erinnerte. Er drehte sich um. »Sagen Sie, bekommen Sie mit, was eigentlich so im Valerie passiert?«

Der Einarmige lachte auf. »Nein, wieso sollt ich?«

Wilhelm schlenderte zu ihm. »Na, die Gäste rauchen. Und reden. Die Angestellten kaufen Zeitungen. Und reden. Sie stehen vielleicht einmal auf der Gassn, wie der Portier, und reden.«

»Des könnt schon sein. Und wer steht da herinnen? Und redet?«

Wilhelm zückte seine Kokarde.

»Chefinspektor Fodor. Verstehe. Was ist denn passiert? A Mord?« Der Mann lehnte sich über die Budel. Ohne den zweiten Arm sah das wie ein Kunststück aus.

»Wieso kommen S' auf Mord?«

»Oder Spionage?«

»Sie sind mir ja einer. Gleich die vollen Geschütze.«

Der Mann richtete sich auf. »Na, bei einem Einbrecher täten

Sie kaum bei mir nachfragen, weil was sollt ich von dem wissen? Der hätt die Hüttn von der Mohrengasse her ausbaldowert. Da is der Hinterhof, bei dem er si eineschleichen kann. Bei einem Dieb dasselbe.« Er beugte sich wieder zu Wilhelm. »Aber bei was Gefährlichem, Konspirativem, da kann's natürlich schon sein, dass sich da wer bei mir herumgetrieben hat.«

»Und? Hat sich wer?«

»Woher soll ich das wissen? Zu mir kummen vü Leut.«

Wilhelm lehnte sich ebenfalls auf die Budel. »Und ein«, Waller erschien mit erhobenem Zeigefinger vor seinem geistigen Auge, »Schwarzer?«

»Die gibt's wie Sand am Meer. Blonde werdn ja immer weniger. Hat was mit Dominanz zum Tun, hat mir letztens a Kunde erklärt.«

Wilhelm musterte die zusammengekniffenen Augen des Trafikanten und wurde sich trotzdem nicht klar darüber, ob der Mann ihn gerade auf den Arm nahm oder es ernst meinte.

»Ein Neger.«

Der Mann richtete sich wieder auf und sortierte Zigarettenpackungen ins Regal – eine nach der anderen. »Da kommen auch immer wieder welche zu mir.« Weitere zwei Stück. Die langsame Bewegung hatte etwas Einschläferndes. Kein Wunder, dass der Mann am Feiertag arbeitete – bei dem Tempo.

»Mehrere? Ist da irgendwo eine Botschaft aus Afrika?«

Der Mann streckte sich durch, es wirkte, als wolle er Haltung einnehmen. »Das Valerie ist ein Haus der Kategorie A.«

»Weiß ich.«

»Eben. Es wird von internationalen Gästen besucht.«

»Verstehe.« Wilhelm blätterte in der Presse. Er bemühte sich nicht einmal, etwas mitzubekommen. »Und war da einmal ein Besonderer drunter?«

»Was ist ›besonders‹?«

»Nervös? Um sich schauend? Etwas Eigenartiges kaufend?«

Der Trafikant grinste. »Letzte Weihnacht hat einer an Humidor kauft. An großen. An so was erinnert man sich. Aber an was sonst no?« Er zuckte mit den Schultern.

»Verstehe.« Wilhelm packte wahllos Tageszeitungen und reichte dem Mann fünfzig Schilling. »Der Rest ist für Sie.«

Der Trafikant bedachte das Bestechungsgeld nicht einmal mit einem Seitenblick, allerdings wirkte sein Lächeln jetzt von Herzen kommend. Doch er sagte nichts.

Wilhelm seufzte. »Ja, und so in den letzten paar Tagen?«

»Nur einer. Und da war nichts Besonderes. Tschick. A3. Aber von den Heller hat er si immer was genommen.« Der Trafikant deutete auf ein Bonbonglas, das neben der Kassa stand. »Is eigentlich für die Kinder, aber er war ganz wild drauf. Und er hat krank ausgeschaut, des is ma aufgfalln.«

»Sie sagen ›immer‹? Wie oft war er denn da?«

»Vier Mal. Das erste Mal war er ...« Er nickte sinnierend. »Ja, das muss letzten Mittwoch gwesen sein. Kurz vorm Zwölfeläuten. Und dann jeden Tag bis zum Samstag, aber da dann immer in der Früh. Und weil Sie mich ja eh gleich fragen: A großer, fescher Kerl war er, und i glaub, dass er a GI is, weil er hat so Stiefeln anghabt.«

Wilhelm stopfte die Zigaretten in die Sakkotaschen und rollte die Zeitungen zu einem großen Packen zusammen. »Danke, das war schon einmal sehr hilfreich. Sind Sie noch ein bissel da?«

Der Trafikant deutete auf einige Kartons mit Nachschub.

»Gut, weil ich würde Ihnen nachher gern ein Foto zeigen. Ob's sich dabei um Ihren Kunden handelt.«

Gnädiges Nicken. Ohne ein weiteres Wort kletterte der Einarmige wieder die Leiter hinauf.

Wilhelm trat hinaus – und beinahe auf die Zehen einer dunkelhaarigen Schönheit. Sie wartete seine Entschuldigung nicht ab, wedelte nur mit der Hand und eilte weiter Richtung Taborstraße. Das war auch Wilhelms Weg, also folgte er ihr und kam dadurch in den Genuss, das wohlgeformte Hinterteil der Frau bewundern zu können. Es wurde von einem schmalen pflaumenfarbenen, knielangen Rock eingerahmt, zu dem ein kurzärmeliges Oberteil gehörte.

Nach ein paar Schritten wurden die Schritte der Frau zögerlicher. Wilhelm schaute sich instinktiv nach dem Auslöser für die Verlangsamung um. Aber da war keine Auslage, der Kopf der Frau war vielmehr vollkommen gerade ausgerichtet. Er folgte ihrem Blick. Dieser schien direkt auf den Eingang des Hotels gerichtet zu sein – und in weiterer Folge auf Fischer und Lukaschek, die sich vor dem Entree gerade aus dem 500er Puch, ihrem vermaledeiten Dienstwagen, herauswurstelten. Die Frau blieb stehen, Wilhelm stellte sich schräg hinter sie, lehnte sich an die Hausmauer und tat so, als studiere er die oberste Zeitung seines Packens, während er sie fixierte. Sie starrte tatsächlich auf seine beiden Assistenten – oder auf den alten Mann mit dem Pudel, der sich von der anderen Seite dem Hotel näherte. Abrupt drehte sie um, zum Glück von Wilhelm abgewandt, und strebte zurück zum Durchgang des Nebengebäudes, wo sie hergekommen war.

Wilhelm folgte ihr. Vielleicht war der alte Mann ein Verwandter, dem sie nicht begegnen wollte, oder der Vermieter ihrer Wohnung, dem sie Geld schuldete. Oder sie hatte tatsächlich Fischer und Lukaschek als das erkannt, was sie waren: Polizisten. Und jemand, der der Polizei auswich, war immer interessant. Er ließ sie in den Durchgang einbiegen, dann folgte er mit ein paar schnellen Schritten. Im überdachten Teil versteckte er sich hinter einer Säule. Als sie das Tor auf der anderen Seite des Hofes durchschritt und nach links verschwand, lief er ihr nach. Er lugte um die Ecke und sah sie mit energischen Schritten die Straße überqueren. Nach ein paar Metern verschwand sie in einem Geschäft.

In der Auslage waren um zwei Kleiderpuppen kunstvoll Stoffe drapiert, am Boden lagen aufgeblätterte Modezeitschriften. Es handelte sich wohl um eine Maßschneiderei. Der Schriftzug über dem Eingang wies sie als »Salon Pompadour« aus. Er warf einen schnellen Blick ins Innere, doch ein weißer Vorhang versperrte ihm die Sicht, er konnte also nicht feststellen, ob es sich bei der schwarzhaarigen Schönheit um eine Kundin oder eine Angestellte handelte. Das war das Ende der Aktion, er sollte zu seinen Männern zurückkehren, der Tag wartete mit einem vollen Programm auf sie.

Wilhelm erreichte das Tor zum Hof, er sah zurück zum Geschäft – er legte die Zeitungen auf einen verwaisten Obstwagen und zündete sich eine Zigarette an. Es war einfach höchst eigenartig, dass eine gut gekleidete, seriös wirkende Frau, die keinerlei Anzeichen des Milieus aufwies, sich vor der Polizei schreckte. Und vor dieser Reaktion hatte sie es sehr eilig gehabt. Er schloss die Augen, sah wieder, wie sie starrte – und war sich nun völlig sicher, dass sie seine beiden Assistenten fixiert hatte und somit auch den Eingang zum Valerie. Sie hatte ins Hotel gewollt. Doch ein leichtes Mädchen? Das vielleicht im Nebenverdienst arbeitete? Oder eventuell eine Diebin, die etwas ausbaldowerte?

Wilhelm schnippte die Tschick ins Rinnsal.

Es war höchst lächerlich, sich wegen einer Frau, die wahrscheinlich bloß ihre Meinung geändert hatte, so viele Gedanken zu machen. Allerdings hatte sie an einem Feiertag ein Geschäft betreten.

Wilhelm überquerte die Straße.

Und selbst wenn sie Böses im Schilde führte, war hier nicht sein Rayon.

Wilhelm drückte die Schnalle. Es bimmelte. Im nächsten Moment sah er sich mitten in einem Palast aus Farben, Rüschen und Stoffbahnen stehen, von sieben Frauen mit erhobenen Augenbrauen bedacht: Eine saß in einem Fauteuil, auf dem Schoß eine Zeitschrift, zwei standen am Verkaufspult mit langen Bändern in den Händen, eine balancierte auf einer Leiter und hatte einen Stoffballen halb herausgezogen, eine stand vor einer Umkleidekabine, woraus eine weitere den Kopf streckte, und die Schwarzhaarige thronte auf einem Hochsessel bei der Kassa und zog sich die Lippen nach. Ihre Gesichtszüge waren von zeitloser Schönheit, und die paar kleinen Fältchen um die Augen machten die Frau nur noch interessanter.

Stille.

»Entschuldigen Sie, die Damen! Machen Sie auch Herrenanzüge?«

Stille.

»Nein, tut mir leid, mein Herr«, zwitscherte es schließlich

von hoch oben. Die Stoffballenfrau hatte starke Ähnlichkeit mit Julie Christie.

»Oh, bitte entschuldigen Sie, ja, bitte entschuldigen Sie die Störung. Ich bin nur schon so verzweifelt, weil mein Schneider …« Wilhelm lachte.

Nach einer Unendlichkeit lächelten die Damen auch.

Er wandte sich ab, war schon mit dem ersten Fuß auf der Gasse. »Bitte entschuldigen Sie noch einmal! Darf man fragen, warum Sie an einem Feiertag geöffnet haben?«

Die Schönheit stand auf. »Wir haben nicht geöffnet. Das ist ein privater Schneiderkurs.« Sie nickte lächelnd, hoheitsvoll, und gab ihm damit zu verstehen: *Verdrück dich endlich, sonst machen wir dir Beine.*

Wilhelm tat nichts lieber als das. Und zwar im Laufschritt.

2

Als Wilhelm vom dunklen Durchgang auf die Taborstraße hetzte, stach ihm nicht nur das grelle Sonnenlicht ins Hirn, sondern auch die Schameshitze über seinen peinlichen Auftritt. Ein Mann sollte sich nie, aber auch wirklich nie freiwillig in einen von Frauen dominierten Rayon begeben. Das Schweigen und Mustern der Damen ließen ihn noch immer erschauern, obwohl es sich die brennende Sonne auf seinem dunklen Anzug gemütlich machte.

Fischer, an die Wand neben dem Hoteleingang gelehnt, delirierte mit geschlossenen Augen. Lukaschek sah Wilhelm mit hochrotem Kopf und zusammengekniffenen Lippen entgegen, seine Hand fuhr, befremdlich unabhängig wirkend, fahrig mit einem Taschentuch über das Gesicht. Die beiden vermittelten den Eindruck, knapp vor einem Hitzschlag zu stehen, dabei hatte die Sonne noch lange nicht ihren Höchststand erreicht, ja, sich noch nicht einmal in die volle Breite der Straße ergossen.

»Ihr seid zu spät gewesen, also habe ich schon gearbeitet.«

Wilhelm stürmte an ihnen vorbei zum Eingang – und ärgerte sich nicht nur darüber, dass ihm der Türgriff aus den schweißnassen Händen flutschte, sondern auch, dass er sich bei seinen Männern quasi entschuldigt hatte. Immerhin war er der Chef, da konnten ihn noch hundert Mal sieben stahlhart dreinblickende Augenpaare zum lästigen Schulbuben abkanzeln. So.

Wohltuende Dunkelheit empfing ihn, und sogleich hatte er das Gefühl, dass es um zehn Grad kühler war. Daran änderte auch der strahlende Kronleuchter nichts, nein, vielmehr suggerierte er sogar winterliche Gemütlichkeit. Dazu kam ein spürbarer Luftzug. Irgendwo musste eine Tür offen stehen. Der Eingangsbereich mündete in ein relativ kleines Foyer mit breiter Treppe in die oberen Geschoße, das von einer Rezeption in dunklem Holz dominiert wurde. Dahinter standen zwei Männer in Livree, von denen der ältere in bestem Französisch ein junges Paar mit drei großen Koffern in die Gepflogenheiten des Hauses einweihte und der jüngere der Abhandlung eilfertig lauschte.

Wilhelm deutete seinen Männern, Abstand zu halten, worauf sich Lukaschek auch sofort in einen Sessel der Sitzgruppe fallen ließ, die in der Verlängerung des Eingangsbereichs stand, und keuchte. Es klang wie Jammern nach Bier. Manchmal war es wirklich zum Weinen mit ihm. Fischer schlenderte unterdessen ans Ende des Raums, an dem sich tatsächlich die von Wilhelm vermutete Tür befand und in einen zum Garten umgestalteten Hinterhof führte. Das musste jener sein, von dem der Trafikant gesprochen hatte. Wilhelm ging zu einer der Vitrinen mit edel präsentierten Schmuckstücken und bemerkte dadurch, dass er lautlos war. Er betrachtete den Boden. Überall Perserteppiche. Echte. Nicht umsonst hatte man das Haus aufgewertet.

Er hörte, wie der Portier nach dem Pagen für das Gepäck der neuen Gäste rief, schnippte nach seinen Assistenten und war mit zwei Schritten bei der Rezeption. Nur mehr der ältere, etwa fünfzigjährige Portier war anwesend, sein Schild auf der Brust wies ihn als Herrn Jakob aus. Mit gedämpfter Stimme, um zu signalisieren, dass sie Rücksicht nahmen, stellte Wilhelm seine Leute und sich selbst vor, erzählte kurz vom Leichenfund. Fischer zückte das für Zivilisten retuschierte Foto des Toten, das er in der Früh von der Gerichtsmedizin abgeholt hatte, und hielt es Herrn Jakob unter die Nase.

Der studierte das Bild mehr als ausführlich, dann nickte er. »Nein, das ist keiner unsrer Gäste.«

Das Telefon klingelte. Herr Jakob hob wie zum Stopp die Hand und dann den Hörer ab. Sofort nach der Begrüßung schwenkte er in tiefstes Tirolerisch und unterhielt sich mit dem Anrufer, der offenbar ein Stammgast war, über das Wetter. Eben jenes und in Tirol schlechtes schien den Gast von der Anreise abzuhalten. Das wurde ausführlich diskutiert.

Wilhelm wechselte mit seinen Männern Blicke. Fischer und Lukaschek wirkten ebenso genervt wie er.

Nach einer schieren Unendlichkeit, während er nebenbei vier Gästen den Zimmerschlüssel gab oder ihn entgegennahm, legte der gute Herr Jakob endlich auf. »Ja, bitte entschuldigen Sie. Womit kann ich Ihnen dienen?«

Wilhelm deutete auf das Foto.

»Ja, wie gesagt, das ist keiner unserer Gäste.«

»Sein wird er es ja auch nicht mehr können, aber war er's vielleicht bis vorgestern?« Fischer lehnte sich zu dem Mann, wobei seineRudermuskeln die Sakkoärmel spannten.

Herr Jakob wich zurück. »Nein, Herr Gruppeninspektor Fischer, er war es auch nie. Er hatte nie ein Zimmer bei uns.«

Da war ein Unterton. Ah, diese verdammte Diskretion von Hotelangestellten, es war zum Haareausraufen! Wilhelm bekam schlagartig Heißhunger auf eine Zigarette, doch ein Taxler brachte in diesem Moment die Koffer von Neuankömmlingen herein. Sie hatten keine Zeit für Annehmlichkeiten. »Aber Sie haben vorher genickt, wie Sie das Foto angeschaut haben, Herr Jakob.«

Herr Jakob lächelte dem jüngeren Portier zu, der in die Rezeption zurückkehrte, und deutete auf etwas, das Wilhelms Blicken verborgen war.

»How marvelous, isn't it, darling?« Ein Doris-Day-Verschnitt schwebte lautstark herein, im Anhang ein verhuschter Jerry Lewis mit Dogge an der Leine. Wie hatte der Hund nur den langen Flug über den Atlantik überlebt?

»Meine Herren, Sie entschuldigen bitte, ich bin gleich wieder für Sie da.« Herr Jakob eilte aus seinem Kabäuschen und begrüßte das Paar mit formvollendetem Diener und einem Schwall voll Banalitäten.

»Wenn des so weitergeht, san ma Weihnachten a no da«, knurrte Fischer.

»Aber vorher kidnapp ich ihn und verlang a gscheite Verpflegung«, brummte Lukaschek. »Des is ja völlig … respektlos, uns net amal a Wasser anzubieten.«

»Darf ich das nachholen?«, fragte der Jüngere mit dem Namen Herr Jürgen. Er streckte den Arm in ihre Richtung aus.

Wilhelm drehte sich um und entdeckte erst jetzt, dass hinter der Tür, die sich gegenüber der Rezeption befand, ein Salon versteckt war.

»Wenn die Herren bitte Platz nehmen würden, ich werde sogleich ein paar Erfrischungen für Sie kommen lassen.« Damit verschwand Herr Jürgen aus der Rezeption. Ein noch jüngerer Mann stand plötzlich an seiner Statt da. Er hieß Herr Gerhard und hatte eine blonde, lächelnde Maske als Gesicht.

Jetzt ließ sich auch Wilhelm in einen der Sessel plumpsen. Er hasste Nachforschungen in Hotels, seit jeher, und er hasste sie erst recht an einem heißen Feiertag. Als er den Blick wieder zu fokussieren vermochte, fiel eben jener direkt auf die herabhängenden Blätter eines Gummibaumes, durch dessen Anblick er sich seltsam verstanden fühlte. Die Pflanze doppelte sich in einer Spiegelfläche, die eine ganze Breitseite des Raums einnahm und mit einem Kunstschmiedegitter zum Plafond hin abgegrenzt war. Der Raum wirkte dadurch wie ein kleiner Saal. Auch Fischer und Lukaschek hatten sich auf den antik wirkenden Möbeln niedergelassen und schnauften vor sich hin. Wenigstens war es angenehm düster, was wohl an den dicken Vorhängen an den Fenstern zur Straße lag. Die Atmosphäre pendelte zwischen heimelig und verschwörerisch.

Ein Kellner im Smoking stand plötzlich vor ihnen. Er platzierte Mineralwasser und Tonic Water auf den Tisch, schenkte jeweils einen Fingerbreit ein. »Herr Jürgen meinte, er ließe den Herren auch gerne ein Bier oder einen Gspritztn servieren« – Lukaschek japste – »wenn es denn ihr Dienst zuließe.«

»Passt schon.« Wilhelm kramte ein Lächeln und zwei Schillinge als Trinkgeld hervor.

Sie schenkten sich vollends ein, tranken, eine Fliege summte.

Wilhelm zündete sich eine Zigarette an, seine Assistenten taten es ihm gleich.

Die Fliege ließ sich auf Fischers Schenkel nieder. Er hob unendlich langsam die Hand, stellte das Atmen ein und schlug zu. »Net mit mir.« Er rubbelte die Insektenleiche in den Aschenbecher.

Sie rauchten.

»Kann des irgendwie sein, dass wir bei dem Fall nur warten?« Fischer.

Sie rauchten.

»Kann es sein, dass die uns net ernst nehmen?« Lukaschek.

Sie rauchten, draußen klingelte das Telefon, ein Taxler verkündete, dass er nun da sei, ein Gast brüllte etwas von einem tropfenden Wasserhahn, Herr Jakob verabschiedete sich von jemandem in Spanisch. Oder war es Italienisch?

Egal. Wilhelm dämpfte die Zigarette aus, sprang auf und durchmaß den Raum mit großen Schritten.

Bei der Tür zum Foyer stand Herr Jürgen vor ihm. »Darf ich fragen, ob bei den Herren alles in Ordnung ist?«

»Nein, gar nichts ist in Ordnung. Wir sind hier keine Gäste, sondern wir ermitteln. Wir sind von der Kriminalpolizei …«

»Das weiß ich doch, gnädiger –«

»Und wir sind hier nicht, um unsere Füße hochzulagern. Ich möchte jetzt und sofort Herrn Jakob sprechen. Ich weiß, dass er den Mann auf dem Foto erkannt hat. Diesen hier.« Er hielt das Bild Herrn Jürgen unter die Nase. »Sagen Sie ihm das. Und wenn er nicht stante pede mit uns kooperiert, dann sitzt er länger als wir hier in diesem Salon auf dem Kommissariat. Und zwar viel länger. Haben wir uns verstanden?«

Herr Jürgen sah ihn lange an, sehr lange, viel zu lange, mindestens drei Sekunden, dann nahm er Wilhelm das Foto aus der Hand.

Er betrachtete es. »Wie Herr Jakob schon sagte, der Mann hatte nie ein Zimmer bei uns.«

»Aber?«

Herr Jürgen gab Wilhelm das Foto zurück. »Ich kann leider ... Herr Jakob ... Er ist sicherlich gleich für Sie bereit.«

Wilhelm hob den Zeigefinger in seine Richtung wie zu einem schlimmen kleinen Kind. Herr Jürgen blieb auch sofort brav stehen. Wilhelm nickte Fischer zu.

Der schwang sich mit der Eleganz eines tänzelnden Boxers aus seinem Fauteuil, umkreiste Herrn Jürgen und drängte ihn somit in die tote Ecke zur Straßenfront. »Was ist da los, Bester? Hm?«

Herr Jürgen wich noch einen Zentimeter zurück. »Ich weiß wirklich nicht, was Sie meinen, gnädiger –«

»Gruppeninspektor reicht völlig.« Fischer brachte seinen Kopf ganz nahe an den von Herrn Jürgen und starrte ihn an.

Lukaschek wuchtete sich aus seinem Sessel und setzte sich in einen der Sitzgruppe, die sich direkt neben den beiden Männern befand. »Bitte laut und deutlich sprechen.« Damit klappte er sein Notizbuch auf.

»Ich weiß wirklich nicht, was Sie von mir –«

»Schluss!«, hörte sich Wilhelm brüllen. Er hasste Brüllen, aber er konnte nicht mehr anders. Er setzte sich behutsam, legte das Foto auf dem Tisch ab und breitete die Arme auf den Lehnen aus. »Wir sind keine Detektive auf der Spur eines Techtelmechtels, von dem keiner was wissen darf. Wir haben da eine Leiche, eine verdammt malträtierte Leiche. Und in so einem Fall ist jeder Staatsbürger verpflichtet, uns zu helfen. Alles andere ist Behinderung der polizeilichen Ermittlungen.«

Herr Jürgen betrachtete sie der Reihe nach, schenkte Wilhelm eine erhobene Augenbraue. »Ich habe die Anweisung –«

»Nicht mehr!«, brüllte nun Fischer. Dabei fuhr sein Arm aus und beförderte die Vase mit den Rosen vom Tisch. Sie zerbarst auf dem Parkett, die Blumen verteilten sich über dem Perserteppich und das Wasser spritzte auf die beiden Männer.

Herr Jürgen lächelte und beutelte sich Wassertropfen von der Hose. »Nun, denn.«

Der Mann hatte es auf sanften Druck angelegt! Damit er nicht schuld war. So ein Gerissener.

Wilhelm nickte ihm zu und lächelte ebenfalls. »Wir klären das nachher mit Ihrem Chef.«

Herr Jürgen verbeugte sich leicht. »Der Herr auf dem Foto war sehr wohl einige Male Gast in unserem Haus.«

»Er hat doch da gewohnt?«, quiekte Fischer.

Herr Jürgen schüttelte den Kopf. »Nein, er traf sich hier mit verschiedenen Personen. Letzte Woche von Mittwoch bis Samstag.« Er nickte in Wilhelms Richtung. »Und meistens saß er hier, wo Sie jetzt sitzen.«

Wilhelm schaute Herrn Jürgen lange an, viel zu lange, mindestens vier Sekunden. Dann bot er ihm den Platz neben sich an.

Der Portier setzte sich zu ihm und nahm das Foto auf. Betrachtete es. »Er nannte sich Herr Johnson.«

»Na, geht doch«, kommentierte Lukaschek und notierte.

»Er kam vier Tage hintereinander zu uns.« Herr Jürgen sah sich um. »Dieser Raum ist ja mehr für die Gäste des Hauses gedacht. Für jene, die abreisen und warten müssen, oder jene, die ankommen und warten müssen.«

»Verstehe.« Wilhelm verstand gar nichts.

»Er aber beabsichtigte, Treffen zu absolvieren. Wir haben ihm daher eine Tischreservation im Restaurant oder in der Bibliothek angeboten, doch das wollte er nicht. Er bestand auf eine Reservierung partout in diesem Raum. Und jedes Mal am selben Tisch.«

»Aha. Und was haben Sie daraus gefolgert?«

Der Mann zuckte mit den Schultern. »Vorliebe? Ich weiß nicht. Er hatte«, Herr Jürgen ließ die Hände aufflattern, »jedenfalls etwas Geheimnisvolles, Tragisches an sich.«

»Aha.« Wilhelm ließ den Blick kreisen und entdeckte nichts,

was den Platz so besonders machen könnte. Der einzige Vorteil, den er bot, war die freie Sicht auf die Rezeption draußen.

»Ja, wirklich. Er schien so traurig zu sein.« Herr Jürgen seufzte. »Am ersten Tag, am Mittwoch, hat er sich hier zu Mittag mit einem Landsmann getroffen. Sie –«

»Woraus schließen Sie das? Dass es ein Landsmann war?«

Herr Jürgen machte »Hm« und kniff die Augen zusammen. »Ja, es war, weil sie sehr schnell englisch miteinander gesprochen haben. Selber Akzent, soweit ich das beurteilen kann. Hat so geklungen wie der von dem Moderator von diesem Radio damals, diesem Ami-Radio ...«

»Blue Danube Network«, warf Lukaschek ein.

Sie sahen ihn alle drei an. Er schnaufte. »Kenn i halt.«

»Ja, das habe ich gemeint«, fuhr Herr Jürgen fort. »Amerikanisch hat es eben geklungen. Die Briten, die haben ja irgendwie spitzer geredet.«

»Gut.« Wilhelm nickte ihm aufmunternd zu. »Und welchen Charakter hatte das Gespräch? Freundschaftlich? Geschäftlich? Aggressiv vielleicht?« Er hob die Handflächen. »Und ich weiß, dass Sie selbstverständlich nicht lauschen. Aber man bekommt ja doch etwas mit, ob man will oder nicht, nicht wahr?« Er lächelte.

Herr Jürgen legte den Kopf schief und grinste. »Nun, die beiden haben sich bei der Begrüßung umarmt.«

»Umarmt?«, fragte Lukaschek. »Waren des vielleicht zwa vom anderen Ufer?«

Herr Jürgen sinnierte. »Nein, glaube ich nicht, wobei ich aber nicht sagen kann, warum ich das nicht glaube.«

»Net alle, die si umarmen, san solchane, Lukki«, meinte Fischer. »Zum Beispiel die Ka–« Er presste die Lippen aufeinander.

»Italiener«, sprang ihm Wilhelm bei. Und er war stolz auf Fischer, dass der sich beim Begriff »Katzelmacher« eingebremst hatte. Oder hatte er »Kameltreiber« sagen wollen?

»Genau! Oder die von Arabien.« Fischer wandte sich an Herrn Jürgen. »Und wie lange sind die zsammgsessn?«

»So zwei Stunden. Dann haben sie sich wieder freundschaftlich verabschiedet. Eigenartig war nur …«

Sie warteten.

»Der andere hat dann noch unsere Nassräume aufgesucht. Und wie er dann gegangen ist, stolpert er über einen der Teppiche. Er hat laut zu fluchen begonnen und gegen die aufgestellte Ecke getreten. Wie ein Berserker. Wissen Sie, so als würde er eigentlich was anderes treten. Er hat sich dann auch gleich tausendfach entschuldigt.«

Lukaschek notierte mit emsiger Hand. »Und wie hat der Mann ausgeschaut?«

»Deswegen war das ja so eigenartig. Weil der hat so gepflegt und gesittet gewirkt, gar nicht wie ein Raufbold. Dunkler Anzug, weißes Hemd, polierte schwarze Schuhe. Er selber war ungefähr so alt wie Herr Johnson, blonde kurze Haare mit Seitenscheitel und blaue Augen.«

»Sehr gut, danke. Und am nächsten Tag?«, fragte Wilhelm.

»Wieder ein Mann, der war aber etwa Mitte fünfzig. Und das Gespräch eher geschäftlich, würde ich sagen. Wiederum in Englisch, aber der andere hatte einen starken Akzent. Ich tippe auf einen Hiesigen.«

»Und was war das für ein Typ?«

»Na ja, sein Anzug war von guter Qualität, aber etwas abgetragen, schwarze Brille, die grau melierten Haare ordentlich frisiert … Hm, auf den ersten Blick gehobener Angestellter oder mittlerer Beamter, doch dafür war seine Attitüde zu lässig und selbstbewusst. Könnte auch ein Journalist gewesen sein.«

Der Kellner betrat den Raum. »Herr Jürgen, bitte entschuldigen Sie, aber Herr Jakob benötigt Sie.«

Der Angesprochene sprang auf.

Wilhelm stellte sich ihm in den Weg. »Und mit wem hat er sich noch getroffen?«

Herr Jürgen wedelte mit der Hand Richtung Kellner. »Ich komme sofort.« Er wandte sich Wilhelm zu. »Die Person vom Freitag war eine Frau.« Er schloss die Augen. »Eine unglaublich schöne Frau.«

»Wie genau sah sie aus?«

»Sie hat mittellange, dunkle Haare, tiefdunkle Augen, eine sehr ansprechende Figur und wirkt insgesamt sehr … distinguiert.«

Fischer meckerte ein Lachen. »Also doch ein Gspusi!«

Herr Jürgen sah Wilhelm wieder an. »Sie muss aus der Gegend stammen, ich habe sie schon ein paarmal auf der Gasse gesehen. Genaueres weiß sicher Herr Jakob, er wohnt unweit von hier. Ich bin Erdberger. Und noch nicht so lange hier im Haus beschäftigt. Tja, am Samstag habe ich dienstfrei gehabt, bei diesem Tag kann Ihnen nur Herr –«

»Vielen Dank, wir werden ihn fragen. Nur eines noch: Haben Sie eine Ahnung, warum Ihr Chef um das Ganze so ein Geheimnis macht?«

»Auch das müssen Sie ihn selbst fragen. Ich habe nur …«

Der Kellner stürzte erneut in den Raum.

»Ich komme ja schon!«, blaffte ihn der Portier an.

»Jetzt bittet Sie Herr Gerhard, sofort zu kommen. Er ist allein und …«

»Wieso das?«

»Herr Jakob war plötzlich unpässlich. Er ist nach Hause gegangen.«

Herr Jürgen sah Wilhelm an.

»Ja, da schaust aber«, sprach Lukaschek aus, was sie wohl alle gerade dachten.

3

Wilhelm drückte sich im Schatten die Hausmauer entlang, seine Assistenten taten es ihm gleich, und so absolvierten sie im Gänsemarsch die rund zweihundert Meter die menschenleere Taborstraße stadtauswärts. Alle waren irgendwo im Wasser, alle, nur er und seine Mannen nicht. Manchmal verdrießte ihn seine Arbeit.

Er studierte die Hausnummern und rechnete. »Es muss das Haus da vorn bei dem Platzl sein. Das herrschaftliche mit der Apotheke unten drin.«

Lukaschek lachte auf. »Da rechts vorn, in der Glockengassn, da hab ich amal eine Freundin gehabt.« Der Unterton klang nach dem Schnurren eines zufriedenen Katers.

»Lukki, jetzt schau i aber!«, rief Fischer aus. »Du hast amal a Leben vor deiner Anneliese ghabt?«

»Schoitl! Na, glaubst, dass i di Liesl schon in der Volksschul gheiratet hab?«

»Lass mi nachrechnen. Du bist jetzt vierzig …«

»Einundvierzig. Seit letzter Woche.« Lukaschek klang eingeschnappt.

»Richtig, des hamma ja begossen. Und vorletzten Winter habt ihr was gfeiert? Fetzen…?«

»Lumpenhochzeit. Das sind fünfzehn Jahre. So viel wirst du beim besten Willen nie zsammkriegn. Bei deine ganzen Weibergschichtn. Na ja, eher Fräuleingschichtn. Des tät di ja einsperren.«

Wilhelm hörte ein Feuerzeug schnappen und tiefes Einatmen. »Du hast ka Ahnung.« Fischers Ton war eisig. »Mir war's leider net vergönnt.«

Jetzt prallten zwei Körper aufeinander.

»Kannst net aufpassn?« Der keifende Fischer.

»I wollt mir nur entschuldigen bei dir. An die Mama von der Uschi hab i jetzt net dacht.«

Fischer knurrte. Die beiden folgten ihm wieder.

Wilhelm konnte nicht anders als tief durchatmen. Lukaschek hatte manchmal die Gabe, selbst, wenn er es gut meinte, mit Anlauf ins Fettnäpfchen zu hüpfen. Uschis Mutter sprach man gegenüber Fischer nicht an, das musste er inzwischen doch endlich verstanden haben. Der Gedanke an sie und an ihren Selbstmord machte Fischer immer ungenießbar.

Wilhelm stoppte. »So, da sind wir. Jetzt werden wir dem Herrn Jakob einmal auf den Zahn fühlen.« Er drückte die Schnalle. Es war verschlossen – höchst ungewöhnlich für diese

Uhrzeit. Tagsüber standen die Zinshäuser normalerweise offen. Er drückte die einzige Klingel, die höchstwahrscheinlich zur Hausmeisterwohnung führte.

Kein Fenster ging auf, kein Schlüssel drehte sich im Schloss, es tat sich einfach nichts.

»Und was jetzt?« Lukaschek versuchte, sich trotz der Krawatte den Hemdkragen zu weiten. Sein Gesicht war knallrot.

»Jetzt gemma auf einen Gspritztn. Ich hab die Nasn voll.« Fischer wandte sich zum Gehen. »Na, servas!« Er pfiff und straffte seinen Rücken. »Sauber. Sauber.«

Wilhelm folgte seinem Blick und sah eine sehr junge Frau mit dicker blonder Mähne, die ihr knapp über die Schulter fiel. Die dunkel geschminkten, großen Augen waren halb vom Pony verdeckt. Darunter leuchtete ein Schmollmund. Und wiederum darunter ließ sich unter einem dottergelben Sommerkleid ein zierliches Figürchen erahnen. Das Fräulein wirkte wie eine Schwester von Jane Fonda. Und es kam direkt auf sie zu.

Die Fonda-Schwester lächelte sie an. Wilhelm schien, als mache die brütende Hitze einer lauen Frühsommerstimmung Platz. Aus dem Augenwinkel sah er, dass sich nun auch Lukaschek kerzengerade hinstellte. Sie drei standen erwartungsvoll wie Zinnsoldaten da.

Und prompt stoppte die junge Frau genau bei ihnen. »Guten Tag!« Sie nickte einmal reihum, worauf die drei zurückgrüßten, und schlängelte sich zwischen ihnen hindurch zum Haustor. Dort scheiterte sie ebenfalls am geschlossenen Tor. Sie lachte auf, murmelte etwas wie »Die liebe Frau Trude«, kramte aus ihrer Handtasche den Schlüssel und betrat das Haus.

Bevor die Tür zufiel, hielt sie sie fest. »Kann ich Ihnen behilflich sein, meine Herren? Zu wem wollen Sie denn?«

Wilhelm zückte die Kokarde, übernahm die Vorstellung und erläuterte ihr Ansinnen.

Der Schmollmund kräuselte sich. »Hm, ich weiß nicht, ob es Frau Trude recht wäre, wenn ich Sie hereinließe, sie führt ein strenges Regiment.«

»Die Hausmeisterin?«

»Ja, Sie sehen ja, bloß wenn sie einmal kurz wegmuss, sperrt sie schon zu. Sie hat gern den Überblick über die Leute, die im Haus ein und aus gehen.« Es entwich ihr ein kleiner Seufzer, und Wilhelm nahm an, dass sich das Fräulein gern ab und zu unbeobachtet fühlen würde.

»Aber wir sind die Polizei, Fräulein …?«

»Wichert. Sili Wichert.«

»Sili?« Lukaschek runzelte die Stirn. »Des hab i ja no nie …?« Er musterte sie.

Was das Fräulein mit einem Lächeln beantwortete. »Penthesilea. Mein Vater unterrichtet Latein und Griechisch.«

Wie oft hatte sie wohl schon diesen Satz sagen müssen? Arme Penthesilea.

»Und warum ist das Fräulein Sili«, Fischer säuselte die Kurzversion des Namens, »bei diesem schönen Wetter nicht mit einem Verehrer in einem Boot auf dem kühlen Nass?« Er lehnte sich zu ihr an die Mauer und schenkte ihr sein schönstes Lächeln – was auch nottat, denn seine Stimme hatte diesen hohen, scheppernden Klang wie jedes Mal, wenn er nervös war.

Sili lächelte zurück, ihre Augen drückten pure Ablehnung aus. »Weil das Fräulein Sili Klavier üben muss. Weil das Fräulein nämlich auf der Hochschule angenommen werden möchte.«

»Ja, was is denn da für a Bahö? Des is ja a Zusammenrottung!« Eine Frau um die vierzig mit kurzen schwarzen Haaren und einer drallen, aber nicht unappetitlichen Figur in einem schlichten schwarzen Kleid drängte sich zwischen sie. »Belästigen die Herren Sie, liebes Fräulein Wichert?« Sie nahm die Handtasche in beide Hände.

»Nein, liebe Frau Trude, ganz und gar nicht.« Kurzer Seitenblick Silis zu Fischer, der sofort den Kopf senkte. »Die Herren sind von der Polizei und wollen zu Herrn Jakob.«

Flugs drehte sich Frau Trude um und studierte Fischer, dann Lukaschek, um schließlich das Wort an Wilhelm zu richten. »Zum Jakob Gattermeyer?«

Er zückte erneut seine Kokarde und nickte. »Dem Chefportier vom Valerie vorn.«

»Dann sollten Sie auch dort hingehen, er hat heute Dienst.«

Zum zweiten Mal erklärte Wilhelm die Umstände. »Und es ist wirklich dringend. Aber wir werden ihn nicht lange aufhalten, keine Sorge.«

»Der Arme! Na, das haben wir gleich.« Sie ging ins Haus und deutete ihnen zu folgen.

Und so prozessierten sie zu fünft vier Stockwerke hinauf.

Bei der Tür direkt gegenüber der Treppe zuckte Sili mit den Schultern. »Ich wohne hier. Also wir. Meine Eltern und ich.«

Frau Trude war unterdessen bei der Wohnung ganz hinten links stehen geblieben. Sie läutete, sie rief, sie läutete, sie klopfte, sie rief. Nichts. »Versteh ich nicht.« Sie rieb sich das Kinn. »Ob's ihm so schlecht geht?« Sie hämmerte gegen die Tür. Nichts. Sie sah Wilhelm an. »Direkt Sorgen mach ich mir da gleich. Soll ich aufsperren?«

»Es ist keine Gefahr in Verzug. Vielleicht ist er bei einem Arzt. Oder er hat Schlaftabletten genommen. Wir kommen einfach morgen wieder.«

Frau Trude schob den Mund nach links, nach rechts. »Ich weiß! Ich ruf seine Mutter an. Das tut er auch immer. Ständig. Hat sie mir erzählt. Die weiß sicher, was mit ihm los ist.«

»Ach ja?«

»Ja, sie ist Standlerin drüben am Karmelitermarkt. Hat die besten Erdäpfel. Und wegen jedem Schas ruft er sie an. Hat ihr daheim extra a Telefon installieren lassen. Und am Markt ruft er im Weinhaus an. In seinem Alter! Wenn Sie mich fragen ...« Sie wischte mit der Hand vor der Stirn hin und her. »Eindeutig. Aber sie findt nur, dass der Jakob einfach a guter Sohn is. Na ja, jeder, wie er will.« Sie strebte zur Treppe. »Kommen S', jetzt wissen wir's glei.« Sie lief hinunter.

Fischer und Lukaschek folgten ihr.

Wilhelm hielt das Unternehmen für viel zu übertrieben. Ja, wenn es leicht gegangen wäre, hätten sie sich noch Details von Jakob Gattermeyer geholt, aber so dringend war das Ganze nun auch wieder nicht. Sie mussten vielmehr herausfinden, wo dieser Mister Johnson logiert hatte, was bedeutete, sie mussten Hotels und Pensionen durchrufen, zuerst die in der näheren Umgebung, um dann den Kreis systematisch auszuweiten. Irgendwo hatte sicherlich letzten Mittwoch ein Amerikaner Quartier genommen. Und selbst, wenn es wider Erwarten zwei oder drei oder auch zehn gewesen waren, würden sie schlussendlich fündig werden. Selbst in dem Fall, dass der Mann bei der Reservierung im Valerie einen falschen Namen angegeben hatte. Dennoch gab er sich einen Ruck, den dreien zu folgen.

»Herr Chefinspektor?«

Wilhelm sprang für seinen Geschmack viel zu eilfertig zu Fräulein Wichert zurück. »Ja?«

Sie fuhr mit dem Zeigefinger die Messingklinke ab. »Man soll sich ja nicht einmischen, und man soll ja nicht ungefragt … Dinge über Menschen erzählen, die einen im Grunde«, sie sah ihn mit tellergroßen Augen an, »doch nichts angehen.«

»Nein, sollte man nicht. Aber ein Polizist ist da eine Ausnahme.«

»Und wenn es nichts zu bedeuten hat?«

»Vergisst er es gleich wieder.«

Sie holte tief Luft, was den Busen gegen den Ausschnitt drückte. »Ich weiß ja nicht, um was es bei der Sache geht, wegen der Sie Herrn Jakob als Zeugen befragen wollen.«

Wilhelm sagte nichts.

»Aber, wissen Sie, ich schlafe gerade sehr schlecht, weil ich … Also wegen der Aufnahmeprüfung.«

»Verstehe.«

»Ja, und dann mache ich mir oft eine warme Milch. Oder ich sitze nur so da und schaue in die Nacht.«

»Verstehe.«

»Und in den letzten paar Tagen habe ich zweimal draußen Stimmen gehört. Mitten in der Nacht. Laute Stimmen, obwohl sie versucht haben zu flüstern. Und dann ist Herr Jakob weggegangen. Mit einem Mann.«

»Haben Sie ihn gesehen?«

Sie schlug die Augen nieder. »Ich gebe zu, beim zweiten Mal habe ich durch den Spion gespeanzelt. Und dann beim Fenster rausgeschaut. Er war schlank, sein Gesicht war nicht besonders schön, und er ist seltsam gegangen, weil er hat beim Gehen immer nur einen Arm bewegt.«

»Aha. Sonst noch etwas?«

»Ich weiß nur, dass sie Richtung Stadt gegangen sind.«

Wilhelm kam sich wie in einem billigen Film vor: zwei Männer, die offenbar heftig debattierten und dann geheimnisvoll im Mondenschein in die Innenstadt entschwanden, wo das Laster zu Hause war. »Und Sie könnten sich das vielleicht nicht nur einbilden? Weil Sie eventuell übermüdet waren?« Er war stolz auf seinen sanften Ton. Mit sich nach Abenteuer sehnenden Mädchen musste man vorsichtig umgehen.

Der Schmollmund mutierte zu einem dicken Strich. »Ich habe gedacht, Sie sind nicht so.« Fräulein Sili warf den Kopf in den Nacken, stieß die Tür auf.

Er sprang hinzu, bevor sie sie schließen konnte. »Bitte entschuldigen Sie. Aber ich habe das fragen müssen. Wie auch, ob Sie den Mann wiedererkennen würden.«

»Für Sie nicht.« Sie knallte die Tür zu.

Wilhelm schlenderte die Treppe hinunter. Es war doch immer das Gleiche. Kaum bekamen in ihrem Alltag gelangweilte Menschen oder überspannte Personen mit, dass irgendwo etwas nicht ganz koscher war und vielleicht ein Verbrechen in der Luft lag, ließen sie ihrer Phantasie freien Lauf. Und überspannt war dieses süße kleine Fräulein jedenfalls. Wer übte schon an einem Tag wie diesem Klavier?

Er wich einem Gummibaum aus, der sich im Licht des Gangfensters zum Hof zu einem Kraken entwickelt hatte.

Es konnte jedoch natürlich auch den Tatsachen entsprechen, was diese Penthesilea gesehen hatte. Dann war es wert, darüber nachzudenken. Ein Muttersöhnchen, das mitten in der Nacht mit einem Mann wegging, präsentierte sich nicht zu hundert Prozent stimmig.

Im Erdgeschoß prallte er gegen ein angespanntes Trio. Seine beiden Assistenten hatten die Hände hinter dem Rücken verschränkt, was sie immer taten, wenn sie sich schwer beherrschten, und vor ihnen plusterte sich Frau Trude auf Raumhöhe auf. »Ja, dann müssen Sie ihn eben suchen! Wie oft soll ich Ihnen das noch sagen, ha?«

»Was ist los?«

»Die Frau Mutter ...« Fischer und Lukaschek gleichzeitig redend und sich zu ihm wendend. Fischer gab Lukaschek den Vortritt.

»Die Frau Gattermeyer hat die letzten drei Stunden nix von ihrem Sohn gehört und macht sich jetzt Sorgen. Weil er sie nämlich sicher –«

»›Ganz sicher. Da fahrt die Eisenbahn drüber‹«, warf Fischer zitierend mit sarkastischem Unterton ein.

»Ja, also ganz sicher angerufen hätte, wenn er krank wär. Und jetzt will Frau Trude, dass wir nach ihm fahnden, weil ihm etwas passiert sein muss«, vollendete Lukaschek den Bericht.

Wilhelm schnappte sich eine Zigarette – und dachte gerade noch daran, der Hausmeisterin ebenfalls eine anzubieten.

Sie ließ sich Feuer geben und sog genüsslich den Rauch ein. »Wenigstens ein Gutes am Tod von dem Meinem.« Sie rollte die Zigarette zwischen Daumen und Zeigefinger. »Er hat das Rauchen gehasst, weil er nimma dürfen hat wegen seiner kaputten Lunge aus dem Krieg.« Sie sog erneut kräftig ein. »Ich muss mir endlich ein Packerl kaufen, jetzt, wo i machen kann, was i will.« Sie entschwand in ihre offen stehende Wohnung und kam mit einer Untertasse zurück, in die sie die Tschick abrollte. Dann sah sie Wilhelm an. »Also?«

»Schauen Sie, Sie wollen machen können, was Sie wollen, und haben das Recht dazu, und der Jakob Gattermeyer hat auch das Recht, das zu machen, was er will. Vielleicht hat er ein Gspusi und will nicht, dass das seine Mutter mitbekommt. Oder er ist wirklich gleich ins Spital oder zu einem Arzt und taucht jede Minute hier auf. Und rein rechtlich dürfen wir sowieso erst etwas nach vierundzwanzig Stunden unternehmen.«

Frau Trude lachte aus tiefem Herzen. »Na, mir soll's recht sein, 's geht mi ja net wirklich was an. Aber Sie werden no an mi denken, wenn S' seine Leich finden und wissen, Sie hätten ihn retten können. Mit ana Suche und der Einlieferung ins Spital. Weit kann er ja net sein. Weil weit is er nie. I glaub, der Herr Jakob kennt von Wien nix anderes als das Valerie, für das er lebt, die Wohnung hier und den Markt. Vielleicht no die Wohnung seiner Mutter Im Werd, für die er die zweite Hälfte lebt. Also für die Mutter, net für di Wohnung.«

4

»I glaub ja, der hat an Haberer kennengelernt, der ihn jetzt das erste Mal im Leben in a Puff mitgenommen hat.« Lukaschek stach ins Schnitzel. »Und des hat ihm so gfallen, dass er es glei übertrieben hat.« Er schnitt ins Schnitzel. »Deswegen die Streiterei. Aber des derf ma ihm ja net übel nehmen. Ewig unter der Knutn seiner Mutter, da muss einem ja irgendwann der Kragen platzen. Und«, er hob die Gabel mit dem Stück Fleisch, »heute hat er einen Brummschädel und will jetzt einfach seine Ruh.« Er biss ins Schnitzel. Kaute und strahlte. Er war sichtlich höchst zufrieden, dass sie nach gut einer Viertelstunde Herumirrens doch noch ein nicht aufgrund der Hitze geschlossenes Gasthaus gefunden hatten.

»Ich versteh nicht, wie du so reinfressen kannst, wenn's so heiß ist.« Wilhelm schob ein Stück Zwiebel auf ein Radel Knacker. Wurst in Essig und Öl war das Höchste der Gefühle, was er sich einzuverleiben vorstellen konnte. Fischer kaute überhaupt nur an einem Butterbrot mit Schnittlauch herum.

»Na, wenn i so an Flameau hab. Und di Schnitzel da san weltberühmt.«

»Für di vielleicht«, kommentierte Fischer.

»Du bist ja nur neidisch.« Lukaschek schob eine überhäufte Gabel Erdäpfelsalat hintennach.

Wilhelm knabberte ein Stück von der Rinde des altbackenen Schwarzbrotes ab. »Und außerdem, fürchte ich, wird uns der Herr Jakob nicht viel anderes als der Herr Jürgen erzählen können.«

»Ja, aber komisch ist es schon, dass er zufällig«, Fischer betonte das Wort, »krank worden is. Schaut mehr nach Abpaschen aus.«

»Vielleicht war einer von die drei oder vier jemand Prominenter, den er nicht verraten will? Diese Hotelleute und ihre blödsinnige Verschwiegenheit kennen wir doch. Na, wir werden es schon noch rauskriegen.« Wilhelm wischte sich mit der Serviette das Gesicht ab. Vermaledeite Hitze. »Burschen, wir müssen die Sache ohnehin anders angehen.« Er erklärte ihnen den Plan vom Abklopfen der Hotels und Pensionen. »Aber wir sind heute unterbesetzt, kein Mensch in der Sicherheitswache. Und allein kriegen wir den Koller. Also …« Durfte er das? Es handelte sich um Mord, sie sollten rund um die Uhr arbeiten. Doch wenn es die anderen nicht taten und sie daher im luftleeren Raum agierten? »… vertagen wir auf morgen.«

»Ja!« Fischer klatschte auf den Tisch. »Donau, ich komme!«

»Aber fertig essen derf i schon no, oder?« Lukaschek schnitt ein großes Stück Fleisch ab.

»Wir wollen ja net, dass d' zu an Gerippe abmagerst.« Fischer hob ihm prostend den gespritzten Apfelsaft entgegen.

Wilhelm schob das letzte Stückchen von der Knackwurst an den Tellerrand und legte das Besteck ab. Er setzte sich seitlich zum Tisch und streckte die Beine aus, sah die Gasse entlang. Kein Mensch. Als wäre alles verzaubert. Er hörte ein Feuerzeug klicken.

»Also, ans möchte i schon sagen: Der Fall, der geht ma auf di Nerven.« Fischer blies lautstark den Rauch aus. »A misshandelter, toter Neger ohne Papiere, den kaner kennen will, der si aber höchst geheimnisvoll und umtriebig mit Leut troffn hat. Hoffentlich is des ka Geheimdienstgeschicht.«

Das konnte man wirklich nur hoffen. »Also, wie gesagt, Burschen, morgen die Hotels. Und natürlich fragen wir am Flughafen nach, obwohl ich glaube, dass Herr Johnson ein falscher Name ist.«

»Und wenn er mit dem Zug kommen is? Oder mit dem Auto?«, warf Lukaschek schmatzend ein.

Fischer stöhnte auf. »Du hast wirklich a Talent, andere den Nipf zu nehmen.«

»Aber er hat was Richtiges gesagt.« Wilhelm zündete sich ebenfalls eine Zigarette an. »Wir suchen die Nadel im Heuhaufen.«

»Wenigstens is sie schwarz«, kommentierte Fischer.

Wo er recht hatte, hatte er recht. Dunkelhäutige Menschen fielen einfach auf. »Vielleicht haben wir ja Glück und es meldet ihn alsbald jemand als vermisst. Ein Hotel, dem etwas komisch vorkommt, oder so.«

»Das ist das Erste, das ma Hoffnung gibt«, meinte Fischer, »der Trafikant hat uns ja auch nichts gebracht.«

Ja, leider. Der hatte in dem Opfer zwar den Bonbon-Stibitzer erkannt, jedoch nicht sagen können, aus welcher Richtung er täglich gekommen war.

Schweigen. Unterbrochen von gelegentlichem Schmatzen seitens Lukaschek.

»Weißt«, begann Fischer, »wir sollten vielleicht auch noch nachschauen, wo man in den Wienkanal hinunterkommt. Is zwar eigentlich wurscht, aber wer weiß?«

»Das habe ich mir auch schon …« Wilhelm durchfuhr es wie ein elektrischer Schlag. Dort vorn, diese Silhouette mit dem engen Zweiteiler! Er fuhr in die Senkrechte. »Das ist …«

»Was?« Lukaschek.

»Wer?« Fischer.

»Bin gleich wieder da.« Wilhelm ging los, die Frau verschwand hinter der Häuserecke, er rannte los.

An der Ecke lugte er vorsichtig um dieselbe, und tatsächlich, vielleicht hundert Meter entfernt sah er die schwarzhaarige Schönheit, die so auffällig seinen Mannen vor dem Valerie ausgewichen war, dahintrippeln. Er setzte sich auf ihre Spur: langsames Gehen, Auslagen betrachten, in Hauseingängen verschwinden, sich eine Zigarette anzünden, langsames Gehen, unauffälliges Gehen. Sie hingegen schien zielbewusst und seltsamerweise zugleich chaotisch etwas entgegenzustreben. Nach einigen Haken absolvierten sie schließlich zügig die Große Mohrengasse

Richtung Donaukanal und landeten am Schlagbrückenufer. Dort sah die Schönheit auf ihre Armbanduhr und zündete sich eine Zigarette an.

Um Himmels willen, was tat er da eigentlich? Es handelte sich bloß um eine Frau, der er beinahe auf die Zehen gestiegen war, deren Hinterteil er attraktiv fand und die unweit des Valerie jemandem nicht begegnen hatte wollen. Es war allerdings völlig unklar, wer das gewesen war. Neben seinen Assistenten kamen der alte Mann und sonst noch mindestens ... Wilhelm holte sich die Szene zurück ins Gedächtnis. Ja, neben dem Mann mit dem Hund war ein paar Meter weiter ein jüngerer Mann dabei gewesen, sein Auto aufzusperren. Wenn er genau hinsah, erkannte er noch eine Gestalt vielleicht fünfzig Meter entfernt, eine Frau mit Tasche. All diese Personen hatten sich direkt auf der geraden Linie zum Valerie und darüber hinaus befunden. Er konnte sich aber nicht einmal sicher sein, ob die Schönheit nicht zuvor etwas auf der anderen Straßenseite gesehen und dann nur starr vor sich hingeblickt hatte.

Wilhelm dehnte seinen Nacken und schüttelte sich ab. Nun denn, jetzt war er schon einmal hier, jetzt konnte er seine lächerliche Observation auch zu Ende bringen, denn die Frau wartete auf jemanden, das war sonnenklar. Und dann war Schluss für heute. Er würde Elisabeth anrufen und sie sanft rügen, dass sie ihn mit ihrer Indiskretion in diesen Fall hineingeritten hatte, von ihr Buße in Form eines kühlen Getränks an einem noch kühleren Nass verlangen. Gestern, als er sie zum ersten Mal zu erreichen versucht hatte, war seine Halbschwester aus gewesen. Mit wem eigentlich? Sie hatte nichts angekündigt. Verdammt, das ging ihn nichts an. Aber sie hatten ein so inniges ... Manchmal kam er sich mehr wie ihr Ehemann vor als ihr tatsächlicher Angetrauter, der nicht wie sie im Herberstorffer Anwesen in Döbling, sondern weit draußen im Niederösterreichischen weilte.

Die Schönheit schnippte die Zigarette in den Kanal und ging auf die Schwedenbrücke. Dort stand eine Frau und sah ins Wasser. Wilhelm kniff die Augen zusammen, aber er konnte im Flirren der Hitze weder genau erkennen, wie alt diese Frau war, noch, ob ihm das Gesicht bekannt vorkam. Was ja natürlich im Grunde unwahrscheinlich war. Jedenfalls trug sie dunkle hochgesteckte Haare und ein schlichtes flaschengrünes Kleid. Die Schönheit stellte sich zur Flaschengrünen. Sie taten so, als ob sie einander unbekannt wären. Sie lachten, wie man es tut, wenn man mit jemand Fremden ein nettes Gespräch führt. Sie lehnten sich nebeneinander, aber sicher dreißig Zentimeter voneinander entfernt, auf das Geländer, wie man es tat, wenn man Fremdsein gepaart mit Interesse vortäuschen wollte.

Vielleicht waren sie ja tatsächlich zwei Frauen, die einander nicht kannten und nun ein paar Gemeinsamkeiten feststellten. Nein, die Zigarette. Die Schönheit hatte auf die andere gewartet.

Jetzt verabschiedeten sich die beiden mit Kopfnicken. Die Flaschengrüne ging über die Brücke Richtung Innenstadt, die Schönheit kam Wilhelm entgegen. Was tun? Die Flaschengrüne hatte schon beinahe das Ende der Brücke erreicht, er würde sie nicht mehr einholen können. Also musste er sich auf die Schönheit konzentrieren.

Wilhelm verschwand im nächstgelegenen Torbogen und tat so, als zünde er sich eine Zigarette an, wobei er seine Hand über Augen und Stirn hielt. Die trippelnden Schritte passierten sein Versteck.

Er folgte der Schönheit erneut. Wiederum ein Haken nach dem anderen. Wilhelm war erstaunt, wie viele kleine Gassen und Durchhäuser es in der Leopoldstadt gab. Sie marschierten sicherlich zehn Minuten, er verlor beinahe die Orientierung. Dann blieb die Verfolgte abrupt stehen, und zwar so abrupt, dass er ihr fast auf fünf Meter nahe gekommen wäre. Sie befanden sich am Ende vom Werd, wo der Straßenzug in die Leopoldgasse mündete. Die Schönheit betrat das Haus. Und Wilhelm hatte keine Ahnung, ob sie hier wohnte oder jemanden besuchte. Wobei »Im Werd« – war das nicht angeblich die Adresse der Mutter von Herrn Jakob? Nein, zu weit hergeholt.

Er schlenderte zum Hauseingang. Was sollte er bitte der oder dem Concierge sagen? Dass er eine Unbekannte ohne wahrhaft dringenden Verdacht verfolgte? Und jetzt zu wissen wünschte, ob in diesem Haus eine dunkle Schönheit wohnte? Da waren auch Polizisten Grenzen gesetzt.

Er ging um die Ecke und hielt inne, um sich nun wirklich eine Zigarette anzuzünden. Das Zippo!

Flugs war Wilhelm wieder beim Hauseingang. Und wie bestellt, beugte sich rechts aus der Erdgeschoßwohnung ein Kopf mit himmelblauem Turban.

Er riss das Feuerzeug aus seiner Sakkotasche und hielt es der Frau mit dem Turban entgegen. »Das hat sie verloren!«

Hochgezogene Augenbraue. »Wer?«

»Die Frau, die da gerade in Ihr Haus gegangen ist, Verehrteste.«

»Da is ka Frau ins Haus gangn.«

»Doch! So eine ...« Nein, er durfte nicht »Schönheit« sagen, das war in jedem Fall schlecht. »... Dunkle. Um die dreißig. In einem Zweiteiler. Pflaumenfarben. Und das Feuerzeug ist ihr da vorne«, er streckte den Arm vage in Richtung Donaukanal aus, »aus der Tasche gefallen. Ich habe ihr nachgerufen, aber sie hat mich einfach nicht gehört.«

»Net hören wollen?« Der Unterton der Hausmeisterin war irgendwo zwischen mütterlich und zynisch.

Er betrachtete mit aller Verve und Entrüstung das Zippo in seiner Hand. »Bei so was hört man. Noch dazu am helllichten Tag. Wir reden ja net von einem Überfall in einer dunklen Ecke um drei in der Früh.«

»So ausgstorbn wie mitten in der Nacht is es aber heut.« Sie seufzte und ließ den Blick über die Gasse schweifen. »Da kann man dann schon glauben, dass a Unsittlicher hinter einem her is.«

Wilhelm zauberte sein breitestes Lächeln ins Gesicht. »Schau ich so aus, Gnädigste?«

Die Frau nahm das kleine Stielglas auf, das vor ihr am Fensterbrett stand. Es war mit dunkelroter Flüssigkeit gefüllt. Sie trank, ohne den Blick von ihm abzuwenden. Sie stellte es ab, leckte sich die Lippen und lehnte sich aufs Brett. »Ich kenn sie nicht. Sie ist da zum ersten Mal zu Besuch.«

»Bei wem?« Wilhelm verwünschte sich für diese direkte Frage.

»Ah, a Kieberer. Hab ich's mir do dacht.« Die Turbanfrau grinste.

Wilhelm schüttelte den Kopf, hielt ihr das Zippo entgegen. »Ganz falsch. Ein … nun, sagen wir, Verehrer der Gestalt der Dame.«

»Also doch a Steiger!« Sie lachte wie ein Traktor.

Wilhelm streichelte das Feuerzeug und steckte es ein. »Nun, wenn Sie mich in tiefen Schmerz stoßen wollen …« Er schickte sich an zu gehen.

»Des hilft Ihnen ja nix, wenn ich Ihnen sag, wo sie hin is.«

Er sah die Hausmeisterin an. In ihrem Gesicht stand mütterliches Wohlwollen. »Wer weiß?« Er bemühte sich um einen verschwörerischen und zugleich treuherzigen Blick.

»Es hilft Ihnen nix, glauben S' mir das, weil sie is zur alten Gattermeyer. Und fragen S' mi net, warum. I hab des Fräulein da no nie gesehn. Also werden Sie sie da auch nimma sehen.«

Doch die Mutter des Herrn Jakob! Das war … Das war doch mehr als … Ja, was eigentlich? Jedenfalls bemerkenswert. Und auch befriedigend, denn nun hatte er nicht mehr das Gefühl, sich nur wegen einer Spinnerei durch die nachmittägliche Hitze der Mazzesinsel gequält zu haben. Jetzt könnte er sogar, so als Polizist … Nein, es reichte zu wissen, dass es eine Verbindung gab. Wenn er da hinaufginge, könnte sowieso jede Verdächtigkeit mit dem Hinweis auf Bekanntschaft durch den Markt und die enge Verflechtung der Bewohner des Grätzels in die Bedeutungslosigkeit verschoben werden. Die gute Nachricht war vielmehr, die nette Frau Turban würde, ausgehend von ihrer Tratschfreudigkeit, die Geschichte jederzeit wieder bezeugen. Da herrschte also keine Eile.

Wilhelm ließ die Mundwinkel fallen, seufzte theatralisch, absolvierte den besten Diener seines Repertoires. »Sie haben dermaßen recht, gnädige Frau.« Er umklammerte das Zippo und hielt es halb in die Höhe. »Ich werde das Feuerzeug als Andenken behalten.« Er verbeugte sich nochmals. »Gschamster Diener.«

Er hörte noch »Aber Sie können es ja mir geben und ich gebe es …«, doch er ließ seine Beine laufen. Er fühlte sich beschwingt. Die intuitive Verfolgung der Schönheit hatte sich als goldrichtig entpuppt, es könnte sich daraus theoretisch – eventuell – vielleicht der Hauch einer Spur entwickeln. Eine dicke Schweißperle quetschte sich in sein Auge. Wilhelm schlüpfte aus dem Sakko, es war schlicht unerträglich. Kindern gab man bei solchen Temperaturen hitzefrei. Was für die Kleinen recht und billig war, konnte doch auch für Beamte … Er sah auf die Uhr. Seit seinem Weggang war über eine Stunde vergangen – und seine Assistenten räkelten sich inzwischen wohl irgendwo im Grünen. Aber man konnte nie wissen, und so hastete er weiter durch die Gassen der Leopoldstadt zurück zum Wirtshaus: Die beiden Lieben, Guten und Treuen dämmerten tatsächlich noch immer in der Hitze vor sich hin, in der Gesellschaft des mittlerweile siech wirkenden Kellners.

Wilhelm bestellte sozusagen im Vorbeiflug drei Gspritzte und kündigte nun endgültig den Dienstschluss an. Fischer und Lukaschek bedachten ihn mit einem derart liebevollen Blick, wie sie es selten noch getan hatten. Wilhelm eilte in die Stube zum Telefon. In spätestens einer Stunde konnte das wahre Leben beginnen.

5

Ein leichtes weißes Hemd zu einer ebenso leichten weißen Hose, Sandalen, die Sonnenbrille auf der Nase, eine Schirmkappe auf dem Kopf und rundherum Fahrtluft, die zwar heiß wie aus einer Trockenhaube kam, aber dennoch belebte – so ließ es sich den Rest des Tages genießen! Wilhelm streckte die Arme nach oben. Seine Hände flatterten im Wind.

»Pass auf, dass sie dir nicht abreißen!«

Wilhelm setzte sich wieder brav hin und betrachtete Elisabeth. Ein Lächeln umspielte ihren Mund. Viel mehr konnte man vom entzückenden Gesicht seiner Halbschwester auch nicht sehen, denn die Sonnenbrille mit den Strasssteinen an den Spitzen verdeckte alles bis zur Nasenspitze, und das weiße, durchscheinende Tuch, das sie sich um den Kopf geschlungen hatte, war durch die Turbulenzen bis halb zu den Brauen gesunken, wodurch ihre goldene Mähne fast zur Gänze verborgen war. Dennoch bot Elisabeth einen hinreißenden Anblick. Sie trug ein weiß-gelb gemustertes, ärmelloses Kleid, das an der Vorderseite geknöpfelt und unterhalb der Taille in Dreiecken ausgearbeitet war, die auf den bauschigen Rock wiesen. Ihre Schneiderin war eine Künstlerin. Und das Gelb passte hervorragend zu Elisabeths gebräunter Haut. Sie trug weiße, gelöcherte Lederhandschuhe und lenkte unglaublich lässig das Ostergeschenk ihres Gatten, den Jaguar E.

Elisabeth war misstrauisch gewesen, denn üblicherweise stellte sich ihr Göttergatte immer nur dann mit einem etwas überdimensionierten Geschenk ein, wenn er wieder einmal für eine Affäre Abbitte leistete. Doch er hatte auf Stein und Bein geschworen, dass er damit bloß seiner Reue über all das Ungemach, das er ihr schon bereitet hatte, Ausdruck verleihen wollte. Elisabeth hatte ihm schließlich geglaubt.

Wilhelm nicht. Aber es sollte ihm recht sein, so kam er in den Genuss einer Fahrt in einem roten Flitzer, neben sich eine wunderschöne Frau und vor sich ein kleines Abenteuer, das ihn für den verpatzten Sonntag gestern entschädigen würde. Was brauchte ein Mann mehr zum Glücklichsein? Wilhelm zündete sich eine Zigarette an. Nun, vielleicht, dass seine Halbschwester nicht seine Halbschwester sowie außerdem nicht verheiratet und Mutter von vier halbwüchsigen Kindern wäre.

»Ich bin schon sehr neugierig, wohin du mich entführst, Will.«

»Nicht mehr lange.«

Sie bogen vom Gürtel in die Linke Wienzeile ab, bewegten sich daher nun unausweichlich Richtung Tatort, und er empfand angesichts seines Blaumachens schlagartig fast so etwas wie schlechtes Gewissen, aber nur fast.

Wilhelm zwang sich, das Sonnenspiel in den Blättern der Bäume am Wienfluss zu genießen, stellte sich das Glitzern des Wassers vor, an dem sie gleich sitzen würden – und sah eine malträtierte Leiche vor sich. Er seufzte.

»Tut mir leid, Will, aber bei Rot muss ich leider stehen bleiben. Gleich geht's weiter.« Sie lächelte und ließ den Wagen langsam zur Ampel rollen.

»Ach, das ist es nicht, ich muss nur …« Wilhelms Blick fiel zur Uferverbauung. »Wart!« Er sprang aus dem Auto und rannte über die Straße zur Mauer. Ein Abgang. Ein steiler, löchriger, doch tatsächlich existierender Abgang zum Fluss hinunter. Im Grunde hatte er schon befürchtet, dass man in das steinerne Bett nur über die Kanalisation kam.

Neben ihm rumpelte es. Elisabeth stoppte den Wagen mitten auf der Grünfläche. Sie nahm die Sonnenbrille ab und runzelte die Stirn.

»Tut mir leid, Liz, aber da ist ein Abgang.«

Sie runzelte die Stirn noch tiefer.

»Der Fall. Das ist für den Fall wichtig.« Er sah zum Schloss Schönbrunn, in dessen Verlängerung sich die Kennedybrücke befand. Man konnte sie nicht sehen, der Wienfluss machte eine Biegung, und sie war zu weit weg. Dieser Abgang konnte nicht der richtige sein. Da musste es noch einen ein Stückchen näher geben. Und wenn er schon die Fahrt unterbrochen hatte, konnte er die Sache auch gleich erledigen. Er stützte sich am Wagen ab und beugte sich zu seiner Halbschwester. »Meine Liebste, ich müsste einmal …«

»Muss ich jetzt allein picknicken?«

Er schüttelte den Kopf. »Gönn dir im Parkhotel vorn bei der Kennedybrücke einen Aperitif. Ich komme zu Fuß nach. Dauert nicht lang, höchstens«, er ging die Strecke im Kopf durch, »zwanzig Minuten.«

Sie wedelte ihn weg, rumpelte mit dem Auto zurück auf die Straße und verschwand mit quietschenden Reifen.

Wilhelm trabte los, überquerte die Grünbergstraße und schlug sich wieder in die Büsche. Schon nach wenigen Metern rann ihm der Schweiß in die Augen. So eine Schnapsidee! Warum war er nicht fähig, einfach die Arbeit Arbeit sein zu lassen und das Leben mit Liz zu genießen? Und dann war das Gehen auch noch unangenehm, weil der Boden durch die Hitze zu Stein getrocknet war, ohne die angenehme Glätte von Asphalt aufzuweisen. Steine, Wurzeln und kleine Löcher, kaum Gras. Und nicht einmal das Schloss Schönbrunn war eine Augenweide. Es gehörte wahrlich wieder einmal angestrichen, das berühmte Gelb war nur mehr zu erahnen. Aber dafür hatte die Stadt oder der Staat offenbar kein Geld.

Jetzt passierte er bereits den Westflügel des Schlosses, und da war noch immer kein weiterer Abgang zum Fluss. Er beugte sich über das Geländer und schaute zur Kennedybrücke, überhängende Büsche verwehrten ihm Gewissheit. Er marschierte weiter, spürte, wie ihm das Wasser die Wirbelsäule hinunterlief, trotz Unterleiberls. Hoffentlich saugte es alles auf, denn er mochte Liz beim Picknick nicht wie ein verschwitzter Boxer gegenübersitzen. Meter um Meter, Baum um Busch und kein Abgang. Diese wahnsinnigen Mörder. Warum hatten sie diese Strapaze auf sich genommen? Nein, es musste auf der anderen Seite, stadtauswärts, eine näher zum Tatort gelegene Stiege geben.

Beim Pavillon auf der Brücke wischte er sich den Schweiß von Gesicht und Haaransatz. Jetzt brauchte er wahrlich kein schlechtes Gewissen mehr zu haben, auf in die verdiente Auszeit!

Elisabeths Gestalt leuchtete unter einem Sonnenschirm auf der Terrasse des Hotels. Sie nippte an einem Campari und sah wie ein Filmstar aus. Ihr Mann war ein unfassbarer Trottel. Man sollte diesem Eisenstein einmal zwei kräftige Ohrfeigen verpassen, damit er munter wurde und wieder zu schätzen wusste, welchen Edelstein er da sein Eigen nannte. Aber er vergnügte sich ja lieber mit den Frauen von Geschäftspartnern. Immer und immer wieder, und zwar nur mit diesen. Es musste eine Art Fetisch sein.

Wilhelm ließ sich auf den Sessel neben Elisabeth fallen. Und in diesem Moment kam der Kellner mit einem Campari Soda mit viel Eis, den er vor Wilhelm mit den besten Wünschen abstellte.

»Du bist pünktlich«, sagte seine Halbschwester lächelnd.

Sie stießen an, tranken, rauchten und beobachteten das Geschehen rundherum, das keines war. Nur ein Hotelgast, der im Halbschlaf das Seidel Bier umklammert hielt, und ein alter Mann auf dem Gehsteig, der nach jedem zweiten Schritt eine Pause einlegte. Wohltuende Stille.

»Erzähle es mir!«, forderte Elisabeth ihn auf. »Ich bin ja sowieso schon fast eine Interne, nachdem mir dein Professor Waller etwas stecken musste, um dich ausfindig zu machen. Und du weißt, wie neugierig ich bin. Aber die Zeitungen haben kaum etwas gebracht. Sie haben sich nur gefragt, ob der Mann umgebracht wurde, weil er eben ein *Neger* ist.«

»Das können wir nicht ausschließen. Aber es könnte auch mehr dahinterstecken.« Und Wilhelm fasste die letzten vierundzwanzig Stunden zusammen. Es tat gut. Natürlich sollte er amtsfremden Personen nichts über einen Fall erzählen, aber er wusste bei seiner Halbschwester jedes noch so brisante Geheimnis bestens aufgehoben. Außerdem konnte die Sicht von Außenstehenden von Fall zu Fall hilfreich sein. Und selbst, wenn sie nichts aktiv beizutragen vermochte, half ein Gespräch mit ihr doch manchmal, die Gedanken zu sammeln.

Nachdem er geendet hatte, bat sie ihn, noch zwei Campari zu ordern. Was er tat.

»Weißt du, ich finde es äußerst seltsam, dass die Amis nichts mit ihrem Landsmann zu tun haben wollen. Gut, sie sagen, es sei nicht sicher, aber das ist Unsinn, wie ihr ja inzwischen herausgefunden habt.«

»Nun, auch Engländer reden Englisch.«

»Richtig. Doch warum sollte ein Engländer sich amerikanische Soldatenstiefel anziehen? Die haben ihre eigenen. Und außerdem hat dieser Portier vom Valerie ausdrücklich von einem amerikanischen Akzent gesprochen.« Sie überschlug die Beine in die andere Richtung – und Wilhelm bewunderte einmal mehr ihre schlanken Fesseln. »Es gibt in Wien sicherlich so eine amerikanische Gemeinschaft. Community. Das machen Ausländer doch gerne.«

»Geh! Glaubst wirklich?«

»Nun, ich weiß zumindest, dass die Exilösterreicher in New York einander kennen. Und wenn unsereins dorthin fliegt, weiß man jemanden, der jemanden kennt.«

Unsereins. Also die reichsten fünf Prozent. Wer anderer konnte sich für gewöhnlich so einen Vergnügungsflug über den großen Teich ja nicht leisten. Insofern war es kein Wunder, dass man einander kannte.

»Oder kürzlich bei der Modeschau vom Rocardo auf dem Kohlmarkt bin ich mit einer Kubanerin ins Plaudern gekommen. Die, die hier bei uns sind, kennen einander auch alle. Also warum nicht auch die Amis? Ich finde, da solltet ihr euch einmal umhören.«

»Vielleicht doch keine so schlechte Idee. Aber wo finde ich die? Besatzungszonen gibt es ja nicht mehr.«

Der Kellner servierte, sie stießen an und tranken.

»Und was ist, wenn du bei der Botschaft vorstellig wirst? Nein, noch besser, bei der Residenz? Die ist doch gleich da oben.« Sie deutete hinter sich.

Wilhelm lachte auf. »Habe ich dir doch gesagt! Die wissen alle Bescheid! Das hat mir dieser Colonel deutlich zu verstehen gegeben. Wenn die wirklich nichts mit dem Toten zu tun haben wollen, werden sie mauern.«

Sie tranken und dämpften aus und zündeten sich neue Zigaretten an.

»Und wenn sie das jemand fragt, den sie nicht kennen und den sie als harmlos erachten?«

Wilhelm sah seine Halbschwester an. »Das kommt überhaupt nicht in Frage.«

Sie grinste. »Kannst du nicht jeden Menschen in den Dienst stellen?«

»Darum geht es nicht. Ich will nicht, dass dir etwas passiert. Und es gibt sicher andere Wege, das herauszufinden.«

»Ja, langwierigere. Und jetzt sind wir nun schon einmal quasi vor Ort. Ich will dir helfen, und ich kann es.« Sie legte ihre Hand auf die seine, die sofort zu kribbeln begann. »Bitte, Will, was soll mir denn da passieren? Ich ... hm ... frage einfach nach einer Freundin. Nach der«, sie summte überlegend, »Liz Miller. Ein Allerweltsname. Eine Freundin ... mit der ich seit meinem Aufenthalt in New York, wo wir einander in der Met kennengelernt haben, in Briefkontakt stehe. Und die ich vom Westbahnhof hätte abholen sollen, weil sie zuvor eine Bekannte in München besucht hat. Hm, sie ist nicht aufgetaucht. Weil ... ich zu spät war, ja, genau, weil ich vergessen habe zu tanken. Ich klimpere ein bisschen mit den Augen«, sie legte sich die Hand auf die Brust, »ja, ich weiß, ich bin ein unbedarftes Weibchen. Und ich nehme an, dass sie, verzweifelt, wie sie ist, weil sie ja nicht nur in einer fremden Stadt, sondern auf einem fremden Kontinent ist, nun Bekannte aufsucht. Mit dem Taxi. Oder so irgendwie.«

»Oder so irgendwie. Die gneißen doch sofort, dass das ein Quargel ist.«

Elisabeth stellte die Beine elegant parallel nebeneinander ab und beugte sich zu ihm. Sie hob die Sonnenbrille und glühte ihn mit einem tiefen Blick an. »Sie unterschätzen meine schauspielerischen Fähigkeiten, Mister Fodor.« Das Sprechen war mehr ein gutturales Gurren.

»Kommt überhaupt nicht in Frage.« Er dämpfte die Zigarette mit Nachdruck aus.

Schweigen. Trinken. Schweigen.

Fodor verlangte die Rechnung.

Elisabeth startete den Motor. Sie sah ihn an. Wilhelm betrachtete die Kirche, die sich neben dem Schlosspark stolz in die Höhe reckte. Wie eine Lanze. Und er merkte, dass er den Campari spürte. Zu wenig Essen bei zu großer Hitze. Es war keine Entschuldigung, dennoch konnte er nicht umhin, dem Plan von Elisabeth etwas abzugewinnen. Endlich einmal nicht nur reagieren, sondern agieren. Er nickte.

Sie brauste los, an der Kirche vorbei und die Maxingstraße hinauf. Kurz vor der fünften Seitengasse hielt sie am Straßenrand. »Warte hier. Dir sieht man den Polizisten ja auf hundert

Meter gegen den Wind an.« Sie lachte und legte ihm die Hand auf den Arm. »Nichts für ungut, mein Lieber, aber sicher ist sicher. Lass mich nur machen.«

Kommentarlos stieg Wilhelm aus. Sie bog in die Weidlichgasse ein, wo sich der eigentliche Eingang zur US-Residenz befand. Er fixierte die Stelle, an der das Auto verschwunden war.

Das dauerte schon viel zu lange. Er zündete sich eine Zigarette an. Es war eine absolut kindische und blöde Idee, das Ganze. Und im Grunde hatte er Elisabeth nur eine Freude machen wollen, das musste er sich jetzt eingestehen. Eine Freundin aus New York, ja, sicherlich! Eine Brieffreundin, die – oh Gott, die natürlich wusste, wo ihre Wiener Freundin wohnte, und sich ganz einfach mit dem Taxi dorthin chauffieren lassen konnte. Das bedachte jeder normale Mensch, der nicht aufgrund von zu viel Campari unfähig zum Denken war. Er musste seine Schwester retten.

Wilhelm zertrat die Tschick und ging zur Gasse. Elisabeth streckte gerade flehentlich die Handflächen aus. Ihr gegenüber standen der Soldat vom Wachhäuschen und ein Mann in Sommerhose sowie kurzärmeligem Hemd mit Krawatte. Letzterer trug einen breitkrempigen Strohhut, was wohl mehr der Gesundheit denn der Mode geschuldet war, denn noch auf diese beträchtliche Entfernung konnte Wilhelm erkennen, dass die Haut auf den Armen knallrot war. Dieselben verschränkte der Mann nun. Elisabeth redete auf ihn ein, jetzt eskalierte die Situation gleich. Wilhelm ging los. Der Mann mit dem Hut legte die Hand auf Elisabeths Schulter und beugte sich zu ihr. Es sah beschwichtigend und gar nicht bedrohlich aus. Sie hatte ihn tatsächlich eingewickelt.

Wilhelm zog sich zurück.

Kurz darauf bog Elisabeth um die Ecke und parkte direkt neben ihm. »Alles klar, in der Residenz hat sich meine Freundin nicht gemeldet …«

»Na, geh! Wirklich aber auch!« Wilhelm schwang sich in den Wagen.

Sie ließ die Finger auf dem Lenkrad tanzen. »Ich habe aber

nicht lockergelassen. Und schließlich hat er mir leicht entnervt erzählt, dass es da eine Siedlung in Döbling gibt, wo sehr viele, die irgendwie mit Botschaft, Residenz und Sonstigem zu tun haben, wohnen. Vielleicht kenne sie ja jemanden von dort, hat er gemeint.«

Wilhelm lachte auf. »Hat er gemeint? Und hat er dich nicht gefragt, warum deine Freundin nicht einfach zu dir nach Hause fährt, da sie ja deine Adresse von den Briefen her kennt?«

»Oh.« Die Finger erstarrten in der Luft. »Da haben wir aber Glück gehabt, dass er daran genauso wenig gedacht hat wie wir.« Sie ließ die Finger wieder tanzen. »Wenigstens haben wir jetzt einen Ansatzpunkt.«

»Na, ich weiß nicht. Von einem Haus zum nächsten gehen und fragen, ob sie den Toten kennen …«

»Das machst du doch sonst auch. Aber vielleicht willst du ja in der Jazzszene anfangen. Die hat er auch noch erwähnt.«

»Ist wenigstens amüsanter. Ich war schon ewig nicht mehr im Riverboat.«

Elisabeth startete den Wagen. »Aber vielleicht solltest du doch mit dem Mann selber beginnen.«

»Wieso?«

»Na ja, ich habe gemeint, ich möchte nicht, dass meiner Freundin so etwas passiert wie dem Toten von der Kennedybrücke.«

Wilhelm durchfuhr ein Schlag. »Das hast du nicht!«

»Doch.«

»Du … du …«

Sie zog die Augenbraue in die Höhe. »Er hat alarmiert gewirkt. Ich schwöre dir, er kennt den Toten.« Sie gab Vollgas.

6

Sie rasten die Maxing hinunter. Bei der Kirche brüllte Wilhelm seine Schwester an, stehen zu bleiben. Sie tat es augenblicklich.

Mitten auf der Straße, was aber aufgrund der hitzebedingten Totenstille keinen kümmerte, nicht einmal Wilhelm.

Er faltete die Hände, verschränkte die Finger, holte ein paarmal tief Luft. »Liebe Liz, das machst du bitte nie wieder.«

»Was denn, lieber Will?« Ihre Stimme war eisig.

Wie vermittelte er ihr nur, dass Verbrecher nicht nur in Groschenromanen, sondern auch in Wirklichkeit unberechenbar und gefährlich waren? Er drehte sich zu ihr. »Du hast keine Erfahrung mit Verbrechern, du weißt nicht, wie sie reagieren. Und im Notfall hast du weder die Staatsmacht noch eine Waffe an deiner Seite. Du kannst also nicht fröhlich wie ein unbedarftes Rehkitz Leute aus der Reserve locken.«

Sie kniff die Lippen zusammen. »Behandle mich nicht wie ein Baby«, presste sie dazwischen hervor.

»Das tue ich nicht. Auch nicht wie ein dummes Kind und schon gar nicht wie eine beschränkte Probiermamsell.«

»Vielen Dank für die Komplimente.«

»Nein, im Ernst, Liz«, er ließ seine Hand über der ihren schweben, »solche Aktionen gehören abgesprochen. Das machen auch wir Profis untereinander. Man weiß nie, wann man einem gefährlichen Menschen oder dem Mörder, den man sucht, begegnet. Und man muss sich absichern. Ich will mir keine Sorgen um dich machen müssen, verstehst du?« Er senkte die Hand langsam, sie zuckte nicht zurück. »Wenn dir was passiert, drehe ich durch. Und das willst du doch nicht, oder?«

Sie drückte seine Hand, dann seufzte sie. »Na ja, ein bissel Wahnsinn täte dir ab und zu nicht schaden, mein lieber Herr Beamter.« Sie grinste ihn an.

»Sie befehlen, ich gehorche, Mylady!« Er ließ sich in den Sitz zurückfallen. »Bitte über die Brücke und dann links. Jetzt machen wir endlich das Picknick.«

Elisabeth jubelte und legte einen Kavalierstart hin. »Sag es mir, sag es mir! Fahren wir zur neuen Autobahnbrücke? Machen wir dort Picknick?«

Er lachte auf. »Wie du bestens weißt, meine Liebste, habe ich die schon gesehen.«

»Aber ich nicht.«

»Wirst du schon noch. Nein, ich weiß für uns etwas Besseres.«

Nach der Kennedybrücke hieß er sie, etwas langsamer zu fahren. Er suchte die ersten paar hundert Meter nach einem weiteren Abgang ab, und tatsächlich wurde er fündig. Doch auch dieser war von der Fundstelle verdammt weit weg. Was hatte den Mörder nur geritten, das ganze Szenario so umständlich zu gestalten? Er musste morgen mit Fischer und Lukaschek darüber reden. Aber morgen, nicht jetzt.

»Da, bei dieser Brücke, da bieg ab. Rüber nach Ober Sankt Veit.«

»Da ist doch nichts. Da gibt's nur Villen.« Elisabeth zuckte mit den Schultern. »Und vielleicht ein paar Bürgerhäuser.«

Das war einer jener Momente, in denen Wilhelm den Snobismus seiner Halbschwester beinahe unerträglich fand.

Sie lächelte. »Und eine entzückende Kirche. Meine Freundin aus dem Ballettunterricht, die Katharina, hat dort ihre Firmung gehabt. Sehr schön war das, muss ich sagen.«

»Fein. Und jetzt horch zu.« Er sagte ihr den Weg an. »Dort beim Bretterzaun ist Endstation.«

Elisabeth stellte den Wagen ab. »Hier?« Sie klang enttäuscht.

»Du wirst gleich sehen. Warte einen Augenblick. Ich kontrolliere nur was.« Wilhelm sprang aus dem Wagen und eilte um die Ecke. Wie er vermutete hatte: Es war das Wirtshaus, an das er sich bei der Fahrt zur Leiche erinnert hatte. Und es hatte, wie ebenfalls vermutet, am Feiertag geschlossen. Oder wegen der Hitze. Egal. Er trat ein paar Schritte zurück und musterte das Haus. Die Fenster waren geschlossen. Kein Lebenszeichen. Er ließ den Blick über die Straße schweifen. Gleißendes Nichts. Nein, doch, bei der Ecke zum nächsten Häuserblock verschwand gerade ein Mann mit einer hellen Hose und einem offenbar kaputten Bein, denn er zog es leicht nach. Und der Mann bewegte sich vom Wirtshaus weg, war also keine Gefahr. Wilhelm ging zum Bretterzaun, der bis zu dieser Seite reichte, und lauschte. Nichts. Die Besitzer waren sicherlich wie all die anderen Wiener irgendwo an einem der Gewässer.

Trotzdem war es eine verrückte Idee.

Er schlenderte möglichst lässig zum Jaguar zurück und zwinkerte Elisabeth zu. »Gib mir den Picknickkorb.«

Sie tat wie geheißen und folgte ihm zum Seiteneingang des bretterzaunumsäumten Anwesens. »Was wollen wir hier?«

»Jetzt wart schon ab!« Wilhelm zückte seinen Bund mit Dietrichen und machte sich am sehr einfachen Schloss des Holztors zum Gelände hinter dem Bretterzaun zu schaffen. Es dauerte keine zwanzig Sekunden, und die Tür stand offen. Er stieß sie auf, vollführte eine große Bewegung mit dem Arm. »Darf ich bitten, Mylady? Der Garten Eden.«

Elisabeth runzelte die Stirn, betrat aber den Gastgarten. Wilhelm folgte ihr nicht, lauschte vielmehr. Und da kam er, der Ruf des Entzückens.

Nun ging auch er hinein. Seine Halbschwester stand unter der Weide am Bach und hatte die Hände gefaltet. Für einen Augenblick, nur für einen Augenblick, ließ er es zu, sich vorzustellen, sie wäre seine Geliebte und er könne ihr nun an diesem verträumten Ort einen Heiratsantrag machen. Worauf sie in einer Art Schimmer erschien. Er spürte, wie sein Herz klopfte, wie sich seine Männlichkeit regte – und er wandte sich ab. Diese vermaledeite, verdammt ungesunde Fixierung! So vehement war sie schon lange nicht mehr aufgeflammt.

»Will!«, hörte er sie zirpen. »Du bist … Du bist … Ach, ich weiß nicht, was du bist. Einfach wunderbar!«

Er hätte … Er sollte … was? Irgendwas, nur nicht, mit seiner Schwester etwas unternehmen. Wilhelm schlug sich mit beiden flachen Händen auf die Stirn, hörte Elisabeth nach Luft schnappen. »Keine Sorge, war nur eine Gelse. Alles in Ordnung.« Er lächelte sie an. »Komm, wir setzen uns da hin. Direkt beim Bach, unter diese Weide.«

Elisabeth schwebte zu dem angesprochenen Tisch und stellte den Picknickkorb ab. »Woher wusstest du, dass hier niemand ist?«

»Wusste ich nicht. Ansonsten wären wir eben doch zur Autobahn gefahren.«

Sie sah ihn von unten an. »Das ist jetzt aber sehr verboten, was wir hier tun, oder?«

»Ein Fall für Handschellen und verschärften Kerker.«

Sie lachte auf. »Wie gut, dass ich für unser letztes Mahl in Freiheit Lachs eingepackt habe.«

»Lachs?«

»Natürlich, liebstes Bruderherz!« Sie holte eine Metallschachtel aus dem Korb. Sie war mit Eis gefüllt. Liz kramte. »Wenn du mich schon einmal zu einem Picknick entführst, dann nehme ich das Beste vom Besten. Und zufällig hat Eisenstein«, sie nannte ihren Mann immer beim Familiennamen, »vor ein paar Tagen ein Treffen mit einem Geschäftskollegen aus Norwegen gehabt. Dessen Hobby ist Lachsräuchern, er nimmt den Fisch immer kiloweise als Gastgeschenk mit und verwöhnt uns damit. Und da, schau, ein wenig Kaviar, gut gereifter Camembert und Serrano-Schinken. Weintrauben gibt's leider noch nicht. Aber dazu natürlich«, sie hielt grinsend eine Flasche in die Höhe, »ein Moët & Chandon.«

»Hervorragend.« Wilhelm breitete das extra große weiße Tuch auf dem Holztisch aus.

»Wie wunderbar!« Wie ein kleiner Wirbelwind drapierte Elisabeth all die Köstlichkeiten auf Tellern aus Porzellan. Sie zauberte auch echte Champagnergläser aus dem Korb.

Wilhelm entkorkte die Flasche, wobei ihm wieder, wie jedes Mal bei dieser Tätigkeit, der Butler im Hause seines leiblichen Vaters einfiel. Der gute Ferdinand hatte mit ihm so lange das Entkorken geübt, bis Wilhelm je nach Belieben den Stöpsel schießen lassen, die Flasche sabrieren oder ein sanftes Ploppen ohne Überlaufen des Champagners erzeugen konnte, denn ein echter Gentleman müsse für jede Situation gewappnet sein, hatte Herr Ferdinand gemeint. Vier Jahre lang hatte er im Hause Herberstorff die Erziehung zu einem Adeligen genossen – im Grunde völlig sinnlos, weil er immer gewusst hatte, dass er nicht in diesen Kreisen bleiben würde, einem Klüngel, der die Tatsache der mittlerweile zweiten Republik zu ignorieren pflegte. Und doch war er manchmal sehr froh darüber, gewisse Fertigkeiten gaben in gewissen Situationen Sicherheit.

Er schenkte ein und beobachtete das Schattenspiel des Laubes auf den Gläsern. Wilhelm ließ seinen Blick in die Baumkronen steigen und fühlte sich wie in einem Märchen. Duft von frischem Weißbrot stieg ihm in die Nase. »Woher hast du denn das?«

»Ach, Antonia hat zu Mittag schon alles für morgen vorbereitet. Und du weißt doch, dass eine der Domänen unserer Antonia das Brotbacken ist. Papá liebt ihren Weißbrotwecken. Und normalerweise ist alles genau eingeteilt, akkurat, wie sie ist. Aber ich habe sie mit Karten für den ›Fidelio‹ bestochen.« Sie kicherte. »Ich habe ihr dermaßen vorgeschwärmt, nachdem wir ihn uns im Frühling angesehen haben, dass sie wie elektrisiert war. Ich wusste, das bedeutet einst ein Gegengeschäft.«

»Gegengeschäft? Geschenk! Diese Waliserin …«

»Gwyneth Jones.«

»Genau, die ist ein Genuss. Apropos: Ich habe Hunger.«

Sie setzten sich und stießen an. »A votre santé, Madame!«

»A votre santé, mon ami!«

Sie tranken, sie stürzten sich über die Köstlichkeiten, sie genossen. Sie schauten ins Grün, sie schwiegen.

»Und was machen wir, wenn die Besitzer wieder nach Hause kommen?«

»Nicht mehr da sein.«

Schweigen.

»Hat die Idee mit diesem Gasthaus hier irgendetwas mit dem Leichenfund zu tun?« Sie warf ihm einen schnellen Seitenblick zu.

»Nur die Gegend.«

»Ah ja. Ist dir übrigens aufgefallen, dass, abgesehen von den Randnotizen in den Zeitungen, so gar nichts gebracht wurde? Weder im Radio noch im Fernsehen? Und zwar so wirklich überhaupt nichts?«

»Vielleicht war es ihnen nicht wichtig genug. Bei der Hitze und dem allen?«

»Nicht wichtig genug?« Sie schüttelte den Kopf. »So viele Morde an Farbigen haben wir hier in Wien auch wieder nicht. Habt ihr eine Nachrichtensperre verhängt?«

»Wenn, dann der Wiesinger, wobei ich aber keine Ahnung habe, wieso wir das …« Eine Uniform blitzte in seinem Hirn auf, eine amerikanische Uniform.

»Die verheimlichen was«, stellte seine Schwester erneut fest.

»Sehen wir auch so. Wie gesagt.«

»Haben die eigentlich die Macht, bei uns eine Nachrichtensperre zu erwirken?« Sie sah ihn an.

»Nun, eigentlich«, er betonte das Wort, »sind wir nicht mehr besetzt, sondern ein neutrales, freies Land.«

Elisabeth nickte langsam. »Eigentlich.« Sie verzog den Mund und wandte sich ab. »Sag, habe ich dir überhaupt schon erzählt, dass Ludwig seit geraumer Zeit als Journalist arbeitet? Für das Wall Street Journal und gelegentlich für die New York Times?«

»Dein Bruder arbeitet?« Wilhelm lachte auf. »Wer hätte das gedacht?« Sein Halbbruder hatte, als er noch in der Herberstorff-Villa gelebt hatte, immer nur in bester Herrenmanier alles von anderen verlangt und sich wie ein Kleinkind geriert, wenn sein Wille nicht erfüllt wurde. So etwas Degoutantes wie Arbeit hätte Wilhelm nie mit ihm in Verbindung gebracht. In Wahrheit war er davon überzeugt gewesen, dass Ludwig sich in den USA eine reiche Industriellentochter schnappte und dann ein Jetset-Leben führte.

»Jetzt hör auf, immer auf ihm herumzuhacken.« Elisabeths kobaltblaue Augen wurden sehr dunkel. »Eure kindischen Streitereien sind doch schon eine Ewigkeit her. Hör lieber, was ich dir sage: Er arbeitet für zwei große Zeitungen in New York. Und er scheint ein wirklich guter Journalist geworden zu sein, er hatte auch schon zweimal den Aufmacher.«

»Sehr schön. Für ihn. Und warum erzählst du mir das jetzt?«

Elisabeth stöhnte theatralisch auf, eine für sie ungewohnte Geste, weil absolut undamenhaft. »Jetzt steig von der Leitung, Herr Chefinspektor. Journalisten recherchieren, auch geheime Dinge, kennen Leute, haben Informanten. Wir könnten ihn doch –«

»He! Was issn des? Was machts ihr da, ihr Gfraster?«

Wilhelm schaute zu der donnernden Stimme. Ein massiger

Mann in hellblauem Hemd, braunen Kniebundhosen und hellbraunen Stutzen, die in dunkelbraunen Sandalen mündeten, stürmte auf sie zu. »Helga«, brüllte er über die Schulter, »ruf die Kieberei!«

»Dreh dich nicht um. Bleib inkognito. Ich regle das«, zischte Wilhelm Elisabeth zu und sprang auf. Er streckte dem Mann die Handflächen entgegen. »Lieber Herr, bitte beruhigen Sie sich. Wir haben ... Es war nur eine kleine Lausbüberei.«

»Lausbüberei! Die werd i dir glei geben, du Falott. Gmütlich gmacht habt ihr's euch da. In meinem Garten! Des is Hausfriedensbruch. Na, wartets!« Er baute sich direkt vor Wilhelm auf und schickte sich an, ihn am Kragen zu packen.

Wilhelm hielt ihm die Kokarde unter die Nase.

Der Wirt bekam große Augen und verharrte in der Bewegung. »Und selbst, wenn di echt is, was i net sag, dass i glaub, dass sie es is, was habts ihr dann nachat in meinem Garten zum Suchn?«

Welche Ausrede fiel ihm jetzt ein? Himmel! Ja, der Himmel musste ihm eine Erleuchtung schicken. Einfach einmal reden. Einfach nur reden, reden.

Wilhelm beugte sich zum Ohr des Mannes. »Schauen Sie, die Dame ist –«

»Herr Votruba! Ja, welch erfreuliche Überraschung!«

Das Monster vor Wilhelm verwandelte sich in ein Schoßhündchen. »Komtess! Äh, Gräfin, meine ich natürlich ...« Er wurde dunkelrot.

»Eisenstein.« Elisabeth lachte ihr glockenhelles Lachen. »Einfach nur Frau Eisenstein, mein lieber Votruba.«

Der Angesprochene vollzog einen formvollendeten Diener. Und Wilhelm war, als säße er erste Reihe fußfrei beim Tschauner, wo man wieder einmal in bestem Stehgreif die gute alte Operettenwelt mit den adeligen Verwicklungen parodierte.

Elisabeth trat an den Mann heran, bedachte ihn mit innigem Blick und einem kleinen Lächeln. »Votruba, wären Sie so nett und würden Sie Ihre Frau vom Notruf abhalten?«

Der Wirt zuckte herum, die Arme schienen nicht zu wissen,

was die Beine wollten, und umgekehrt. »Oh, ja, natürlich, Frau Gr… Eisenstein.« Er rannte ins Haus.

Wilhelm runzelte die Stirn.

Sie zuckte mit den Schultern. »Er war nach deiner Zeit kurz Aushilfsgärtner bei uns. Und dann hat seine Frau von einer Großtante in der Schweiz Geld geerbt, worauf sie sich ein Wirtshaus anschaffen wollten.« Sie betrachtete das Gebäude. »Gute Wahl.« Sie nahm Wilhelm bei der Hand. »Komm, wir müssen jetzt bei Frau Votruba unsere Honneurs machen. Man sollte nie mit der Dame des Hauses auf Kriegsfuß stehen.«

7

Wilhelm hechtete in den Eingang des Auge-Gottes-Kinos, aber den Sporteinsatz hätte er sich sparen können, sein Gewand war klatschnass. Ja, es hatte gedonnert, ja, es war unerträglich schwül gewesen, doch normalerweise fielen zuerst ein paar Tropfen, dann mehrere, und man konnte sich in Sicherheit bringen, bis der Schwall kam. Nicht dieses Mal. Der Regen hatte gestartet, als hätte der Himmelvater eine Schleuse geöffnet.

Da stand er nun wie ein begossener Pudel, nur weil er sich noch auslüften hatte wollen und Elisabeths Angebot, ihn vor die Haustür zu chauffieren, für einen Spaziergang abgelehnt hatte. Außerdem wie ein besoffener Pudel, denn ohne Gehen kein Ausnüchtern. Und scheppernd wie ein Kluppensackel, denn mit dem Regen schien der Winter eingebrochen zu sein. Die Temperatur war um mindestens zehn, aber was, zwanzig Grad gegenüber jener am Nachmittag gesunken. Sauber, da hatte wer den Scherm auf. Wilhelm fingerte die Zigarettenpackung aus der Hosentasche, nur um festzustellen, dass sie komplett durchweicht war. Doppelt sauber. Er streckte den Kopf in den Wasserfall – weit und breit kein Taxi oder irgendein anderes Auto, das er aufhalten könnte. Verständlich, denn wer außer ihm war auch schon so blöd, bei diesem Wetter auf der Gasse zu sein?

Es wurde taghell. Dann krachte es. Wilhelm knallte gegen die Eingangstür, so sehr schreckte er sich. Sein Herz raste. Das Auge des Gewitters war offenbar direkt über ihm.

Er umschlang sich mit den Armen, rieb sich die Haut unter dem Hemd.

Wenn das Zentrum jetzt über ihm stand, war es in einer Viertelstunde sicher schon vorbeigezogen, dann konnte er, egal, ob es noch regnete oder nicht, nach Hause gehen, nein, besser laufen, sonst holte er sich noch eine Lungenentzündung.

Taghell. Krachen. Wilhelm stieg von einem Fuß auf den anderen. Und gleich noch einmal Blitz, Donner, fast zeitgleich.

Blödsinnige Idee. Er war schon seit Jahren nicht mehr gelaufen, nach fünf Metern bekam er sicherlich Seitenstechen. Aber stramm marschieren konnte er – so wie damals, als er mit seinen vierzehn Jahren vom Burgenland nach Wien geflohen war, die Gesichter seiner toten Adoptiveltern vor sich, weinend, immer in Deckung vor irgendwelchen Uniformen, immer in rasender Hast in verlassenen Gegenden. Seltsam, dass ihm das ausgerechnet jetzt einfiel.

Blitz. Donner. Grollen.

Wilhelm merkte, dass seine Hand durch den Hemdstoff den Anhänger auf seiner Brust umklammert hielt. Irgendwann musste er die Suche nach der Jacke zum Knopf an seinem Herzen aufnehmen, er schob sie schon viel zu lange hinaus. Immer nur Rache schwören und nichts tun war kindisch. Doch er musste sich eingestehen, dass er Angst hatte herauszufinden, wer während der Vergewaltigung, Misshandlung und Tötung seiner Eltern in der Jacke gesteckt hatte. Nur eines wusste er ganz tief im Innern: Es war kein Russe gewesen, der sich als Nazi verkleidet hatte.

Blitz. Knallen. Donner.

Jetzt hatte es irgendwo eingeschlagen. Nein, keinen Schritt ging er in dieses Inferno hinaus. Es war nur schade, dass der Eingangsbereich nicht noch tiefer gestaltet war, denn das Wasser wehte von unten und von der Seite zu ihm in die hinterste Ecke, die breiten Säulen vermittelten keinen Schutz, verwirbelten das

Wasser vielmehr. Na ja, nässer konnte er ohnehin nicht mehr werden, es war egal. Blieb nur die Hoffnung, dass das Theater bald vorüber war, denn sonst musste er morgen seinen Dienst unausgeschlafen absolvieren, und das war beim aktuellen Fall nicht zu empfehlen.

Blitz. Knallen. Donner.

Ein zweiter Einschlag. Jetzt fehlte nur noch Hagel. Ob Elisabeth gut nach Hause gekommen war? Er hatte von der Stadtbahnstation, wo sie ihn hatte aussteigen lassen, bis hierher etwa fünf Minuten benötigt, in dieser Zeit ging sich die Fahrt bis zur Villa niemals aus. Wahrscheinlich saß sie jetzt irgendwo im abgestellten Wagen und bibberte. Wenigstens war ein Auto ein Faraday'scher Käfig, es sollte ihr also nach menschlichem Ermessen nichts passieren.

Blitz. Kurzes Nichts. Donner.

Es wurde besser! Das nächste Mal musste er mitzählen.

Ludwig. Nein, diesen Schnösel bat er nie und niemals um Hilfe. Und außerdem erschien es Wilhelm doch gewagt anzunehmen, dass ein Journalist, und mochte er hundert Mal bei der New York Times arbeiten, Zugang zur Personalliste des Militärs bekam, noch dazu hatten die USA doch viel zu viele Soldaten für eine erfolgversprechende Suche. Oder an was hatte Elisabeth sonst gedacht? In ihren Kreisen löste man Probleme oft ganz anders, als sich das der kleine Maxi so vorstellte.

Blitz. Längeres Nichts. Leiserer Donner.

Die Kälte machte auch nüchtern. Wie viele Flaschen hatten sie gekippt? Wilhelm schüttelte sich ab. Sechs zu viert. Guter Wein. Sehr gute Blunzen zum Aufsaugen des Alkohols. Der Votruba bezog seine Blutwurst von genau jenem Fleischer in Ottakring, mit dem Wilhelm damals beim Fall während des Schah-Besuchs zu tun bekommen hatte – nicht umsonst, denn dieser war der Blunzen-Kaiser von Wien. Sie hatten sich fachmännisch ausgetauscht. Ein wirklich angenehmer Abend. Mit einem wirklich blöden, unnötigen Ende.

Schwacher Blitz. Dreiundzwanzig. Vierundzwanzig. Fünfundzwanzig. Grollender, leiserer Donner.

Und ein Abend mit einem unnötigen Beginn. Dass er sich überhaupt auf Elisabeths Idee eingelassen hatte! Wenn dieser sonnenverbrannte Mann nur ein wenig mehr sein Hirn eingeschaltet hätte, wäre seine Schwester in eine äußerst unangenehme Situation geraten, denn die Amis mussten sich dann doch fragen, warum sie ihnen so eine Lügengeschichte auftischte. Sie hätten sie durchleuchtet, ins Kreuzverhör genommen ... Oh, er durfte gar nicht weiterdenken, schon gar nicht, wenn Elisabeths Gefühl richtig war und der Mann mehr als seine Landsleute über den Toten wusste. Nie wieder durfte er Elisabeth in solch eine Gefahr bringen, Campari hin, Hitze her.

Blitz, viele Sekunden, leises Grollen.

Wenn die Rechnung stimmte, war das Zentrum schon beruhigend weit entfernt. Der Regen allerdings nicht, vor dem Eingang hing noch immer eine Wasserwand. Aber er war ja nicht aus Zucker. Alles war besser, als sich hier den Hintern abzufrieren. Und er musste dringend ins Bett. Wilhelm streckte den Kopf hinaus. Auf der Straße strömte ein Bach. Auf den Gehsteig schwallte das Nass von den Traufen hinunter, regelmäßig preschten aus den Regenrinnen Gischten quer übers Trottoir. Aber es war begehbar. Irgendwie. Wenn er sich die Hauswände entlangdrückte.

Unter guten Bedingungen mit strammem Schritt benötigte er für diese Strecke – Nußdorfer hinunter, Lange Gasse geradeaus, Josefstädter hinunter – zwanzig, fünfundzwanzig Minuten, das war überschaubar. Wilhelm gab sich einen Ruck und verließ seinen Unterschlupf.

Sofort prasselte der Regen in seine Augen. Aber er hatte ja noch seine Schirmkappe! Wilhelm zerrte sie aus der Hosentasche und setzte sie auf, was ihm sofort Sicht und somit ein bisschen Würde verschaffte. Und musste lachen: Auf der gegenüberliegenden Straßenseite war doch noch so ein Volltrottel wie er selbst unterwegs. Dem schien es nicht viel anders zu ergehen, denn er hatte den Kopf sowie seine Hände tief in seine Jacke gesteckt und rannte geradezu, und zwar stadtauswärts, jene Richtung, aus der Wilhelm gekommen war. Hoffentlich wohnte der Arme noch hier im Neunten und nicht erst drüben in Döbling.

Wilhelm setzte sich in Bewegung. Er beschloss, das Denken abzuschalten und einfach wie ein Roboter in diesen Geschichten von Asimov das zu tun, was er tun musste.

Der Mann hatte ein Bein leicht nachgezogen.

Wilhelm blieb abrupt stehen und schaute zurück, gerade noch rechtzeitig, um zu sehen, wie der andere in einer Gasse rechts verschwand. Er war dunkel gekleidet, nicht hell. Trotzdem konnte Wilhelm sich nicht beherrschen, er lief los. Die Kleidung, die auf dem Körper klebte, machte jeden Schritt zur gewaltigen Anstrengung. Der Bach auf der anderen Straßenseite brachte ihn ins Schlingern. Es war hirnverbrannt, diesem Mann nachzulaufen. In Wien gab es Tausende Kriegsversehrte, es handelte sich also sicherlich nicht um jenen Mann, den er beim Wirtshaus in St. Veit gesehen hatte.

Wilhelm blieb stehen. Er hatte das Gefühl, Wasser zu atmen, und rang nach Luft – sicherheitshalber vornüber, damit es nicht in seinen Mund regnete.

Doch da war dieses Gefühl im Bauch wie heute Mittag bei der Schönheit …

Er setzte sich wieder in Bewegung, was natürlich aus zwei Gründen vollkommener Blödsinn war: Erstens wartete der Mann sicherlich nicht auf ihn und konnte schon längst in einem Haus verschwunden sein, zweitens war es bei der Frau aufgrund ihres Verhaltens vor dem Hotel wenigstens im Ansatz berechtigt gewesen, sie zu beobachten und zu verfolgen. Und drittens, ja, drittens war hier die Situation umgekehrt, denn er selbst fühlte sich verfolgt. Und das war langsam bedenklich. Seit er unfreiwillig in die Arbeit seines besten Freundes Dolferl bei der Staatssicherheit Einsicht bekommen, von Spionen nicht nur in der Zeitung gelesen, sondern aus dessen Mund Geschichten über sie gehört hatte, sah er sie überall und vornehmlich aus irgendeinem unersichtlichen Grund ihn verfolgend. Er musste sich diesem Problem stellen.

Wilhelm bog um die Ecke. Die Gasse war menschenleer und

nach einem gewissen Latschka benannt, wer das auch immer sein mochte. Außerdem machte sie nach zwei Häusern einen Knick nach rechts. In solch einem Winkelwerk würde er den Mann nie wiederfinden. Zeit, dass er heimkam. Er schleppte sich auf die Nußdorferstraße zurück und verkroch sich in sich selbst.

Elisabeth saß wieder im Garten, die Sonne brachte ihre blonde Mähne zum Gleißen, die kirschroten Lippen berührten den Glasrand, sie legte die Hand auf Votrubas Schulter, während sie auflachte, sie tauschte ein verschmitztes Lächeln mit Frau Votruba. Es war ein Elend. So ein großes und so ein offensichtliches Elend, dass sogar Anne die Gefühle für seine Halbschwester mitbekommen hatte. Beim letzten Stelldichein mit seiner Dauergeliebten hatte diese spitz bemerkt, dass er jedes Mal, wenn er kurz vorher Elisabeth gesehen hatte, etwas an Aufmerksamkeit vermissen ließe, und sie hoffe, dass er diese ungesunde Faszination bald verlöre. Unter Annes strengem und zugleich mitleidigem Blick wäre er am liebsten im Boden versunken.

Wilhelm stellte fest, dass er nicht mehr vor Kälte zitterte und bereits das Palais Damian passierte. Nur noch ein paar hundert Meter. Er beschleunigte den Schritt. Morgen war wieder ein normaler Arbeitstag mit voller Besetzung im Sicherheitsbüro und jeder erreichbar. Kollege Berner, die gute Seele, würde sicherlich innerhalb weniger Stunden herausgefunden haben, wo der Tote Quartier genommen hatte. Unterdessen würden sie einmal der Schönheit auf den Zahn fühlen und natürlich noch einmal bei Herrn Jakob vom Valerie vorstellig werden.

Er bog in die Josefstädter Straße ab, rannte nun zum Haustor, denn er hatte vom Regen die Nase gestrichen voll. Er zückte den Schlüssel, er rutschte ihm aus der Hand. Als Wilhelm ihn aufhob, fiel sein Blick auf die gegenüberliegende Straßenseite. Da stand ein dicker, schwarzer Mercedes, vermutlich 220er, und just in diesem Moment beugte sich das Pärchen auf den Vordersitzen übereinander. Er hatte dieses Auto hier noch nie parken gesehen.

Nein, nicht schon wieder dieser Verfolgungswahn.

Wilhelm schob den dicken Schlüssel ins Loch.

Genau hier gab es aber kein Hotel und auch keine Pension,

Theater, Kino und Gasthäuser waren an Maria Himmelfahrt sowie um diese Uhrzeit genauso wenig eine Erklärung. Es konnte aber natürlich der neue Freund einer Dame sein, die hier wohnte.

Er drehte den Schlüssel.

Er hatte keine Zigaretten. Wilhelm zog den Schlüssel ab und ging Richtung Trafik. Er warf einen Blick zurück auf das Nummernschild des Wagens, der wiederum just in diesem Moment ausparkte und davonfuhr. Mit beiden Insassen. Also waren sie nicht aus dem Grätzel. Er konnte gerade noch erkennen, dass es sich um eine Wiener Nummer handelte. Die ersten beiden Ziffern waren Eins und Acht, die zwei letzten Stellen verschluckte bereits der Regenvorhang.

16. August 1966, Dienstag

1

Wilhelm studierte die Schlieren des Regens am Fenster der Bim. Tropfen vereinigten sich mit Tropfen, wurden zu Rinnsalen, die wiederum mit anderen Rinnsalen zusammenflossen, sich trennten. Neue Allianzen bildeten sich, alles hing mit allem zusammen. Sagten das nicht auch diese Naturjünger, die in Grünanlagen die Sonne anbeteten, Bäume umarmten und immer mehr wurden? Alles in der Welt, auch ein Stein, war mit einem Geist beseelt und kommunizierte mit allen anderen Geistern. Nein, es war nur ein Geist. Egal, jedenfalls hing alles zusammen. Das wäre schön, da könnte er auf seinen Schreibtisch klopfen und ihn bitten, sich wie bei einer Buschtrommel unter Gegenständen umzuhören, warum dieser Johnson umgebracht worden war.

»Morgn, Chef, a sauberes Wetter hamma da jetzt, was?« Berner ächzte sich auf den Platz neben Wilhelm und beutelte am Gang den Hut vom Regen frei. »Kanzler müsst ma sein, da säß ma jetzt in Ligurien am Strand, und die Sonn tät uns auf den Bauch scheinen.«

Wilhelm erfasste einmal mehr der Neid auf die Sonnenliebe seines Kollegen beziehungsweise auf dessen Unempfindlichkeit. Er persönlich hatte von der Hitze der letzten Zeit mehr als genug. »Guten Morgen, Berner. Sei net neidig. Wenn's stimmt, was man so tuschelt, sitzt er eh auch im Regen.«

Sein Lieblingsrechercheur vom Innendienst zog die Augenbrauen in die Höhe.

»Na, Südtirol, lieber Berner. Angeblich hat der Klaus einem Zollbeamten an der Grenze gesagt, dass er den Moro inoffiziell treffen will, sozusagen auf Augenhöhe, so als Kanzler zu Ministerpräsidenten, damit bei der Südtirolfrage was weitergeht. Doch soviel man hört, ist im Friaul auch Land unter.«

»Des miese Wetter is für Verhandlungen aber net gut.«

»Ma sollt auch net verhandeln, sondern einfach am Tisch hauen«, knurrte eine Stimme hinter ihnen. »Die Itaker setzen die Autonomie nie freiwillig um.«

Wilhelm drehte sich zur Stimme und blickte in ein kantiges Gesicht mit akkuratem Scheitel im braunen, kurz geschnittenen Haar. Es fehlte nur noch die kleine, eckige Rotzbremse und der Mann hätte als Doppelgänger für einen gewissen Braunauer durchgehen können. »Auf den Tisch hauen, sagen Sie?«

Der Kantige schenkte ihm nur einen gelangweilten Blick.

»Sie meinen also, noch mehr Bombenattentate? Und dann zittern die Italiener vor uns und geben uns endlich das Stückel Erde zurück?«

»Na, und ob ma den Katzelmachern die Wadln virerichten muss!«, polterte der Mann. »Zwei Mal«, er hob Zeige- und Mittelfinger, »zwei Mal san die Bücha uns schon in den Rücken gfalln. Haben Bündnis Bündnis sein lassen und sich anfach gschlichn, wie's brenzlig worden is. Und sind dann jeweils nach dem Krieg hochweiß dagstandn. Und jetzt unterdrücken s' uns a no.« Der Mann schnaufte.

»Lieber Herr, Sie san a fester Trottel«, mischte sich nun Berner ein. »Meine Schwester –«

»Was sagen Sie zu mir? Sie –«

»Und gusch!«, zischte Berner. Er reckte sich und wirkte trotz seines fortgeschrittenen Alters mit seiner bärigen, muskulösen Figur wahrlich bedrohlich – den Beinstummel konnte der Kontrahent ja nicht sehen. Der biss sich auch prompt auf die Lippen.

»Meine Schwester, die wär am Wochenende um ein Haar in die Luft geflogen, weil die von dem depperten Befreiungsausschuss an der Brennerbahn schon wieder Bomben haben legen wollen. Gott sei Dank sind s' erwischt worden. Unschuldige Leut –«

»Jeder«, der Mann schnellte vor, »der dorthin auf Urlaub fahrt, ist net unschuldig, sondern schuldig, packelt mit dem Feind.«

Berner sah ihm eine Spur zu lange in die Augen, was den anderen zurückweichen ließ. »Meine Schwester hat unsere Großtante besucht. Die wohnt in Bozen. Und die is ka Welsche. Also keine Feindin. Hamma uns?« Berner setzte sich wieder gerade hin.

»Kollateralschaden«, meinte Wilhelm zu hören. Berner blies sich erneut auf, doch Wilhelm erkannte schemenhaft, dass sie gerade ihre Station erreichten, und drängte ihn schnell zum Ausstieg.

»So a Trottel, so a widerlicher, aber wirklich!« Berner drehte sich um und reckte die Faust Richtung der Scheibe, hinter der man den Kantigen vermuten konnte. »Oder vielleicht net?«, blaffte er nun Wilhelm an und schlug den Kragen des Regenmantels hoch.

»Ich habe mich als Erster aufgeregt, wenn du dich erinnerst.« Er grinste und setzte den Hut auf. »Der hat sich vor dir so richtig in die Hose gemacht.«

Berner schnaufte. »Des will ich ihm auch geraten haben. Ich«, er deutete auf sich, »ich weiß nämlich, worum's da geht. Ich bin net so a Hirnhappler, der glaubt, er muss da a großdeutsches Reich aufbauen. Die haben wir wirklich no braucht, die Nazis. Warum müssen die si da einmischen? Zuerst das Gfrett mit dem Befreiungsausschuss, hirnweiche Bombenleger«, seine Stimme wurde hoch und gehässig, »für ein freies Südtirol, ha, dass i net lach, und jetzt die a no. Die versauen noch alles.«

»Vielleicht war der Prozess ja ein Schuss vor den Bug und sie halten sich jetzt zurück.«

»Aber geh, Fodor, der Freispruch hat den Wapplern vom Ausschuss doch nur recht geben, weil jetzt habn sas offiziell«, er streckte den Arm theatralisch in die Höhe, »der Hochverrat an Italien ist in Österreich nicht strafbar! Wir sind alle unschuldig wie Lamperln.« Er knurrte. »Am liebsten wär ich nach Linz gesaust und hätte die Geschworenen mit ihren Schädeln zusammengeschlagn.«

»Wenigstens sind sie jetzt im Frühjahr in Italien verurteilt worden.«

»Des geht denen do am Arsch vorbei.«

»Ja, wahrscheinlich hast du recht, die werden keine Ruhe geben. Vor allem ihr Rädelsführer, dieser …«

»Burger. Norbert. Diplomvolkswirt. Blut-und-Boden-Freund«, ätzte Berner.

»Ja, genau der. Der ist mir net koscher.« Wilhelm grüßte den Streifenbeamten vor dem Sicherheitsbüro und hielt Berner die Tür auf. »Jetzt hat man schon lang nichts von ihm gehört. Glaubst, geben die Nazis in München draußen ihm schon wieder Asyl?«

»Frag doch deinen Freund, den Adolf Bär. Sein Verein müsst doch wissen, wo sich das Gsindel aufhalt, oder net?« Er knarzte sich mit seiner Prothese die Stiegen hinauf.

Das enthob Wilhelm einer Antwort, worüber er froh war. Denn er hegte den Verdacht, und darüber wollte er beileibe nicht diskutieren, dass manche Kollegen bei der Staatspolizei bezüglich der Umtriebe von Nazis oder auch von Monarchisten – es gab in dieser Abteilung anscheinend Anhänger beider veralteter Weltentwürfe – im jeweils akuten Fall regelmäßig ein plötzliches Augenleiden ereilte. Zumindest betreffend die Monarchisten hatte sein Freund Dolferl nach dem jüngsten Bauernschnapsabend und nach dem dritten Obstler den Verdacht bestätigt. Zwei von seiner Abteilung, hatte er gelallt, würden am liebsten höchstpersönlich Otto Habsburg nach Österreich holen und dafür sorgen wollen, dass ihm seine Rechte und am besten auch gleich der Thron zurückgegeben würden. Als dann vor fünf Tagen die Meldung aufgetaucht war, Otto Habsburg sei beim illegalen Betreten von Österreich gesichtet worden, konnte Wilhelm sich nicht einer gewissen Verschwörungsparanoia entziehen … Es entkam ihm ein Seufzer. Was, bitte, war so schlecht an der mühsam erkämpften Demokratie? Wieso gab es doch erklecklich viele Menschen, die sie wieder abschaffen wollten?

Sie erreichten den zweiten Stock. Berner verschwand sofort in der Büroküche, und Wilhelm fühlte sich beim Gedanken an den perfekten kleinen Schwarzen, den er gleich serviert bekam, sofort wieder ein bisschen fröhlicher.

Er machte es sich hinter seinem Schreibtisch bequem und studierte die polizeilichen Ereignisse der letzten Tage. Bei dem Mordopfer, das ebenfalls am Sonntag gefunden worden war, handelte es sich um einen achtundvierzigjährigen Mann mit Schusswunde. Tat- und Auffindungsort der Leiche: der Augarten. Im Gestrüpp beim Flakturm. Schon wieder die Leopoldstadt. Nun ja, sein Tatort lag in Penzing, wenn man das linke Ufer des Wienflusses zu diesem Bezirk zählte, aber die Spur, die Spur führte in den zweiten Bezirk. Sicherlich nur ein Zufall.

Er las den Bericht genauer und stellte fest, dass der Mann, ein gewisser Theodor Fichte, schon am Samstag ermordet, durch das dichte Blätterwerk aber eben erst am Sonntag entdeckt worden war. Wodurch seine in Verdacht geratene Frau wegen eines bombensicheren Alibis von der Liste gestrichen werden konnte. Von Beruf war er Gelegenheitsarbeiter und Säufer, wenn man das so sagen wollte. Wahrscheinlich eine Geschichte im Milieu. Trotzdem konnte es nicht schaden, mit den Kollegen kurz zu plaudern. Wenn er Zeit fand.

Was war das? Seltsam geschorene Haare? Wilhelm japste nach Luft. Das Bild, dieses Bild, das sich da vor ihm aufbaute … Es war lange her. Nein, weg damit. Kein Brunnen. Keine geschorene Frau, die als Judenhure beschimpft und mit Dreck beworfen wurde. Einfach nichts. Er atmete tief durch. Und weg damit.

Berner kündigte sich mit hervorragendem Kaffeegeruch an – und mit seinem lautstarken Ärger über die Rechten, die die Südtirolsache ungefragt zu ihrer machten. Als Zuhörer kamen eigentlich nur Wilhelms Assistenten in Frage. Und tatsächlich öffnete nun Fischer schwungvoll die Tür, um den Alten hereinzulassen. Ihm folgte Lukaschek. Beide verkrochen sich förmlich auf ihren Sesseln und umklammerten ihre Häferl mit Filterkaffee, hielten die Nasen in den Dampf und wirkten so wie Eisläufer an der Alten Donau, die sich am Glühwein wärmten. Der Wettersturz forderte die Konstitution aber auch wirklich heraus.

Fodor bat Berner um die Recherche in den Hotels.

»Den werden ma schon finden, den Murl.« Er zauberte vier Streifen Bensdorp aus der Sakkotasche und verteilte drei. »Das braucht man bei dem Sauwetter.« Er wickelte seine eigene Schokolade aus und verschwand kauend.

Lukaschek biss mit seligem Lächeln in die Süßigkeit.

»Haltet mich bitte jetzt nicht für einen Spinner«, Wilhelm räusperte sich, »aber ich glaube, mich hat gestern Nacht jemand beobachtet.«

Fischer und Lukaschek hörten zu kauen auf und starrten ihn an.

»Ja, da war«, nein, den Mann im Regen erwähnte er besser nicht, diese Verdächtigung war allzu absurd, »ein schwarzer 220er-Mercedes bei meinem Haus gegenüber. Mitten in der Nacht. Und wie ich hinschau, tun die beiden so, als ob sie sich küssten. Wie ich weggehe und zurückschaue auf die Nummerntafel, fahrt der Wagen gerade weg.«

Stille.

»Und?«, fragte schließlich Fischer.

Nun ja, so ausgesprochen klang es tatsächlich schwachsinnig. »Nichts. Es ist mir nur komisch vorgekommen. Ich habe das Auto nicht gekannt und ...« Wilhelm versenkte nun seinerseits die Nase im Kaffeehäferl. »Wir trinken jetzt aus und machen uns dann auf die Socken in den Zweiten rüber.«

Es klopfte. Ein Streifenbeamter meldete, dass eine Frau Maria Katzinger eine Vermisstenanzeige aufgeben wolle.

»Und?«, schnauzte Fischer. »Hamma uns im Stockwerk geirrt?«

»Nein, also, Herr Gruppeninspektor, mein Chef meint, weil doch Ihre Gruppe in der Mordsache mit dem Neger ermittelt.«

»Und?«

»Der Vermisste ist ein solchener.«

»Ha!«, entfuhr es Wilhelm. »Nur herein, herein!« Er grinste seine Assistenten der Reihe nach an. »Ich hab's euch doch gesagt.«

Flugs nahmen Fischer und Lukaschek ihre üblichen Positionen für Vernehmungen und Einvernahmen ein – sein erster Assistent leicht rechts hinter dem leeren Sessel vor Wilhelms Schreibtisch, Lukaschek links dahinter.

Herein kam eine aparte Kastanienbraune im besten Alter, also Anfang dreißig. Sie trug eine mintfarbene Hose, eine weiße

Bluse und darüber eine hellblaue Jacke aus Jeansstoff. Sie wirkte wie ein Modell aus einer Jugendzeitschrift, wenn nicht das Alter gewesen wäre. Doch die Kleidung hatte nichts Peinliches an sich, die Figur der Frau – schlank, beinahe knabenhaft – und die kraftvolle, erotische Ausstrahlung gaben ihr definitiv das Recht, sich so zu kleiden, wie es die modenärrischen Jugendlichen in London taten und er aus Gazetten von Elisabeth wusste. Nein, genau betrachtet, war der Stil für die Carnaby Street zu konservativ, in Wien allerdings evozierte er offene Münder wie bei seinen Assistenten. Vor allem Fischer glotzte ungeniert, falsch, es war mehr in der Art eines Kaninchens vor der Schlange … Nein, jetzt war Wilhelm sicher, dass da ein kleiner Bub stand, der gleich vor seiner Göttin niederkniete. Eigenartig. Normalerweise umfasste Fischers Beuteschema Frauen, die über zehn Jahre jünger waren. Na ja, vielleicht reizte ihn die Kombination von der Figur eines jungen Mädchens mit der verheißenden Ahnung, die diese Frau ausstrahlte.

»Frau Katzinger, wie können wir Ihnen helfen?« Wilhelm erhob sich und reichte ihr die Hand.

Sie lächelte ihn an, dann seine Assistenten, und setzte sich, überschlug die Beine, stellte die mit bunten Kringeln gemusterte Handtasche auf dem Schoß ab, präsentierte flache, spitze Schuhe im selben Mintton wie die Hose. »Ja, ich möchte das Verschwinden von meinem … Feriengast melden. Hector Johnson.«

Johnson. Hatte ihr Kunde im Hotel also den richtigen Namen angegeben? »Feriengast? Wie meinen Sie das?« Wilhelm schenkte ein Glas Wasser ein und reichte es ihr.

Sie nickte und trank. »Nun, Hector ist … ein sehr guter Bekannter. Seit einigen Jahren. Wir haben einander in Paris kennengelernt. Und jetzt ist er in privaten Angelegenheiten nach Wien gekommen und hat mich gefragt, ob er bei mir übernachten könne.«

»Und was sagt Ihr Mann dazu?«, platzte Lukaschek heraus.

Sie lächelte ihn maliziös an. »Ich bin nicht verheiratet, Herr … Polizist.«

»Gruppeninspektor. Gruppeninspektor Lukaschek.«

»Gruppeninspektor Lukaschek.« Noch breiteres Lächeln. »Aber ich denke, dass ich als erwachsene Frau niemanden fragen muss, wen ich bei mir übernachten lasse.«

»Zerreißen sich da nicht die anderen Mieter das Maul?«, kam es nun von Fischer. Seine Augen quollen förmlich aus den Höhlen.

Wilhelm spürte, wie er sich für seine beiden Dolmen zu genieren begann.

Katzinger bedachte ihn mit einem Schwung ihrer langen, schwarz gefärbten Wimpern. »Nun, ich denke nicht. Das Haus gehört mir. Man ist an mich gewöhnt. Es ziehen nur Leute ein, mit denen mich gewisse … Einstellungen verbinden.«

»Welche Einstellungen?«, gierte Lukaschek.

Sie neigte den Kopf in seine Richtung. »Kritische Einstellungen zu althergebrachten Vorstellungen von Familie, Beziehung und Gesellschaft, Herr Gruppeninspektor Lukaschek.«

Als Fischer sich anschickte, brav wie ein Schulbub aufzuzeigen und eine weitere Frage zu stellen, beschloss Wilhelm, diesem unwürdigen Spiel ein Ende zu bereiten, bevor die ihnen dreimal überlegene Dame seinen Burschen einen ernsthaften seelischen Knacks versetzte.

»Und warum Sie jetzt nicht auf einer normalen Wache, sondern in der Sicherheitswache sind, wissen Sie, Fräulein Katzinger?«

»Frau. Bleiben wir bitte bei Frau Katzinger. Und ich kann es mir denken. Weil es sich bei Hector um einen black man handelt. Wahrscheinlich will sich eine niedrige Charge damit nicht die Finger verbrennen.«

Katzinger war gebildet, und zwar sehr, daran bestand kein Zweifel. Wie sie sprach, wie sie die beiden Idioten behandelte, wie sie sich überhaupt benahm … Wilhelm merkte, dass in ihm der nebulöse Gedanke an eine Kaffee- oder Weineinladung aufstieg. Intelligente Frauen waren für ihn ein Reiz, dem er kaum widerstehen konnte. Nicht umsonst war Anne, die fast alle Bücher ihrer Leihbibliothek auswendig kannte, seit Jahren seine Geliebte, nicht umsonst betete er seine hochgebildete Halbschwester an, und nicht zuletzt traf er sich gelegentlich mit seiner Kollegin Klara, die mit ihrem wachen Geist schon längst eine Ermittlergruppe leiten sollte – was ihr aber nie vergönnt sein würde, weil bei der Polizei Frauen eben nicht gelitten waren.

»Das könnte ein Grund sein, da gebe ich Ihnen recht, aber in diesem Fall ist er es nicht. Bitte beschreiben Sie uns Herrn Johnson. Wissen Sie, was er zuletzt getragen hat?«

Sie tat es so akkurat, dass im Prinzip in der Kombination mit dem Nachnamen kein Zweifel blieb.

»Nun, liebe Frau Katzinger, ich muss Sie leider in die Gerichtsmedizin bitten.«

2

Ihre Nasenflügel blähten sich, sie wankte. Wilhelm war knapp davor, ihr den Arm um die Schulter zu legen, damit sie nicht umfallen konnte. Er suchte ihren Blick, sie nickte, er nickte seinerseits Waller zu. Der schlug das Leintuch zurück.

Sie blieb reglos stehen. Eine lange Stille folgte.

Schließlich strich sie mit dem Mittelfinger über das Gesicht des Toten. »Hector! Qu'est-ce que tu as fait?« Ihre Stimme war unglaublich sanft.

Waller schob langsam das Tuch zurück über den Kopf.

Wilhelm nahm Katzinger am Arm. »Kommen Sie, reden wir ein bissel.«

Sie hatte geschwiegen ab dem Wort »Gerichtsmedizin«. Und auch nun ließ sie sich still und widerstandslos wie eine Puppe von der Leiche wegführen. Sie war offenbar im Schock.

Am Gang warteten Lukaschek und Fischer, der ein Glas Wasser bereithielt. Er reichte es ihr mit einer eckigen Bewegung, die wohl ein Diener sein sollte. Sie lächelte ein schmales Lächeln, trank, gab ihm das Glas zurück und setzte sich mit konzentrierten Bewegungen auf einen der Sessel. Mit verkrampften Fingern massierte sie den Kopf, ihre kastanienbraune Mähne geriet komplett in Unordnung. Als sie endlich aufschaute, war ihre mintfarbene und schwarze Augenschminke zur Gänze zerronnen. Zwei dunkle Höhlen starrten Wilhelm an.

»Der Tote war also ein Gast von Ihnen, ein Freund. Oder vielleicht ein bissel mehr?«

»Hector war wirklich nur ein guter Freund, auch wenn wir einmal …« Sie zuckte mit den Schultern und sah zur Seite. »Doch das war nur kurz. Eine Leidenschaft in Paris.« Sie lachte auf. »Die Stadt der Liebe. Nein, die Stadt der Leidenschaft. Jeder redet dort von Liebe, die einen, weil es das Image der Stadt poliert, die anderen, weil sie von nichts anderem hören. Und das entfacht die Leidenschaft.« Sie trank. »Es waren zwei wirklich sehr, sehr schöne Monate.«

Sie seufzte, durchsuchte ihre Handtasche, schüttelte sie. Wilhelm bemerkte, dass er ihre langfingrigen Hände beobachtete, riss seinen Blick los, begegnete jenem von Fischer, der gerade ebenfalls irgendwo Halt suchte. Nur Lukaschek war fähig, hinzuzuspringen und ihr eine Zigarette anzubieten. Feuer, Inhalieren.

»Wissen Sie, er ist in der Nähe von New Orleans geboren. Dadurch hatte er«, sie wiegte sich leicht, »so einen Gang, so einen unwiderstehlichen Gang, als tänzelte er die ganze Zeit zu diesem typischen Jazz von dort. Weich. Sinnlich.« Sie kicherte – und weinte im nächsten Augenblick. Fiel ins Schluchzen.

Wilhelm sah vor sich einen Raum mit hohen Sprossenfenstern, durch die die Sommersonne leuchtete, und davor stand mit dem Blick hinaus auf den Eiffelturm ein muskulöser Mann mit schwarzer, glänzender Haut, der seine Hüften wiegte. Weiße Frauenhände umfassten sein Becken. Wilhelm spürte, wie sich seine Männlichkeit regte, wandte sich ab, zündete sich eine Zigarette an. Seine Vision war zutiefst peinlich. Und höchst angenehm.

Verdammt, er ließ sich von dieser Frau völlig einwickeln. Es ging doch um die letzten Tage von diesem Johnson, nicht um seinen ersten Schrei als Erdenbürger, und schon gar nicht um jenen bei gewissen Tätigkeiten. Wilhelm setzte zu fragen an – und verharrte. Bei vielen Zeugen musste er üblicherweise die Daumenschrauben ansetzen, um Hintergründe zu erfahren, diese Frau hier redete freiwillig. Besser, er ließ sie. Man wusste nie, wozu so ein Redeschwall noch einmal gut war.

Er tätschelte Katzingers Schulter und reichte ihr sein Taschentuch. »Verstehe. Und wie ist er dann nach Paris …?«

Katzinger tupfte sich ab, nahm einen tiefen Zug von der Zigarette. »Tja, er hatte nicht viele Möglichkeiten als Sohn einer ledigen Hausangestellten. Also ist er zur Army gegangen. Als einer der Jüngsten. Ab nach Europa, die Kommunisten und den Landschaftsmaler bekämpfen. Es muss ziemlich schlimm gewesen sein. Er hat wirklich nicht gern darüber gesprochen. Ich weiß nur, dass er bei der Befreiung von Wien dabei gewesen ist. Er war dann bis zum Staatsvertrag hier stationiert …« Sie versank in eine nachdenkliche Pose.

»Und dann?«, fühlte sich Wilhelm bemüßigt, die Erzählung wieder ins Laufen zu bringen.

»Dann hat er einen Kameraden besucht, den es nach Paris verschlagen hatte. Er hat sich sofort in die Stadt verliebt. Und weil er schon immer gezeichnet hat, probierte er die Aufnahme in die Kunstakademie, die er«, sie streckte den Zeigefinger hoch in die Luft, »im Gegensatz zu einem gewissen anderen sofort geschafft hat. Er arbeitet auch als …« Sie presste die Lippen aufeinander und nickte ein paarmal. »Er hat dann auch als Maler gearbeitet. Viel verdient hat er nicht, aber es hat zum Überleben gereicht. Weil er sich auch nicht zu schade war, für die Touristen Schund zu pinseln.« Sie seufzte. »›Weißt du, Maria‹, hat er immer gesagt, ›wenn ich nicht hier leben würde, würde ich auch so einen Kitsch von Paris haben wollen. Die Stadt ist einfach zu schön.‹« Sie wischte sich den Bereich unter den Augen ab, doch das mintschwarze Gemisch haftete hartnäckig. »Ein wunderbarer Mann.« Sie seufzte. »Ach ja, und er hat immer wieder als Korrespondent für die New York Times geschrieben. Das war ein höchst willkommenes Zubrot.«

Für die New York Times. Wie Elisabeths Bruder. Nun, vielleicht sollte er sich doch überwinden und den Herren Ludwig Herberstorff um einen Gefallen bitten.

Wilhelm zog den Standaschenbecher zum Sessel und aschte ab. »Sie haben Hector gefragt: ›Was hast du getan?‹ Was haben Sie damit gemeint?«

Katzingers Kopf schnellte zu ihm. »Sie verstehen Französisch?«

Er lächelte sie an. »Ja, tut mir leid, wenn ich Sie damit in Verlegenheit …« Wilhelm spürte, wie ihn Fischer und Lukaschek mit einem scheelen Seitenblick bedachten. Denn das taten sie jedes Mal, wenn sich bei ihm irgendetwas zeigte, was nicht zu einem normalen Polizisten gehörte.

Sie schüttelte den Kopf. »Nein, gar nicht. Gar nicht. Ich habe ihn das gefragt, weil …« Sie dämpfte die Zigarette sehr sorgfältig aus. Und atmete durch. »Nun, er war aus zwei Gründen hier. Zum einen hatte er so das unbestimmte Gefühl … eher plötzlich die fixe Idee, dass die Affäre, die er während der Besatzungszeit hier hatte, nicht ganz folgenlos geblieben ist.«

»Was hab i gsagt?«, brauste Fischer auf. »Was hab i gsagt?«

»Fischer!« Wilhelm blitzte ihn über Katzinger hinweg an.

Doch es war zu spät, natürlich, und sie sah Fischer scharf an. »Was haben Sie denn gesagt?«

Fischer wurde rot wie ein Paradeiser. »Dass … ja, dass da was Privates sein muss.«

Sein erster Assistent war beinahe furchterregend von der Rolle, denn üblicherweise hätte er nun erst recht seine Meinung kämpferisch hinausposaunt.

Und Katzinger schien ihm auch nicht zu glauben, sie sah ihn unverwandt an. Also brachte sich Wilhelm wieder ins Gespräch. »Und wissen Sie, mit wem er die Affäre hatte? Ob die beiden sich gesehen haben? Ob es da ein Kind gibt?«

Sie wiegte den Kopf. »Ich denke schon, dass da was vorwärtsgegangen ist. Aber wir haben ausgemacht, dass wir am Sonntag zum Heurigen gehen und dann über alles reden.« Sie hob die Hand. »Und bevor Sie fragen – wir haben uns sehr wenig gesehen. Er hatte einige Termine, und ich … ja, ich habe mich ins Atelier verkrochen und meine ›Frau beim Eisprung‹ fertig gemalt.«

»Was haben Sie?«, entfuhr es Lukaschek.

Sie bedachte ihn mit diesem Lächeln, das man Vollidioten, die nichts für ihre Behinderung können, schenkt. »Mein Bild. ›Frau beim Eisprung‹. Zwei mal einen Meter. Ich male auch, lieber Herr Gruppeninspektor Lukaschek. Leider nicht so gut wie Hector, aber ich lasse es mir nicht verdrießen.«

»Ja, und?«, holte Wilhelm alle Beteiligten zum Thema zurück.

Sie zuckte mit den Schultern. »Ich auf der einen Seite des Hauses, er auf der anderen, er hat seinen eigenen Schlüssel gehabt. Konnte kommen und gehen, wann und wie er wollte. Und eben am Sonntag ist er nicht ...« Sie erstarrte.

Das schien eine sehr wichtige Verabredung gewesen zu sein. »Sagen Sie, warum sind Sie eigentlich nicht gleich am Montag zu uns gekommen, wenn Sie so fix verabredet waren und er nicht aufgetaucht ist?«

»Frankie, mein Mitbewohner, der einzige derzeit, hat mir erzählt, dass Hector am Sonntag noch zu einer Recherche aufgebrochen ist. Die könnte ja ausgeufert sein. Und es heißt doch immer, dass man mit Vermisstenanzeigen warten muss.« Sie riss die Augen auf. »Wann ist er denn gestorben? Hätte ich noch ...?«

Bitte, nur kein neuerlicher Weinkrampf! »Sie hätten gar nichts, glauben Sie mir. Wir haben ihn bereits am Sonntag gefunden.«

Katzinger würgte, presste Wilhelms Taschentuch gegen den Mund. Schließlich wischte sie sich die Augen. »Es geht schon wieder.«

»Gut, und der zweite Grund, warum er da war?«

Katzinger sah ihn mit gerunzelter Stirn an.

»Sie sagten, er war aus zwei Gründen hier. Wegen seines illegitimen«, Wilhelm musste plötzlich Luft holen, »Kindes und wegen was noch?«

Sie lachte auf, was mehr nach Bellen klang, und bat Lukaschek um eine weitere Zigarette. Sie sog den Rauch tief ein und sah ihm nach, als sie ihn wieder aus dem Mund fließen ließ. »Der Idiot war in Spanien.«

»Aber da soll es ja recht schön sein«, brummte Lukaschek. »Gutes Essen sollen s' haben.«

»Das, und landschaftlich ist es grandios. Die Städte sind auch wunderbar. Aber wie Sie vielleicht wissen, lieber Herr Gruppeninspektor Lukaschek, herrscht dort derzeit ein Diktator. Ein gewisser Francisco Franco, auch El Caudillo de España genannt.«

»Äh ... ja, und?«

Sie trank das Glas aus und reichte es Fischer, ohne ihn anzusehen. Der nahm es mit der Selbstverständlichkeit eines Butlers. »Und in solch ein Land fährt man nicht. Nicht einmal zur Feindbeobachtung. Die Devisen helfen seinem Regime doch nur.«

»Da mögen Sie schon recht haben, liebe Frau Katzinger.« Wilhelm setzte sich auf den Sessel neben sie. »Aber kommen wir zur Sache zurück. Was hat Spanien mit Wien zu tun?«

»Keine Ahnung.« Sie rollte mit voller Aufmerksamkeit die Zigarette am Aschenbecher ab.

Er schob seine Zigarette dazu, dämpfte sie aus.

Sie sah ihn an. »Wirklich nicht.« Sie atmete durch. »Also nicht wirklich.«

»Und ungefähr?«

»Er ist als Journalist hingefahren. In Paris hat ihm irgendeine Exilspanierin was gesteckt. Hauptsächlich war er an der Ostküste. Und hat dort irgendeinen Bauern kennengelernt, der ihm irgendwas erzählt hat, was mit Wien zu tun hat. Oder Österreich an sich? Ich weiß es nicht mehr so genau. Er war nur wahnsinnig begeistert davon und hat gemeint, dass sich auch hier die Zeitungen dafür interessieren würden, erführen sie es.«

»Ja, und?«

»Mehr weiß ich nicht. Er hat sehr geheimnisvoll getan.« Sie fuhr sich durch die rote Lockenmähne. »Einmal in der Nacht ...«

»Wann?«

»Ach, wann war das? Freitag? Ja, Freitag. Da haben wir uns kurz in der Küche getroffen, wir wollten beide noch ein Stück Käse ...« Sie lächelte versonnen.

»Ich mag auch Käse«, platzte Fischer heraus.

Sie bedachte ihn mit einem intensiven Blick. »Wie nett, Herr

Gruppeninspektor Fischer. Dann sollten wir einmal gemeinsam eine Verkostung machen, ich kenn da einen Greisler in der Weihburggasse. Da bekommt man anständigen Käse. Nicht solche Gummidinger, wie sie üblicherweise verbrochen werden.«

»Oh«, wurde Lukaschek lebendig. »I weiß ganz genau, was Sie meinen. Und mei Anneliese kauft net nur die Gummiquadratln, sondern a den Gatsch, diesen Schmelzkäs. Bei unserm Fleischer gibt's den in an Fassl. Und i sag immer, Liesl«, er war richtig rührend in seiner Freude, auch einmal etwas zum Gespräch beitragen zu können, »für was hab i an Vetter, glei drunten in der Steiermark, der den besten Käs zsammrührt, ha? Lass uns do alle heiligen Zeiten amal runterfahren und ordentlich einkaufen. Aber sie? Na, net um die Burg.« Er schnalzte mit der Zunge.

»Ich sehe, wir verstehen uns, lieber Herr Gruppeninspektor Lukaschek. Und solche Genüsse wie von Ihrem Vetter kann man bei diesem Greisler verkosten. Hätten Sie Lust, Herr Gruppeninspektor Fischer?«

Der war schon wieder ein Paradeiser. Er nickte. Sie schickte ihm ein Zucken der Augenbrauen. Was lief da, um Himmels willen?

Wilhelm sprang auf und klatschte in die Hände. »Könnten wir bitte diese Gourmetdiskussion ein anderes Mal führen? Und zur Sache zurückkommen?«

Katzinger drehte sich wie eine gehorsame Schülerin mit dem gesamten Körper zu ihm. »Ja, wir haben also Käse schnabuliert und Rotwein dazu getrunken« – er fühlte einen Hauch von Wehmut, konnte er sich doch so einen mitternächtlichen Imbiss mit Elisabeth auch einmal bestens vorstellen, doch dazu würde es wohl nie kommen – »und da hat er gemeint, wir hätten hier in Österreich ganz schöne ... wie könnte man das auf Deutsch sagen? Ja, Saubartln. Ganz schöne Saubartln. Und dass er fasziniert sei, wie eine Sache in die andere übergehe. Ich habe natürlich nachgefragt. Aber er hat mir nur den Finger auf den Mund«, sie schluckte mehrmals, Tränen traten in die Augen, »gelegt und gemeint, ich solle mich gedulden.«

Sie wischte sich die herabkollernden Tränen von den Augen, wodurch nun auch auf den Wangenknochen schwarze Schlieren prangten. »Und ich habe mich damit zufriedengegeben, denn wir wollten ja am Sonntag … Und in diesem Moment war uns mehr nach … na ja, nach einer Auffrischung von Paris. Die wir dann auch ausführlich … zelebriert … oh mein Gott!« Ansatzlos wedelte sie mit beiden Händen. »Ich muss mich jetzt … Ich kann nicht … Bitte«, sie sah Wilhelm mit großen, nassen Augen an, »können wir das jetzt hier abbrechen? Ich muss … Verstehen Sie? Hector ist tot!«

3

Wilhelm stand auf der Pawlatsche des zweiten Stocks, die wie jene im ersten rundherum führte, und genoss den Moment der Ruhe. Fischer bereitete in der Küche hinter ihm der vor sich hin schluchzenden Katzinger einen Kamillentee – und hoffte wahrscheinlich auf einen gehauchten Kuss als Dankeschön. Lukaschek hatte sich wegen eines dringenden Geschäfts auf den Abort zurückgezogen, wo er schon wahrlich über Gebühr lange verweilte.

Nun, ihm sollte es recht sein. Er musterte den nahezu quadratischen Innenhof des alten Barockhauses. Er kannte ihn gut, weil hier bis vor vier, fünf Jahren ein Fleischhauer ansässig gewesen war, den jedermann, der Ahnung von diesem Handwerk hatte, für seine Leberwürste gerühmt hatte. Er sowie seine Perle Else hatten hier mehrmals eingekauft. Nicht regelmäßig, die Große Sperlgasse war ja doch ein Stück von der Josefstadt entfernt, aber öfters. Welche Zufälle das Leben manchmal mit sich brachte. Nun wohnte also Maria Katzinger mit ein paar Getreuen hier. Sie hatte erwähnt, dass sie schon die dritte Besitzerin nach dem Fleischhauer war. Das bedeutete nichts Gutes für das Anwesen, wenn es niemand lange aushielt. Nun, vielleicht war der Bann gebrochen, denn Wilhelm entdeckte frisch verputzte Stellen an den Mauern. Die Dame schien sich um das Haus zu kümmern. Aber ansonsten wirkte es wie ein Zigeunerlager. Im Hof standen neben einem alten Fuhrwerk ein beiger Mercedes mit einer Halterung für ein Taxischild, das nicht montiert war, mehrere Motorräder sowie zwei Fahrräder. Im westlichen Eck beherbergte eine Sitzbadewanne eine Entenfamilie. Mittendrin befand sich eine Insel mit wohl aufgrund des Regens abgeknickten Sonnenblumen und einer Sitzgruppe aus Holz. Überall Unkraut. Auf der Nordwand glühte trotz des Regens eine mindestens vier mal drei Meter große Rosenwand. Alles wirkte verlottert und doch zugleich heimelig. Wilhelm stellte fest, dass er sich wohlfühlte. Irgendetwas an diesem Chaos sprach ihn an.

Und nun stand dort unten ein bulliger Mann in Wilhelms Alter, dem die dunkelbraunen, lockigen Haare bis weit über die Ohren hingen. »Was tun Sie da?«

Als Antwort zückte Wilhelm seine Kokarde.

Doch noch bevor er seinen Namen nennen konnte, brüllte der andere: »Und? Was ist das? Kommen S' da runter! Ich kenn Sie nicht!«

»Chefinspektor Fodor. Alles in Ordnung, Herr …?«

»Des kann jeder behaupten.«

»Passt schon, Frankie, die Herren sind mit mir hier«, mischte sich nun plötzlich Katzinger ein und trat mit Fischer neben Wilhelm. »Weißt, der Hector ist tot. Und die Herren hier untersuchen … die Sache.«

Frankie erstarrte. Nach einigen Sekunden vollzog er mit dem Kopf eine Mischung zwischen Schütteln und Nicken, damit verschwand er unterhalb von Wilhelm im Haus.

»Das scheint ihm sehr nahezugehen«, merkte Wilhelm an.

»Die beiden sind, soweit ich das mitbekommen habe, zwei oder drei Mal länger beisammengesessen.« Sie runzelte die Stirn. »Na ja, beide lieben das Fotografieren, da gibt es einen Ansatzpunkt. Was mich aber trotzdem gewundert hat, weil …« Sie sinnierte den ehemaligen Standplatz von Frankie an.

»Weil?«

»Ach Gott, ich war einmal mit Frankie zusammen. Und seitdem benimmt er sich wie ein bissiger Wachhund gegenüber allen männlichen Neuzugängen hier im Haus. Was ein bisschen lästig ist. Aber bei Hector schien er nicht so zu sein. Dafür war ich sehr dankbar.«

»Sie haben sich also verstanden?«

Sie lachte. »Das nehme ich doch an! Denn sie haben unter Zuhilfenahme meiner Barolo-Bestände die Welt analysiert und dann gerettet. Doch Frankie kann sich leider nicht an die Formel für die Lösung aller Probleme erinnern.«

Wilhelm stimmte in das Lachen ein. »So geht es uns allen.«

»Hat der … Herr Johnson so gut Deutsch können?«, platzte Fischer heraus.

»Nein, kein Wort, aber Frankie war einige Jahre in England. Kindertransport.«

Das hieß, er war Jude. Hoffentlich hielt Fischer sein blödes Maul. Sein Adamsapfel hüpfte auf und ab, offenbar kämpfte er mit sich. Doch die Verehrung für Katzinger schien mächtiger als sein Antisemitismus zu sein, denn er schwieg.

»So, pack ma's!« Lukaschek stand im Türrahmen.

Schweigend prozessierten sie unter der Führung von Katzinger durch die große Wohnküche, durch eine Art Bibliothek, durch ein Atelier, wo ein riesiges Bild an der Wand lehnte, auf dem Wilhelm aber weder eine Frau noch ein Ei oder auch nur einen Sprung erkennen konnte, einen Gang entlang vorbei an drei Türen, durch eine Rumpelkammer und eine Art Waschküche, die auch ein Klo beherbergte, und landeten schließlich in einem großen Raum mit vielen Kästen, die im Stil ebenso durcheinandergewürfelt waren wie der Rest der Einrichtung, die er bislang gesehen hatte. Es schien alles vom Trödler zu stammen. Und doch passte es auf faszinierende Art zusammen. In diesem letzten Raum befand sich außerdem ein Bett, das nicht gemacht war. Auf zwei Sesseln links und rechts davon lagen und hingen zerknüllt ein paar Kleidungsstücke, am Fußboden davor stand ein in sich zusammengefallener Army-Rucksack.

»Sehen Sie! Dort geht es zur Hintertreppe, über die Hector direkt hinausgehen konnte«, deutete Katzinger. Sie öffnete eines der beiden Fenster. »Das Zimmer verwende ich an und für sich als Rumpelkammer, es ist nur eine Notunterkunft, aber Hector fand es wunderbar.« Sie lehnte sich hinaus und ließ den Kopf fallen. Ihr Brustkorb hob und senkte sich.

»Also, meine Herren!« Wilhelm deutete auf die Unordnung.

Fischer und Lukaschek machten sich ans Werk, wobei Fischer jedes Kleidungsstück, das er in die Hand nahm, fein säuberlich faltete und dann alles auf einen Stapel legte. Je länger er allein lebte, umso eigenartiger wurde er.

Wilhelm stellte sich zu Katzinger. »Sehen Sie, irgendwie fällt es mir schwer zu glauben, dass Sie so überhaupt nichts wissen.« Keine Regung. »Ich meine, manchmal können Zeugen nicht ganz die Bedeutung dessen, was sie beobachten, einschätzen. Deshalb …«

Sie lugte durch die Achsel zu ihm hinauf. »Reden Sie jetzt gerade mit mir wie mit einer leicht dümmlichen Probiermamsell?«

Wilhelm holte Luft. »Nein, das war natürlich nicht meine Absicht … Es ist nur unsere Erfahrung, dass Zeugen eben manchmal …«

Ruckartig richtete sie sich auf, lehnte sich gegen das Fensterbrett und schloss die Augen. »Ich winke, ich laufe, er läuft mir entgegen, winkt ebenfalls, sein Hut fällt ihm vom Kopf, wir fliegen einander in die Arme, wir küssen uns. Ich frage: Wie geht es dir? Wie war die Fahrt?« Katzinger sah Wilhelm an. »Natürlich auf Französisch. Er hat nur mehr Französisch gesprochen, seit wir in Paris … Ach ja, und wir befinden uns am Westbahnhof.« Sie schloss die Augen. »Er sagt: Die Fahrt war gut. Er fühlt sich nur nicht wohl. Schon länger. Deshalb war es dann doch anstrengend für ihn. Aber er wird Kraft genug haben, mich zu verwöhnen. Wir lachen.«

Wilhelm sah aus den Augenwinkeln, wie seine beiden Assistenten erstarrten. Sie wirkten wie kleine Kinder, die die ältere Schwester beim Techtelmechtel erwischten und sich mucksmäuschenstill verhielten, um nur ja nicht entdeckt zu werden und dadurch etwas zu verpassen.

»Ich gebe ihm einen Rempler mit dem Ellenbogen, er krümmt sich vor Schmerzen. Es ist kein Scherz. Ich mache mir Sorgen. Er sagt, dass er wohl eine Grippe übergangen hat. Dass es schon wieder werden würde. Also …«

»Liebe Frau Katzinger, Sie brauchen mir jetzt nicht wirklich jede Sekunde …«

Sie hob die Hand, kramte aus ihrer Gesäßtasche eine Packung Gauloises heraus und zündete sich hastig eine Zigarette an, so schnell konnte Wilhelm sein Feuerzeug gar nicht zücken. »Gastgeschenk von Hector.« Sie drehte die Zigarette zwischen ihren Fingern, betrachtete sie und ließ zugleich den Rauch aus dem Mund quellen. »Nun ja, ich habe ihm geglaubt. Ich wollte ihm glauben. Wir sind nach Hause. Ich frage ihn noch in der Bim, warum er plötzlich meint, dass er ein Kind hat. Das hatte er mir in seinem Ankündigungsbrief geschrieben. Frage ihn, ob Bub oder Mädel. Er sagt nur: Später. Fragt mich nach meiner Malerei aus, nach meinen Liebhabern. Ich sage ihm, dass ich wieder einmal so jemanden wie ihn brauche. Dringend.« Sie lachte auf. »Eine ältere Dame ist keppelnd aufgestanden. Wir haben ihr nachgewunken.« Sie schnippte die Asche aus dem Fenster.

Wilhelm wedelte seine Assistenten in Bewegung.

»Wie lange stehst du da schon?«, fragte Katzinger jemanden hinter Wilhelms Schulter.

Er wandte sich um, Frankie lehnte am Türrahmen. Und auf einmal wusste Wilhelm, was Literaten mit dem Ausdruck »lodernder Blick« meinten.

Der Mann schüttelte schnell den Kopf. »Ich hab dich nur fragen wollen, ob ich dir … ob du was brauchst.«

Katzinger sah ihn lange an. »Wir reden später, Franz.«

Der seines Anglizismus Entkleidete schlich wie ein geprügelter Hund davon. Da war einer verdammt froh, dass die Duftmarke einer Leidenschaft aus Paris, die offenbar hier wieder massiv Gestalt angenommen hatte, bald an Intensität verlieren würde.

»Und wie ist es weitergegangen, als Sie dann nach Hause

gekommen sind, Frau Katzinger? Mit einem Besuch redet man doch erst einmal gemütlich bei einem Kaffee.«

Sie seufzte. »Er ist sofort ins Bett. Um zehn Uhr in der Früh. Ich habe dann wegmüssen. Ich habe die Kuratorin vom Kunstforum getroffen. So was sagt man nicht ab, auch nicht für einen lange nicht mehr gesehenen Freund aus alten Tagen.«

»Stellen Sie dort aus?«, entfuhr es Wilhelm. Das von der Zentralsparkasse gegründete Forum war der letzte Schrei. Die Phantastischen Realisten – oder Phantasten, wie Elisabeth sie nannte – waren vor Kurzem dort zu sehen gewesen, der Fuchs, der Lehmden, der Leherb, der Brauer, der …

»Eben nicht. Frauen können ja nicht malen.« Sie lachte etwas zu laut. »Und das wollte ich einmal aufs Tapet bringen. Und sie hat mir recht gegeben, also, dass Frauen zu wenig Bühne bekommen, aber nur im Prinzip. Konkrete Zusage habe ich keine. Tja, die Zeit ist einfach noch nicht reif für uns.« Sie warf den Kopf in den Nacken. »Vielleicht sollten wir alle wie Kiki nach New York auswandern, dort werden innovative Geister geschätzt.«

»Alle?«

»Sie halten mich für eine zufällige Absonderlichkeit.« Ihre Augen funkelten. »Das Bild, das Sie in der Küche so angestarrt haben, das ist zum Beispiel von Helga. Helga Philipp. Und dann gibt es da noch Florentina, Martha und Ingeborg, um nur ein paar zu nennen. Und natürlich die Lassnig.«

»Ah, die … Gefährtin von Arnulf Rainer?« Wilhelm fühlte sich erleichtert, er kannte endlich einen Namen.

»Er«, wuchtige Pause, »ist der Gefährte von Maria!« So mussten die Amazonen ausgesehen haben.

»Äh … ja. Und nach dem Termin im Forum?«

»Erst wieder bei unserem Käseimbiss am Freitag. Da habe ich dann erfahren, dass er eigentlich noch wegen etwas anderem da ist.«

»Die Saubartl-Geschichte.«

»Genau.« Ihr Blick richtete sich nach innen. »Er hat gesagt … ja, er hat gesagt: ›Der Pedro wird Augen machen.‹« Sie wirkte wie elektrisiert, blitzte Wilhelm an. »Jetzt haben wir einen Namen. Pedro von der Ostküste.«

Nun ja, Pedro war in Spanien so selten wie Franz in Österreich, selbst wenn man die Suche auf die – sicherlich Hunderte Kilometer lange – Ostküste einschränkte.

»Chef!«, rief Lukaschek. Er saß auf dem Bett mit dem Rucksack auf dem Schoß und hielt eine Fotografie in die Höhe. »Das passt.«

Wilhelm nahm sie ihm aus der Hand. Sie zeigte zwei sehr junge Männer in Kampfmontur ohne Abzeichen, der eine mit dunklerer Haut, Schnurrbart und Baskenmütze, der andere mehr der blonde Typ mit einem Schiffchen auf dem Kopf. Sie posierten mit je einer Mauser Karabiner 98k über der Schulter, im Hintergrund waren kahle Bergwände zu sehen. Sie wirkten fröhlich. Der mit dem Schiffchen hatte eine Zigarette im Mundwinkel, der andere fixierte eine Weinflasche an seiner Wade. Wilhelm drehte das Foto um. Da stand: »¡Vamos a vencer a los perros rojos!« Daneben war »25. Juli 1936« vermerkt. Und darunter prangten zwei Unterschriften. Die eine war als »Pedro« zu erkennen, die andere als »Juan«. Der Gedanke drängte sich auf, dass der zweite Name die spanische Version eines deutschen war. So viele Blonde gab es in Spanien sicherlich nicht.

»Und was heißt das, Chef?«, fragte Lukaschek.

»Ich muss dich enttäuschen, Lukki, aber Spanisch beherrsche ich nicht. Wir werden einen Übersetzer anfordern.«

Katzinger linste ihm über die Schulter. »Na ja, ›rojos‹ muss ›Rot‹ sein, würde ich sagen. Wie der Wein, der Rioja.«

»Wir Roten werden gewinnen?« Wilhelm spürte sofort, dass das nicht stimmte. Denn das Wort, das immer in Zusammenhang mit diesem Che Guevara aus Kuba seine Runde zog, lautete ähnlich, aber sicher nicht »vencer«.

Katzinger nahm nun ihrerseits das Foto in die Hand. »Da ist ein ›a‹. Ein ›a los‹. Wenn ich vom Französischen ausgehe, dann weist das auf ein Objekt hin. Wie in ›Je vais au jardin‹. ›À le‹. ›Au‹. Aber was ist ›perros‹?«

Er nahm das Foto wieder an sich. »Nun, wie auch immer, das wird uns schon bald jemand erklären. Jedenfalls gibt es diesen Pedro, und der war offensichtlich gut Freund mit einem gewissen Juan, der den blonden Haaren nach zu urteilen Deutscher oder Österreicher sein könnte. Wenn wir davon ausgehen, dass das Foto mit der Spur nach Österreich zu tun hat.«

»Johann.«

Alle schauten Lukaschek an.

Der zuckte mit den Schultern. »Juan. Don Giovanni. Meine Oma is gstorben für den Mozart.«

»Also Johann oder Johannes.« Wilhelm nickte Lukaschek zu und wandte sich an Katzinger. »Hat er einen Johann jemals erwähnt?«

Sie schüttelte den Kopf. War ja nicht anders zu erwarten gewesen.

»Und sonst?«, fragte Wilhelm an seine Mannen.

Auch die schüttelten den Kopf.

»Was heißt das?«

Lukaschek rollte einmal die Lippen nach innen und wieder nach außen. »Keine Papiere, die hat er anscheinend bei sich gehabt, und der Mörder hat sie mitgenommen, und sonst auch nix. Also, net ganz, der Fahrschein nach Wien und retour nach Paris. Der war bei dem Foto ganz unten im Rucksack. Er wollte heute zurückfahren.«

»Gut, dann wollen wir noch Ihren … also Herrn Frankie befragen. Vielleicht hat ihm Hector Johnson beim Barolo ja etwas mehr als Ihnen verraten.«

Das Geräusch eines startenden Motors. Katzinger eilte zum Fenster. »Frankie! Fraaaanz!« Sie winkte. Beobachtete.

Wilhelm trat zu ihr und sah gerade noch das Heck des Mercedes durch das Eingangstor verschwinden. »Lässt er das immer offen stehen?«

»Manchmal, wenn er zu spät zu seiner Schicht ist. Wissen Sie, er muss Taxifahren, weil er hat … ein bissel finanzielle Probleme.« Was wahrscheinlich Spielschulden hieß. »Ich befürchte, Sie erwischen ihn erst morgen wieder.«

»Wir brauchen seine Taxinummer.« Morgen – das wäre ja gelacht.

4

Fischer stieg aus dem Puch und stieß einen spitzen Schrei aus. Wilhelm folgte seinem Blick, hastig, in Erwartung, einen Raubüberfall zu beobachten, bereit, ihn im nächsten Moment zu vereiteln. Doch kein Verbrecher hielt eine Geisel am Arm, kein Dieb machte sich an einem Auto zu schaffen, kein … Moment! Auto. Fischer konnte doch nicht wirklich wegen dieses Geschosses in Aufruhr geraten sein?

Er konnte. Denn nun stocherte er mit dem Zeigefinger Richtung des weinroten Cabrios vor dem Hotel. »Zweihundertsechsundachtzig PS, Vierliter-Reihensechser, Spitze zweihundertfünfzig Kilometer pro Stunde.« Die letzten Worte hatte er dezidiert ausgesprochen. Seine Augen waren kugelrund, und er hauchte: »Ein Aston Martin.«

Wilhelm befürchtete, dass Fischer jeden Moment in die Knie ging und die Hände faltete. »Nicht ganz deine Dienstklasse.«

Fischers Kopf fiel auf die Brust. »Ich weiß.« Er strahlte den Wagen an. »Aber ist er nicht einfach … umwerfend?«

»Na, dann husch, husch ins Valerie, vielleicht ist der Besitzer ja noch an der Rezeption und du kannst ein bissel fachsimpeln mit ihm.«

Wilhelms Süffisanz verpuffte in Fischers Rücken, der bereits wie ein Wiesel durch den Verkehr huschte, im nächsten Augenblick auf der gegenüberliegenden Straßenseite, in der nächsten Sekunde im Gebäude war. Wilhelm folgte mit Lukaschek besonnener. Er brachte sich doch nicht wegen eines Autos durch ein Auto um. Über achtzehnhundert Verkehrstote im letzten Jahr. Wenn die Menschen gerade einmal nicht Krieg führten, fanden sie tausend andere Möglichkeiten, sich umzubringen.

Sie betraten das Hotel, die Rezeption war verwaist. Für ein

gerade aufgewertetes Nobeldomizil im Grunde ein Ding der Unmöglichkeit.

Fischer befand sich beim Ausgang zum Innenhof und hielt die Hand einer Dame, gerade noch darüber gebeugt, als habe er sie soeben geküsst. Fischer? Eine Hand geküsst? Er lächelte die etwas dickliche, dennoch aparte Brünette in den Vierzigern hingebungsvoll an. Sie plauderten. Was auch immer.

Wilhelm lehnte sich auf den Tresen der Rezeption und schlug auf die Glocke. Es tat sich nichts. Er betätigte die Klingel noch einmal.

»Mein sehr verehrter Herr Chefinspektor! Was darf ich für Sie tun?«, erklang es hinter seinem Rücken.

Er wandte sich um und sah Herrn Jürgen, den Rezeptionisten Nummer zwei, heraneilen. »Sie könnten uns Herrn Jakob rufen, wenn Sie so nett wären.«

Herr Jürgen legte den Kopf schief. »Der ist krank, das haben wir doch gestern geklärt.«

»Nun ja, wissen Sie, wir haben ihn daheim nicht angetroffen, gerade vorhin zum zweiten Mal nicht, wir haben die Spitäler durchtelefoniert, nichts, wir haben seine Mutter gefragt, die seit gestern Nachmittag nichts von ihm gehört hat. Und so fragen wir uns, wo er denn sei.«

»Jedenfalls nicht in diesem Haus, ich bedaure. Ich bedaure sogar sehr. Ich …« Er sah zum Eingangsschlauch, durch den sich gerade in lautstarkem Französisch eine Familie mit zwei Kindern und unzähligen Koffern kämpfte. Er lächelte Wilhelm an. »Wir sind natürlich sehr erfreut über die Aufwertung des Hotels, sie bringt uns viele neue Gäste. Aber …« Sein Blick folgte der Gruppe und blieb am Empfang hängen, genau genommen am hochroten Kopf von Herrn Gerhard, dem blutjungen Lehrling mit dem maskenhaften Lächeln. Der quetschte gerade mit unsäglichem deutschem Akzent ein »Bonjour« heraus und wirkte so, als dächte er nach, was nun Ja und Nein auf Französisch hießen.

Als sich Wilhelm Herrn Jürgen nochmals zuwandte, um ihm zu sagen, dass er dann eben ihm noch ein paar Fragen stellen müsse, war dieser schon halb hinter der Budel, parlierte mit den Neuankömmlingen und steckte den Kindern Zuckerln zu. »Ich hasse Hotels.«

»Chef, so vehement kenn ich dich gar nicht«, grinste Lukaschek.

»Ich hasse sie. Schlimmer ist nur das Theater. Alles außer uns, den Ermittlern, ist ständig lebenswichtig für diese Leute, und wir stehen stramm und kuschen.«

Fischer trat zu ihnen. »Ich glaub net, dass uns der davonrennt. Weil sonst reißt ihm die Chefin den Schädel ab. Und außerdem …«

»Hat er keinen Grund«, ergänzte Wilhelm. »Das denke ich auch.«

»Sagt da dein Urin«, feixte Lukaschek.

»Sagt mir mein Urin. Er hat nichts mit der Sache zu tun. Er war nur zufällig Zeuge. Und er hat gestern auffallend schnell und gern die Diskretionsorder von seinem Chef gebrochen. Der verheimlicht nichts aus Absicht. Geh, Lukaschek, frag ihn nach seinen Dienstzeiten und seiner Adresse, wir statten dem Herrn Jürgen dann einfach einen Privatbesuch ab. Ich habe von dem Haus da die Nase gestrichen voll.« Wilhelm merkte, wie seine Füße förmlich aus dem Hotel liefen. »Und frag auch, ob wir den Spind vom Herrn Jakob angelegentlich einsehen könnten, wenn er noch weiter verschwunden bleiben sollte«, rief er über die Schulter.

Auf der Gasse zündete er sich erst einmal eine Zigarette an. Dieser Tag sollte sie in den Ermittlungen weiterbringen, und bis jetzt … Nun gut, sie wussten inzwischen immerhin den Namen des Opfers. Und dass der liebe Herr malende Journalist in Spanien gewesen war, dort irgendetwas erfahren hatte und das hier verifizieren wollte. Auch versuchte Berner unterdessen, Franz Bäcker, wie Frankie bürgerlich hieß, über Funk zwischen zwei Fahrten in die Sicherheitswache zu lotsen und ihm eine Aussage abzuknöpfen. Trotzdem war an diesem Fall alles irgendwie sehr mühsam. Nein, nicht alles, es war nur das Hotel. Eben, Hotel. Ob Stunden- oder Vierstern- war egal, Ermittlungen in solchen

Etablissements bedeuteten immer eine Attacke auf das Nervenkostüm.

Seine Mannen kamen heraus und berichteten, dass Herr Jakob prinzipiell selbst für seine Dienstuniform sorgen wolle und deshalb keinen Spind habe. Fischer gab Lukaschek Feuer, und so standen sie wie drei begossene Pudel unter dem minderen Schutz des Dachvorsprungs und pafften vor sich hin.

»Sag, Fodor«, murmelte Fischer, »ich weiß, du hast gesagt, die finden nur Ausreden, und du hast als Chef sicher recht, aber ich frag mich, ob wir jetzt, so unter diesen Umständen, net vielleicht doch diese Schneidermamsell aufsuchen sollten.«

Wilhelm wunderte sich einmal mehr, wie oft die Gedanken seines ersten Assistenten und die seinen im Gleichschritt gingen. »Exakt, Fischer. Selbst, wenn sie was von ›Zufallsbekanntschaft‹ faselt, schrecken wir sie auf. Und dann sehen wir weiter.« Er schnippte die Tschick in das Rinnsal. »Los, Aramis, Porthos, stürzen wir uns ins Gefecht!«

Wilhelm stürmte in Richtung Durchhaus, seine Assistenten hörte er hinterherstolpern.

»Wieso bist du eigentlich Athos, Chef?«, keuchte Lukaschek.

»Wieso ist das wichtig, Lukki?«, schnaufte Fischer.

»Weil der Athos a Bsonderer is bei den Musketieren.«

»Der Chef is do a Bsonderer.«

»Ja, aber der Athos is net der Chef.«

»Geh weida mit deiner I-Tüpfelei!«, keifte Fischer.

Lukaschek schwieg auch wirklich, und Wilhelm war Fischer unendlich dankbar für den rigorosen Maulkorb für seinen Kollegen, denn natürlich hatte er, Wilhelm Fodor, genau genommen Wilhelm Herberstorff, sich mit der Namenswahl im Grunde verraten, war doch Athos der einzige der drei Musketiere mit adeligem Hintergrund. Es erwies sich immer wieder aufs Neue, dass etwas an dieser Theorie des Unbewussten dran war.

Er überquerte die Straße und strebte zur Maßschneiderei. Es brannte Licht, kein Wunder bei diesem Sauwetter. Er klopfte sich den Regen ab, Fischer und Lukaschek taten es ihm gleich, dann enterten sie das Geschäft.

Es war leer. Und es war komplett still. Kaffeeduft hing in der Luft.

Wilhelm sah sich um. Keine Mamsell auf einer der Leitern, keine hinter der Budel, keine bei der Sitzgruppe. Eine verkehrte Welt war das, wenn am Feiertag die Lokalität gesteckt voll und nun an einem Arbeitstag verwaist war. »Hallo? Wer da?«

Keine Antwort.

Er klappte das Durchgangsbrett der Budel in die Höhe und strebte Richtung Hinterzimmer. Noch bevor er es betreten konnte, stand wie aus dem Boden gestampft die schwarzhaarige Schönheit vor ihm.

»Kann ich den Herren irgendwie behilflich sein?« Ihre durch das breite Lächeln entblößten Zähne waren makellos und passten perfekt zum Rest der Frau, der heute in edles Grau gehüllt war. Sie musterte sie der Reihe nach und wandte sich dann an Wilhelm. »Sie wollen mir offenbar nicht glauben, dass wir nur für Damen schneidern?« Koketter Augenaufschlag.

Diese Frau war ein Wunder an Selbstbeherrschung, denn mit keiner Regung hatte sie verraten, ob sie Lukaschek und Fischer, die ja beide in ihrer Gestalt – der eine ein massiger Bär, der andere ein athletischer Ruderer – mehr als eindrücklich waren, erkannt hatte, nein, sie bog sofort auf das sichere Terrain von Wilhelms peinlichem Besuch am Vortag ab.

»Doch, doch.« Wilhelm präsentierte seine Kokarde. »Wir sind beruflich hier, Fräulein …?«

»Wiedehopf.« Sie nickte. »Ja, wie der Vogel.«

Jetzt war Wilhelm klar, warum die Maßschneiderei nicht den Namen der Besitzerin trug.

Lukaschek klappte den Notizblock auf. »Wiedehopf, und wie …?«

»Helena. Darf ich den Herren«, weite Geste zu den Fauteuils, »vielleicht einen Kaffee anbieten? Ich habe ihn gerade …« Der letzte Teil des Satzes ertönte bereits aus dem Hinterzimmer. Oh, da musste sich wohl jemand sammeln.

Sie setzten sich brav. Lukaschek ließ den Kugelschreiber auf den Notizblock hüpfen. Im Hinterzimmer klapperte Geschirr, ansonsten war es so unglaublich still, dass es Wilhelm irritierte. Richtig, müssten in einem Schneidersalon nicht Nähmaschinen summen?

»Wo sind denn Ihre Mitarbeiterinnen, Fräulein Wiedehopf?«, fragte er laut vernehmlich.

Keine Antwort.

»Auch arm, mit dem Namen«, meinte Fischer. »Hoffentlich heirat sie bald.«

»Vielleicht is des ja der Name von ihrem Mann«, meinte Lukaschek.

»Fräulein! Sie hat nix dagegen gesagt.«

Lukaschek gluckste. »A Freundin von der Anneliese hat durch die Heirat an ordentlichen Aufstieg gmacht. Von Bauer auf Kaiser.« Er zog mehrmals die Brauen in die Höhe. Mit dem listigen Ausdruck in den Augen und den feisten Backen erinnerte er Wilhelm an das A-Hörnchen.

»Ja, da geht nix mehr drüber«, kicherte nun auch Fischer.

Fräulein Wiedehopf schwebte mit einem voll bestückten Tablett herein. Während sie die Modezeitschriften auf einen Beistelltisch räumte sowie Tassen, Milchkännchen, Zuckerdose, Kaffeekanne und eine Schale Prinzenrollenkekse, bei denen sich Lukaschek sofort bediente, gefällig auf dem Tisch verteilte, erklärte sie, dass sie immer den Tag nach einem privaten Kurs freigebe, nur Aufträge annehme und ansonsten das erledige, was anfalle.

»Bitte entschuldigen Sie, wenn ich Sie unterbreche, aber mich interessiert brennend, warum Sie uns noch immer nicht nach dem Grund unseres Besuchs gefragt haben. Denn das macht jeder, absolut jeder, der zum ersten Mal mit uns zu tun hat.« Wilhelm suchte den Blick der Schönheit.

Sie wich ihm aus und setzte sich, strich den ohnehin stramm gespannten Rockteil des Kleides glatt. »Sie kommen wegen Jakob Gattermeyer, nehme ich an.« Sie hob ihren Blick. »Ist doch richtig, oder? Sie, mit dem ich im Durchhaus zusammengestoßen bin und der mir dann hierher gefolgt ist. Ihre beiden Kollegen, die vor dem Valerie gestanden sind.« Ihre auf dem Schoß abgelegten Hände flatterten kurz auf. »Und Jakob Gattermeyer, der verschwunden ist.«

5

Lukaschek biss in den Keks. Das Knacken donnerte durch den Raum. Die Schönheit sah ihn an, als wäre er von einem anderen Stern. Lukaschek erstarrte.

»Nun«, Wilhelm musste durchatmen, er nahm seine Tasse auf, »Fräulein Wiedehopf ... Fräulein stimmt doch, oder?«

Sie schüttelte den Kopf. »Ich bin es nur gewohnt. Mein Gatte hat vor zwei Jahren am Semmering eine Kurve zu schnell genommen. Und weil man mich seitdem nie mehr mit einem Mann sieht, hat es sich wieder eingebürgert. Mir ist es einerlei.«

»Ich verstehe. Nun, Frau Wiedehopf, fangen wir am besten ganz am Anfang an. Sie kennen also Herrn Gattermeyer. Woher?«

»Er ist mein Onkel.«

»Das heißt, Sie haben gestern Ihre Großmutter ...?«, entfuhr es Wilhelm. Verdammt, diesen Schachzug hatte er sich für später aufsparen wollen.

Wiedehopf zog die Stirn kraus. »Sie wissen, dass ich gestern Im Werd war? Ja, sind Sie mir denn den ganzen Tag nachgelaufen?«

Obwohl Wilhelm als Polizist das Recht hatte, jede beliebige sich verdächtig benehmende Person wohin auch immer zu verfolgen, kam er sich jetzt – schon wieder – wie ein Rüpel vor. Er nahm einen Schluck vom Kaffee, der ein unerträglich dünnes Filtergebräu war, und beschloss, mit offenen Karten zu spielen. Also legte er der Mamsell seine Beweggründe dar, warum er ihr am Vortag zwei Mal hinterhergeschlichen war.

Wiedehopf rührte den Kaffee um, in den sie gar keinen Zucker gegeben hatte. »Ich weiß jetzt nicht, ob ich beruhigt sein soll, dass unsere Polizei immer alles im Blick hat, oder ob ich es beängstigend finden soll, dass man sich nie sicher sein kann, dass man nicht vielleicht …« Sie zuckte mit den Schultern. »Ja, manchmal hat man Pech. Wäre ich eine Minute früher oder eine Minute später zu Onkel Jakob gegangen …« Sie setzte die Tasse ab und saß da wie eine Statue, an der sämtliches Ungemach der Welt abperlte.

Im Grunde musste er sie nach dieser Überlegung verdächtig finden, doch er konnte dieselbe auch nachvollziehen. Seit dem hinkenden Mann. Dem schwarzen Mercedes.

»Sind Sie aber nicht«, knurrte Fischer.

»Was wollten Sie bei Ihrem Onkel?«, fragte Wilhelm.

Wiedehopfs Hände verkrampften sich ineinander. Sie spreizte sie – mit Willensanstrengung, das konnte man erkennen –, zog ein hauchdünnes, kleines Taschentuch aus einer bislang unsichtbaren Tasche ihres Kleides und begann, daran herumzuzupfen. »Ich hab ihn fragen wollen, ob er weiß, wo Hector Johnson ist.«

Das wurde ja immer besser! Sie war also tatsächlich die Frau, die Herr Jürgen am Freitag beim Gespräch mit dem Opfer gesehen hatte. Aber wenn sie die Nichte von Jakob Gattermeyer war, musste Herr Jürgen sie doch kennen. Der gute Mann hatte gelogen! »Sie haben sich mit Hector Johnson am Freitag getroffen, nicht wahr?«

»Sie wollen gar nicht wissen, wer das ist?« Sie hielt sich das Taschentuch vor den Mund.

Wilhelm meinte, ein »Oh nein!« zu vernehmen.

»Wir stellen hier die Fragen«, schnauzte Fischer dazwischen. »Also?«

»Ja, am Freitag. Hat Ihnen das mein Onkel erzählt?« Wiedehopf klang alarmiert.

»Was wäre daran so seltsam?« Wilhelm lauerte auf die Antwort, die ihm hoffentlich endlich das seltsame Verhalten des Chefportiers erklärte.

»Weil er mit all dem nichts zu tun haben will.«

»Mit was allem?«

»Was wissen Sie bislang?« Die Mandelaugen der Frau waren schwarze glitzernde Steine.

Wilhelm wurde heiß – und fühlte im nächsten Moment ein Brennen auf der Handfläche, wodurch er bemerkte, dass er auf den Tisch geschlagen hatte. »Jetzt reicht es! Ende mit dem Herumeiern. Nicht Sie, wir fragen!« Er sah, dass zwei Zuckerwürfel aus der Schale gehüpft waren. Er nahm die Zange und legte sie zurück. »Also? Warum haben Sie sich mit Hector Johnson getroffen?«

Sie wickelte die Zeigefinger in die Enden des Taschentuchs. »Das ist ... Ich verstehe es selber nicht.«

»Net so«, knurrte Fischer, »jeder weiß, warum er si mit wem andern trifft.«

»Ja, natürlich weiß ich das«, zischte sie zurück. »Weil er gesagt hat, dass er mir etwas über meine Familie erzählen kann. Aber dann hat nicht er erzählt, sondern ich. Er hat mich dazu gebracht, die ganze Zeit über zu reden. Und ihn hat vor allem jedes noch so kleine Detail von meinem Vater interessiert.«

»Ihrem Vater. Also dem Bruder von Jakob Gattermeyer?«

Sie nickte. »Aber ich habe meinen Vater nur selten gesehen. Und das auch nur ganz früher, in den ersten Jahren nach dem Krieg. Sie müssen wissen, Mama und ich haben uns allein durchkämpfen müssen. Sie hat immer gesagt, der Krieg hat ihn kaputtgemacht. Er konnte nicht mehr so gut mit uns. Überhaupt mit Menschen. Hat sich irgendwo verkrochen. Und ich hab das akzeptiert.«

»Und Ihre Oma? Ihr Onkel?«, fragte Fischer.

»Die hab ich erst beim Begräbnis von meiner Mutter kennengelernt. Ich hab sie gefragt, wo sie all die Jahre waren. Sie haben gemeint, dass es einmal Streit mit meinem Vater gegeben und deswegen kein Kontakt bestanden hat. Kennt man ja, so etwas, von anderen Leuten. Ich hab nicht nachgefragt. Wir sind die ganze Zeit auch ganz gut ohne sie ausgekommen. Und ich war ja verheiratet. Also nicht alleine.« Wieder das Ziehen am Taschentuch. »Und außerdem habe ich zu der Zeit ganz andere Probleme gehabt. Wir wollten Kinder, mein Mann und ich, und es hat einfach nicht funktionieren wollen.« Sie sah Wilhelm an. »Dürfte ich bitte eine Zigarette haben?«

Es war wie eine erlösende Pause, alle bedienten sich – Fischer beim Kaffee, Lukaschek bei den Keksen und Wilhelm bei seinen eigenen Zigaretten.

Sie blies den Rauch aus und lehnte sich das erste Mal zurück. »Ja, und dann ist Fritz gestorben, mein Mann, und die beiden waren wieder beim Begräbnis. Sie haben auf dem Markt davon erfahren. Und da haben sie mir endlich gesagt, warum sie mit meinem Vater gebrochen haben.«

Atemlose Stille – so kam es Wilhelm vor. Es herrschte die Atmosphäre wie bei einem Hörspiel im Radio. »Und?«, brach er das Schweigen.

»Nun, mein Vater war einst, damals im Vierunddreißigerjahr, ein Roter. Als solcher ist er auch nach Spanien gegangen, aber zurückgekommen ist er als verbitterter Mann. Nach ein, zwei Schlachten hat er sich dort ganz schnell gedreht.« Ihre Hände flatterten auf, es wirkte, als wolle sie sich entschuldigen. »So etwas ist natürlich nicht oft passiert, die meisten Roten sind in Lagern gelandet, wie die Faschisten gewonnen haben. In den Lagern von den Deutschen. Das weiß ich vom Herrn Schablauer, dem Chef unserer Bezirksbücherei. Ich mache dort ab und zu Dienst. Und im Büro muss immer ein Fenster offen sein, sonst dreht er völlig durch. Er ist sehr arm, der Herr Schablauer, sehr arm.« Sie redete wie aufgezogen. »Ich hab ihn auch einmal nach meinem Vater gefragt. Aber er hat ihn dort nie gesehen. Hier natürlich schon. Im Grätzel kennen sich alle. Aber dort nicht. Er weiß nicht, was mit ihm passiert ist. Und er hat mir auch deutlich genug zu verstehen gegeben, dass er es nicht wissen will. Verräter sind für ihn tot.«

»Können Sie mir bitte sagen, wie Ihr Vater heißt?«

»Johannes.«

Wilhelm wechselte einen Blick mit seinen Assistenten. Das Foto. »Und Ihr Vater hat also die Seiten gewechselt.« Er spürte unbändige Wut auf den ihm Unbekannten aufsteigen.

»Ja, er hat nur mehr an das Recht des Stärkeren geglaubt, sagt meine Oma, an die Überlegenheit der arischen Rasse, an das Faustrecht, an den Hammer, der dreinschlagen muss, weil die

Menschen zu dumm sind für alles andere.« Sie schüttelte sich und dämpfte die frische Zigarette aus. »Und bei der Gelegenheit hat sie mir dann noch etwas verraten.« Tränen stiegen ihr auf. »Warum ich nämlich so ganz anders aussehe als der Rest der Familie.«

»Wie ›anders‹?«, fragte Lukaschek.

»Sie sind alle helle Typen«, Wiedehopf lachte auf, »bei der Wahl meiner Mutter hat mein Vater anscheinend schon darauf geschaut, dass dem Führer genehme Nachkommen entstehen, aber es sollte nicht sein. Wie bei mir.« Sie seufzte tief. »Und deswegen hat er offensichtlich in einer Feuerpause mit einer Einheimischen ein Kind gezeugt. Mich.«

Ihrem Aussehen hatte es nicht zum Schaden gereicht. »Aber wieso sind Sie hier und nicht in Spanien?«

»Das habe ich Oma auch gefragt. Und sie hat nur gesagt, dass er mich eben mit nach Hause genommen hat. Die Details wären doch völlig egal, hat sie gemeint. Ich habe dann nicht mehr nachgefragt, weil mich etwas anderes viel mehr interessiert hat …«

»Warum Ihre Mutter Sie akzeptiert hat«, ergänzte Fischer mit beinah zärtlicher Stimme.

Sie sah ihn überrascht an. »Richtig. Und meine Oma hat nur mit der Schulter gezuckt und gemeint, dass Mama einfach ein Kind haben wollte. Und sie sehr froh über mich war.« Wiedehopf strich neuerlich ihr Kleid glatt. »Zuerst war das ein riesiger Schock, das können Sie mir glauben, aber dann habe ich sie verstanden. Aus bekannten Gründen. Vielleicht hätte ich auch so reagiert, wenn Fritz eines Tages mit … Na ja, Sie wissen schon.«

»Ja, aber warum hat die Familie von dem Fräulein dort das zugelassen?«, fragte Lukaschek.

»Das geht uns im Grunde gar nichts an«, ermahnte Wilhelm seinen zweiten Assistenten. »Viel mehr frage ich mich, warum das Hector Johnson interessiert hat. Was hat er zu all dem gesagt, Frau Wiedehopf?«

»Nicht viel. Nur, dass er noch ein bissel Zeit braucht und mir dann noch etwas mehr über meine Familie erzählen kann.«

»Über die spanische?« Dieser Pedro von dem Foto. Den Johnson angeblich in Spanien getroffen hatte. Der vielleicht etwas von dem Kind wusste. Das wäre ein unglaublich großer Zufall, aber den gab es manchmal.

»Nein, zu meiner Familie hier. Das ist ja das Eigenartige. Aber er wollte erst darüber reden, wenn er noch mit jemandem gesprochen hat.«

Schweigen breitete sich aus. Wilhelm konnte sich einfach nicht vorstellen, dass das alles so stimmte. Wie sollte ein Soldat mit einem Kind, einem Säugling, durch das sich auflösende Europa gereist sein? Vielleicht sogar durch das bereits sich im Krieg befindliche Europa? Nein, die Geschichte holperte wie ein Leiterwagen auf Kopfsteinpflaster.

»Hat Ihre Oma erwähnt, wann Ihr Vater Sie hierhergebracht hat?«, fragte Wilhelm nach.

Sie schüttelte den Kopf. »Nicht genau. Aber ich war noch ein Baby.«

»Und was i net versteh«, ließ nun Lukaschek hören, »ist, warum Ihr Onkel zulassen hat, also der Herr Jakob, dass Sie sich mit dem Hector im Valerie troffen haben, obwohl er ja weder mit Ihnen noch Ihrem Vater und scho gar net mit die alten Gschichten von Ihrem Vater zum Tun hat wollen.«

Wiedehopf lächelte ihn an. »Sehen Sie, das frage ich mich auch. Und zwar exakt seit Freitagvormittag. Er hat mir eine Nachricht herübergeschickt, durch seinen Lehrling, diesen …«

»Herrn Gerhard«, sprang Lukaschek hilfreich zur Seite.

»Ja, genau den. Ich sollte um eins drüben einen dunkelhäutigen Herren treffen und keine Fragen stellen, schon gar nicht Onkel Jakob. Aber ich sollte auf jeden Fall kommen.« Sie schlug die Hände zusammen. »Ich war so durcheinander! Natürlich zuerst einmal wegen meines Onkels, von dem ich ja seit dem Begräbnis meines Mannes nichts mehr gehört habe.« Sie kniff die Augen zusammen. »Und seltsamerweise sind wir uns auch nie über den Weg gelaufen. Egal. Und dann natürlich wegen dieser komischen Nachricht! Einen Neger? Was habe ich mit einem Neger zu tun? Ich war noch nie im Ausland! Aber es war eine Nachricht von meinem Onkel«, sie atmete tief durch,

»also habe ich mir gedacht, das wird schon alles seine Richtigkeit haben.«

»Und dann hat Hector Sie nur ausgefragt«, fasste Wilhelm zusammen.

Sie nickte. »Er hat sich als Journalist vorgestellt, der für eine New Yorker Zeitung etwas über Familienschicksale im Krieg schreibt. Genau habe ich das nicht verstanden, und der Übersetzer dürfte ihn auch nicht wirklich –«

»Übersetzer?« Wilhelm warf Fischer, der sich ebenfalls aufrecht hinsetzte, einen Blick zu.

»Ja, er hatte einen Mann mit. Ich war recht froh darüber, mein Englisch ist nicht so gut. Und er –«

»Können Sie ihn beschreiben? Wissen Sie seinen Namen?«

»Hm, in meinem Alter etwa, dunkle Haare, etwas länger, sehr leger gekleidet, so, wie man es von Journalisten kennt oder von Theaterleuten. Der Name? Ich weiß nicht, ich habe nicht so aufgepasst, ich war mehr auf Herrn Johnson … Irgendein Allerweltsname. Kurz. Vorname Fritz vielleicht? Tut mir leid.«

Wilhelm sah, wie seine beiden Assistenten kaum merklich die Augenbrauen hoben. Sie hatten anscheinend denselben Verdacht wie er selbst. »Ist schon in Ordnung, Frau Wiedehopf. Und weiter?«

»Tja, er wollte am Montag zeitig in der Früh hier im Salon vorbeischauen, um mir den Rest über meine Familie zu erzählen. Er ist nicht gekommen. Und da bin ich eben zum Valerie, um meinen Onkel zu fragen, ob er weiß, wo er ist. Den Rest kennen Sie.«

»Nicht ganz«, replizierte Wilhelm.

Sie stöhnte auf. »Ja, ich bin nach meinem Schneiderkurs ins Hotel, danach zu meinem Onkel nach Hause, er war nicht da, ich bin zu Oma, sie weiß auch von nichts.«

»Und die Dame auf der Brücke?«

»Welche Dame auf der Brücke?«

»Schon vergessen? Ich habe Sie verfolgt. Also, wer war die Frau auf der Schwedenbrücke?«

Sie strich wieder einmal ihren Rock glatt. »Gut. Eine Kundin, deren Namen ich nicht nennen werde. Sie ist, wie soll ich sagen, mit einigen Herren aus dem Umkreis des amerikanischen Botschafters ab und zu besser bekannt. Und ich habe sie nach Hector Johnson gefragt. Aber er ist ihr nicht untergekommen. Sie hat mir dann nur erzählt, dass sie in der Zeitung eine kleine Notiz über einen Mord an einem Neger gelesen hat. Ich habe bis heute, bis Sie aufgetaucht sind, gehofft, dass es nicht dieser Herr Johnson ist. Aber er ist es, nicht wahr, sonst würden Sie seinen Namen nicht kennen?« Ihr Ton flehte nach einer Entgegnung.

Wilhelm stand auf, streckte sich durch und betrachtete die Stoffballen auf den Regalen. Sie waren nach Farben sortiert. Eine wohltuende Ordnung bei all dem Chaos.

»Er ist es«, bestätigte Fischer.

»Wie furchtbar! Der arme Mann. Er war so nett und freundlich! Aber wieso?«

»Wissen wir noch nicht«, erklärte Fischer.

Schweigen. Dann: »Bitte halten Sie mich jetzt nicht für pietätlos, aber haben Sie vielleicht in seinen Unterlagen irgendwelche Notizen zu meinem Fall …?«

»Wir haben keine Unterlagen.« Wiederum Fischer. »Aber wenn wir noch was finden …«

»Danke. Vielen Dank.«

Schweigen.

»Also i versteh des Ganze no immer net«, sinnierte Lukaschek.

Helena Wiedehopf seufzte. »Geht mir genauso, erst recht, seit Onkel Jakob verschwunden ist.«

6

»Liebe Frau Trude, vielen Dank!« Wilhelm nickte der Hausbesorgerin freundlich zu.

Sie setzte einen Schritt nach hinten, einen zweiten, ohne jedoch den Blick von Gattermeyers Vorraum abzuwenden. Ein

Leuchten glitt über ihr Gesicht. »Soll ich Ihnen vielleicht an Kaffee machen? Ratzfatz, und i bin schon wieder da!«

»Vielen Dank, sehr lieb von Ihnen, aber nein.« Aus dem Augenwinkel sah Wilhelm, wie sich Fischer und Lukaschek das Lachen verbissen. Ihm ging es ähnlich. Die neugierige Nachbarin – nein, die in diesem Fall natürlich berechtigterweise an allem im Haus vor sich Gehenden interessierte Hausbesorgerin – war wie das Amen im Gebet.

Frau Trude zog sich ins Stiegenhaus zurück. »Aber i hab's Ihnen gesagt, dass da was net stimmt. Dass Sie ihn suchen sollen.«

»Sie haben vollkommen recht, aber uns waren die Hände gebunden, das wissen Sie ja.« Wilhelm nickte ihr nochmals freundlich zu und schloss die Eingangstür. »Männer, legen wir los!«

Fischer und Lukaschek gingen weiter ins große Zimmer, Wilhelm sah sich im Vorraum um. An der Garderobe hingen eine beige Strickjacke und ein hellbraunes Popeline-Sakko. Farblich dazu passende Schuhe standen auf einer Art flachen Metallschüssel, die wohl dem Zweck diente, dass etwaiger Kot aufgesammelt wurde. Ein hohes Kästchen, darauf ein Kamm, darüber ein schmaler Spiegel. Neben der Kommode stand ein Kasten. In ihm waren fein säuberlich ein dunkelbrauner Wintermantel und ein Staubmantel aufgehängt. Auf dem Regalbrett oben lagen schwarze Kleidungsstücke, und zwar eine Jacke, eine Hose aus Drillich, ein Wollpullover und eine Wollhaube. Sofort blitzte in Wilhelm das Bild eines Banküberfalls auf. Das war natürlich im Zusammenhang mit dem ehrenwerten Herrn Chefportier lächerlich, doch stellte sich einem schon die Frage, bei welcher Gelegenheit Gattermeyer diese Stücke trug. Und die festen Lederschuhe, die am Boden des Kastens frisch gewienert blitzten. Streckengeher oder Kohlelieferanten trugen normalerweise solch ein Schuhwerk, eben Leute, die viel zu gehen und dabei schwer zu arbeiten hatten. Aber ein Hotelangestellter?

Wilhelm schloss den Kasten und öffnete die erste Tür, die der Garderobe gegenüberlag. Es war die Toilette mit zwei hohen Türmen Klopapier auf Vorrat. Die zweite Tür beheimatete das

Badezimmer. Es hatte eine Wanne, ein Waschbecken, darüber ein Ablagebrett aus Keramik und einen Spiegel, neben dem Becken einen Handtuchhalter. Auf der Ablage eine Zahnbürste im Glas, daneben die Zahnpasta, ordentlich zugeschraubt. Eine Haarbürste, Rasierzeug, eine Flasche Pitralon und eine Dose Nivea-Creme dämmerten einsam vor sich hin. Alles da, was ein spartanischer Mann so brauchte, also war Gattermeyer nicht verreist.

Er kehrte ins Vorzimmer zurück. Irgendetwas irritierte ihn, abgesehen vom schwarzen Gewand. Wilhelm ließ den Blick erneut schweifen.

»Chef!« Lukascheks Stimme klang weit entfernt.

Wilhelm ging ins große Zimmer, wo Fischer gerade wieder Platten in den Musikschrank zurückräumte. Er ächzte sich in die Senkrechte.

»Na, Fischer, wirst alt?« Wilhelm grinste. »Ja, ja, passiert auch Vollblutruderern!«

»Geh, net pflanz mi auch noch!« Er schlug sich auf die Oberschenkel und Waden. »I hab gestern da so a Mädel kennengelernt an der Alten Donau.«

»Aha. Gratuliere. Aber tun einem nach solch einem Abend nicht eher ... andere Körperteile weh?«

Fischer sah ihn an, alles an seinem Gesicht schien zu hängen. »Die hat mich zu einem Festl von Freunden mitgeschleppt. Und da hab ich tanzen müssen.«

»Na ja, das ist ja nicht der schlechteste Start für ein –«

»Kasatschok! Und außer mir nur junge Buam! Da hab i natürlich net feig sein können. Und dann zum Drüberstreuen auch noch Letkiss!«

»Bitte was?«

Fischer zeigte auf, dann stemmte er die Hände in die Taille. Er begann zu hüpfen, wobei er den rechten Fuß einmal auf die Ferse stellte und dann auf die Fußspitze, es folgte der linke Fuß, dann hüpfte er mit beiden Beinen vor und zurück. Seine stramme Haltung zerfloss, er stöhnte.

»Letkiss«, murmelte Wilhelm und stellte den rechten Fuß auf

die Ferse, auf die Spitze. Es zog in der Wade. Er machte einen Hüpfer und kam mit dem Tippen durcheinander.

»Siehst, Fodor, was ich mein?«

»Chef!« Lukaschek klang ungeduldig.

Wilhelm ging in das benachbarte Kabinett. Es war lediglich mit einem großen Nussholzbett, einem passenden Nachttisch und einem Kasten möbliert. Über dem Bett hing ein schlecht gemalter Ölschinken, der ein Wien zeigte, in dem noch Pferdedroschken fuhren.

Neben dem Bett stand Lukaschek und hielt eine in Tannengrün lackierte, geöffnete Holzkiste in der Hand. Sie war innen mit schwarzem Samt gefüttert. Und selbst auf die Entfernung von zwei Metern erkannte Wilhelm das Hakenkreuz, das obenauf lag. Es wurde ihm übel, er musste konzentriert ein- und ausatmen.

»Na, was haben wir denn da?« Fischer schlüpfte an ihm vorbei und nahm Lukaschek die Kiste aus der Hand. »NSDAP-Ausweis, niedrige Nummer. Wehrmacht. Foto in Uniform, noch eins, sogar ›Mein Kampf‹, schau, schau.«

Wilhelm nahm nun ihm die Kiste aus der Hand. »Fischer, wir wissen, dass dich so was begeistert, aber du musst deine Freude nicht so zur Schau stellen.«

»Chef! I bin ka Nazi!«

»Ah ja. Aber gegen Juden und Neger hussen.«

»Des is ganz was anderes. Ma wird ja no sagen dürfen, dass ma im eigenen Land net alles braucht, was da so herumrennt.«

»Sei einfach still, Fischer, ja? Mach mir bitte den Gefallen.« Wilhelm wandte sich ab und untersuchte im Licht des Fensters den Inhalt. Er fand zusätzlich noch ein Papier vom Roten Kreuz. Es war vom 3. August 1939 und bescheinigte die Identität einer Helena Maria Gattermeyer, geboren am 29. April 1939 als Tochter von Johannes Gattermeyer und einer Maria, wahrscheinlich seinem spanischen Gspusi – der Rest war aufgrund eines Wasserfleckens nicht zu erkennen. Wilhelm hielt sich das Blatt vor die Augen, und es schien ihm, als wäre da vor dem »Maria« noch etwas geschrieben gewesen. Konnte aber natürlich auch

Einbildung sein, das Papier war sehr abgegriffen. Das musste sich das Labor anschauen.

Er schlug den NSDAP-Ausweis auf. Er war auf Johannes Gattermeyer ausgestellt. Es blickte ihm der junge blonde Mann von dem Foto, das sie bei Hector gefunden hatten, entgegen. Ebenso verhielt es sich beim österreichischen Reisepass, den er unter »Mein Kampf« fand.

»Verstehst jetzt, was i mein, Chef?« Lukascheks Stimme war vom Bass in den Bariton gerutscht.

»Ja, Lukki. Warum bewahrt der Jakob Gattermeyer die Papiere von seinem verhassten Bruder Johannes auf?«

»Was?« Fischer riss neuerlich die Kiste an sich. »Des gibt's ja net. Is mir gar net aufgefallen. I hab mich nur gewundert, dass a angeblich strammer Sozi a illegaler Nazi war. Bei der niedrigen Mitgliedsnummer.«

Wilhelm drehte sich zu ihm. »Das bleibt auch zum Wundern. Egal, ob es den Johannes oder den Jakob betrifft.« Er fischte das Papier des Roten Kreuzes heraus. »Da! Da sind Stempel von spanischen Behörden. Die haben das Kind aus Spanien dahergebracht. Also unsere liebe Frau Wiedehopf.«

Lukaschek ließ sich aufs Bett plumpsen. »Ja, aber warum hat der Jakob die Papiere und nicht der Johannes? Oder die Mutter von der Helena?«

»Das werden wir«, Wilhelm setzte sich neben ihn, »wohl nur mit Berners Spürnase herauskriegen. Jakob verschwunden, Mutter tot, wir müssen den Johannes ausfindig machen und ihn befragen. Oder dessen Mutter.«

Regenprasseln drang an Wilhelms Ohr. Fischer hatte das Fenster geöffnet und rauchte. »Und i frag mi, ob des überhaupt wichtig is. Weil, was hat a toter Neger mit einem Kind aus Spanien zum Tun? No dazu, wo er da bei uns selber ans gmacht hat? Wahrscheinlich hat ihn die arme Frau, die er sitzen hat lassen, hamdraht. I jedenfalls hätt's tan an ihrer Stell. Wenn er da plötzlich so voll geheuchelter Reue auftaucht.«

Wilhelm zündete sich ebenfalls eine Zigarette an, und auch Lukaschek folgte.

Schweigen. Regenprasseln.

Fischer entschwand ins große Zimmer und kam mit einer Mokkauntertasse zurück, in die er aschte. Er reichte das Utensil weiter.

»Also, i möchte ja nix sagen …«, brummte Lukaschek.

»Aber du hast einen Hunger«, vervollständigte Wilhelm seinen Satz. Die Verfressenheit seines zweiten Assistenten ging ihm manchmal gehörig auf die Nerven, doch just in diesem Augenblick empfand er sie als heilsam bodenständig und entspannend. »Ich auch, Lukki, ich auch. Gleich.«

»Die Platten übrigens«, ließ Fischer vernehmen, »die ich mir da grad angeschaut hab, also des waren Freddy Quinn, Drafi Deutscher, Roy Black und so was halt, und außerdem Opernarien. Vor allem hat's ihm der Tauber angetan. Und der war a Jud, der Richard Tauber. Des passt do net zusammen, oder?«

»Wieso?«, fragte Lukaschek. »Der Jakob Gattermeyer is do a Sozi. Und des san do die Papiere von seinem Bruder.«

»Ja, aber er hat auch Aufnahmen von ›Erika‹ und ›Davon geht die Welt nicht unter‹.«

»Ich habe gar nicht gewusst, dass du so ein Musikspezialist bist, Fischer«, merkte Wilhelm an.

»Was ist da so Besonderes dran?«, fragte Lukaschek.

Fischer sah ihn an. »Es ist auch das Horst-Wessel-Lied dabei.«

Lukaschek blähte die Nasenflügel und dämpfte die Zigarette aus.

Wilhelm tat es ihm gleich und stand auf. »Nun denn, alles einpacken. Rufts die Streife, die sollen das gleich ins Büro bringen.«

»Und wenn er do net verschwunden is, der Jakob Gattermeyer, sondern sich nur a klane Pause gegönnt hat?«, warf Lukaschek ein.

»Dann geben wir ihm das alles wieder zurück und entschuldigen uns.« Wilhelm ging ins große Zimmer. Es war ebenso spartanisch eingerichtet wie die anderen Räume. Doch ein Luxus zog seine Aufmerksamkeit auf sich: ein Fernsehgerät. Der Mann musste ein Sparmeister sein oder wirklich gut verdienen. Ein kurzer Blick in die Küche, die nahezu unbenutzt wirkte. Und schließlich stand er wieder im Vorraum. Da hatte ihn etwas irritiert, ja, richtig. Und jetzt wusste er auch, was es war. Er strebte zurück ins Kabinett, vorbei an seinen zwei Assistenten, die ihm entgegenkamen, und öffnete den Kleiderkasten. Richtig, auch hier war sie nicht, die Uniform des Valerie. Und wie Lukaschek ausfindig gemacht hatte, besaß Gattermeyer im Hotel keinen Spind. Er trug sie nach Hause und kleidete sich hier um. Bloß war in der Wohnung nirgends auch nur die Spur der Uniform zu finden. Der Mann lief seit über einem Tag in seinem Arbeitsgewand herum. Oder er lief überhaupt nicht mehr. Es war Zeit, etwas zu unternehmen.

Das Telefon klingelte.

Wilhelm deutete seinen Assistenten, ruhig zu sein, und hob ab. »Hier bei Gattermeyer, ja bitte? – Berner! Wieso rufst du …? – Verstehe. Wir sind unterwegs.« Er hörte Lukaschek stöhnen. »Nein, ich habe eine noch bessere Idee. Wir machen einen kleinen Umweg.« Lukaschek brummte zufrieden. »Und Berner? – Ja, bitte gib nach Jakob Gattermeyer eine Suchmeldung hinaus.«

7

Die Frittatensuppe verschwand in Lukascheks Mund wie ein Eimer Wasser im Rüssel eines Elefanten. Das fand Wilhelm schade, denn sie war deliziös. Der neue Koch vom Café Prückel verstand sein Handwerk.

»Die Suppn tut richtig gut«, seufzte Fischer. »A grausliches Wetter is des, ja, a wirklich grausliches.«

»Du hörst dich schon an wie dem Waller sein Beiwagerl.« Lukaschek schob die leere Tasse von sich weg. »Ja, wie dem Waller sein Beiwagerl hörst du dich an.« Er lachte herzlich.

»Freut mich, dass du wieder unter den Lebendigen weilst, Lukki.« Wilhelm grinste.

»No net ganz! Aber des Gulasch gleich wird's scho richten.« Er rieb sich die Hände, faltete sie über dem Bauch und war dadurch das Abziehbild eines handfesten Gourmands.

Wilhelm schob die leere Tasse ebenfalls von sich und betrachtete die Wanduhr. Der junge Kollege Sattler müsste bald auftauchen und von der Befragung der Anwohner der Kennedybrücke berichten. Dann erfuhren sie vielleicht ein bisschen mehr über Hector Johnson.

Er zündete sich eine Zigarette an. »Wir müssen die ganzen Fakten rund um Jakob Gattermeyer neu betrachten. Schade, dass das Fräulein Sili nicht daheim war. Ich hätte sie jetzt gern nach noch mehr Details zu diesem geheimnisvollen Besucher von Herrn Jakob ausgefragt.«

»Er lügt uns an, was den Neger betrifft«, sinnierte Fischer, »sagt uns außerdem net, dass der eigentlich auf der Suche nach seinem Bruder war, verschwindet spurlos, hat dabei die Hoteluniform an, was ka Mensch freiwillig macht – na, i stell mi drauf ein, dass ma bald no a Leich finden. Wir wissen zwar net, wem er im Weg war, aber dass er's war, bin i ma sicher.«

»Oder er is auf der Straßen ohnmächtig zsammbrochen und liegt jetzt ohne Namen bei den Barmherzigen Brüdern«, meinte Lukaschek.

»Sicher, Lukki.« Fischer ritzte mit dem Daumennagel Spuren in das Stofftischtuch. »Der Neger kommt also nach Wien und sucht net nur sei Kind, sondern geht irgendeiner Gschicht nach, die ihm a Spanier erzählt hat. Dazu trifft er Leut im Valerie.« Er drehte den Daumen in den Stoff, wodurch sich der verschob. Er strich ihn glatt. »Wir müssen herausfinden, mit wem er sich getroffen hat. Was können das für Leute gewesen sein?« Er hob den Daumen. »Erstens welche, die er von früher kennt, von seiner Besatzungszeit.«

»Richtig«, stimmte ihm Wilhelm zu. »Die kann er ausfratscheln, ob sie was von der Mutter seines Kindes wissen. Und zweitens kann er sie fragen, wo man in Österreich jemanden findet, der weiß, wer in Spanien gekämpft hat.«

Fischer hob nur zur Bestätigung den Zeigefinger zum Daumen dazu. »Jetzt müsst ma nur noch wissen, in welchem Grätzel der damals stationiert war. Oder so.«

»Meine«, in der letzten Millisekunde verschluckte Wilhelm das verräterische Wort Schwester, »Milchfrau hat mir erzählt, dass es in Döbling so eine Siedlung von US-Angestellten gibt. Das weiß sie von ihrer Schwester, die dort wohnt. Und vielleicht treiben sich ja in der Jazzszene Hängengebliebene herum.«

»Des is di Nadel im Heuhaufen«, stöhnte Fischer.

Schweigen.

Lukaschek lachte auf. »Könnts ihr euch no erinnern? An des Radio, das die gemacht haben? Der Herr Jürgen hat's gestern erwähnt.« Er nahm Haltung an, als spräche er in ein Mikrofon. »This is the Blue Danube Network!« Seine Stimme vibrierte bei der Imitation des Sprechers. »Music as you like it with yoooouur John Lafean!«

»Und? Bringt uns des weiter?«, grantelte Fischer.

»Nein, net wirklich.« Lukaschek wurde wieder zum Teddybären. »Ich hab halt nur dran denken müssen. Weil i a zufällig letztens mit dem Karasek drüber gredet hab. Der, der den Garten zwei Parzellen weiter hat.«

Wilhelm stöhnte innerlich auf. Jetzt kam wieder eine dieser ausufernden Geschichten über das wochenendliche Leben in der Schrebergartensiedlung.

»Und der hat mir derzählt, dass er damals bei denen a Schani war, a Laufbursche. Er hat sie alle kennt. Den Lafean, den Sanders, den Miller, wissts eh, der, der die Namen von jedem Spieler, aber was red i, von jedem Sportler überhaupt auswendig kennt hat.« Er seufzte. »Wir haben's auffe und abe gehört, meine Haberer und i. Ihr net?«

»Doch«, stimmte Wilhelm zu. »Wir haben immer die Concert Hour aufgedreht. Jeden Tag zum Tee um vier.«

Seine Assistenten schauten ihn nur an. Und er verdammte sich einmal mehr für seine Heimlichtuerei in Bezug auf seine Jugendjahre. Denn nun glaubten sie sicherlich, dass seine burgenländischen Adoptiveltern dies mit ihm getan hätten. Doch die würden sich bei so etwas Snobistischem wie Tea Time mit Klassikmusik im Grab umdrehen.

Fischer schlug auf den Tisch. »Ja, aber da haben wir ja unsere Quelle! Den Karasek. Und wenn er dem Neger damals net über den Weg grennt is, dann weiß er vielleicht jemanden.«

»Gute Idee«, stimmte Wilhelm zu. »Es ist zumindest ein Ansatz von Möglichkeit. Du fädelst das ein, Lukaschek. Und Berner muss für uns herausfinden, wer hier bei uns was über Kämpfer in Spanien wissen könnte.«

Er schwang sich in die Höhe und strebte zum Telefon. Berner versprühte wie immer fröhlichen Optimismus. Maximal ein Tag, versprach er. Der Mann war ein Phänomen.

Als Wilhelm zum Platz zurückkam, standen nicht nur die drei Gulasch des Menüs auf dem Tisch, denen sich Fischer und Lukaschek bereits mit Hingabe widmeten, sondern saß auf einem beigestellten Sessel in strammer Haltung auch der junge Kollege von Hietzing.

»Sattler!«

Der sprang auf, salutierte und hielt ihm eine Umhängeledertasche entgegen. Sie sah aus wie die Hälfte einer Satteltasche, vielleicht war sie das auch, umgearbeitet und mit einem Riemen versehen. Das auf der Vorderseite helle Braun war auf der Rückseite dunkel von aufgesaugtem Wasser.

»Und wo haben Sie die gefunden?«

»Auf der Böschung auf Höhe der Grünbergstraße, Herr Chefinspektor.«

»Bei der Stiege dort?«

»Woher weißt du denn das?«, fragte Fischer.

Wilhelm winkte ab. »Später. Und wie sind Sie auf die Idee gekommen, dort zu suchen?«

»Wir haben einen Zeugen. Oder zumindest so etwas Ähnliches. Wenigstens einen.« Sattler hob den Zeigefinger. »Aber wir sind noch nicht fertig! Es kann also noch –«

»Entweder Zeuge oder net«, keifte Fischer. »Und könnt ihr euch bitte setzen? Des is wirklich a bissel ungemütlich, so beim Essen.«

Wilhelm warf ihm einen scharfen Blick zu, setzte sich aber, was Sattler bewog, es ihm gleichzutun. »Einen Zeugen?«

»Ja, bei den Hausbefragungen haben wir den Herrn«, er holte seinen Notizblock heraus und blätterte, »Stanislaus Egger gefunden. Der is Nachtportier. Und selbst, wenn er frei hat, is er in der Nacht auf, weil er eben dran gewöhnt ist. Und dann macht er lange Spaziergänge.«

»Im Dunkeln«, brummte Lukaschek zwischen zwei Nockerln. »A ka schönes Leben.«

»Und er hat den Mord beobachtet?«

Kopfschütteln. »Er hat einen Neger auf der Kennedybrücke stehen gesehen. Das war«, Sattler studierte seine Mitschrift, »so gegen ein Uhr in der Früh. Er hat sich gewundert, was da so ana macht. Um diese Uhrzeit, offenbar mit einem Taxi gekommen und überhaupt. Ja, und der hat einfach nur in den Wienfluss geschaut. Kurz hat er, also der Zeuge Egger, geglaubt, der Mann tut sich was an, weil er sich so weit hinübergebeugt hat. Und weil er so eigenartig einen Fuß auf die unteren Sprießeln gestellt hat. Aber er is dann wieder weg vom Geländer. Und dann hat er ganz fest seine Tasche umklammert, hat der Zeuge Egger gesagt. Das ist ihm aufgefallen, weil es so gewirkt hat, als tät er sich an der Tasche festhalten. Und wie er das gesagt hat, ist mir aufgefallen, dass wir ja keine Tasche bei dem Opfer gefunden haben.«

»Und?« Fischer streckte die Gabel mit einem Stück Fleisch dem Kollegen entgegen.

Sattler schluckte. »Ich hab mir dann gedacht, vielleicht wollte er sich nicht daran festklammern, sondern sich überwinden, sie loszuwerden. Und dass er sie in den Fluss geworfen hat.«

»Sehr gute Überlegung«, streichelte ihn Wilhelm mit Worten.

Sattler strahlte auf. »Und weil der Wienfluss ja momentan, also bis gestern noch, net so viel Wasser geführt hat, hab ich mir gedacht, weit kann die Tasche net kommen sein. Und dann, ja, dann hab ich einen Abgang gesucht.«

»Was nicht leicht ist.« Wilhelm berichtete nun endlich seinen Assistenten von seinem Feldversuch. Er lächelte Sattler an.

Der zog den Kopf ein. »Also ich hab meinen Chef gefragt, und der hat mir gesagt, wo die nächsten beiden Abgänge sind.«

Wilhelm schlug sich innerlich auf die Stirn. Aber er war nicht allein selten blöd, auch seine Mannen waren nicht auf die Idee gekommen, die Lokalexperten zu fragen. Und dann wäre da auch noch die Möglichkeit eines exakten Plans des Bezirkes gewesen. So viel Hirnversagen ließ sich nur mit der unsäglichen Hitze der letzten Tage erklären. Er lugte zu Fischer und Lukaschek. Sie starrten in ihr Essen und schienen ähnliche Gedanken zu haben.

»Gut, Sie sind also runter.«

»Ich bin alles abgegangen. Gott sei Dank gestern noch.« Sattler lächelte. Es wirkte wie eine Entschuldigung. »Wir hätten uns sehen können.«

Wilhelm ignorierte diese Anmerkung – nicht noch mehr Salz in seine Wunden. »Bestens. Sie haben das sehr gut gemacht. Und wo genau ist die Tasche gelegen?«

»Auf der Böschung.«

»Also nicht im Wasser. Und zudem bei einer der beiden Stiegen. Was sagt uns das, meine Herren? Nachdem sie«, er hielt die Tasche in die Höhe, »noch immer feucht ist?«

»Sie is mit dem Mann ins Wasser gefallen und dann vom Mörder bei der Stiege entsorgt worden.«

»Sehr gut, Lukaschek. Und jetzt schauen wir einmal, welche Überraschungen sie –«

»Äh«, meinte Sattler, um im selben Moment den Kopf zu schütteln und die Handflächen zu heben.

Wilhelm nickte ihm aufmunternd zu, doch der Streifenbeamte schüttelte nur noch einmal den Kopf. Diese Unterwürfigkeit der niedrigen Chargen ging ihm manchmal entsetzlich auf die Nerven.

Er zückte sein Taschentuch und öffnete damit die Tasche. Sie war innen komplett trocken. Das zeugte von perfekter Kürschnerarbeit und gutem, dickem Leder. Er nahm eine Geldbörse heraus, sie war leergeräumt. »Wollten Sie dazu etwas sagen?« Er hielt sie Sattler vor die Nase.

»Jawohl, Herr Chefinspektor.«

»Und was?«

»Wir haben da ein paar Amtsbekannte, Herr Chefinspektor, Unterstandslose, die sich im Sommer lieber im Fluss statt im Tröpferlbad waschen. Ja, und die hab i mir zur Brust gnommen. Und der Einstein hat's gestanden. Er hat glaubt, die Leich ist nur ana, der schlaft, und hat ihm die Taschen gfladdert. Di is a paar Meter weiter glegn, halbert im Wasser. Es waren angeblich nur zwanzig Schilling drin. Sagt er. Und die san weg, sagt er. Den Rest hat er net brauchen können. Deswegen hat er die Tasche weggeschmissen, wie er wieder rauf die Straßen is.«

»Sagt er.«

»Ja, aber dabei hat er a rote Birn kriegt, also hab ich's ihm net glaubt. Er hat dann doch no des Zippo und die Kamera wieder außegruckt. So schnell hat er di Sachn net verklopfen können. Aber di Tschick, es waren A3, und des Geld san weg.«

»Sicher, dass alles wieder da ist?«

»Sicher, Herr Chefinspektor. Die Burschen hamma im Griff.«

Sattler hielt seinem strengen Blick stand, also beschloss Wilhelm, das Beste zu hoffen. Er widmete sich dem angeblich nun wieder vollständigen restlichen Inhalt: Reisepass, das Zippo, ein Block mit dickem Papier, auf dessen erstem Blatt die Kohleskizze der Karmeliterkirche zu sehen war. Es folgten die Griechenkirche am Fleischmarkt, der Stephansdom, der Flakturm im Augarten und die Pfarrkirche Maria Hietzing. Weiters enthielt die Tasche eine ehemalige Schachtel für Spielkarten, die nun zur Aufbewahrung von Kohlestiften diente, eine Packung Wrigley's Kaugummi Juicy Fruit, jene bewusste Kamera, eine Silette von Agfa, und ein schwarzes Notizbuch.

»Ist gerade Weihnachten?«, brachte es Fischer auf den Punkt.

»Warum hat der Mörder des net alles verschwinden lassen?«, fragte Lukaschek. »Die Taschn war ja offenbar net weit weg von der Leich. A Mistkübel, und wir suchen uns deppert! Oder daham im Ofen?«

»Na ja, er hat grad wen umbracht. Is hektisch. Blind. Und es war ja immerhin Nacht.«

»Könnt sein«, gab ihm Lukaschek recht, »heut is Neumond. Also war's vor drei, vier Tag auch schon duster.«

Wilhelm schlug das schwarze Notizbuch auf und blätterte zum letzten Eintrag. Es war tatsächlich eine Mischung zwischen Notizbuch und Tagebuch. Chaotisch von der Anordnung her, Uhrzeiten, Anmerkungen, Namen, Skizzen. Sein Blick blieb bei einem längeren Textabschnitt hängen. Er war natürlich in Englisch geschrieben und außerdem wegen der schrecklichen Klaue nahezu unleserlich. »Daughter« konnte er ziemlich sicher erkennen, auch »Johanna«, »beloved« und »12 years«. »Seine Tochter heißt Johanna und ist zwölf Jahre alt«, verkündete er.

Ein Messer klirrte auf einem Teller.

Wilhelm sah auf und direkt in den weit aufgerissenen Mund von Fischer.

»Das Mädel, von dem ich euch erzählt hab, das mit meiner Uschi in die Klasse geht und nur schikaniert wird, weil sie dunkel is …«

»Das heißt Johanna und ist zwölf Jahre alt«, ergänzte Wilhelm.

Fischer nickte. »So a Zufall.«

»Wirklich. So ein Zufall«, pflichtete ihm Wilhelm bei.

»Aber geht deine Kleine net in Döbling in die Schul?«, fragte Lukaschek.

»Ja, warum fragst?«, bestätigte Fischer.

»Na, weil des ja amerikanischer Sektor war. So viel Zufall is des gar net.«

8

Alle Blüten des Usambaraveilchens waren vertrocknet. Und gut die Hälfte der Blätter dazu. Das durfte Klara niemals sehen. Sie hatte ihm den Blumenstock nach ihrem zweiten »Kaffee« – denn »Verabredung« nannten sie ihre privaten Treffen unabgesprochen beide nicht – für sein ihrer Meinung nach kahles Büro geschenkt. Er wusste, dass sie seitdem auf mehr hoffte, dass sie diesen Blumenstock sozusagen als ihr Liebesversprechen ansah, und er konnte sich doch nicht überwinden, die Grenze zu überschreiten. Sie war einfach nicht sein Typ. Er schätzte sie, gleichermaßen als Kollegin und als Mensch, aber sein bester Freund rührte sich einfach nicht bei ihr. Und übermorgen, vor der Bauernschnapsrunde mit seinen Spezis, stand der nächste Kaffee ins Haus.

Wilhelm bugsierte kurz entschlossen das vertrocknete Etwas in den Mistkübel, setzte sich an seinen Schreibtisch und legte die Handflächen auf die Tischplatte. Zuerst gar nichts im Fall Johnson, und jetzt brummte es nur so. Lukaschek versuchte, seinen Schrebergartennachbarn Karasek zu erreichen. Fischer streckte erste Fühler in Richtung der Klassenkameradin seiner Tochter aus. Berner recherchierte zum Thema Spanischer Bürgerkrieg und Österreicher, das Labor widmete sich dem Rot-Kreuz-Papier und entwickelte den Film aus der Silette, und Elisabeth war instruiert und versuchte, ihren Bruder in New York zu erreichen. Zu hoffen blieb, dass sich dieser Frankie bald meldete, denn wenn sie richtig vermuteten, war er mit Johnson nicht nur abgesoffen, sondern als Dolmetsch auch von ihm in die Recherchen eingeweiht gewesen.

Apropos Dolmetsch – der spanische Satz war angeblich übersetzt. Wilhelm fand den entsprechenden Zettel unter dem Aschenbecher eingeklemmt: »Wir werden die roten Hunde verprügeln.« Das klang nach Faschisten.

Wilhelm nahm das Notizbuch auf. Langsam blätterte er zurück. Irgendwo musste ein Datum zu erkennen sein, damit er sich zu den seit Mittwoch relevanten Aufzeichnungen hinarbeiten konnte. Oder ein Name, Maria oder Mary vielleicht, das Valerie. Und tatsächlich, da stand: »Aug. 10«. Aber mehr konnte Wilhelm schon wieder nicht entziffern. Er ließ das Buch fallen. Da hatten sie nun endlich eine heiße Quelle und konnten sie nicht nützen. Hoffentlich brachte die Ausarbeitung der Fotos etwas.

Er nahm das Buch wieder auf. So eine Klaue. Ein derartiges

Gekritzel attestierte man gewöhnlich nur Ärzten. Angeblich sollte ja die Schrift etwas über den Charakter eines Menschen aussagen. Die hier brüllte »unordentlich« und »hektisch«. Nein, das sagte sie natürlich nicht, es war viel diffiziler. Irgendjemand hatte ihm von einer Frau berichtet, die sich mit Grafologie professionell auseinandersetzte. Es hatte ihm der Kopf geschwirrt von Begriffen wie »Arkade« und »Girlande«, die er nie in diesem Zusammenhang vermutet hätte. Wer war das nur gewesen? Klara. Beim dritten Kaffee. Bestens. Wilhelm warf einen Blick in den Mistkübel. Er könnte das verräterische Ding bei Berner entsorgen. Er nahm den Blumenstock, öffnete die Tür, kontrollierte den Gang und huschte in Berners Büro.

Er umrundete den Schreibtisch und ließ die Veilchenleiche im Kübel verschwinden. »Frag mich bitte nicht.«

»Tät i nie.«

Wilhelm kontrollierte neuerlich den Gang.

»Und i nehm an, i sollt auch der Klara nix davon erzählen?«

Wilhelm sah Berner an. Der grinste und widmete sich mit Eifer der Wählscheibe.

Als Wilhelm wieder an seinem Platz war, rief er seine Kollegin an und bat sie um Hilfe. Während er wartete, wurde ihm klar, dass mit der Beseitigung der Manifestation seines gärtnerischen Versagens die Gefahr nicht gebannt war. Klara würde sofort den leeren Platz entdecken. Er … hatte den Blumenstock mit nach Hause genommen, genau, das war die Lösung.

Es klopfte, und Klara tänzelte herein. Heute trug sie die fuchsbraunen Haare etwas höher gesteckt, die grauen Augen wirkten wie Silbertaler, was wahrscheinlich an der kunstvollen Bemalung lag. Und sie trug ein gelb-orangenfarbenes, enges Kleid, das nicht nur bestens zu ihren Haaren passte, sondern auch den mächtigen Busen attraktiv zur Geltung brachte. Und Wilhelm bedauerte einmal mehr, dass ihn eher der zierliche, schmalbrüstige Typ ansprach. Sie lächelte ihn an. Hatte wohl etwas gesagt.

»Ja, servus, Klara. Es geht um deine Bekannte, von der du mir letztens erzählt hast, die, die sich mit Handschriften auskennt.« Er sprang auf. »Bitte entschuldige, nimm doch Platz.« Sie war nicht sein Typ, und trotzdem verwirrte sie ihn heute plötzlich. Eigenartig.

Klara setzte sich, überschlug die Beine. Sie hatte schlanke Fesseln und zierliche Füße, die in halbhohen, weißen Pumps steckten. Er sah sich sie auf seinen Schoß legen und massieren. Die erste ansatzweise erotische Phantasie, die er gegenüber seiner Kollegin hegte. Vielleicht sollte er sich doch auf mehr einlassen?

»Was du von ihr benötigst, Wilhelm!« Sie beugte sich vor. »Geht es dir nicht gut? Du wirkst so … abwesend.«

Mein Gott, sie hatte schon wieder etwas gesagt, ohne dass er es mitbekommen hätte. »Es ist nur gerade so viel los bei dem Fall mit dem Toten von der Kennedybrücke. Bitte entschuldige.« Er nahm das Buch auf. »Wir haben sein Tage- oder Notizbuch gefunden. Und nicht nur, dass es natürlich in Englisch geschrieben ist, hat er auch eine Schrift, dass einer Sau graust. Und ich habe mir gedacht, dass deine Grafologin vielleicht nicht nur Schriften interpretieren, sondern auch entziffern kann. Weil sie schon so viele davon gesehen hat.«

Klara nahm das Buch entgegen und blätterte. »Gut, jetzt weiß ich, was du meinst. Wir werden es versuchen.«

»Wir? Kannst du das denn auch?«

»Nein, nicht wirklich. Aber mein Englisch ist wesentlich besser als jenes von Agathe. Ich denke, dass wir uns da zu zweit dransetzen sollten.«

»Du bist gut in Englisch?« Das hatte er noch gar nicht gewusst. Wieder ein Pluspunkt für seine Kollegin.

»Englischer Sektor. Und bei uns im Haus waren zwei Offiziere einquartiert. Kindernarren. Sie haben mich unterrichtet.«

Wilhelm nickte anerkennend und klärte Klara dann über das Wenige, was sie über Hectors Treiben ab seiner Ankunft am vergangenen Mittwoch in Erfahrung gebracht hatten, auf, damit die beiden Frauen wussten, wonach sie suchen mussten. Die Eckdaten kritzelte er auf einen Zettel.

Klara nahm ihn, stand auf. »Und? Ist er dir eingegangen?«

Er starrte sie an.

Sie nickte auf den freien Platz am Fensterbrett. »Ich hab mich eh gewundert, dass er so lange bei dir durchgehalten hat. Usambaraveilchen sind nicht ganz einfach. Aber zumindest eine Zeit lang kann man sich daran erfreuen.« Sie lächelte und entschwand.

Sie war nicht böse geworden, nein, sie hatte ihn vielmehr auch noch gelobt! Eine unglaubliche Frau. Eine blonde Mähne war ja wirklich nicht so wichtig, irgendwann wurden sowieso alle Haare grau. Aber der Busen! Vor dem konnte man richtig Angst bekommen.

Es klopfte erneut, und herein kam der Kollege Reiser von der Spurensicherung.

»Der Chef höchstpersönlich!«, begrüßte ihn Wilhelm. »Was treibt dich zu mir, Hans?«

Hans Reiser überreichte Wilhelm einen dicklichen Umschlag. »Die Fotos, mit lieben Grüßen vom Labor. Ich hab sie gleich mitgenommen, weil ich sowieso zum Heinz muss.«

»Wieso? Haben wir schon wieder eine neue Leiche?«

»Nein, die alte Sache.«

»Der erschossene Mann im Augarten? Da gibt's was Neues?«

»Net wirklich. Du, sei mir bitte net bös, aber ich hab's eilig.« Und damit war Hans Reiser wieder verschwunden.

Wilhelm beschloss, sich endlich direkt mit Heinz Kummer auszutauschen, bevor er sich mit seinem Freund Alois zum wöchentlichen Kegeln traf.

Er öffnete das Kuvert und ließ die Fotos auf den Tisch gleiten. Als Erstes stach ihm eine atemberaubende Aufnahme von Maria Katzinger ins Auge. Sie stand im Innenhof ihres Hauses vor der Rosenwand und sah den Betrachter über die Schulter an. Der Blick war wie ein Sog. Wilhelm wollte am liebsten in den Kopf dieser Frau hineinkriechen. Dieses Bild war das letzte einer Dreiergruppe. Auf dem ersten breitete sie die Arme aus, als wolle sie den himmlischen Ort ihres Zuhauses präsentieren. Sie strahlte. Beim zweiten stützte sie sich auf den Knien auf und lachte herzlich, war dabei zum Anknabbern süß. Und dann eben das dritte. In dieser Reihenfolge betrachtet, fiel jedem noch nicht toten Mann nur ein Wort ein: Bett. Diese Frau sollte trotz ihres Alters Model werden. Bei dieser Ausstrahlung.

Wilhelm seufzte und zwang seine Aufmerksamkeit auf die anderen Fotos. Eines zeigte Menschen im Schattenriss vor der beeindruckenden Glaswand des Westbahnhofs. Dieser Hector hatte ein wirklich gutes Auge – nun denn, als Maler. Auch der Aufenthaltsraum des Valerie wirkte durch seine Linse wie ein edler Club in einer Weltmetropole. New York etwa. Dann noch ein Foto von Katzinger. Sie hatte das Weinglas an die Lippen gelegt, als wolle sie sanft daran knabbern. Vielleicht war diese Aufnahme bei dem mitternächtlichen Käseimbiss entstanden. Ein Bild vom Stephansdom. Er wirkte mächtig und schien auf den Betrachter fallen zu wollen. Dann zwei mit Efeu bewachsene, alte Fassaden, die durch einen kurzen Mauerbogen miteinander verbunden waren, sowie die Großaufnahme eines Jugendstilornaments. Johnson hatte definitiv ein Gefühl für Architekturaufnahmen.

Die Karlskirche und das Burgtheater hatten es ebenfalls zu Fotoehren gebracht, außerdem ein niedriges Haus mit Weinbewuchs, vielleicht in Grinzing. Und die Residenz der Amis. Ein Mann in Anzug stand vor dem Tor, rauchte und blickte dabei mit leicht arrogantem Blick in die Kamera. Er hatte helle, zur Seite gescheitelte Haare. Ärgerlich nur, dass man auf Schwarz-Weiß-Aufnahmen die Augenfarbe nicht identifizieren konnte. Doch Wilhelm klingelte sofort Herrn Jürgens Beschreibung des Mannes vom ersten Tag in den Ohren. Und es lag nahe, dass der sonnenverbrannte Mann, mit dem Elisabeth konferiert hatte, ebenfalls dieser hier war. Sie hatte recht gehabt, dieser Mann und Hector hatten einander gekannt. Warum leugnete er das? Nun, er war Angestellter, also von Befehlen abhängig. Und wenn die Botschaft Hector Johnson nicht kennen wollte, dann tat er das ebenso nicht. Aber irgendwie mussten sie einen Weg finden, um an ihn heranzukommen.

Und schließlich nahm Wilhelm ein Foto in die Hand, das so gar nicht zu den anderen passte. Es zeigte ein Grab ohne Einfriedung und Grabstein. Lediglich ein schlichtes Holzkreuz zierte die letzte Ruhestätte. Darauf war ein Email mit einem Foto angebracht sowie eine kleine Tafel: »Johannes Gattermeyer, geboren am 17. Mai 1916, verstorben am 3. Oktober 1945«. Wilhelm versuchte, den Hintergrund zu erkennen. Aber es war unmöglich, anhand der wenigen Details den Friedhof herauszubringen, wo dieses Grab lag. Nun, kein Problem. Alle Wiener Friedhöfe hatten Verzeichnisse. Berner hatte das im Handumdrehen erledigt. Interessant war vielmehr, warum Helena Wiedehopf behauptet hatte, sie habe den Vater in den Jahren nach dem Krieg nicht mehr so oft gesehen. »Gar nicht« wäre wohl präziser gewesen. Schon wieder eine Lüge. Diese Familie log wie gedruckt.

Er rief Berner an, aber da war besetzt. Also machte er sich neuerlich auf den Weg hinüber. Und der gute Mann telefonierte noch immer. Er hob die Hand zum Stopp und lauschte intensiv, schrieb dann etwas auf.

Wilhelm machte kehrt und suchte das Büro der unteren Chargen auf. Auch Fischer telefonierte. Er bekräftigte ein ums andere Mal, dass er verstehe und dass man darauf natürlich Rücksicht nehmen müsse. Aber er insistierte auch darauf, dass ein Treffen zustande käme.

Lukaschek hingegen stand am Fensterbrett und hantierte mit einer Nagelschere an einem knorrigen kleinen Gewächs herum.

Wilhelm beäugte es. Es sah, den Blättern nach zu schließen, wie ein Apfelbaum aus, nur zu heiß gebadet. »Was ist denn das?«

Sein zweiter Assistent strahlte auf. »Mein Bonsai.«

»Dein was?«

»Bonsai. Is was Japanisches.«

»Du und Japan?«

»Ja, nachdem i da herin schwer an normalen Apfelbaum aufstellen kann und das andere, übliche Grünzeug fad is, hab i mir denkt, der Kleine tut's auch. Hab ich bei der Gartenschau bei einer Präsentation gesehen. Lieb, gell?«

»Lieb« war nicht das Wort, das Wilhelm durch den Kopf geisterte, mehr war es »beängstigend«. Das Scheißerl sah wirklich wie ein Apfelbaum aus, nur eben bloß dreißig Zentimeter hoch.

»Spannendes Hobby.« Wilhelm lächelte Lukaschek an. »Und was ist mit dem Karasek?«

»Da ist niemand daheim. I hab dem Hausmeister Bescheid gegeben. Wahrscheinlich is er im Garten, dann erreich ich ihn erst am Abend.«

»Im Garten? Bei dem Wetter?«

Lukaschek zuckte mit den Schultern. »Der is a Narr, was den Garten betrifft.«

Sagte der eine Narr über den anderen.

Berner platzte herein. »Da bist ja, Fodor! Ich hab was für dich!« Er wedelte mit einem Notizzettel.

»Geht's vielleicht a bissel leiser?« Fischer bedeckte die Sprechmuschel mit der Hand.

Berner legte den Finger auf den Mund und humpelte grinsend hinaus. Wilhelm folgte ihm.

»Also«, begann Berner lang gezogen, »über Umwege. Alles über Umwege. Ich hab herausgefunden, dass es da seit zwei, drei Jahren so ein Archiv gibt, das sich mit dem Widerstand beschäftigt ...«

Wilhelm lachte auf. »Welcher Widerstand?«

»Net alle waren Fanatiker.« Berner zog die Augenbraue in die Höhe.

»'tschuldige, Berner.« Wilhelms Hand zuckte zu Berners Arm, er ließ es aber sein. »Ich weiß, dass du nicht so einer bist.«

Berner nickte. »Gut. Also, es heißt Dokumentationsarchiv des Österreichischen Widerstands und is am Fleischmarkt beheimatet. Allerdings sind die erst im Aufbau. Nur habe ich dann einen ans Rohr kriegt, der – und jetzt halt dich an!«

»Was, Berner, was?«

»Der gesagt hat, dieselbe Frage, also nach Österreichern im Spanischen Bürgerkrieg, hat ihm ein Ami letzte Woche gestellt.«

»Johnson.«

Berner nickte und streckte ihm den Zettel entgegen. »Kurzum: Er wart auf dich. Jetzt. Weil er is ab morgen in Oberösterreich. Was recherchieren. Hat geheimnisvoll getan. Wurscht.«

»Du bist ... wirklich gut, Berner. Danke.« Wilhelm steckte den Kopf in das Zimmer seiner Assistenten und pfiff Lukaschek.

Fischer telefonierte noch immer und schien einem Weinkrampf nahe.

9

Als sie die angegebene Hausnummer auf dem Fleischmarkt erreichten, wusste Wilhelm endgültig, dass sie keiner falschen Spur nachjagten, sondern Hector Johnson tatsächlich bei diesem Gebäude, dem sogenannten Orendihof, und somit höchstwahrscheinlich im Dokumentationsarchiv gewesen war, denn er erkannte das Jugendstilornament vom Foto, das Johnson mit der Silette-Kamera aufgenommen hatte.

In den Räumlichkeiten des Archivs wurden sie von einem sehr jungen Mitarbeiter in ein kleines Büro gebracht und dort einem Ludwig Soswinski vorgestellt. Der Mann war sicherlich schon über sechzig, sein Händedruck jedoch der eines im Saft stehenden Vierzigjährigen.

»Ich muss sagen, ich bin ganz erstaunt, dass es so ein Archiv bei uns gibt.« Wilhelm nahm den dargebotenen Platz auf einem einfachen Holzsessel an. »Hätte ich nicht erwartet. Bitte entschuldigen Sie, dass ich so direkt bin, aber im Normalfall begegnen mir nur Leute, die nichts mehr von dieser Zeit wissen wollen, oder solche, die sie zurückhaben wollen.«

Soswinski zog seine schmalen Lippen auseinander, was wohl ein Lächeln sein sollte. Die dunklen Augen hinter den runden Brillengläsern blitzten. Und dann erzählte er von der Gründung, an der nicht nur Opfer der Nazis sowie Widerstandskämpfer, sondern auch der Österreichische Gewerkschaftsbund und seine Bank, die BAWAG, beteiligt gewesen waren.

Das bestätigte Wilhelms Vermutung, dass die Initiative von der eher linken Reichshälfte ausgegangen war.

»Sie nicken?«, fragte Soswinski.

Da war ein Unterton gewesen, den Wilhelm aber nicht benennen konnte. »Ich höre nur zu.«

Jetzt nickte Soswinski. »Jedenfalls sind wir erst am Sammeln. Fakten, Fakten und Beweise. Berichte, Unterlagen, Fotos, Augenzeugen, Briefe ...« Er machte eine ausholende Handbewegung. »Eine Sisyphusarbeit.«

»Aber eine notwendige.« Wilhelm fühlte das Gewicht des Knopfes mit dem Hakenkreuz an seiner Brust. »Machen Sie auch Täter ausfindig?«

Soswinski wiegte den Kopf. »Das ist mehr das Gebiet vom Wiesenthal.«

»Wiesenthal?«, fragte Lukaschek.

Wilhelm wäre am liebsten im Boden versunken. Sein zweiter Assistent kannte wirklich keine andere Lektüre als jene von Gartenheften. »Du weißt doch, das ist der Leiter vom Jüdischen Dokumentationszentrum. Der, der den Franz Murer ausfindig gemacht hat.«

Lukaschek stierte ihn an.

»Der Schlächter von Vilnius? Der Grazer Prozess vor drei Jahren?«

Nun strahlte Verstehen in Lukascheks Gesicht auf. »Ah ja, dem sie ja so vü Blumen geschenkt haben, wie er freisprochen worden is?«

»Ja, Blumen für einen Mörder«, warf Soswinski ein.

Lukascheks Kopf schnellte zu ihm. »Ja, genau.« Er zog die Stirn in Falten. »Grauslich, wirklich grauslich.«

Soswinski nickte ihm lächelnd wie ein nachsichtiger Opa zu. Dann wandte er sich an Wilhelm. »Täter kommen uns natürlich auch unter. Wieso fragen Sie?« Seine tief liegenden Augen schienen in Wilhelms Innerstes zu kriechen.

»Nur so.« Er durfte nichts Persönliches zulassen, er hatte zu ermitteln. »Ja, also, Sie haben meinem Kollegen Berner gesagt, dass Ihnen letzte Woche ein Amerikaner dieselbe Frage gestellt hat. Nach Österreichern im Spanischen Bürgerkrieg. Wie hat er geheißen?«

»Mister Johnson.« Er lächelte. »Ein Allerweltsname für einen außergewöhnlichen Mann.« Er wurde ernst. »Es tut mir wirklich sehr, sehr leid, dass er tot ist. Er wirkte sehr engagiert. Und

Männer, die für die New York Times schreiben, können unter Umständen was bewegen. Was ist ihm genau passiert? Nachdem Sie von der Kriminalpolizei sind, nehme ich an, dass er ermordet worden ist.«

»Und mehr dürfen wir Ihnen auch leider nicht sagen.«

Soswinski seufzte. Er schob eine Mappe auf dem Tisch nach links, dann nach rechts, sein Blick ging ins Irgendwo. »Das ist nicht gut. Ich habe nicht geglaubt, dass die Recherche zu Österreichern in Spanien so gefährlich ist.« Er hob ruckartig den Kopf. »Oder denken Sie, dass es etwas mit seiner Hautfarbe zu tun hat?«

»Das wissen wir noch nicht. Aber wir haben eben auch diese Spur. Eigentlich nur ein Foto und die Aussage einer Zeugin, dass er deswegen hier in Wien recherchieren wollte.« Er reichte Soswinski das Bild der beiden Spanien-Kämpfer.

Der nickte. »Ja, genau das hat er mir auch gezeigt. Und ich hab ihm gesagt, dass ich den Mann kenne. Dass das der Gattermeyer ist. Und dass es mich wundert, dass er mit den Faschisten gekämpft hat. Also Nationalisten. Damals hießen sie Nationalisten.«

»Welcher der Gattermeyer?«

»Genau das hat er auch gefragt. Dieser Johnson war wirklich ein guter Mann. Der hat schon von Paris aus herausgefunden, dass es da Brüder gibt. Einen Johannes und einen Jakob. Der eine tot, der andere Portier im Zweiten.« Er schüttelte den Kopf. »So müssen wir auch sein. Akribisch.«

»Ja, und welchaner is es jetzt?«, fragte Lukaschek und öffnete seinen Notizblock.

»Ich hab's nicht gewusst. Ich hab mit dem Gattermeyer nur kurz damals im Februar …« Er atmete tief durch. »Also damals im Vierunddreißigerjahr, wie die Hahnenschwanzler uns mit Kanonen …« Er ballte eine Faust. Entkrampfte sie wieder. »Ja, is ja schon lang her. Jedenfalls hab ich ihm –«

»Sie haben sich den Nachnamen, aber nicht den Vornamen gemerkt? Das ist doch normalerweise eher umgekehrt«, gab Wilhelm zu bedenken.

Soswinski lachte auf. »Ja, ist es. Meine erste Freundin hat so geheißen. Deswegen habe ich mir wohl nur den Nachnamen gemerkt. Jedenfalls hab ich ihn mit einem Bekannten zusammengebracht. Der Leopold war damals nämlich bei den Sozis aktiv …«

»Sie net?« Lukaschek klang ehrlich erstaunt.

Und nun war es an Wilhelm, erstaunt zu sein. Sein zweiter Assistent hatte die bruchstückhafte Erwähnung des Bürgerkriegs trotz seines Desinteresses an Politik richtig interpretieren können.

»Genau bis zu der Sache schon. Dann bin ich zur KP. Deswegen war ich auch im Lager.« Er wiegte neuerlich den Kopf. »Gut, das waren die anderen auch.«

»Ja, also dieser Leopold?«

»Der war, wie gesagt, danach auch noch Sozi. Und der hat Gott und die Welt gekannt. Tut er jetzt auch noch. Leopold Schinnerl.«

»Sehr schön. Und wo find ma den?«, fragte Lukaschek.

Soswinski sah auf seine Armbanduhr. »In vielleicht zehn Minuten is er da bei uns.« Er verzog die dünnen Lippen. »Nach dem Gespräch mit Ihrem Kollegen hab ich mir gedacht, dass wir wieder bei dem Punkt landen werden. Also hab ich gleich den Poldi angerufen. Ich weiß ja nicht, was er dem Johnson erzählt hat. Er war Gott sei Dank daheim. Aber er braucht a bissel da her, weil er wohnt im Sechzehnten ganz weit draußen beim Gallitzinberg.«

Der alte Mann rief nach dem jungen Mann, der sich als Student der Geschichte entpuppte, im Archiv ehrenamtlich arbeitete und Hannes hieß. Ihm wurde Kaffeekochen aufgetragen.

Während sich zögerlich Bohnenduft in den Räumlichkeiten ausbreitete, bot Soswinski Wilhelm an, ein bereits fertiges Dossier von einem der Widerständler zu lesen. Und der war ein nunmehriger Mitarbeiter – Wilhelm las genauer – nein, sogar stellvertretender Chefredakteur der Neuen Freien Presse, dem konservativen Zentralorgan, also mit Sicherheit ein Mitglied der ÖVP, die er wahrlich nicht unter die Widerständler eingereiht hätte. Irgendwelche Pfarrer, die das Regime nicht mit ihrem Gewissen vereinbaren konnten, die ja, aber nicht ein Nachfahre der Dollfußjünger.

Soswinski bemerkte wohl sein Stutzen, denn er lachte auf und schob ihm Unterlagen über ein Gründungsmitglied des Archivs zu. Ludwig Jedlicka. Und von dem Mann hatte Wilhelm gehört. Über Jedlicka war im letzten Jahr viel diskutiert worden, denn er sollte – was er nun auch war – außerordentlicher Universitätsprofessor werden. Und im Zuge dessen kam heraus, dass er schon 1930 in der Hitlerjugend und ab 1935 sogar illegales NSDAP-Mitglied gewesen war. Jetzt allerdings präsentierte er sich als harmloses Mitglied der ÖVP. Als solches war er vor Kurzem auch flugs zum Vorstand des neu eingerichteten Instituts für Zeitgeschichte der Universität Wien ernannt worden. Wilhelm hatte sich fürchterlich aufgeregt, sein bester Freund Alois ihn angesehen und gesagt, das sei doch immer so. Die würden eben zusammenhalten. Und nun las er in diesem Dossier, dass Jedlicka angeblich in der Widerstandsgruppe O5 gewesen war und noch angeblicher, laut seiner eigenen Aussage, bereits während der Kämpfe um Wien im April '45 die rotweißrote Fahne am Rathaus gehisst hatte. Es war einfach nicht zu glauben.

Soswinski beugte sich vor. »Und darf ich Ihnen etwas erzählen, was Sie noch mehr irritieren wird? Ich würde aber bitten, dass es unter uns bleibt. Wir haben beschlossen, es fürs Erste zumindest noch nicht ins Dossier zu nehmen.«

Lukaschek nickte, Wilhelm ebenso. Er beugte sich vor.

»Herr Jedlicka war auch Zellenführer bei der Vaterländischen Front.«

»Ein Kruckenkreuzler?«, entfuhr Wilhelm. »Ja, aber er war doch … Das passt nicht zusammen. Die haben die Nazis doch rausgejagt!«

»Es gab auch parteiinterne Untersuchungen, aber mit Hilfe von ihm wohlgesonnenen Zeugen gab ihm die NSDAP schließlich 1942 den Persilschein.«

»Na, des is ma a Sauberer«, brummte Lukaschek.

»Ein Diener dreier Herren«, gab ihm Wilhelm recht. »Nein, vierer. Widerständler war er ja auch.« Er spürte einen bitteren Geschmack im Mund.

Soswinski lehnte sich zurück und lächelte. »Ich weiß, das ist alles sehr verwirrend und schwer zu verstehen. Aber es ist wichtig, dass er mit dabei ist – und vor allem auch die echten Anti-Nazis unter den Schwarzen. Von denen sind ja auch genug im KZ gesessen. So bekommt unser Anliegen eine breitere Basis.« Soswinski rückte neuerlich die Mappe zurecht. »Und ich persönlich glaube ihm, dass er seine Fehler eingesehen hat.«

»Wer's glaubt, wird selig.« Wilhelm zündete sich, ohne um Erlaubnis zu fragen, eine Zigarette an, weil auf einem Abstelltischchen ein großer, bereits benützter Metallaschenbecher stand. Er brauchte jetzt einfach das Nikotin.

»Erstens, mein lieber Herr Chefinspektor, sind Sie doch viel zu jung, um von dieser Front vor dreißig Jahren geprägt zu sein. Sie sollten die ... nun, einfach alles etwas neutraler betrachten. Was die Menschen im Hier und Jetzt tun, ist das wahrhaft Entscheidende.«

Damit hatte der alte Mann natürlich im Grund recht. Und was durfte er schon sagen! Seine Adoptiveltern waren streng gläubige Katholiken gewesen, somit politisch sicherlich auf Seiten der ÖVP und ihrer Vorgänger. Und sein leiblicher Vater? Ein alter Adeliger? Der ehemalige Monarchist war aktuell sicherlich kein Wähler von linken Parteien. Er selbst stammte also aus diesem Klüngel, und doch fühlte er sich dort nicht daheim. Einst am Beginn seiner Wählerkarriere hatte er passend sein Kreuz gesetzt, obwohl er die Schriften der Kommunisten schon bestens kannte und auch die Sozialisten studiert hatte. Doch aktuell wählte er die SPÖ, weil er daran glaubte, dass es eine Gleichberechtigung in der Menschheit geben musste. Und auch, weil er – das musste er sich nun eingestehen – sich von seiner Verwandtschaft abgrenzen wollte.

»Und zweitens, mein lieber Herr Fodor, ist die Linie nicht klar gezogen. Es gibt Menschen, deren Sicht auf die Welt wir nicht grundsätzlich teilen, und doch sind es manches Mal genau diese Menschen, die uns im Kampf gegen das Menschenverachtende, das Böse und das Vergessen entscheidend unterstützen.«

Wilhelm kam sich wie ein gemaßregelter Schulbub vor. Gott sei Dank erschien der junge Herr Hannes mit einem Tablett voll von gut riechendem Kaffee und Butterkeksen. Sie bedienten sich alle drei mit Elan, und Wilhelm hatte das Gefühl, dass auch Soswinski sehr froh darüber war, den heiklen politischen Boden wenigstens für kurze Zeit verlassen zu können.

»Wickerl!«, erklang es seitlich von Wilhelm.

»Poldi!« Soswinski stand auf und streckte dem Neuankömmling die Hand entgegen. »Dank dir, dass du gleich kommen bist.«

Während der Vorstellungsrunde musterte Wilhelm Leopold Schinnerl. Er war ein drahtiger Mann ebenfalls so um die sechzig, der einen nahezu perfekt kugeligen Kopf und daher auch ein sehr rundes Gesicht hatte, was so überhaupt nicht zur Statur passte. Offenbar versuchte er, die Diskrepanz durch einen Spitzbart, wie ihn einst Bundespräsident Renner getragen hatte, auszugleichen. Oder vielleicht war dieser auch nur Honneurs an den großen Parteigenossen.

Schinnerl nahm gern einen Kaffee, zündete sich eine Zigarette an und überschlug in Richtung Wilhelm die Beine. »Gehn mas an, werter Herr Chefinspektor, weil i hab net lang Zeit. Heut is mei Tarockrunde.«

»Aber Poldi …!«

»Nein, ist schon gut«, unterbrach ihn Wilhelm. »Das ist ganz in meinem Sinne. Ich hab heute noch Kegeln. Also –«

»Kegeln? Net wahr! Seid ihr da a ganze Partie? Weil meine hat si aufgelöst. Und i such schon a Weile sozusagen a neue Heimstatt.« Schinnerl lachte. »Wo seids ihr denn?«

»Beim Weidinger. Am Gürtel. Aber ich fürchte …«

»Ah, ihr seids voll. Na, schad, aber da kann ma nix machen.«

»Nein, nein, das ist es nicht, aber eigentlich sind wir nur zu zweit. Ein Freund von mir und ich. Jeden Dienstag.«

Schinnerl nickte, und Wilhelm wusste, dass er wusste, dass das eine Sache zwischen besten Freunden war. Ein Hoch auf Zwischentöne, die einem erlaubten, nicht alles aussprechen zu müssen. Es klang so eigenartig, wenn man laut von einem »besten Freund« sprach. Als Mann.

»Ganz klar. Aber wenn euch einmal fad is oder so?«

Wilhelm nickte und lächelte. »Gern, Herr Schinnerl. Aber jetzt zu …« Er dämpfte aus.

Schinnerl hob die Hand und gebot so Einhalt. »Also, der Hector und i haben net vü gredt. Er hat mi gfragt, welchana der Gattermeyer-Brüder da auf dem Foto is. So a Foto aus Spanien …«

Wilhelm hielt es ihm unter die Nase.

»Ja, genau des. Und i hab ihm gsagt, dass i des nur vermuten kann. Dass i mir nur vorstellen kann, dass des mit dem Nationalisten nur der Johannes sein kann.«

»Wieso kann das nur der Johannes sein?«

»Weil zwar beide bei den Jungsozialisten waren, aber der Johannes, der Verräter, a scho illegales Mitglied bei den Nazis war. Und …«, er hob die Zigarette in die Höhe, um sie dann behutsam im Aschenbecher abzurollen, »weil der Jakob sicher net in Spanien war, also wenn's der Jakob war, mit dem i Flugblätter druckt hab. Aber die illegalen Nazis san ja inzwischen über Deutschland nach Spanien und haben den Nationalisten geholfen. Legion Condor.« Die zwei letzten Worte hatte er förmlich ausgespuckt.

»Derf i was fragen?« Lukaschek zeigte wie ein kleiner Bub auf. »Was heißt, die Deutschen haben den Nationalisten geholfen? Was bedeutet das? I – 'tschuldigung – kenn mi grad gar net aus.«

Schinnerl sah ihn an und begann, mit dem Bein zu wippen. »Manche Demokratien damals, zwischen die zwa Krieg, die san auf dünnen Haxerln herumgstackst wie junge Kitz.« Es wirkte, als führte er diese Erklärung nicht zum ersten Mal aus. »Auch in Spanien. Fette Zeiten waren's a net. Und die alten Machthaber«, er deutete mit der Zigarette auf Lukaschek, »die Großgrundbesitzer, die Monarchisten, die Faschisten, ja, die haben an mächtigen Verbündeten ghabt, nämlich die Kirchen. Die Katholerer – des kann man si net vorstellen, was die für a Macht am

Land ghabt haben. Und dann no die Militärs, die wollten wieder ihre Sonderstellung von früher. Und was soll i sagen? Putschversuche, dilettantisch zwar, aber die Regierung der Gemäßigten ist trotzdem gescheitert, und dann haben die Großmäuler, also die Bürgerlichen«, bei diesem Wort zog sich sein Gesicht wie nach dem Biss in eine Zitrone zusammen, »und die Rechten die Partie übernommen. Ja, und die haben nix zsammbracht, oder zusammenbringen wollen, dann noch die Wirtschaftskrise ...« Er schüttelte den Kopf. »Den Leuten is es gar net gut gegangen, gar net gut. Jedenfalls haben sich dann Sozis, Kummerln, Anarchisten und linke Liberale zur Volksfront zusammengeschlossen und – potzblitz – die Wahl im Sechsunddreißigerjahr gwonnen. Des hat den anderen natürlich net passt. Folge: wieder Putsch. Als Anführer ein gewisser Francisco Franco.«

»Den Namen ha i scho amal ghört!«, jubelte Lukaschek.

Schinnerl schloss kurz die Augen, um dann fortzufahren. »Folge: Bürgerkrieg. Deutschland unterstützt Faschisten-Freund Franco und probiert so nebenbei neue Waffen aus. Ausführung: Legion Condor. Eine Geheimtruppe der Luftwaffe, weil offiziell waren die Deutschen ja net dabei. Lauter Nazis. Die Republik wird von freiwilligen Milizionären aus anderen europäischen Ländern, hauptsächlich Sozialisten, Kommunisten und andere Linke, unterstützt. Sie verlieren gemeinsam mit den Republikanern. Müssen in Lager. Konzentrationslager. Manche können flüchten, vor allem nach Frankreich, wo sie schon wenige Jahre später von den einmarschierten Nazis gejagt werden – so wie ich. Haben Glück, wenn sie überleben.«

Er dämpfte die Zigarette sehr konzentriert aus. »Und bei uns ist mir außerdem kein Gattermeyer untergekommen. Also muss es der Johannes gewesen sein. Irrtum nicht ausgeschlossen, aber unwahrscheinlich. Aber der Johnson wollt noch mehr wissen über den Johannes. Da hab ich ihm net helfen können. Aber i hab ihn an einen gewissen Zapfi verwiesen.« Er schien sich zu schütteln, eine kaum merkliche Bewegung. »A ehemaliger Brauner, der angeblich bereut und si als Spitzel andient. Vor allem beim Wiesenthal. Weil er no immer Verbindung zu di ganz Hartgesottenen hat. A Reuiger.« Er lachte durch die Nase. »Den können Sie natürlich auch fragen. Für gewöhnlich findet man den am Vormittag immer bei an Branntweiner in der Thaliastraßn. Am Nachmittag is er dann mit seine angeblich ehemaligen Freund in an Wirtshaus draußen beim Schafberg. Krätzn. I tät ihn ja an Kopf kürzer machen, wenn i derfat.«

Im Raum breitete sich Stille aus.

»Also, die Lager, waren di …?«, piepste Lukaschek.

»Ka Spaziergang, Bua, ka Spaziergang.« Schinnerl funkelte ihn an. »Wennst amoi zviel gfressen hast und speiben willst, rufst mi an, und i erzähl dir a bissl was.«

Erneute Stille.

Wilhelm räusperte sich. »Darf ich Sie noch etwas fragen?«

Schinnerl stürzte den Kaffee hinunter und nickte dann gnädig.

»Sie haben gesagt: ›Wenn es der Jakob war, mit dem ich die Flugblätter gemacht habe …‹«

»Gedruckt.«

»Gedruckt. Was heißt das? Das klingt so, als wären Sie sich nicht sicher?«

»Wie kann ma des bei Zwillingen a sein? Niemals.«

17. August 1966, Mittwoch

1

Das Sirren von Bomben schnitt durch seinen Kopf. Jedes Sirren ein gelber Schmerz. Er bekam keine Luft. Und jetzt wummerte auch noch eine Glocke. Das tiefe Vibrieren erzeugte Übelkeit in ihm. Goooaaaang. Gooooaaaang. So klang doch nur die Pummerin. Die Pummerin? Er hatte sie nie gehört. Doch, er hatte sie gehört. Nein, hatte er nicht, er war noch nie in Wien gewesen. War noch nie zu Silvester oder Pfingsten beim Stephansdom gestanden. Der Klang der Pummerin verschmolz nun mit jenem der Bomben. Dazu mischte sich Sirenengeheul. Es hämmerte alles in gemeinsamem Stakkato in seinem Hirn.

Wilhelm schlug die Augen auf. Es war taghell. Und die Türglocke kreischte hysterisch. Wilhelm schloss die Augen. Die Pummerin. Natürlich hatte er sie in seinem Traum nicht kennen können. Der sich am Kriegsende abgespielt hatte. Denn da war er ein vierzehnjähriges Bürschchen gewesen, frisch geflohen vom Land. Was man manchmal so daherträumte!

Und wieder läutete es an der Tür. Wilhelm erkannte, dass er komplett angezogen auf dem Sofa eingeschlafen war. Er schaute auf seine Armbanduhr. Es war halb acht Uhr morgens. Zu dieser Zeit war er normalerweise gerade im Begriff, die Wohnung zu verlassen.

Ein Stich in seinem Kopf. Und ein Bild von Alois. Seinem Alois. Seinem besten Freund. Der war mit zwei vorbereiteten Bieren im Schankraum vom Weidinger gesessen. Hatte gemeint, er wüsste schon, dass es an diesem Abend nichts mit dem Kegeln würde, weil Wilhelm seinen Kopf ja wieder nur einmal bei seinem neuen Fall habe. Das sei immer so. Sie könnten ja zur Entspannung gemeinsam mit den anderen Gästen im Fernsehen das »Quiz Einundzwanzig« schauen.

Wilhelm hatte das Bier hinuntergestürzt, danach noch immer

den fauligen Geschmack der ganzen Nazi-Scheiße im Mund gehabt und darauf bestanden, dass sie ausnahmsweise nichts redeten, sondern wirklich nur Kugeln scheibten. Das war das Letzte, an das sich Wilhelm ganz konkret erinnern konnte. Seinen Kopfschmerzen nach zu urteilen, folgten dieser Ansage mindestens sechs Bier und wahrscheinlich ebenso viele Schnäpse. Er wusste nicht einmal, wer die Partie gewonnen hatte.

Oh mein Gott.

Wilhelm ließ vorsichtig ein Bein auf den Boden gleiten. Es fühlte sich beileibe nicht gut an.

Schrillen an der Tür.

Herrschaftszeiten! Wer belästigte ihn so zeitig in der Früh? Das konnte nur die Hausmeisterin sein. War gestern Nacht etwas vorgefallen, an das er sich nicht mehr erinnern konnte? Und warum, bitte, hatte er so viel über den Durst getrunken? Zu viele Fragen.

Schrillen.

Und zu spät für alles. Er musste sich waschen, zumindest einen Kaffee trinken, sich frisches Gewand heraussuchen, sich überhaupt einmal orientieren, und zugleich sollte er um acht Uhr in der Sicherheitswache sein. Unmöglich. Wilhelm zog das Bein Richtung Sofaoberfläche. Zu anstrengend. Und außerdem musste er nicht in der Sicherheitswache antanzen, sondern im Prückel. Das Mittwochsfrühstück mit Fischer und Lukaschek! Ihr Ritual, das nie ausfiel. Nun, heute schon.

Schrillen.

Der Ordnungsmacht einer Hausmeisterin musste man gehorchen. Er wollte nicht, nur weil die alte Formanek vielleicht nach der heutigen Nacht einen Pik auf ihn hatte, die nächsten Wochen einen Kleinkrieg führen. Er stellte beide Beine auf den Boden. Schwindel erfasste ihn. Und in der nächsten Sekunde Übelkeit. Er sah zum Fenster. Er visierte es an. Dahin musste er jetzt. Mit letzter Kraft drückte sich Wilhelm in die Senkrechte und tapste zum Doppelflügel, den er nun bis zum Anschlag öffnete. Die frische Luft nahm ihm den Atem und machte ihn gleichzeitig so etwas wie nüchtern. Sein Hirn schien jetzt nicht mehr so vernebelt zu sein.

Schrillen.

Er sagte sich jeden Schritt vor, erkannte sich im Vorzimmerspiegel beinahe nicht, so verschwollen und ungepflegt war er, unfrisiert. Er rubbelte sich durch die Haare, kontrollierte Hemd und Hose auf Flecken, war erleichtert, dass es da nichts gab, und öffnete die Tür.

Er sah in ein rotes Rechteck. Daneben prangten ein schwarzer, dicker Strich sowie ein weißes Rechteck. Darüber leuchteten ein blaues und ein weißes Rechteck mit einem schwarzen Strich zwischen ihnen. Und wiederum darüber funkelten ihn Elisabeths kobaltblaue Augen an.

»Will! Sag, bist du taub geworden?« Elisabeth stürmte, gänzlich gegen ihre Art und Erziehung, an ihm vorbei in die Wohnung.

Wilhelm sperrte die Tür wieder zu und fragte sich, ob er wohl noch träumte.

»Wie … Entschuldige, mein Lieber, aber wie riecht es denn hier? Also, das reicht nicht!«

Die Frage war von weither gekommen. Wilhelm hörte das Scheppern von Fensterflügeln. Und dann gleich noch einmal. Eine Windböe erreichte ihn im Vorzimmer. Hoffentlich regnete es nicht herein.

Er schleppte sich ins Wohnzimmer und sah seine Halbschwester mit verschränkten Armen neben dem Sofa stehen. Und zugleich sah er sie nicht, denn diese Person hatte wenig Ähnlichkeit mit Elisabeth. Diese Frau, deren Stirn von Zornesfalten durchfurcht war, trug kurzes blondes Haar und ein Kleid, das wohl besser als bunter Sack zu bezeichnen gewesen wäre. Der noch dazu weit oberhalb des Knies endete. Und den Blick auf weiße, dicke Strümpfe lenkte. Nun, angesichts der Kürze des Sacks wohl auf Strumpfhosen.

»Liz?« Es war ihm schwindelig. Er ließ sich auf das Sofa plumpsen.

»Ja, wer denn sonst? Die alte Formanek? Was soll die von dir wollen? Nachdem meinem Vater das Haus hier gehört. Die wird sich hüten, dem Sohn ihres Arbeitgebers zu scharf zu kommen.

Oder hast du in deinem Suff an ihrer Tür gekratzt und nach einem Weibchen gejammert?«

Dieses Wesen da über ihm war nicht seine Halbschwester, denn die hätte das Arrangement ihres beider Vaters nie dermaßen degoutant erwähnt. Und sie hätte schon gar nicht so ordinär irgendwelche Bedürfnisse eines Mannes angesprochen. Noch dazu wissend, dass die alte Formanek für ihn nicht einmal unter den Begriff »Notlösung« fiel.

Aber die kobaltblauen Augen waren jene seiner Schwester. »Liz? Was ist denn los mit dir? Und wie … Ich meine, was …? Du hast dir die Haare geschnitten.«

Sie drehte sich einmal im Kreis und tupfte auf den auftoupierten Hinterkopf. »Perfekt, oder?«

»Na, ich weiß nicht. Jetzt sieht man ja nichts mehr von deinen schönen Haaren.«

Sie stützte sich auf die Lehne auf und beugte sich über ihn. »Du bist unmöglich. Lange Haare sind für Männer nichts anderes als das Sinnbild des Weibchens. Und solch eines bin ich nicht mehr. Gewöhne dich daran.«

»Wenn du meinst.« Er verspürte so etwas wie Angst vor seiner Schwester. »Und was ist das da?« Er nickte in Richtung des roten Rechtecks.

Elisabeth strich sanft über das Kleid. »Yves Saint Laurent.«

»Aha. Macht der nicht eher diese Trapezkleider?« Wilhelm beglückwünschte sich, dass er die Gazetten, die ihm seine Schwester immer ins Haus brachte, auch pflichtschuldigst studiert hatte.

»Du bist von vorgestern, Will. Er hat die Kunst in die Mode geholt. Das ist Mondrian.« Sie drehte sich erneut. »Der holländische Maler. Sofort nach der Präsentation letzten Herbst habe ich eines in Auftrag gegeben. Es ist nur etwas kürzer als das Original. Ich finde das pfiffiger.«

»Aha. Sehr schön.«

»Im Lügen warst du noch nie gut. Egal. Ich habe mit Ludwig ein sündteures Ferngespräch geführt. Für dich.«

»Mit Ludwig.« In seinem Kopf rumpelte es, es knarzte und

knirschte. Und eigentlich wollte er sich nur unter die Wasserleitung hängen.

»Du erinnerst dich vielleicht? Mein Bruder, den du so sehr hasst? Dein Halbbruder? Der unter anderem für die New York Times arbeitet?«

Der Fall. Seine Assistenten, die warteten. Und dazu eine Schwester, die viel zu laut, zu forsch und zu grell war. Warum bloß war er aufgewacht? Im Grunde war er nur dazu fähig, sich zu übergeben.

Wilhelm stemmte sich in die Höhe. »Entschuldige mich bitte.«

Er stakste ins Badezimmer und ließ sich dort erschöpft auf den Rand der Wanne nieder. Seine heiß geliebte Schwester hatte sich die Haare schneiden lassen und lief in einem Sack herum. Darüber hinaus hieb jeder ihrer Sätze wie ein Schwert auf ihn nieder. Nein, sie war nicht mehr seine Schwester, sondern ein giftiges fremdes Wesen.

Er ließ sich zur Kloschüssel fallen und übergab sich. Ansatzlos schmetterte im Wohnzimmer Udo Jürgens »Schau nach vorn, nicht zurück, zwingen kann man …« Ebenso ansatzlos verstummte er. Und Wilhelm war Elisabeth zutiefst dankbar, den Radioapparat wieder abgedreht zu haben, nicht nur, weil sein Kopf den Lärm jetzt gar nicht aushielt, sondern auch, weil des Österreichers Siegerlied beim Grand Prix für seinen Geschmack schon mindestens einhundert Mal zu viel über den Äther gedröhnt war. »Merci, Chérie«. Ja, eh. Baba, und fall net.

Wilhelm hielt seinen Kopf unter die Wasserleitung, trank wie ein Elefant, putzte sich die Zähne, spülte sich mit Mundwasser den Rachen, beträufelte sich mit Rasierwasser. Nun, halbwegs bei Sinnen, konnte er sich dem Monster da draußen stellen.

Elisabeth ging mitten im Raum im Kreis und rauchte. Sie drehte sich blitzschnell zu ihm um. »Deine Aussetzer gehen mir dermaßen auf die Nerven! Warum trinkst du so viel?«

»Das sagst ausgerechnet du?«

»Ich weiß, wann ich aufhören muss.«

Sie wirkte, als meinte sie etwas anderes damit. »Mit was?«

»Na, mit dem, was du machst. Was alle Männer machen! Sich wie ein egoistischer Idiot aufzuführen.«

Er setzte sich wieder auf das Sofa und klopfte neben sich auf die Polsterung. Nach einer Unendlichkeit kam Elisabeth seiner Aufforderung nach und setzte sich neben ihn. Sie seufzte, ließ den Blick kreisen, schnappte sich einen der Aschenbecher, dämpfte ihre Zigarette aus und seufzte erneut.

»Was ist los, Liz?«

Sie zündete sich die nächste Zigarette an. »Der Eisenstein will plötzlich, nach all den Jahren, nach all den Mesalliancen, die offizielle Trennung von mir.« Sie riss beide Hände hoch, äffte Entsetzen nach. »Nicht die Scheidung, natürlich nicht, denn das tun wir ja nicht, uns scheiden lassen. Nein, nur die offizielle Trennung, damit er diese ... kleine Schlampe in Ruhe ... besteigen kann. Ohne sich jeden Tag vor mir rechtfertigen zu müssen. Und dann wird er mir wieder irgend so ein vermaledeites Auto schenken und mir sagen, dass ich die Stütze seines Lebens bin.« Sie sank in sich zusammen. »Bis dahin, habe ich beschlossen, werde ich lernen, ich zu sein.«

»Und Quadrate zu tragen.«

Sie lachte auf. Sie lachte weiter. Sie fiel in einen Lachkrampf. Sie klammerte sich an ihn. Verbrannte ihn fast dabei. Er nahm ihr den Stummel aus der Hand und entsorgte ihn. Das Lachen klang nun mehr nach Schluchzen. Von einer Sekunde auf die andere wurde sie schlaff und ruhig. »Du bist dermaßen kleinbürgerlich, Wilhelm Fodor. Dermaßen. Entspann dich ein bisschen. Nächstes Jahr ist wieder etwas anderes chic.«

»Du gefällst mir einfach besser, wenn ich deine Formen sehe.«

»Welche Formen, Will? Ich bin ein Bügelbrett. Und außerdem gehen dich meine Formen gar nichts an. Als meinen Bruder.«

Sie hatte dermaßen recht. Wilhelm schlängelte sich unter ihr hinaus in die Senkrechte. Er ging zur Bar. Gut, es war viel zu früh, aber er hatte einen Kater, und den bekämpfte man bekanntlich am besten mit einer kleinen Dosis Nachschub. Das berühmte Seidel zum Gulasch war gerade nicht auf dem Speiseplan, also musste es ein halber Zentimeter Whiskey tun.

Die Flüssigkeit brannte seine Kehle hinunter. »Und? Was hat Ludwig zu all dem gesagt?« Der Alkohol beseitigte in der Sekunde den stechenden Schmerz im Kopf. Wunderbar.

»Du fragst nach Ludwig? Nach *seiner* Meinung?«

Er drehte sich scharf zu ihr um. »Ich hatte bezüglich des Jaguars recht. Ich habe gesagt, dass ich deinem Göttergatten nicht glaube. Ich habe dir gesagt, dass du das ebenfalls nicht tun, sondern ihn endlich verlassen sollst. Dass du deine Würde bewahren und mit hoch erhobenem Haupte gehen sollst. Und du hast nur leise gelächelt. Willst du das diskutieren? Willst du das?«

Sie stierte ins Nichts.

Das Häufchen Elend tat ihm leid. Er nahm einen Sessel und setzte sich ihr gegenüber. »Wir wissen doch beide, dass er dich in den letzten Jahren Dutzende Male betrogen hat. Also was ist dieses Mal so anders?«

»Die offizielle Trennung. Eine Auszeit.« Sie lachte auf. »Was für ein seltsames Wort. Das gibt es doch gar nicht.« Sie nahm ihm das Glas Whiskey aus der Hand und kippte den letzten Rest. »Ich will keine Geschiedene sein.«

»Du liebst ihn nicht. Also?«

»Du weißt, dass es darum nicht geht.«

Nein, ging es nicht. Es ging natürlich darum, in diesen, Elisabeths, Kreisen den Schein zu wahren. Und dieser Trottel von Eisenstein hielt sich nicht an die Spielregeln. Sollte er doch vögeln, wen er wollte, solange das offizielle Familienbild nicht beschädigt wurde. Das dachten alle, weil sie alle es ebenso praktizierten.

Er strich ihr mit dem Zeigefinger über die Wange. »Die kurzen Haare … sie stehen dir gar nicht so schlecht.«

Sie lächelte ihn an. »Und an meinen neuen Kleiderstil wirst du dich auch noch gewöhnen.«

»Nicht in hundert Jahren.« Er küsste sie auf die Wange. »Lass uns das alles später weiterbesprechen. Am Abend. Wir gehen in ein hübsches Vorstadtlokal, wo dich sicher keiner kennt, und dann halten wir Kriegsrat ab, hm?«

Sie nickte ein kleines Nicken.

»Aber jetzt muss ich wirklich ... Sag, chauffierst du mich geschwind ins Prückel? Ich bin in fünf Minuten gewaschen, geschnäuzt und gekampelt.«

»Natürlich. Und das ...«, sie hielt ihn am Arm fest und streckte ihm einen Zettel entgegen, »... soll ich dir mit lieben Grüßen von Ludwig geben. Name und Telefonnummer von Johnsons Chef, der sicherlich weiß, an was er gearbeitet hat. Du sollst dich auf Ludwig berufen.«

2

Fischer und Lukaschek, die bereits abgegessene Teller vor sich stehen hatten, waren in ihre Zeitungen vertieft. Die Titelseiten beider Exemplare hatten natürlich den Wettersturz und die daraus folgenden Unglücksfälle wie etwa die auf dem Neusiedlersee vermissten vier jungen Burschen als Aufmacher. Das kleinformatige Blatt jubelte auch noch über den vierfachen Löwennachwuchs in Schönbrunn. Das war wohltuende Normalität.

Wilhelm gab dem Oberkellner das Zeichen für einen großen Mokka. Der deutete mit der Hand auf die Vitrine mit den süßen Köstlichkeiten. Wilhelm schüttelte den Kopf. Essen war für ihn frühestens zu Mittag denkbar. Er schaute zur Wanduhr. Es war erst viertel neun. Er dankte Elisabeth und ihrem scharfen Fahrstil, so konnte er nun seine vorbereitete Entschuldigungsrede fürs Verschlafen ad acta legen. Diese Viertelstunde war glücklicherweise anders zu begründen.

»Guten Morgen, die Herren!« Genauso voller Elan, wie er gesprochen hatte, setzte er sich nun.

»Chef! Wir haben schon glaubt, dass das Kegeln gestern a bissel länger dauert hat«, grinste Fischer.

Wilhelm legte Elisabeths Zettel auf den Tisch. »Nein, ich habe nur ein bisschen meine Kontakte spielen lassen, und einer davon hat mir nun eine Verbindung zu Johnsons Chef in New York gelegt. Was er mir heute Morgen mitgeteilt hat.«

»Na, dann ruf ma dort glei an«, meinte Lukaschek voller Eifer.

»Dafür würde der dich hassen, Lukki. Da ist es jetzt erst irgendwann in der Nacht. Hast du Fischer vom Dokumentationsarchiv berichtet?«

Lukaschek zog den Kopf ein. »Ich war no net ganz munter. Bin grad erst mit dem Essen fertig geworden.«

Sie taten es zu zweit, mit den Erweiterungen um das Grabesfoto und die Beauftragung der Grafologin durch Wilhelm.

Fischer stieß beim Höhepunkt des Berichts einen leisen Pfiff aus. »Zwillinge! I hab immer glaubt, Zwillinge machen immer dasselbe?«

Der Schani brachte den großen Mokka, Wilhelm stürzte die Hälfte hinunter. »Offenbar nicht. Womit mir jetzt natürlich klar ist, warum der Herr Jakob so gar nichts mehr von seinem Bruder wissen wollte. Wenn du einmal derart eng warst, wie es Zwillinge sicher in den ersten Jahren sind, dann tut das doppelt weh, wenn dein Bruder zum Feind überläuft.«

»Und der Tote, also des Grab auf dem Foto, geht's da sicher um *unseren* Johannes Gattermeyer? Net, dass ma uns blamieren, wenn wir ihnen sagen, dass sie uns angelogen haben, und sie ihren Johannes präsentieren.«

»Ich kann mich an das Geburtsdatum im Pass nicht erinnern, aber wir werden es zusätzlich auch ausheben, dann sind wir auf der sicheren Seite.«

»Und wenn er's wirklich is«, sinnierte Lukaschek, »tät mi interessieren, ob wir an Akt zu seinem Tod haben. Weil da überlebt ana die Kämpfe in Spanien, dann die Westfront, vielleicht a die Ostfront, und dann kommt er heim und stirbt glei drauf?«

»Es gibt Menschen, Lukki, die schleppen sich mit letzter Kraft nach Hause, nur weil sie nicht in fremder Erde begraben sein wollen. Vielleicht war er ja schon schwer krank«, gab Wilhelm zu bedenken.

»Na, wenn ma nix haben in die Akten, wird's wohl so gwesen sein.«

»Ich glaub, dass du gar nix finden wirst, selbst, wenn's was gäbe«, warf Fischer ein. »Weil in dem Herbst damals nach Kriegsende werden sie net solche Korinthenkacker wie wir jetzt gewesen sein, wo wir jeden Schmarrn für die Ewigkeit festhalten.«

Wilhelm sah die vielen Protokolle, die er schon geschrieben hatte, vor sich und musste lachen. »Was ist denn das für eine Einstellung für einen Beamten? Apropos: Hat der Wiesinger jeden Tag alles brav von euch bekommen?«

»Ja, wir haben unserem obersten Herren und Meister natürlich rapportiert, und es hat ihn net amal so vü interessiert.« Fischer hielt Daumen und Zeigefinger knapp übereinander.

»Geh, gib mir einmal deine Zeitung«, bat Wilhelm Fischer.

Er blätterte sie durch. Auf Seite sieben ein mikroskopisch kleiner Artikel, dass sich bei der Mordsache Kennedybrücke noch keine neuen Erkenntnisse ergeben hätten. Das gleiche Bild wie in den vergangenen Tagen. Ein ermordeter ehemaliger Besatzungssoldat, noch dazu mit einer in Wien nicht alltäglichen Hautfarbe, kümmerte überraschenderweise anscheinend doch niemanden, weder die Gazetten noch den Chef der Kriminalpolizei.

»Und? Was machen wir heut?«, fragte Lukaschek.

»Jetzt gehen wir einmal ins Büro.«

Sie taten es ohne besondere Verve. Nach dem gestrigen Aufschwung schien sich schon wieder irgendetwas zu verhaken. Wilhelm gab Berner den Auftrag, das Geburtsdatum von Johannes Gattermeyer zu recherchieren. Wenn es dasselbe wie am Kreuz war, dann war klar, dass Helena Wiedehopf gelogen hatte, als sie gesagt hatte, sie habe ihren Vater in den Jahren nach dem Krieg noch einige Male gesehen. Und sie konnten wenigstens ihr und ihrer Großmutter auf den Zahn fühlen. Im Gegenzug erhielt er von seinem Kollegen die Abschrift von Franz Bäckers Zeugenaussage. Während Wilhelm und Lukaschek sich im Dokumentationsarchiv in pragmatischer Moral unterrichten hatten lassen müssen, war Maria Katzingers Mitbewohner aufgetaucht.

Wilhelm studierte die mageren zwei Seiten. Man habe über

das Leben in Paris, über Frauen, über Football und Fußball, über Amerika und dergleichen mehr geredet. Genau auflisten könne er es nicht mehr, es sei viel Alkohol im Spiel gewesen. In Bezug auf seine Recherchen habe sich Johnson auch ihm gegenüber bedeckt gehalten, er wisse nur das, was er ihm von dieser Schneiderin übersetzt habe. Berner hatte sich das Gespräch wiederholen lassen, es entsprach ziemlich genau dem, was Wiedehopf ihnen erzählt hatte. Dann war noch vermerkt, dass Bäcker Hector Johnson das letzte Mal am Samstag gesehen habe, bevor er zu seinem Taxidienst aufgebrochen war. Da habe dieser ihm gegenüber Recherchen am Sonntag erwähnt.

Sehr mager, das Ganze. Wilhelm war schon versucht, diesen Bäcker noch einmal einzubestellen. Allerdings war Berner bestens mit dem Fall betraut und für gewöhnlich bei Einvernahmen sehr akkurat und gefinkelt. Er lockte immer etwas mehr heraus, als die Zeugen preisgeben wollten. Conclusio: Es gab einfach nicht mehr. Eine weitere verpuffte Hoffnung.

Ansonsten? Sie mussten auf das Ergebnis der Notizbuchdechiffrierung warten. Sie mussten warten, bis die da drüben in New York aufgestanden waren. Ach ja, das Labor war noch einen Bericht schuldig, nämlich zur Frage, ob das Rot-Kreuz-Papier manipuliert worden war. Und sie konnten natürlich ebenfalls wie Johnson diesen Nazi-Spitzel Zapfi aufsuchen, wenn Johnson das überhaupt getan hatte. Aber wäre es für diesen Besuch nicht besser, erst einmal zu wissen, woran konkret Johnson gearbeitet hatte?

Es war schwer, Entscheidungen zu treffen, wenn das Gehirn nur eine zähe Masse war.

Berner erlöste Wilhelm mit einem Mokka aus seinem schwierigen Denkprozess. Er hielt nur die Nase in die Tasse, gab sich dem Geruch hin. Elisabeth. Dieses arme Kind. Dieses dumme Kind.

»Einen wunderschönen guten Morgen wünsche ich!«, posaunte es von der Tür.

»Waller. Was treibt dich zu uns?« Wilhelm bot ihm Platz an.

Der Gerichtsmediziner setzte sich derart schwungvoll, dass

Wilhelm Angst um den Sessel bekam. »Ich war gerade in der Gegend, und da hab ich mir gedacht, wir plaudern direkt. Ist besser als übers Telefon.«

»In der Gegend? Eine neue Leiche?« Kopfschütteln. »Ja, aber du wohnst in Währing und arbeitest am Alsergrund. Wie kannst du da hier in der Gegend sein?«

Waller beugte sich vor und lächelte. »Ich weiß, du bist Polizist, du findest bei Aussagen jeden Widerspruch, aber sag, geht dich das was an?«

Wilhelm lächelte. »Als Polizist denke ich mir jetzt meinen Teil, und der fängt an mit: Also, dieser Schlawiner!«

Waller lehnte sich zurück und winkte ab. »Es geht um unseren Herrn Johnson.«

Wilhelm trank den Mokka aus und stellte die Tasse zur Seite. »Bin ganz Ohr.«

»Ich habe mir diese Verletzungen jetzt sehr genau angesehen. Diese Male, die wir auf den ersten Blick für Spuren von Misshandlung gehalten haben.«

»Und?«

»Nachdem wir ihn ausgiebig gewaschen haben, der Dreck vom Fluss weg war, die Male also blank vor uns lagen, war uns klar, dass wir uns geirrt hatten.«

»Aber nein!«

»Aber ja!«

»Und was können Brandwunden von Zigaretten anderes sein?«

»Ekzeme. Verkrustete Ekzeme. Oder als wären sehr große Blasen aufgesprungen und dann vertrocknet und verkrustet.«

»Und die blauen Flecken?«

»Sind blaue Flecken, aber zum Zeitpunkt des Todes schon ein paar Tage alt gewesen. Es gibt scharfe Grenzen, wie von Kanten. Als wäre er hingefallen. Sie waren nur langsam am Heilen. Irgendwie ist überhaupt der ganze Körper in einem maroden Zustand. Ich hab dir doch schon bei der Erstbeschau gesagt, dass sein Darm schwer angeschlagen war. Die anderen inneren Organe wirken auch irgendwie schwach.«

»Irgendwie schwach?«

»Ja! Wie soll ich sagen? Als wären sie einer Giftattacke ausgesetzt gewesen, die sie nicht umgebracht, aber geschwächt hat. Wie …«, er ließ den Blick zum Plafond wandern, »… man es einem Menschen anmerkt, dass er zu viel getrunken hat. Man weiß, er wird sich wieder erholen, aber alles ist angeschlagen.« Er sah Wilhelm an. »Nein, auch falsch. Du schaust besser aus. Lebendiger.«

»Danke.« Diese Mediziner mit ihren Röntgenblicken. »Hatte er vielleicht Krebs?«

Waller schüttelte den Kopf. »Da ist das Bild ein anderes.« Er warf die Hände in die Luft. »Ich muss gestehen, ich bin ratlos! Ich habe so etwas noch nie gesehen.«

»Keine Sorge, Bertl, ich glaube trotzdem noch immer, dass du der Größte bist.« Wilhelm grinste.

»Danke, mein Bester. Aber ich finde das absolut nicht amüsant. Es ärgert mich, wenn ich nicht draufkomme, was mich irritiert. Abgesehen davon, dass es dir vielleicht beim Fall helfen könnte, wenn ich nicht so vernagelt wäre. Ich habe jetzt ein paar Kollegen per Bildtelegraf den Fall zukommen lassen. Vielleicht hat einer von ihnen eine Idee. Nur, über die Entfernung ist so ein Konsilium …« Er seufzte.

Wilhelm zündete sich eine Zigarette an und sinnierte die Rauchschwade an. »Aber man kann mit ziemlicher Sicherheit zusammenfassen, dass Johnson nicht gefoltert worden ist?«

Waller nickte.

Johnson, wie er sich weit über das Geländer beugt. »Und Selbstmord?« Nein, das war natürlich Blödsinn, weil …

»Er wurde doch umplatziert, Fodor.« Waller schenkte ihm seinen leicht genervten Professorenblick. »Und außerdem haben wir Griffspuren gefunden.« Er zwickte sich hinten in die Wade. »Hier. Auf beiden Seiten. Als hätte jemand einfach Hauruck gemacht. Rüber übers Geländer und fertig.«

»Einfach Hauruck. Hm. Aber wieso dann die Umplatzierung? Ich versteh's einfach nicht.«

»Jetzt sind wir schon zwei Meister, die an ihre Grenzen stoßen.« Nun grinste Waller. Er erhob sich so schwungvoll, wie er sich gesetzt hatte, worauf der Sessel umfiel. »Hoppala!« Es klang vergnügt, und mit spielerischer Akribie stellte Waller ihn wieder in Position.

Der Mann hatte ein süßes Geheimnis. Eindeutig. Diese federnde Fröhlichkeit! Nun, er, Wilhelm Fodor, der Meister der Spürnasen, würde dem Schlawiner schon noch auf die Schliche kommen!

»Ich muss mich jetzt sputen, Fodor, Blümel wird bereits im Kreis gehen. Eine Erbschleichergeschichte wartet auf mich. Ich melde mich, wenn mir die Erleuchtung gekommen ist!« Und weg war er.

Im nächsten Moment wurde er von Fischer ersetzt. Der ließ sich nun absolut ohne Spannung und Elan auf den Sessel plumpsen. Er stützte sich mit den Armen auf den Knien auf und nickte ein paarmal. »Ich sag dir, Chef, da is was im Busch.«

»Wo?«

»Bei der Sache mit der Johanna.«

Johanna. Wilhelm durchsuchte sein Kopfarchiv. »Das dunkle Mäderl, die Schulfreundin von deiner Tochter?«

»Seit gestern red ich auf ihre Mutter ein, dass sie mit uns über den Vater von der Johanna reden soll, aber sie will um die Burg nicht.« Er deutete Richtung seines Büros. »Jetzt endgültig nicht. Gestern am Abend hat sie noch gsagt, dass sie drüber nachdenken wird. Aber jetzt? Ich soll sie in Ruh lassen. Ja, Herrschaftszeiten, was is denn da dabei?«

Wilhelm dämpfte seine Zigarette aus und beugte sich über den Tisch. »Fischer, denk einmal nach, hm? Vielleicht ist sie vergewaltigt worden? Und über so was würde ich als Frau auch nicht gern reden wollen.«

»Ja, schon, aber …«, er schien sich überwinden zu müssen, »was ma bis jetzt von dem Neger wissen, klingt net danach, dass er ein Vergewaltiger wär.«

»Vielleicht ist deine Johanna auch nicht die von Hector Johnson?«

»Ist mir auch schon gekommen, der Gedanke. Ich hab im Geburtenregister nachgeschaut. Vater unbekannt. Hilft a net. Und dann is a no komisch, dass ich nirgends eine Heiratsurkunde gefunden hab. Aber die Kleine erwähnt immer wieder einmal einen Papa. Gesehen hab ich ihn zwar noch nie, aber warum sollt sie sonst von ihm reden?«

»Manche Kinder erfinden, was sie sich wünschen.«

Fischer stöhnte und stand auf. »I geh amal aufs Häusl.« Und weg war er.

Sein Gefühl vorhin hatte ihn nicht getrogen, es war wieder Sand in der Maschine. Ohne Folter konnten sie mit an Sicherheit grenzender Wahrscheinlichkeit ausschließen, dass Johnson Opfer eines rassistischen Übergriffs geworden war. Denn solche Widerlinge traten zu, fest, und sie quälten, das war doch der ganze Spaß für sie.

Also blieben als Motive noch die Sache mit dem Kind und irgendein Geheimnis rund um die Gattermeyers, auf das der penible Journalist draufgekommen war. Fischer war mit seinem losen Faden aus dem Spiel, blieben noch Klara und ihre Grafologin – das konnte dauern! –, Berner mit den Geburtsdaten, Johnsons Chef in New York und Lukaschek. Hoffentlich erreichte er endlich diesen Schrebergartennachbarn.

Wilhelm schloss die Augen. Schlafen, einfach schlafen. Elisabeth hatte recht, er musste sich beherrschen lernen. In seinem Alter, mit Mitte dreißig, und in seiner Position waren solche Ausrutscher wahrlich unpassend.

Gebrüll ließ sein Herz poltern. Wilhelm riss die Augen auf und sah sich Berner gegenüber.

»Dass ma so fest im Sitzen schlafen kann! Guten Morgen, Herr Chefinspektor.«

»Ich habe nicht geschlafen, ich habe nur nachgedacht.«

Eine schwache, unwürdige Entgegnung, und Berner fand sie auch keiner Reaktion wert. Stattdessen legte er einen Zettel auf den Tisch. »Vom Standesamt.«

»Johannes Gattermeyer, geboren am 17. Mai 1916, um 6:23 Uhr, Jakob Gattermeyer, geboren am 17. Mai 1916, um 6:51 Uhr. Eltern: Karl und Herta Gattermeyer«, stand darauf.

Darunter die Notiz: »Herta Gattermeyer, wohnhaft Im Werd Nummer 17 Tür 5, Leopoldstadt«.

Wieder darunter: »Johannes Gattermeyer und Eva-Maria Tanner, verehelicht 28. März 1935. Kinder: Rosa Gattermeyer, geboren: 11. November 1935; gestorben: 11. November 1935; Helena Maria Gattermeyer, geboren: 29. April 1939, Cartagena, Spanien«.

»Wunderbar, Berner. Wenigstens das ist jetzt gesichert! Das Grab auf dem Foto ist jenes von unserem Johannes. Da werden wir uns gleich auf die Socken machen und den Damen auf den Zahn fühlen.« Er erhob sich.

Lukaschek rauschte herein. »Gut, dass du scho stehst, Chef, wir müssen gleich sausen! Der Karasek hat mi endlich zurückgerufen. Er ist gerade dauernd bei seiner kranken Mutter draußen in Gramatneusiedl. Aber jetzt is er in seinem Garten. Frag mi zwar, was er da macht, bei dem Regen, aber wir sollen glei zu ihm!«

3

Der hohe Turm der Müllverbrennungsanlage wirkte wie eine Kletterstange in den Himmel. Tief darunter hockte der graue Klotz des Gebäudes. Es war nicht schön. Wilhelm sah ein, dass eine Großstadt wie Wien so eine neuartige Müllverbrennungsanlage benötigte, vor allem, weil immer mehr Wohnungen auf Öl und Gas umgestellt wurden und daher die Entsorgung des Mülls im Hausbrand nicht mehr so gegeben war, aber mussten derartige Gebäude unbedingt eine Beleidigung fürs Auge sein? Hätte man das Ding nicht mit ein paar freundlichen Fliesen bekleben können? Oder zumindest in einer fröhlichen Farbe anstreichen?

Lukaschek befahl Fischer, links abzubiegen, natürlich viel zu spät, weil Fischer wie immer für Lukascheks Reaktionszeit zu schnell fuhr, worauf der den Wagen herumriss. Lukaschek gab weiter die Order. Plötzlich standen sie wieder bei der Kreuzung zum Flötzersteig. Wilhelm sah, wie sich Fischers Fingerknöchel weiß färbten.

Wilhelm griff zum Stadtplan im Seitenfach. »Vielleicht sollten wir einfach –«

»Hörst, Chef, der Karasek is in meiner Zeile. Ich werd doch noch da hinfinden.«

»Und warum machma dann a Schrebergartenrundfahrt?«, knurrte Fischer.

»Weil ... Jetzt weiß ich's! Wir fahren runter zur Hütteldorfer und rollen das Ganze von unten auf. Das is mir vertrauter.« Lukaschek sagte neuerlich an.

Wilhelm verkniff sich die Frage, warum sie dann überhaupt zuerst über oben gekommen waren. Er konnte es sich denken. Mittlerweile hatte Anneliese bei den meisten Fahrten das Steuer übernommen, sie hielt den Fahrstil ihres Mannes genauso wenig wie Wilhelm und Fischer aus. Doch das durfte man natürlich nicht ansprechen. Er studierte den Stadtplan. »Die Straße, wo dein Weg hineingeht, ist was Italienisches, oder?«

»Torricelli.«

»Genau, der Physiker.« Wilhelm fand die Straße auf dem Stadtplan, kontrollierte ihren Stand- beziehungsweise Fahrort und schrie »Halt!«. »Tut mir leid, Lukki, aber wir haben heute auch noch was anderes zu tun, als die Ameisbachsiedlung zu bewundern.«

Er dirigierte Fischer, zwei Minuten später parkten sie sich vor dem Weg zu Lukascheks und Karaseks Parzellen ein. Es ging beachtlich bergab, der Boden war zwar mit einzelnen Steinplatten belegt, doch die waren aufgrund von gerutschter Erde glitschig. Prompt ruderte Fischer mit den Armen. Es nützte ihm nichts, er landete auf dem Hosenboden und fluchte wie ein Bierkutscher.

Bei einer kleinen, ins Dunkelgraue verwitterten Holzhütte blieb Lukaschek stehen und erklärte stolz die verschiedenen Baumsorten, die auf dem kleinen Fleckchen Garten dicht gedrängt standen. Normalerweise hieß es doch, Bäume bräuchten Platz, aber diese hier schienen ihrem Herrn und Meister eine

Freude machen zu wollen und gediehen trotzdem prächtig. Den Rest der Fläche beherrschten Paradeiserstauden, Ribiselbüsche und ein großer Holunderstrauch. Vorn am Maschendrahtzaun gierten Salathäupl und ein paar Kräuter nach Licht. Der Garten daneben beherbergte ebenfalls Obst und Gemüse, nur etwas weniger, weil sich mittendrin ein Freigehege mit Hühnern befand. Und neben der Hütte in diesem Garten entdeckte Wilhelm auch noch einen Kaninchenstall. Von einem Garten unweit meinte er Meckern zu hören. Das beschauliche Hobbybauernleben im Schrebergarten eben.

Doch das Bild in Karaseks Parzelle daneben war ein gänzlich anderes. Eine mächtige Linde thronte als Königin inmitten eines bezaubernden Rosengartens – Hecken, Büsche und Hochstämme, dazwischen blühende Gräser und ein ausrangierter Badezuber mit Seerosen. Die winzige Idylle erinnerte ihn an die Bilder von Monet. Mitten zwischen den Rosen stand ein Mann in Gummistiefeln und Regenmantel. Er befestigte Bänder um die Büsche.

Lukaschek rief ihn an, stellte sie vor, Adam Karasek hieß sie herzlich willkommen und schickte sie in eine noch kleinere Hütte, als es jene von Lukaschek war, weil er die Rosen noch fertig binden musste, damit der Regen nicht alle Köpfe knickte. Drinnen war es gemütlich warm. Wilhelm entdeckte in einer Ecke einen Kanonenofen.

Fischer ebenso. Und schon stand er mit der Hinterseite davor. »Vielleicht kann ma den Gatsch dann glei abklopfen?«

»Der Adam hat sicher a Bürstn.« Lukaschek machte es sich auf der schmalen, kleinen Eckbank bequem, legte seine Zigaretten auf den Tisch und streckte sich mit Hingabe. Er fühlte sich hier sichtlich wie zu Hause.

Wilhelm betrachtete den Rest des Raumes. Ein schmaler Kasten, der zugleich Kredenz war, drei Haken an der Wand, an einem hing eine blaue Arbeitsjacke, ein offener schmaler Kasten mit Werkzeug, eine Abwasch, über der Eckbank ein Regal mit Flaschen von Selbstgebranntem, vor dem Tisch ein dreibeiniger Sessel und im Eck gegenüber vom Ofen ein Schaukelstuhl. Er hatte das Gefühl zu ersticken. Selbst die sieben Zwerge hatten sicherlich mehr Platz gehabt. Nun, hier wohnte man ja auch nicht. Aber zu Übernachtungen kam es immer wieder, bei Grillereien oder anderen Festen, das wusste er von Lukaschеks Erzählungen, und das war für ihn unvorstellbar.

Er klemmte sich auf die zweite Hälfte der Eckbank und zündete sich eine Zigarette an. Der Schnaps oberhalb von ihm schrie nach Entkorkung, aber er musste sich taub stellen.

Karasek schüttelte sich in den Raum. »So a Sauwetter! Zuerst gar ka Regen, jetzt zuvü. Des nimmt ka gutes End.« Er hängte den Mantel fein säuberlich auf, holte eine der Schnapsflaschen vom Regal – Wilhelm las auf der Etikette »Griacherl« und bekam einen wässrigen Mund –, bot ihn reihum an, sie lehnten ab, er schenkte sich genüsslich ein, kippte das Glas, schenkte sich nach, stellte die Flasche zurück, setzte sich auf den noch freien Sessel und zündete sich ebenfalls eine Zigarette an. »Gemmas an. I muss zur Mama zruck. Nach an Schlaganfall geht's einfach net allani.«

Wilhelm beugte sich vor. »Lukaschek hat uns erzählt, dass Sie damals bei den Amerikanern als –«

»Ja, i war bis ins Fünferfuchzger-Jahr, wo s' den Sender abdraht haben, wie sie wieder ham san übern Teich, so a Art Laufbursch für sie. War i recht froh drüber, weil wer hat an Krüppel scho a Arbeit geben?« Er schob wie nebenbei das Hosenbein hinauf. Prothese. »Dass i mir a Trafik schnapp, dafür war i zu blöd. Und sonst? Portierslogen waren a bald alle besetzt. I bin halt net der Schnellste.« Er schnaufte. »Aber die, ja, die waren leiwand! Cool, wie's immer gsagt haben.« Er lächelte. »Und richtig gute Musik. Alle unsere Musiker haben dort spielen dürfen, weil s' so gut waren, also die Jazzler. I sag's euch, das waren Granaten!« Er nahm einen Schluck vom Schnaps.

Und Wilhelm meinte förmlich, den feinen Geschmack der Wildringlotten auf der Zunge zu spüren. Hoffentlich ging sein Kater bald vorbei.

Karasek streckte den Daumen. »Der Salomon, der Zawinul, der Plasil, der Drewo«, hektisch fuhr der kleine Finger aus,

»und natürlich der Fatty George. Der hat ja dann, wie s' den Sender zudraht haben, des Jazz-Casino gegründet im Annahof drunten in der Stadt. A leiwander Kerl, wirklich wahr.« Wieder ein Nipper. Dann sinnierte er den Rauch an.

Wilhelm tat es ihm gleich. Er hatte viel zu wenig Ahnung von Jazz, aber der Mann hatte ihm gerade mit seiner Leidenschaft Gusto darauf gemacht.

Fischer ging neben Karasek in die Hocke und lächelte ihn süffisant an. »Wir wollen jetzt aber net über Negermusik reden, lieber Herr Karasek, sondern über an Neger.«

Karasek bedachte ihn mit einem mitleidigen Blick. »Sie mögen kan Jazz net, gell? Nur weil's so vü Neger gibt, die den machen. Schad. Sie versäumen was. Und die Murln san auch in Ordnung. Der Führer hat net in allem recht gehabt. Eigentlich bei sehr wenigem. Na, Schwamm drüber.« Nippen. An der Zigarette saugen.

Fischer öffnete den Mund.

»Ich glaube, du solltest deine Hose weiter trocken, damit wir sie nachher sauber bekommen. So kannst du nicht den ganzen Tag herumlaufen.«

Fischer schickte Wilhelm einen giftigen Blick, tat aber wie geheißen.

Wilhelm dämpfte die Zigarette aus. »Ja, unser Kollege hat es schon angesprochen, und Lukaschek wird Ihnen ja auch bereits –«

»Ja, klar hab i den Hector kennt.«

So klar war das gar nicht – bei Tausenden Besatzungssoldaten. Doch sein Glück sollte man nicht hinterfragen.

Nun dämpfte Karasek seine Zigarette aus und beugte sich vor. »Ja, der Hector, a großer, fescher Bursch, mit so an großen Lachen und dem Schalk in die Augen. Die Weiber haben ihn imma in ana Art angschaut … Von so was träumt unsereins nur, kann ich euch sagen. Und er hat die Auswahl ghabt, weil er war Chauffeur. Hat die Großkopferten herumkutschiert, aber a oft welche vom Sender. Und so haben wir uns kennengelernt. I hab ihm gsteckt, wo's in Neubau an guten Wein und fesche

Madeln gibt, und er hat mi dafür ab und zu heimbracht in die Landstraßen, wo i damals a Zimmer ghabt hab. A leiwander Kerl, wirklich. Sehr schad um ihn.« Nippen. »Wieso war er jetzt eigentlich wieder da?« Er nahm die Schnapsflasche und schenkte sich nach.

»Genau darum geht's, Karasek«, merkte Lukaschek an. »Des hab i dir do scho gsagt.«

»Des muss i vergessen haben.«

Kein Wunder bei dem Alkoholkonsum. Bereits um diese Uhrzeit. Wilhelm kam sich neben dem Jazzfan wie ein Chorknabe vor. Es war alles relativ, da sah man es wieder einmal. »Hector Johnson war unter anderem auch«, nein, er erwähnte jetzt besser nicht die journalistische Spur, das verwirrte den Armen nur, »hier in Wien, weil er plötzlich das Gefühl hatte, dass eine Liaison damals nicht ohne Folgen geblieben ist.«

Karasek stierte ihn an.

»Weil er glaubt hat, dass er damals a Madl angsandlt hat, und si jetzt um den Pamperletsch kümmern wollt«, sprang ihm Lukaschek mit der Übersetzung bei.

»Na, der is ma ana, der Hector!« Nippen.

Sie mussten die Einvernahme beschleunigen, sonst kam ihnen der Alkohol in die Quere. »Ja, also unsere Frage, lieber Herr Karasek, gab es da damals eine … a Pantscherl, des a bissel mehr war? Oder wo si der Haberer vom Madl drüber aufgregt hat?«

Die Köpfe von Fischer und Lukaschek schnellten zu Wilhelm. Er grinste sie an. Ja, ja, auch er beherrschte den Slang, wenn er musste. Er wandte sich wieder Karasek zu.

»Mein Gott, des san zu viel, als dass i di jetzt aufzählen könnt. Des könnt ihr net von mir verlangen.« Kein Nippen, sondern Schluck. Großer Schluck. Es wurde eng.

»Ja, aber … Is Ihna was hängen bliebn? Man gspiart des do oft, wenn a Sach so richtig wüld wird.«

»Ja, an Besonderes erinnert man sich doch«, übersetzte nun Lukaschek in die andere Richtung.

Das alles war abstrus. Wilhelm sehnte sich nach einem ordentlichen Schluck von dem Griacherl-Schnaps.

Fischer kniete wieder neben Karasek. »Oida, bitte, konzentrier di! Du bist unsere einzige Chance, a bissel was über die Zeit vom Johnson damals bei uns herauszufinden. Sag einfach alles, was dir einfallt. Und wir schauen dann, ob's wichtig is, in Ordnung?«

Karasek lächelte ihn an – mit schwer glasigen Augen. Er musste schon vor ihrem Besuch dem Brennereiprodukt zugesprochen haben. »Du bist do net so a Arsch, wie i glaubt hab.«

»Danke.« Fischer lächelte zurück. »Und du bist sicher net so a weichgesoffener Trottel, wie du tust. Du bist a Fixer, trotz allem, oder hab i net recht?«

Wilhelm zog innerlich den Hut vor Fischer. Der mauserte sich langsam. Er hatte nicht mehr nur den handgreiflichen Polterer im Repertoire.

Karasek nickte und hob wieder einmal den Daumen. »Da war die Tochter von dem an Moderator vom Radio, wie hat der no gheißn? Wurscht, wird mir no einfallen. Und der war auf jeden Fall fuchsteufelswild. Weil der wollt sei Prinzessin irgendeinem Offizier andrehn. Der hat dann drauf gschissn. Eh kloar. Dann war da a Arzt weiter vorn in der Seidengassn. Dem sei Frau hat si mehr als gern und mehr als oft mit dem Hector auf a Achtel troffn. Wobei sie wirklich immer nur a Achtel trunkn haben, weil dann sans immer glei abzwitschert. Kana hat herausgfundn, wo di ihr Nest ghabt haben. Aus war's dann erst, wie sie net nur zwa blaue Augen, sondern vier ghabt hat.« Ein Schnapszwischenspurt.

Wilhelm zweifelte langsam daran, dass dieser Besuch sie auch nur irgendwie weiterbrachte.

»Und dann war da natürlich sei Haberer. Ka Murl, wie man hätt glauben mögen, sondern des Gegenteil. A Weißer, aber so wirklich, fast so a … Ja, wie heißen die? Die, die net die Sun vertragen?«

»Albino«, offerierte ihm Wilhelm.

»Genau!« Schluck. »I waß net, ob er wirklich ana war, aber ausgschaut hat er so. Ja, ja, die Gegensätze.« Schluck. Das Anzünden einer neuen Zigarette. »Wie hat der gheißen? Komischer Name. Net John oder so was. Na, wurscht. Auf jeden Fall, di warn so.« Er kreuzte Zeige- und Mittelfinger. »Buddies, wie die Amis sagen. Nur dann hat si der … Verdammich, mir fallt net ein, wie er gheißn hat! Also der Alwino, der hat si in a Madl von da verschaut. So a fesche Rothaarige.«

Fischer merkte auf. Kam zum Tisch.

»Mei Fall«, plauderte Karasek inzwischen weiter, »san die Rothaarigen ja net, aber bitte. Er war ganz dulli. Aber er hat si net drübertraut. Und dann is der Hector auf da Leinwand erschienen.« Er rollte anerkennend die Lippen nach außen. »Mit seine weißen Zähnt, dem Lächeln, die Bizeps, dem Gang, wo du sogar als Mann immer das Gfühl ghabt hast, der is kurz vorm Nageln. Na, was soll ich euch sagen? Die Madame is mit dem Lakritzstangerl in di Hapfn.«

»Ja, die holde Weiblichkeit fällt oft auf die Blender herein«, rutschte es Wilhelm heraus.

Karasek zeigte mit dem Zeigefinger auf ihn. »Du sagst es, Freund, du sagst es. Aber i hab net das Gfühl ghabt, dass der Hector die Irmi nur zum Spaß hergnumma hat. Der hat schon an Schlag ghabt für sie. Aber die haben ja alle gwusst, dass solchane Sachn net lang dauern dürfen. Können. Weil sie ja irgendwann heimmüssen.«

»Irmi?« Fischers Stimme klang brüchig.

Wilhelm sah ihn an. Fischer nickte. Johannas Mutter hieß also Irma. »Und wie is die Sach weitergangen, Karasek?«

»Net gut, weil des war direkt kurz vorm Staatsvertrag. Und dann san se weg, di Amis und di Russen und di Engländer und di Franzosen. Haben uns sitzen lassen im Dreck.«

Auch eine berechtigte Sicht der Dinge, nur nicht Wilhelms. »Ja, aber die beiden Freunde und Irmi?«

Karasek schien aus einer fernen Welt aufzutauchen. »Ja, des war ja scho vorher a Desaster. Weil der Hector und die Irmi waren ja net wirklich zsamm. Der Hector hat immer zu mir gsagt, er derf si net verlieben. Net wirklich. Dabei hat er's scho die ganze Zeit getan ghabt. Aber er hat immer gmeint, die Irmi passt net in den Süden, was er auch imma damit gmeint hat. Irgendwas bei ihm daham. Wurscht. Und ihr Bauch is gwachsn. Aber des hat er nimma mitkriegt, weil er dann nur mehr für die Großkopferten unterwegs war. Für di, die am Staatsvertrag bastelt haben.« Ein ausführlicher Schluck. Das Glas war schon wieder leer.

Wilhelm stand auf und nahm die Schnapsflasche vom Regal. Einen Säufer durfte man nicht unterbrechen. Er schenkte nach.

»Dank dir. Bist a Guater. Jedenfalls hat si dann der Buddy vom Hector um di Irmi kümmert. Sie wollt zuerst net, hat dann aber nachgeben. Er hat sie dann zumindest scho heimbegleiten dürfen. Mehr weiß i net, weil dann war mei Zeit dort vorbei.« Schluck. »I glaub, dass sich di zwa Burschen ghasst haben. Na, na, na, der … Na, wie hat er no gheißn? Irgendwie wi a Gwand? Ja, wi a Gwand. Wurscht.« Er hob den Zeigefinger. »Ich korrigiere: Das Gwand, also der Alwino, hat den Hector ghasst.« Sein Kopf fiel auf die Tischplatte.

Sie arbeiteten sich den glitschigen Weg zurück hinauf zum Auto – Fischer glücklich, dass er in einer der Laden tatsächlich eine Kotbürste gefunden, sich die Hose gereinigt hatte und nun wieder adrett war. Lukaschek stolz, dass er so einen ergiebigen Zeugen aufgetan hatte. Und Wilhelm sich fragend, welches Kleidungsstück zugleich ein Name war und wieso Irma, die Mutter von Johanna, nicht über Hector sprechen wollte, wenn er doch ihre große Leidenschaft gewesen war. Und außerdem befand er, dass in diesem Fall eindeutig zu viele sehr blonde, hellhäutige Männer herumschwirrten. Das war kein Zufall mehr.

Im Auto erfuhren sie per Funk von Berner, dass es keinen Aktenvermerk zu dem Tod von Johannes Gattermeyer gab. Und auch am Totenschein war lediglich das Datum vermerkt, jedoch keinerlei Ursache.

4

Die Hausmeisterin vom Zinshaus Im Werd – heute mit einem lindgrünen Turban behübscht – schickte sie hundert Meter weiter auf den Karmelitermarkt.

Herta Gattermeyer pries lautstark frische Gurken, Paradeiser und Kohlrabi an. Ihr Stand war noch gut bestückt, nur die Kiste mit den Karotten ausgedünnt. Sie sah ihnen mit zusammengekniffenen Augen entgegen, in der Bewegung verharrend, wodurch die Gurke wie ein Schlagstock wirkte.

Wilhelm übernahm die Vorstellung, und die Frau mit den kurz geschnittenen grauen Haaren studierte jede Kokarde einzeln und ausführlich. Dann sah sie Wilhelm nur an.

»Frau Gattermeyer, es –«

»Wo habt ihr ihn gfunden?« Sie steckte die Hände in die Taschen ihrer ärmellosen, selbst gestrickten langen, dunkelblauen Weste, die sie über einem weinroten, dünnen Pullover und einer schwarzen Hose aus festem Stoff trug. Da stand kein verängstigtes Hausmütterchen vor ihnen, sondern eine trotz ihres Alters von sicher über siebzig vor Kraft strotzende, willensstarke Zupackerin. Eine Frau, die vom Krieg gestählt worden war.

»Wir haben ihn noch nicht gefunden, wir haben keine Ahnung, wo er ist. Wissen Sie es nicht?«

»Tät ich Sie dann fragen?«

Fischer nahm eine rote Rübe in die Hand und studierte die Knolle. »Vielleicht lügen S' uns ja auch an? Vielleicht verstecken S' ihn? Weil er vielleicht was angestellt hat? Zum Beispiel den Neger umbracht?«

»Fünfzig Groschen. Aufgrundet fünfzig Groschen.«

Fischer legte die Rübe zurück.

»Na, junger Mann, so geht des net. Sie kennan da net alles abgrabbeln und dann net kaufen. Fünfzig Groschen.«

»Fischer.« Wilhelm lächelte die Gattermeyer an. »Die Frage müssen wir Ihnen stellen. Alle sagen, dass Sie und Ihr Sohn so ein enges Verhältnis haben, und da –«

»Wenn er was anstellt, leg i ihn übers Knie, dafür kann er gar net zu alt sein. Danke.« Sie nahm von Fischer das Geld entgegen. »Möge sie munden.« Sie grinste.

Er blitzte sie an, dann gleich Wilhelm. Er hielt die Rübe, als wäre sie eine Kröte – leicht abgespreizt und kurz davor, sie fallen zu lassen.

»Gib her.« Lukaschek nahm sie ihm ab. »Die Anneliese macht a gute Suppn draus.« Er steckte sie in die Tasche seines Regenmantels.

»Frau Eisner! Ganz frische Kohlrabi hab i heut für Sie! Und auch die Karotten, ganz jung und zart.«

Gattermeyer wickelte mit der Kundin das Geschäft ab, während sie drei im wahrsten Sinn des Wortes im Regen standen, denn sie hatten das schützende Vordach des Standes verlassen müssen, um der einkaufswütigen Frau Eisner Platz zu machen.

Nachdem diese mit einer vollen Tasche abgeschwirrt war, stemmte Gattermeyer die Hände in die Taille. »So, Sie sehn, i hab zu tun. Also, war's das?«

Wilhelm ging zu ihr hinter die Budel. »Nein, war es nicht. Erstens: Sie müssen uns sagen, wenn sich Ihr Sohn bei Ihnen meldet. Mein Assistent ist ein bissel vorgeprescht. Es liegt gar nichts gegen Ihren Sohn vor, aber wir brauchen ihn dringend als Zeugen. Sehr dringend.«

Sie verschränkte die Arme. »Sie haben da hier hinten nichts zum Suchen.«

Er ging zur Seite des Verkaufstisches. »Haben Sie mich verstanden?«

Sie nickte. »Zweitens?«

Lukaschek stellte sich mit dem aufgeklappten Notizblock neben Wilhelm, Fischer nahm die andere Schmalseite des Tisches ein. Unwillkürlich sah sich Gattermeyer um, ob jemand diesen aus ihrer Sicht wohl massiven Auftritt der Staatsgewalt mitbekam. Wahrscheinlich überlegte sie jetzt gerade, wie sie den anderen Standlern den nun nicht mehr so freundlich wirkenden Besuch der Polizei erklären sollte. Mit behördlicher Sorge um ihren Sohn ging das nicht mehr.

»Zweitens«, Wilhelm lächelte sie an, »haben wir von Ihrer Enkelin erfahren, dass sie ihren Vater in den Nachkriegsjahren ab und zu gesehen hat. Und wir fragen uns, wie das möglich ist, wenn er doch schon seit dem Herbst '45 tot ist.«

Sie presste die Kiefer zusammen.

»Woran ist er eigentlich gestorben?«, fragte Lukaschek.

Sie senkte den Blick.

Wilhelm spürte einen ebensolchen in seinem Nacken. Er drehte sich um. Ein altes Ehepaar mit leeren Taschen wartete in Respektabstand, bereits leicht abgewandt.

»Frau Gattermeyer, ich würde Ihnen empfehlen, den Mund aufzumachen. Denn wir bleiben hier so lange, bis wir Antworten haben. Derweilen gehen aber Ihre Kunden wieder weg.«

»Zehn Minuten«, krähte sie in den Regen hinaus, »seids so lieb! I hab heute ganz knackige Gurken für an gutn Salat, den habts ihr do so gern! Zehn Minuten!« Sie nickte lächelnd.

»Also?«

»Also, des könnt ihr euch do denken. Irgendwann hat die Kleine zum Fragen angefangen. Weil di anderen im Hof beim Spielen entweder an richtigen Papa gehabt haben oder an Papa, der im Krieg gefalln is, oder an, der in Gefangenschaft war, auf jeden Fall an, über den gredt worden is. Und da hat si der ... Jakob halt als Johannes verkleidet. Hat ihr dann irgendwann die Gschicht erzählt, dass er wegen dem Krieg net ganz richtig im Kopf is, dass er Angst hat, dass er ihr was tut. Dass er deswegen so selten kummt. Vielleicht irgendwann a gar nimma. Und des war dann a so. Aber da hat sie dann nimma gfragt.«

Wilhelm zündete sich eine Zigarette an. »Frau Gattermeyer, bitte entschuldigen Sie, aber das ist doch ein Mordstrumm Bär, den Sie uns da aufbinden wollen. Wieso haben Ihre Schwiegertochter und Sie Helena nicht gesagt, dass er so wie viele andere gefallen ist? Warum das Theater?«

Gattermeyer richtete die Karotten neu aus. »Wir haben Angst gehabt, dass sie später nach der Schlacht fragt, wo er gefallen ist. Dass sie vielleicht die Benachrichtigung von der Wehrmachtauskunftsstelle sehen will. Weil die das Einzige is, was ihr von ihrem Vater blieben is. Und die haben wir ja net gehabt.«

»Womit wir beim Punkt sind«, übernahm nun Fischer. »Wie ist er denn gestorben?«

Gattermeyer widmete sich den Paradeisern, baute mit ihnen eine Pyramide. »Unfall.«

»Nein, da hätten wir einen Akt«, warf Lukaschek ein. »Oder es tät am Totenschein stehen.«

Braver Mann, er spielte seine Rolle als gesetzestreuer Staatsdiener perfekt. Denn sie hatten sich bei der Fahrt darauf geeinigt, das Chaos nach Kriegsende zu ignorieren und so zu tun, als sei die Polizei seit ihrem ersten Wachrundgang auf den alten Stadtmauern vor allem eins: immer bestens organisiert und pflichtbewusst, eben die Korinthenkacker, für die sie alle Welt hielt.

Sie baute eine zweite Pyramide. »Den Arzt von der Hollandstraßn vorn hab i ganz gut kennt. Der hat des erledigt.«

»Name?«

»Hans Glockner. Aber der is tot. Fischgräte.« Sie lachte. »Sein erster selber gfangter Fisch in der Pension. Und i hab ihm no gsagt, er soll lieber Tauben züchten.«

»Wie praktisch«, warf Fischer ein.

Sie sah ihn scharf an. »I hab ihm die Grätn net in den Hals gsteckt.«

Wilhelm nahm einen tiefen Zug von der Zigarette. Dieses Kampfweib ging ihm entschieden auf die Nerven. »Und? Was war das jetzt für ein Unfall? Lassen Sie sich doch nicht alles aus der Nase ziehen. Ich sage nur: Kundenschwund.«

Gattermeyer verschränkte neuerlich die Arme. »Die Helena wird es euch ja schon erzählt haben. Der Jakob und der Johannes waren beide bei den Sozis, aber der Johannes dann auch bei den Nazis. Für die er auch in Spanien gekämpft hat. Wo die Helena her ist. Und wie er dann wieder da war, haben sich die beiden gstrittn. Ganz fürchterlich gstrittn. Bei mir in der Wohnung.« Sie holte tief Luft. »Sie haben sich geprügelt. Und der … Jakob hat den Johannes weggestoßen, der is«, sie schloss die Augen, »getaumelt und gegen den Herd … und der is aus Eisen … und dann hat er si nimma grührt.«

Sie warteten.

Sie fuhr sich mit der Faust über die Augen, sah sie dann der Reihe nach an. »Na, hätt i beide Buben verlieren sollen? I hab dann also den Glockner geholt und ihm die Sach erklärt. Und weil eh gerade alles net so klar war, damals in dem Herbst, hat er gmeint, es wird schon kana nachfragen. Hat auch keiner. Bis heut. Aber jetzt is es doch auch nicht mehr wichtig, oder?«

Sie schenkte Wilhelm einen Augenaufschlag, der einer Lolita zur Ehre gereicht hätte.

»Mord verjährt nicht«, knurrte Fischer.

»Des war ka Mord!«, fuhr sie ihn an. »Die zwei haben einfach gstrittn, wie sie's immer gmacht haben. Und dann is a Unfall passiert. Der … Mein Bub leidet noch immer drunter. Des war sei Bruder! Sein Zwillingsbruder!«

Wilhelm zertrat den Zigarettenstummel. »Sie sollten auch noch die Kohlrabi ordnen.«

Gattermeyer musterte ihn mit gerunzelter Stirn und begann, die Knollen in konzentrischen Kreisen aufzulegen.

Wilhelm zündete sich die nächste Zigarette an. Er fühlte sich unwohl. Irgendetwas stimmte nicht. »Drittens.«

»Drittens?«

»Wieso war Ihre Schwiegertochter Eva bereit, das Kind einer fremden Frau anzunehmen? Sie konnte doch selber welche bekommen. Eine Totgeburt ist nicht das Ende der Welt.«

»Sie wissen aber wirklich schon alles.«

»Wir sind die Polizei.«

»Die Fehlgeburt von der Eva, ja, die war wirklich … Also, sie hat nachert keine Kinder mehr bekommen können. Und wie dann der Johannes mit dem Pamperletsch auftaucht is …«

»Da hat sie den Gschrabbn einfach angenommen? Das Kind von einer fremden Frau? Von an Gspusi in Spanien?« Fischer eiferte richtiggehend.

Gattermeyer drehte sich langsam zu ihm. »Sie haben keine Ahnung, oder?«

»I hab a klans Madl. Und was i für eine Ahnung hab.«

»Aber net davon, wie sehr sich a Frau a Kind wünschen kann. Und die Eva hat den Johannes geliebt. Wie er ihr dann des mit dem Kind gschriebn … Sie hat si einfach … ja, sie hat si einfach dacht, es is a Adoption. A einfache Adoption. Und gut war's.«

Jetzt zündete sich Fischer eine Zigarette an und stierte in den nassen Himmel. »Warum hat er das Kind net bei der Mutter gelassn?«

»Was weiß ich, des is der Jungen ihr Sach.«

Abenteuerliche Geschichte. Aber vielleicht war das der Grund, warum Jakob Gattermeyer untergetaucht war? Weil er befürchtete, dass nun alles herauskam und er vielleicht doch noch für den Totschlag an seinem Bruder zur Rechenschaft gezogen werden könnte? Vielleicht. Aber darüber hinaus ... Irgendwas stimmte nicht. War nicht geklärt. Wilhelm kramte aus seiner Geldbörse fünfzig Groschen, reichte sie der irritiert wirkenden Gattermeyer und nahm sich einen Kohlrabi. Er knabberte. In seinem Hirn knatterte es.

»Gut, dann nehm i a Karotten«, meinte Lukaschek. »Wer weiß, wann ma heut Mittag machen. Besser als gar nix. Sonst könnts mi no auf ana Tragbahren zum Wirten bringen.«

Zur Irritation in Wilhelms Hirn gesellte sich die Gewissheit, irgendetwas sehr Wichtiges zu übersehen, doch es wollte und wollte sich ihm nicht zu erkennen geben. Er biss vom Kohlrabi ab. Das Knacken schien seine grauen Zellen durchzuschütteln, denn jetzt konnte er wenigstens einen Punkt festmachen, der ihn irritierte. »Und was hat es mit dem Roten Kreuz auf sich? Warum hat das Rote Kreuz das Kind nach Wien gebracht und nicht Ihr Sohn?«

Gattermeyer gab Lukaschek das Retourgeld in die Hand und drehte sich langsam zu ihm. »Weil Krieg war? Weil di Männer da was anderes zum Tun ghabt haben?«

»Nicht im August ’39.«

»Aber glei danach.«

»Ja, aber nicht, als das Dokument ausgestellt wurde.«

Herta Gattermeyer zuckte mit den Schultern. »Da müssten Sie den Johannes fragen. Aber der is ja leider tot.«

Wilhelm war, als spiele ein leises Lächeln um Herta Gattermeyers Mund.

5

Sie schaufelten alle drei Linsen mit Speck und Knödel in sich hinein. Das Tagesmenü des Schwan-Wirtes – zum Aufwärmen Grießnockerlsuppe und als Nachtisch Apfelstrudel, dem er entgegenfieberte – war wirklich exzellent, und doch konnte Wilhelm es nicht genießen. Die Einvernahme der Herta Gattermeyer hatte ihn einfach nicht zufriedengestellt.

Und außerdem sprach ihn das Lokal nicht an. Zu viel zu dunkle Holzvertäfelung, zu große Bilder mit zu kernigen Bauernmotiven, zu klobige Tische und Sessel, rot-weiß und blau-weiß karierte Tischtücher, Seidenkornblumen in kleinen Zinnkrügen als Tischschmuck, ein etwas zu hemdsärmeliger Wirt. Und das spärlich gesäte Publikum war ausschließlich männlich. Außerdem schienen die drei jeweils einzeln an einem Tisch sitzenden Männer sowie Wilhelm und seine Mannen selbst nur die Statisterie zu sein, denn Bier um Bier wanderte in die hinteren Räumlichkeiten.

Wilhelm verließ der Appetit. Er schob den Teller zur Seite. Sein Blick wanderte über die Vertäfelung, er hatte das Gefühl, etwas zu suchen. Der Herrgottswinkel zwischen Kredenz und Gang nach hinten war es nicht, der wirkte … Jetzt wusste er es. Das Ambiente vermittelte den Eindruck, sich in der Bude einer äußerst scharfen Studentenverbindung zu befinden, doch nirgends war ein passendes Emblem zu entdecken. Trotzdem blieb das Gefühl, an einem falschen Ort zu sein.

Er beschloss, die Räumlichkeiten zu sondieren, und folgte dem Pfeil zur Toilette. Der Gang mündete in einem großen, verwaisten Extrasaal mit einer Bühne. Er wies auf der einen Seite zwei Flügeltüren in den Garten auf, auf der anderen eine zu einem weiteren Extrazimmer. Und dort waren die Hauptdarsteller, sprich, die trinkfesten Gäste, die angesichts ihres Alkoholkonsums noch erstaunlich konzentriert wirkten.

Ein Mann wurde lauter. Wilhelm entzog sich seiner Sicht und lauschte. Der Laute stritt mit einem anderen, ob irgendetwas besser am Freitag oder am Samstag über die Bühne gehen sollte. Es waren aggressive Stimmen. Stimmen, wie er sie schon unzählige Male gehört hatte, seine Klientel war zum Großteil nicht zimperlich, und doch wurde Wilhelms Gefühl, nicht am richtigen Ort zu sein, stärker.

Sein Blick fiel auf die Bühne. Auf ihr stand ein einsamer Sessel, über den ein Stück Stoff gelegt war. Wilhelm lugte zum Extrazimmer – und schalt sich einen Narren. Er war Polizist, er konnte untersuchen, was er wollte. Trotzdem grummelte sein Bauch, als er die seitliche Treppe hinaufging. Er nahm den Stoff, entfaltete ihn. Es handelte sich um eine Art Flagge. Und sie wies die Farben des deutschen Hoheitszeichens auf, Schwarz, Rot, Gold, allerdings war über dem Schwarz noch ein schmaler Streifen Gold und unterhalb des dicken goldenen ein schmaler schwarzer. Der Stoff brannte auf seinen Fingern.

Er ließ das Tuch fallen, flüchtete auf die Toilette. Und während er sich die Hände wusch, verspürte er plötzlich das dringende Bedürfnis, das Wirtshaus sofort zu verlassen. Apfelstrudel hin oder her.

Lächerlich. Nur wegen einer Art Flagge. Und trotzdem. Deutsche Flaggen, wenn auch leicht verändert, hatten in Österreich nichts zu suchen. Es konnte nur bedeuten, dass sie zufällig in ein rechtsradikales Nest gekracht waren, und das ausgerechnet in der Leopoldstadt, einst die Hochburg jüdischer Zuwanderung aus dem Osten und dann Opfer ärgster Nazi-Pogrome. Er verfluchte Lukaschek, dem die zwei anderen Gaststätten zu voll gewesen waren, weswegen er eine zu langsame Bedienung befürchtet hatte. Der verwaist wirkende Schwan hatte ihn wie ein Magnet angezogen. Nun gut, jetzt wusste Wilhelm Bescheid. Seinen Apfelstrudel würde er Lukaschek überlassen, und dann nichts wie weg. Er hatte das Gefühl, ein Vollbad nehmen zu müssen.

Wilhelm wusch sich auch noch das Gesicht mit kaltem Wasser, straffte seinen Rücken und marschierte betont energisch zum Tisch zurück. »Wir sollten langsam weitermachen.«

»Könn ma inzwischen eigentlich schon in Amerika anrufen?«, schmatzte Lukaschek, während er mit dem Zahnstocher im Mund herumfuhrwerkte.

»I glaub net. Des san mindestens fünf, sechs Stunden hinten. Bei denen ist es jetzt also erst sechse in der Früh oder so«, meinte Fischer.

»Wieso weißt du das?«, war Wilhelm ehrlich erstaunt.

Fischer zuckte mit den Schultern. »I mag halt gern Boxen. Und bei den Berichten rechnen s' des immer aus. Irgendwann merkt man's sich.«

»Und wer san deine Favoriten?«, fragte Lukaschek.

»Na, bei uns der Neue natürlich, der Orsolics Hansi, der gfallt mir schon recht gut. Aber i mag ja lieber Schwergewicht, und da gibt's nur einen.«

»Du meinst aber net den Clay? Den Cassius Clay?«

»Muhammad Ali.« Fischer schob nun als Dritter im Bunde den leeren Teller weg. »Der heißt jetzt Muhammad Ali. Und wieso nicht?«

»Weil er a *Neger* is«, grinste Lukaschek. »Scho wieder einer.«

»Ja, ja, i hab's kapiert.« Fischer zündete sich eine Zigarette an. »Der is so leichtfüßig. Schnell. Elegant. A Jahrhundertkämpfer.« Seine Augen leuchteten. »Einmal möchte ich da bei einem Kampf dabei sein. So zehn Meter entfernt. Des wär was!«

Wilhelm ertappte sich paradoxerweise dabei, sich zu wünschen, Fischer möge nicht so laut von einem Menschen mit schwarzer Haut schwärmen. Nicht hier.

»Jetzt haben wir scho an Fußballer«, Lukaschek zählte an den Fingern ab, »a kleines Mäderl und an Boxer. Des wird ja richtig –«

»Du kannst mi a amoi«, keifte Fischer.

Wilhelm traute seinen Augen nicht. Der Kollege Heinz Kummer mit Assistent Mitterer betrat das Lokal und steuerte sofort auf den Schanktisch zu. Er zückte die Kokarde und fragte nach den Herren Ganser und Kubart, die sich gemäß seinen Informationen gerade hier aufhalten sollten. Der Wirt ging höchstpersönlich nach hinten, was Wilhelm sehr seltsam vorkam. Wirte schickten für dergleichen Angelegenheiten immer die Kellner.

Wilhelm rief Kummer an.

»Fodor! Was machst du denn da?« Er kam zu ihnen an den Tisch, setzte sich. Wirkte erschöpft.

»Das Gleiche könnte ich dich fragen, Kummer.«

»Einvernahmen wegen dem Augarten-Mord. Zwei Burschen, die sich kurz vor dem Mord mit dem Fichte, also der Leich, Theodor Fichte, getroffen haben. A komische Sache, sag ich euch. Und ihr?«

Theodor Fichte. In Wilhelms Kopf schlug ein Glöckchen an, doch er konnte die Melodie noch nicht benennen. »Wegen dem Mord in Hietzing. Das Opfer hat hier im Zweiten einige Verbindungen, und ich wollte dich eh schon fragen –«

»Chef!«

Mitterer deutete mit dem Kinn auf einen jungen Mann, der, verkrochen in seiner dunkelgrauen Jacke und versteckt unter einer Schirmmütze, zum Ausgang schlenderte.

Kummer sprang auf. »Halt! Bleiben Sie stehen!«

Der Bursche rannte los, Mitterer ebenfalls, der Bursche packte zwei Sessel und warf sie hinter sich, was Wilhelm Bewunderung abverlangte, denn die Trümmer waren ziemlich massiv. Mitterer flog prompt über den Holzhaufen, jaulte auf und rieb sich das Schienbein, Kummer schrie: »Stopp!«, der Bursche knallte die Tür hinter sich zu, Kummer umrundete die Barriere, ununterbrochen »Stopp!« schreiend.

Wilhelm sprang ebenfalls auf. »Fischer!« Er nickte in Richtung Tür.

Fischer half Mitterer auf und hechtete Kummer nach draußen nach.

Wilhelm packte seinen Mantel, beugte sich nah zu Lukaschek. »Und du haltest da hier die Stellung. Horch, was sie sagen, schau, was sie tun, merk dir, wer mit wem verschwindet oder redet. Schreib alles auf. Das sind da hier alles Verbrecher.«

Er stürmte nach hinten hinaus, kam in den großen Saal, sah im kleinen Raum den Wirten mit den Männern hitzig diskutieren, sah, wie sich Blicke an ihm festsaugten, lief in den Garten hinaus, entdeckte in der Mauer zur nächsten Gasse eine Tür. Sie stand offen. Tatsächlich ein zweiter Flüchtender? Er trat hinaus. Kein rennender Mensch. Nun, der vielleicht zweite Mann hätte bequemen Vorsprung. Aber warum war nicht auch der andere hier hinaus? Eine später zu klärende Frage. Die wichtige nun war: Wohin? Das Wirtshaus befand sich ziemlich genau in der Mitte zwischen Augarten und Praterstern. Beides waren gute Verstecke – immer natürlich vorausgesetzt, der Flüchtende hatte nicht gleich ums Eck in einem Zinshaus einen Bekannten, bei dem er untertauchen konnte. Also Park oder Bahnhof? Ha, gleich hinter dem Praterstern begann das Gelände des Nordbahnhofs. Seit letztes Jahr die Ruine des früheren, wunderschönen Bahnhofsgebäudes gesprengt worden war und das Gelände nur mehr für den Güterverkehr sowie zum Abstellen von Garnituren verwendet wurde, war es eine einsame, triste und vor allem unübersichtliche Angelegenheit. Wenn er sich selbst verstecken wollte, würde er dieses Ziel wählen. Einen Versuch war es wert – und Richtung Augarten war er sowieso heillos abgeschlagen.

Wilhelm setzte sich in Marsch. Das war zu wenig. Er fiel in Trab. Keuchte im nächsten Moment. Er hasste es zu laufen, nicht umsonst hatte er einst danach getrachtet, so schnell wie möglich den Streifendienst hinter sich lassen zu können.

Nach vier Gassen musste er stehen bleiben und sich vornüberbeugen, um wieder zu Luft zu kommen.

Da! Zwei Häuserblöcke weiter rannte die Schirmkappe. Sozusagen hinter ihm, aber genau Richtung Praterstern oder Nordbahnhof. Bestens. Richtig geraten. Wilhelm setzte sich wieder in Bewegung. Nun direkt Richtung Nordbahnhof. Er würde dem Burschen einfach den Weg abschneiden.

Nächste Kreuzung. Er sah zur Parallelstraße. Da! Fischer, Mitterer und mit Abstand Kummer wetzten der Schirmkappe hinterher. Kummer war offensichtlich ein ebensolcher Schreibtischhengst geworden wie er.

Plötzlich spürte er die Waffe gegen seine Rippen schlagen. Er nahm sie nicht mehr wahr. Im Normalfall. Doch mit einem Mal sah er sich sie ziehen. Nein, das durfte nicht passieren. Er wollte nicht schießen müssen. Sie waren zu viert. Wenn sie ihn einkreisten, gab der Bursche sicherlich auf.

Wilhelm beschleunigte seinen Lauf. Straßenbahnschienen. Nordbahnstraße. Er sollte noch weiter stadtauswärts, damit er den Burschen in die Zange … Wo war da bitte ein Eingang zum Gelände? Steinruinen, Bretterzaun, Maschendraht mit Büschen. Er rannte, er rannte. Da, endlich ein Durchschlupf. Eine zerbröckelte Mauer. Wieso tat er das? Er hatte die anderen schon ewig nicht mehr gesehen. Die konnten weiß Gott wo sein.

Er atmete durch.

Fischers »Halt«-Schrei rechts von ihm. Die Schirmkappe stolperte über die Gleise. Wie erwartet war sie am Beginn des Geländes bei den Überresten des Hauptgebäudes hineingeschlüpft. Alles weit entfernt von ihm. Er war in der richtigen Position. Er sperrte dem Flüchtenden den Weg ab. Wilhelm ging in die Mitte des Platzes zwischen den abgestellten Waggons, um gut sichtbar zu sein, und wartete. Er spürte schon wieder die Waffe an seinen Rippen. Schicksalsergeben nahm er sie heraus. Entsichern? Nein, zu früh.

Die kleinen Figürchen näherten sich ihm in einem Affentempo.

Hinter sich hörte er rollendes Eisen. Wilhelm drehte sich um. Der Verschub von zwei Waggons. Bereits viel zu nah. Er winkte, doch von der Lok hinter den beiden Waggons kam keine Reaktion. Er musste den Fahrer warnen. Er machte ein paar Schritte Richtung Ende der Verschiebeeinheit.

Fischer brüllte.

Wilhelm wandte sich um.

Die Schirmkappe hetzte. Sah Wilhelm, blickte auf die Waffe.

Wilhelm senkte sie.

Die Schirmkappe stolperte.

Fischer brüllte, Mitterer brüllte, Kummer brüllte.

Die Schirmkappe rannte mit dem Blick nach hinten weiter.

Der Verschublokomotive tutete. Eisen quietschte auf Eisen. Viel, viel zu nah und noch viel zu schnell trotz des Bremsmanövers. Bei so vielen Tonnen war alles über null zu viel.

Wilhelm hob die Waffe, rief: »Stehen bleiben!«, doch der Flüchtende rannte und schlitterte einfach weiter, sich die ganze Zeit nach hinten umsehend.

Wilhelm schrie: »Zug!« Und: »Stehen bleiben!«

Das Quietschen war ohrenbetäubend.

Jetzt schaute die Schirmkappe direkt auf die Puffer, versuchte sich zu retten, rutschte aus.

Im nächsten Moment sah Wilhelm, wie Eisenräder ohne Rumpeln oder sonstigem Zeichen von Anstrengung einen schmalen, kleinen Körper zerschnitten. Und er wusste in der Sekunde, dass er dieses Bild nie würde vergessen können. Die Lok kam direkt neben ihm zum Stehen.

Stille.

Das heulende Bremsgeräusch hatte den Todesschrei übertönt. Wilhelm war dankbar dafür – und schämte sich darob.

Oberhalb von ihm wurde ein Würgen hörbar. Im nächsten Augenblick landeten neben Wilhelm am Boden rosafarbene Bröckchen, die er als Knackwurst identifizieren konnte.

6

Die nächste Stunde lief an Wilhelm wie ein Stummfilm vorbei. Fischer, der zum nächstgelegenen Gasthaus rannte, um die Spurensicherung herbeizurufen. Er sollte dann zum Schwan-Wirten zurück, um Lukaschek zu benachrichtigen und gemeinsam mit ihm dort zu warten. Kummer, der den Lokführer zu beruhigen versuchte, sich von ihm Vorhaltungen machen ließ, diesem dann selbst welche machte, denn immerhin müssten Verschiebearbeiten doch immer, und zwar aufmerksam – Rufzeichen prasselten auf den Unglückswurm hernieder –, von mehreren Männern betreut werden. Mitterer, der eine Zigarette nach der anderen rauchte, ansonsten regungslos und durchgehend kalkweiß im Gesicht. Die Spurensicherer, die umgehend eintrafen und die Körperteile der Schirmkappe markierten. Chef Wiesinger höchstpersönlich, der um Aufklärung bat, wie es bitte zu so einem unschönen Zwischenfall kommen konnte. In seinem Windschatten ein paar Fotografen, die trotz Absperrung noch viel zu nah waren, zwei Journalisten, deren viereckige Münder

Frage um Frage abschossen. Ein dem Rang Wiesingers entsprechender Chef auf der ÖBB-Seite, dessen Haare sich in Ermangelung eines Schwellkamms aufstellten.

Irgendwann merkte Wilhelm, dass seine Socken nass waren. Und als würde diese Empfindung seinen Körper aufwecken, spürte er Nässe am Rücken, an den Unterschenkeln und am Kopf. Dort sowieso, er war ohne Hut weggerannt. Er hatte schon jetzt genug von dem Theater, das nun folgen würde. Eine normale Verfolgung, ein dummer Bursche, ungünstiges Wetter, unaufmerksame Bahnarbeiter, ein Unfall – ab morgen hatte die Polizei einen natürlich vollkommen unschuldigen Bürger zu Tode gehetzt. Es war Wiesingers Aufgabe, die Sache ins Reine zu bringen, nicht seine. Er hatte hier nichts mehr verloren.

Das sagte er dem Chef auch fast genau so: dass es ein Unfall gewesen sei, er das so in seinen Bericht schreiben werde und nun wieder an seinen eigenen Fall gehen müsse, der lichterloh brannte. Das, was er nicht sagte, war laut und deutlich zwischen den Zeilen herauszuhören. Wiesinger seufzte, machte ihm pro forma – wohl, weil der Chef der Gegenpartei danebenstand – noch ein paar Vorhaltungen und entließ ihn dann.

Der Weg zum Schwan-Wirten war entsetzlich lang. Alles tat ihm weh, sein Körper fluchte lautstark über die unmenschliche Anstrengung, die er ihm zugemutet hatte. Nach ein paar Häuserblocks bekam auch sein Magen einen Wutanfall – Wilhelm säte Linsen in einen Grasstreifen. Jetzt war ihm leichter. Er zündete sich eine Zigarette an und fühlte sich schon fast wieder wie ein Mensch. Er musste sich zusammenreißen. Immerhin war dieser Bursche ja nicht der erste Tote, den er in seinem Leben gesehen hatte. Der Magen versetzte ihm einen Schlag. Gut, er musste sich eingestehen, dass er sozusagen das erste Mal bei einer Hinrichtung dabei gewesen war. Denn so kam ihm das Zerschneiden des Körpers vor. Er hatte schon miterlebt, wie Menschen unter Schüssen zusammenbrachen, vor allem damals bei seiner Flucht vom Burgenland zu seinem Vater in Wien, und das war schrecklich genug gewesen, doch nicht so brutal wie dieses Zerstückeln. Dem kam nur das Bild jenes Mädchens nahe, das damals eine

Tretmine ausgelöst hatte, doch es war unscharf aufgrund der grellen Explosion und seines instinktiven Schließens der Augen.

Endlich sah er das Schild des vermaledeiten Wirtshauses. Das nächste Mal würde er sich in eine fremde Amtshandlung nicht einmischen! Na ja, würde er doch. Dass zwei schlichte Einvernahmen auch so aus dem Ruder laufen konnten! Ganser und Kubart. Theodor Fichte. Das Glöckchen schrillte schon wieder, doch es kam noch immer keine Erleuchtung. Sein Magen muckte neuerlich auf. Diese wiederholte Revolte war jetzt nur mehr mit verdorbenem Essen erklärbar – guter Geschmack, der schlechte Qualität übertüncht hatte. Ab morgen und bis in alle Zukunft würde *er* die Auswahl des Lokals treffen, egal, wie sehr Lukaschek auch herumraunzte.

Seine beiden Haudegen saßen in der verwaisten Stube am selben Tisch wie beim Essen, sie hatten beide Wassergläser und jeweils ein Schnapsglas vor sich stehen.

»Den brauch ich jetzt auch.« Wilhelm ließ sich auf den Sessel fallen, dämpfte die Zigarette aus, um sich sogleich eine neue anzuzünden, und orderte beim Wirten den Hochprozentigen.

»Chef, gemma in den Garten? Ich bin jetzt da die ganze Zeit gsessn, ich müsst ma dringend die Füß vertreten«, sagte Lukaschek.

Wilhelm wollte ihn schon auf den Arm nehmen, von wegen ungewohnter Bewegungslust, doch dann registrierte er die intensiven Blicke seiner Assistenten. Er nickte, die beiden schnappten sich ihre Gläser und marschierten los, er folgte ihnen mit Umweg über den Schanktisch, wo ihm der Wirt das Stamperl in die Hand drückte.

Der große Saal war ebenso menschenleer, im kleinen Extrazimmer saß ein einzelner Mann. Fischer und Lukaschek gingen schnurstracks in den Garten. Wilhelm stöhnte. Sosehr er Wasser bis vor zwei Tagen auch herbeigesehnt hatte – jetzt waren seine Socken durchweicht. Genug war genug.

»Was gibt's so Geheimnisvolles?«, hörte er sich knurren. Gut so, sie sollten seine Laune ruhig mitbekommen. Er kippte die Hälfte des Glases und nahm einen tiefen Zug von der Zigarette.

»Die Hüttn da is mir einfach net koscher«, meinte Lukaschek. »Wie ihr alle weg seids, war zuerst gar nix. Also wirklich nix. I hab schon glaubt, i bin da jetzt allani. Und dann hab i auf einmal Singen gehört. I hab mi nach hinten gschlichn, und dann hab ich's verstanden, was die gesungen haben.«

»Die deutsche Bundeshymne«, mutmaßte Wilhelm.

»Di ja eigentlich die unsere is«, ätzte Fischer.

»Nein. I hab –«

»›Schwarzbraun ist die Haselnuss‹«, schoss Wilhelm nach.

»Wieder falsch, obwohl du genau am richtigen Weg bist, Chef. Na, es war des Lied. Also *das* Lied!«

»Das mit ›Die Fahne hoch‹ anfängt?«

Lukaschek nickte. »Des sind da alles …« Er legte den Zeigefinger auf den Mund. »Und zwar harte Burschen. Wie der Fischer gsagt hat, wir müssen da auf di warten, war's mir gar net geheuer, also wirklich gar net.« Er runzelte die Stirn. »Aber wieso hast du …?«

»Ich hab da drinnen eine Fahne entdeckt, wie ich am Klo war. Eine, die fast wie die deutsche ausgeschaut hat.« Wilhelm deutete zur Bühne im Saal. »Aber Lukki, du bist Polizist. Hast wenigstens das getan, was ich dir gesagt hab?«

»Ja, wie denn? Die haben gesungen, und dann sind's abzwitschert. Nur der komische Heini da drinnen und der Wirt san übrig geblieben.«

Wilhelm zog an der Zigarette und spürte keinen Rauch. Er betrachtete den Glimmstängel. Er war durchweicht. Er warf ihn weg. Langsam bewegte sich seine Laune in Richtung dunkelschwarz. Er ließ seinen Blick über Bäume und Sträucher des Gartens schweifen. Naturbetrachtungen sollten ja in solchen Situationen helfen. Die vom Regen schweren Äste machten ihn nur aggressiver. Und auch die Auswahl der Pflanzen. Sie passten einfach nicht zusammen, Kastanien neben Holunderbüschen und einer Fichte, dazu Feuerdorn und Rosen. Elisabeth würde höchstpersönlich die Spitzhacke in die Hand nehmen, um hier einmal Ordnung zu schaffen.

Fichte.

Die hatte Zapfen.

Schwungvoll wischte er sich das Wasser aus den Haaren. »Na, gut, dann tun wir einmal so, als gehörten wir zu Kummer, und fragen den guten Mann, warum er als Einziger nicht nach Hause marschiert ist.«

»Aber warum, Fodor?«, fragte Fischer. »Des Ganze geht uns doch gar nix an.«

Wilhelm grinste. »Wir werden sehen. Wir suchen doch einen Zapfi, der in solchen Kreisen verkehrt.« Er erklärte seinen Baum-Gedankengang.

»Also, Chef, i waß net«, jeierte Fischer. »Des is schon weit hergeholt. Und es wär a großer Zufall.«

»Wirklich? Sie sind zu viele, die Nazis«, er bedachte Fischer mit einem intensiven Blick, »aber die hart gesottene Truppe ist nicht mehr so groß.«

»Was schaust du mich so an, Chef? I bin kein Nazi. Nur weil i kane Neger da bei uns haben will? Mei, des is einfach, weil … di halt net da hergehören. Aber i will do net Leut umbringen, wie di des wollen.«

»Juden magst a net«, merkte Lukaschek an.

»Di san ma wurscht, von denen gibt's eh nur mehr a Handvoll«, giftete Fischer zurück.

»Weißt du eigentlich, was du redest, Siegfried Fischer? Hörst du dir selber zu?« Wilhelm trat ganz nah an seinen Assistenten heran. »Du hast gerade mit einem Handwischen die Ermordung von mindestens mehreren hunderttausend Menschen kleingeredet. Wenn es nicht gar über eine Million waren. Wer weiß, was wir da noch alles erfahren? Manchmal bist du mir wirklich … zutiefst zuwider.«

Fischer hielt seinem Blick stand, lediglich ein minimales Zucken seines rechten Auges zeugte davon, dass er in emotionalem Aufruhr war. »Dann sollt i wohl besser die Abteilung wechseln.«

Wilhelm öffnete schon den Mund, um zu bejahen, atmete dann aber noch einmal ein. Fischer wollte das kleine, schwarzhäutige Mädchen beschützen. Fischer war in der Vergangenheit gegenüber scheinbaren Gesinnungsgenossen genauso hart und unerbittlich vorgegangen wie gegenüber Menschen anderer politischer Überzeugung. Fischer dachte in kriminalistischer Hinsicht zunehmend so wie er, war immer mehr eine wahre Stütze. Er war clever, würde einst ein wirklich guter Ermittler sein. Und die meiste Zeit mochte er ihn sogar, mit seiner oft piepsigen Stimme im durchs Rudern gestählten Körper, mit seiner Liebe zu Uschi, mit seiner meist unerfüllten Sehnsucht nach jungen schönen Frauen, mit seinem Fanatismus für Autos. Außerdem bekannte er sich öffentlich zu Muhammad Ali, es war also noch nicht Hopfen und Malz verloren. »Nein, das solltest du nicht, Siggi.« Er löste sich aus seiner Angriffshaltung. »Bei mir kannst nämlich was lernen. Und es wäre schade, wenn du das nicht tätest, denn du ... hast ... einen wirklich guten Kieberer in dir.«

Fischer malmte mit den Kieferknochen.

Wilhelm wandte sich ab. War er mit diesem Bekenntnis zu Fischers Fähigkeiten zu weit gegangen? Er hörte nichts. Er drehte sich wieder zu seinem Assistenten. Der schaute ihn noch immer an. War da ein feuchter Schimmer in seinen Augen? Nein, nicht bei Fischer, dem harten Hund. »Also?«

Eine minimale Bewegung des Kopfes, die mit viel Nachsicht als Nicken zu interpretieren war.

»Weißt, Siggi, ich vertrag ziemlich viel, und wir müssen alle miteinander weder dasselbe Menü noch dieselben Frauen und schon gar nicht dieselbe Partei mögen. Wirklich nicht. Ich vertrag nur eins nicht: die Verachtung von Menschen wegen irgendwas, wofür sie nichts können, verstehst du mich? Oder wegen irgendwas, was ihre Privatsache ist, was uns nichts angeht und niemandem wehtut.« Er wischte sich das Wasser aus den Haaren. »Mein Gott, jetzt hör ich mich schon wie ein Prediger an. Aber ich mein's ernst. Verachten tun die Leute in meiner Truppe nur diejenigen, die genau das tun, was ich gerade gesagt hab, das ich nicht will, dass man tut, und die deswegen morden oder sonst was anstellen. Habt ihr mich verstanden?« Er sah nun auch Lukaschek an.

Der zog den Hals ein. »Wenn du meinst, Chef, dass wir nur auf respektlose Arschlöcher spucken, dann bin i dabei.«

»Fischer?«

Der schien zu wanken. Er fiel doch hoffentlich nicht in Ohnmacht.

Wilhelm baute sich vor ihm auf. »Jetzt reiß dich zusammen, Fischer, ich brauch dich jetzt. Bist a Kieberer oder bist a guter Kieberer?«

Fischer zitterte eine Zigarette aus der Packung, schob sie zurück, bot Wilhelm eine an. Der nahm sie. Fischer nahm eine, gab ihm Feuer, sich selbst. Sie sahen einander nicht an, sondern nur die Rauchschwaden, die wie in einem Trickfilm einander umschlängelten und sich schließlich vereinigten.

»Derf i jetzt endlich fragen«, hüstelte Lukaschek, »was uns des bringen soll, wenn wir den Burschen da drin nach dem Zapfi fragen? I mein, wenn die Haberer san, also Kameraden, dann wird der da uns gar nix über den sagen. Auch wenn der tot is.«

»Da hat der Lukki recht.« Fischer studierte die Schuhspitzen. »Und i müssat jetzt amal für kleine Königstiger.«

Wilhelm wischte sich einen zähen Wassertropfen von der Nase. »Ihr habt ja beide recht. Ich will nur einfach wissen, was das für einer ist, der da beinhart sitzen bleibt, bis die Polizei ihn endlich einvernehmen kann. Das ist doch nicht normal.«

»Ja, eh, Chef, aber wer sagt dir, dass der da drin ana von die zwei is? Kann ja irgendeiner sein«, wandte Lukaschek ein.

»Bauchgefühl.«

»Was, Chef?«

Wilhelm lachte auf. »Keine Sorge, Lukki, des is nix anderes als Erfahrung. Spurenlesen. Weil wenn es ein neugieriger, normaler Gast wäre, tät er beim Wirten sitzen und sich mit Mutmaßungen über die Verfolgungsjagd das Maul zerreißen.«

Fischer trat an ihn heran. Er nickte eine Verbeugung, sah Wilhelm tief in die Augen und machte kehrt. »Eine Minute und ich bin bei euch.« Stracks marschierte er Richtung Klo. »Na, sagen wir, drei Minuten. I spür da an Strahl, aber so was von einem Strahl …«

7

Wilhelm ging in den Saal. Auf seiner linken Seite wurde ihm heiß. Es war das Schwarz-Rot-Gold dort oben. Das da gar nicht mehr lag. Er hörte die Schritte Lukascheks hinter sich, fixierte den Anfang zwanzigjährigen Mann im Extrazimmer, der gedankenverloren mit dem Daumen den Rand seines Bierglases entlangstrich. Er wirkte komplett durchschnittlich.

»Einen schönen guten Tag wünsche ich!« Wilhelm hoffte, all die Schneidigkeit, zu der er fähig war, in seine Stimme gelegt zu haben.

Hatte er anscheinend, denn der junge Mann sprang auf. »Guten Tag, Herr ...« Sein Blick maß sie beide und blieb bei Wilhelm hängen. »... Chefinspektor.«

Er hatte offenbar nicht das erste Mal mit der Polizei zu tun, sonst hätte er nicht die passende Anrede gefunden.

»Sie sind demnach ...?«

»Kubart. Emanuel Kubart, Herr Chefinspektor. Der Loisl, also der Wirt, hat mir gesagt, dass Sie mich sprechen wollen.«

Wilhelm deutete ihm, sich zu setzen, und nahm ebenfalls Platz – Lukaschek positionierte sich wie gewohnt unauffällig drohend leicht versetzt und mit gezücktem Notizblock.

»Können Sie mir sagen, warum Ihr Freund Ganser so schlagartig abgezwitschert ist?«

Schulterzucken. »Er wird wieder einmal einen Bruch gemacht haben. Er is a Depp. Und? Haben Sie ihn erwischt?«

»Könnte man so sagen.« Wilhelms Magen meldete sich wieder. Wie unglaublich dumm von ihm, den jungen Mann tatsächlich anzusprechen. Jetzt musste er an Stelle von Kummer die Todesnachricht überbringen, nicht wissend, ob die beiden Freunde gewesen waren oder nicht.

»Was heißt das?« Kubart schob den Kopf vor und sah dadurch wie eine züngelnde Schlange aus.

»Er ... hatte einen Unfall. Er ist unter eine Verschiebegarnitur geraten.«

Kubart presste die Lippen aufeinander und atmete ein paarmal tief durch. Dann entspannten sich seine Gesichtsmuskeln, und er sah Wilhelm gerade an. »Ich sag ja, a Depp.«

»Sie sind also nicht wirklich Freunde gewesen?«

Kopfschütteln. »Haberer. Ab und zu genehmigt ma si a Bier miteinander, ab und zu macht ma was miteinander, des war's aber a schon. Es is nur … Schön war des net, wie er umkommen is, oder?« In seinem Blick flackerte so etwas wie Mitgefühl auf.

»Viel gespürt hat er nicht.«

»Passt.« Kubart nahm einen Schluck Bier.

Wilhelm bemerkte dadurch erst jetzt, dass er noch immer das halb volle Schnapsglas in der Hand hielt. Er trank es auf ex aus und schob es weit weg von sich. »Sie kennen also Theodor Fichte.«

Jetzt ging eine bemerkenswerte Änderung durch Kubarts Körper. Er wirkte richtiggehend entspannt. »Ja, wir sammeln beide Briefmarken.«

»Aha.«

»Ja, und deswegen wollten wir uns treffen.«

»Mitten in der Nacht«, schoss Wilhelm ins Blaue.

»Nein, natürlich nicht. Oder schon. Ich wollte ihm sagen, dass er mich bei den Hellern, die er mir andreht hat, betrogen hat. Und dass des net so geht.«

»Und deswegen auch der Zeuge. Ganser.«

»Ja, genau. Deswegen war der Ganser mit dabei.«

»Ah so.«

Und welche Frage jetzt? Das ganze Gespräch war sinnlos, geradezu lächerlich, denn er kannte den neuesten Stand von Kummers Fall nicht. Er konnte also nicht gezielt nachbohren, sich nur blamieren, wenn er weiter auf wissender, harter Kieberer machte. Die Bedenken seiner Assistenten hallten ihm im Ohr und ließen ihn sich selbst verdammen.

Er lehnte sich zurück, überschlug die Beine, zeigte wie nebenher seine Kokarde. »Wissen Sie, Herr Kubart, ich bin nicht der, auf den Sie warten, der …«, Kubart sprang auf, Wilhelm deutete ihm väterlich, sich wieder zu setzen, »der wird aber bald kommen. Nein, ich muss nur die Gelegenheit nützen, um Sie etwas zu fragen. Ich bräuchte Ihre Hilfe.«

Aus dem Augenwinkel sah er, wie sich Lukaschek einmal um sich selbst drehte und dann so tat, als würde er durch den Saal in den Garten schauen, um die Ankunft Kummers melden zu können. Oder irgendetwas dergleichen. Ja, ja, es war eine Schnapsidee gewesen.

»Meine Hilfe? Ich vernadere kan.«

»Das verlange ich auch gar nicht.« Wilhelm nickte Kubart zu, als wolle er sich verbrüdern. »Einfach nur Ihre Hilfe. Denn …« Wie jetzt weiter? Das Beste war wohl, einfach aufzustehen und ihm alles Gute beziehungsweise Beileid zu wünschen. Auch schlecht. »Schauen Sie, der … Wobei, klären wir einmal, ob wir eh über denselben Mann reden, sonst erübrigt sich alles: Theodor Fichte alias Zapfi?«

»Wieso wollen S' was über den wissen? Hätt geglaubt, der Fall geht Sie nix an?« Wieder Kubarts Schlangengesicht.

Gewagt, gewonnen: Es handelte sich um ein und dieselbe Person. »Na, er ist mir auch in einem meiner Fälle untergekommen.« Wilhelm hob abwehrend die Hände. »Dazu darf ich natürlich nichts sagen. Aber man hat mir zu verstehen gegeben, dass er nicht ganz frank war.« Was tat er da, bitte?

»Net ganz frank? Des hab i Ihnan ja grad gsagt.«

Wilhelm sah dem Rauch nach. »Das schon. Aber zwischen an Betrüger und an Verräter is ja noch a bissel a Unterschied.«

»Verräter?« Kubart stellte mehr fest, als zu fragen, aschte mehr ab als nötig.

»Ja, an der Sache.« Wilhelm beugte sich zu ihm und setzte sein mitfühlendstes Gesicht auf. »Oder wissen Sie das gar nicht? Dass der Fichte gar kein Kamerad mehr war?«

Kubart blieb regungslos.

»Oh, des tut ma jetzt aber leid. Da haben Sie Geschäfte mit dem gemacht und gar net gewusst, dass man dem eigentlich nur mehr eines in die Hand drücken sollt: ein Seil, damit er sich aufhängt? Wie es sich gehört für einen Judas?«

Wilhelm lauschte dem Gesagten nach, stellte fest, dass er nicht wusste, was er da tat, beschloss, seinen Kopf zu ignorieren und einfach weiterzumachen. »Tut ma leid, dass Sie des jetzt von uns … Das wollt i jetzt net, ja, wirklich net.« Er stieß Luft aus und schüttelte den Kopf. Hoffte, dass er die ehrlichste Betroffenheit, zu der er fähig war, auf sein Gesicht gezaubert hatte. »Man fragt si ja gleich, was man da alles vielleicht gsagt hat und wem der Judas was gsagt hat. Net schön, wirklich gar net schön. Aber man kann nicht immer alles im Blick haben. Blöde Gschicht.« Er seufzte und nestelte eine Zigarette aus der Packung.

Nun beugte sich Kubart zu ihm. »Die leidige Sach hat si ja jetzt erledigt.«

»Das heißt, es interessiert Sie jetzt gar nicht mehr, mit wem er über was geredet hat?«

»Wir san a freies Land. Jeder derf mit jedem reden.« Kubart lehnte sich zurück und trank von seinem Bier. »Und jeder muss für si selber entscheiden, ob's ihm guttun wird, wenn er si neue Freund aufzwickt. Erst recht aus dem Ausland. Die wollen doch nix anderes als uns infiltrieren. Hampelmänner wollen s' machen aus uns, weil s' Angst haben vor uns. Aber is scho recht, di werden scho sehen, wer am längeren Ast sitzt.«

»Das heißt, ihr habt dem Fichte gedroht, und er hat nicht gehört?«

Kubart riss theatralisch die Augen auf. »Ich wollt nur an Heller aus dem Neunzehnerjahr von ihm.« Er lachte, sein Blick blieb hinter Wilhelms Rücken hängen, wurde stechend. Er schien nachzudenken.

Wilhelm drehte sich um und sah bloß Fischer, der in der Tür stand. Sein Assistent fixierte seinerseits Kubart. Regungslos. Kubart starrte, Fischer starrte. Wilhelm dämpfte die Zigarette aus und räusperte sich.

Fischer schien zu erwachen. »Ich warte vorn bei der Schank und geb dem Kummer Bescheid, wo ihr seid.« Er wandte sich ab.

»Jetzt weiß ich's«, knurrte Kubart.

Fischer zuckte.

Kubart sprang auf, angespannt wie ein Kampfhahn. »Ja, schleich di nur, du Arsch.«

Wilhelm sprang ebenfalls auf. »Hö, hö, hö, was wird denn das? Amtsbeleidigung?«

»An Scheißhaufen kann man net beleidigen!« Kubart hob das Bierglas und holte aus.

Lukaschek drehte ihm den Arm auf den Rücken, das Bier ergoss sich auf den Boden, das Glas fiel hinterher, zerbarst. »Aus jetzt! Oder willst a Nacht im Häfn verbringen?«

Kubart versuchte, den großen Bären abzuschütteln. »Is ja gut. I bin wieder ganz ruhig.«

Wilhelm sah zu Fischer, der war jedoch verschwunden. Er deutete Lukaschek, den Mann auf den Sessel zu drücken. »Was war das, Herr Kubart?«

»Fragt ihn doch selber.« Er verschränkte die Arme, und Wilhelm glaubte dieser Geste, dieser Mann würde nichts mehr sagen.

Zum Glück erschien in diesem Moment Kummer mit Mitterer. Wilhelm nahm seinen Kollegen zur Seite, entschuldigte sich für die etwas irreguläre Einvernahme und erzählte ihm vom doch sehr mageren Ergebnis, nämlich nun nur zu wissen, dass Fichte und Zapfi ein und dieselbe Person waren.

»Das hätt ich dir auch sagen können.« Kummer kniff die Augen zusammen. »Warum hast mi net gfragt?«

Wilhelm murmelte etwas von »keine Zeit gehabt und nun Gelegenheit« und schaute, dass er mit Lukaschek den Ort der Peinlichkeit so schnell wie möglich verließ.

Fischer wartete vor dem Lokal auf sie. Er hatte die Arme um sich geschlungen. Die Zigarette zwischen den Fingern wies eine drei Zentimeter hohe Aschensäule auf, die sich leicht zur Seite bog.

Lukaschek warf ihm einen Seitenblick zu, dann Wilhelm. Er blieb mit dem Rücken zu ihnen an der Gehsteigkante stehen.

Wilhelm stellte sich neben Fischer. Er sagte nichts.

Die Regentropfen auf ihrem Puch, der vor dem Gasthaus geparkt war. Schmatzende Schritte ein paar Meter weiter. Ein Haustor, das zufiel. Die Aschensäule, die endlich zu Boden fiel.

»Kannst dich noch erinnern an den großen Streik damals, Fodor?«

»Wer nicht?« 1950, das Jahr des Goldenen Sommers. Er hatte gerade gemeinsam mit Elisabeth die Matura absolviert und voll Vorfreude in die Zukunft geblickt. Als Belohnung hatte ihr Vater ihnen eine brandneue KS 601 geschenkt. Er auf der Maschine, Elisabeth im Beiwagen – kein Flecken zwischen Krems und Pressburg, zwischen Laa und Neunkirchen war vor ihnen sicher gewesen. Und als sie eines Tages im Oktober von einem Ausflug an die Thaya zurück in Wien einfuhren, waren sie in Tumulte geraten, weil streikende Kommunisten die Gleise der Straßenbahnen mit Beton ausgegossen hatten, um das öffentliche Leben lahmzulegen. Wilhelms Herz hatte zu flattern begonnen, als er Männer mit Knüppeln und Eisenrohren aufeinander einprügeln sah. Nicht schon wieder Krieg. In diesem Moment hatte er beschlossen, dem vagen Gedanken, den er seit der Ermordung seiner Adoptiveltern hatte, Gestalt zu verleihen und Polizist zu werden.

»Ja, und ich war ja zu der Zeit noch am Bau.«

»Was? Du bist mit dem Olah seinen Leuten ausgerückt?« Wilhelm merkte, wie ihm der Hals eng wurde. Franz Olah, diese Kanaille. Einst sozialistischer Gewerkschafter, bei der jüngsten Wahl im März Anführer der Demokratischen Fortschrittlichen Partei, einer Ansammlung rechter Rabauken, die mit brutalen Rollkommandos auf Stimmenfang gegangen waren. Gut, das hatten die Anhänger der ÖVP auch getan. Der ganze Wahlkampf war widerlich gewesen.

»Die anderen san Kommunisten gwesen!« Fischer sah ihn mit verzerrtem Gesicht an. »Des haben wir net durchgehen lassen können!«

Wilhelm zwang sich, ruhig zu bleiben. »Und was hat das mit dem Kubart zu tun? Der war doch damals noch ein Kind.«

Fischer trat die ohnehin bereits tote Zigarette sorgsam aus und stippte sie über die Bordsteinkante. »Ich hab ihn damals bewundert, den Olah, obwohl er a Sozi war. Einer, der zupackt, der weiß, was er will. Der hat gezeigt, was a starke Gewerkschaft kann.«

Wilhelm brummte. Es war nicht ganz falsch, was Fischer da

so daherbrabbelte, aber eben nicht die ganze Wahrheit. Für ihn. Für Fischer vielleicht schon. Schließlich hatte die Kanaille, die immerhin einst selbst im KZ gewesen war, mit Gewerkschaftsgeldern die FPÖ gesponsert, und diesem Sumpf von Ex-Nazis fühlte sich sein erster Assistent höchstwahrscheinlich sehr nahe.

»Ich hab's auch gar net richtig gfunden, wie er wegen der Spende da ausgeschlossen worden is, er hat's ja nur gut gmeint! Wenn die Roten wirklich mit den Blauen zusammengegangen wären, dann hätt ma jetzt net die Schwarzen, diese Kerzelschlucker!« Er blitzte Wilhelm an.

Lukaschek räusperte sich, hielt den Blick aber weiterhin fest auf die regennasse Gasse gerichtet. Womit geklärt war, bei wem er im März sein Kreuzerl gesetzt hatte.

»Fischer, komm zum Punkt.«

»Der Kubart is dem Olah sein Chauffeur. Oder war es zumindest während dem Wahlkampf. Und er is bei den Rollkommandos dabei gewesen.« Er atmete tief durch, zündete sich eine neue Zigarette an. »Und wie ich einmal bei einer Wahlveranstaltung war, da haben sich dem Olah seine Leute ein paar Sozis zur Brust gnommen. Und ich … Ja, ich bin dazwischen. Hab unter anderem dem Kubart a Veilchen verpasst. Weil des gar net geht.«

Hatte den letzten Satz gerade sein Fischer gesprochen? Jener Fischer, der nur allzu gern verstockte Verbrecher mit ein paar kleinen Handgreiflichkeiten aus der Reserve lockte? »Was ist jetzt so anders gewesen als damals beim Streik?«

»Die haben nichts gemacht, die Sozis, nichts Unrechtes.« Er sog intensiv an der Zigarette. »Und außerdem hab i damals einem die Hand gebrochen. Er hat nie wieder Trompete spielen können.«

Nun starrten sie alle drei in den Regen.

»Das heißt, du kennst diese ganze … Truppe? Auch den Theodor Fichte?«

Fischer stellte sich vor ihm hin. »Nein, Fodor, wirklich nicht. Ich hab mit denen nix zum Tun. Ich war nur wegen dem Olah … Glaub mir bitte, ich hab vorhin nicht gelogen. Ich bin kein Nazi. Wie ich mitkriegt hab, dass da Leut wie der Burger und der Fritz dabei sind, da war's für mi aus.« Er senkte den Kopf. »Sechs Jahr HJ haben greicht. Und i hab jetzt wirklich andere Sorgen als die Politik.«

Wilhelm spürte, dass Fischer das, was er sagte, wirklich glaubte. Der arme Verblendete sah nur nicht, dass die Hitlerjugend in seinem Kopf fröhlich weiterlebte.

»I will ja net stören«, merkte Lukaschek auf, »aber sind die da drüben in Amerika endlich aufgestanden?«

8

Sie standen zu viert um das Telefon und fixierten es. Berner klopfte mit der Prothese auf den Boden, Lukaschek hatte die Hände vor seinem Kugelbauch verschränkt und ließ die Daumen gegeneinander schnalzen, Fischer stieg von einem Fuß auf den anderen.

Wilhelm selbst sah sich dabei zu, wie er zum wiederholten Mal das Papier für die Notizen glatt strich. Das Fräulein von der Vermittlung hatte wohl irgendwelche Probleme, denn warum dauerte ein Anruf nach New York so lange? Legten die gerade ein neues Kabel durch den Atlantik?

Es klopfte.

»Jetzt nicht!« Wilhelm sah, wie sich die Türschnalle wieder hob. Gut so.

»Na, hoffentlich ist der Herr Chefredakteur nicht gerade beim Mittagessen«, meinte Fischer.

Wilhelm sah auf die Uhr. »Jetzt haben die elf Uhr. Nein, nein, der ist sicher an seinem Schreibtisch.«

Ansatzlos rieb sich Lukaschek die Hände und klatschte sie dann mit kleinen Bewegungen gegeneinander. »Na, Berner, was sagst dazu, dass wir gar kan Dolmetscher brauchen, weil wir an Chef haben, der Englisch kann? Net irgendwie, sondern so richtig.«

»In Ordnung.«

Wilhelm wünschte, Lukaschek schraubte seine Bewunderung etwas herunter. Er hatte Englisch gelernt, ja, aber das war doch ein paar Jährchen her. Er lugte auf den Spickzettel, auf dem er sich Schlüsselbegriffe wie »landlady«, »occupying army«, »embassy«, »CID« und »Spanish Civil War« notiert hatte. Und ein kurzer Sicherheitsanruf bei Elisabeth hatte ihm sogar einen ganzen Satz beschert: »I should like to ask you for your support.« Er hätte bloß ein primitives »I need your help« herausgestammelt.

Es klingelte. Sie sahen einander an.

Wilhelm hob ab. Das Fräulein teilte ihm mit, dass nun ein gewisser Mister Jack Miller von der New York Times am anderen Ende sei. Ob sie durchstellen dürfe? Er sah auf Elisabeths Zettel. Da stand »Howard Green«. Nun ja, Hauptsache New York Times. Er würde sich schon durchfragen. »Ja, bitte.« Er drückte wie vereinbart die Lautsprechertaste, denn vielleicht schnappten die anderen drei irgendein Schlüsselwort auf, das er in der Hitze des Gefechts überhörte. Einen Namen, einen Ort.

Fischer ballte die Faust und grinste wie ein Schaukelpferd.

Am anderen Ende erklang überraschend störungsfrei ein Bass, der sich als besagter Miller herausstellte. Er hörte sich ohne Unterbrechung Wilhelms Anliegen an, nur um dann in reichlich theatralisches Bedauern über den Tod des »highly regarded, beloved friend Hector« auszubrechen und das abscheuliche Verbrechen zu verurteilen.

»You know him well?«

Miller verneinte, drückte erneut sein Bedauern aus – und zwar dieses Mal darüber, diesen grandiosen Kerl nicht persönlich kennengelernt zu haben, aber Europa sei ja verdammt weit weg –, um ihm dann schließlich mitzuteilen, dass der Chef, Mister Green, der als Einziger die Frage nach Hector Johnsons Rechercheauftrag beantworten konnte, auf der Pressekonferenz beziehungsweise danach beim inoffiziellen Come Together irgendeines Senators war. Und nein, man wisse nicht, wann Mister Green wieder im Haus sei. Aber man würde sich gern die Telefonnummer notieren, unter der Mister Fodor in den nächsten drei bis sieben Stunden erreichbar sei. Nicht später, denn Mister

Green sei dann ab achtzehn Uhr auf jeden Fall wieder außer Haus, zuerst bei einem After Work Drink mit dem Vizebürgermeister und dann gemeinsam mit diesem bei einem Happening von Allan Kaprow.

Ja, Wilhelm hatte verstanden: Dieser Howard Green war furchtbar wichtig und er, der kleine europäische Polizist, ein nichtssagender Störenfried. Aber abkanzeln würde er sich nicht lassen. »Happening?«, fragte er also nach, um Zeit zu gewinnen.

Verdammt, welche Telefonnummer sollte er angeben? Eine Stunde war er sicherlich noch hier im Haus, dann stand ein Abendessen mit Elisabeth an, wo auch immer, und schließlich würde er daheim sein, wann auch immer.

Er hörte etwas von »some kind of avant-garde performances with dance, painting, music and theatre«. »You really don't know Allan Kaprow, my friend?«, tönte es aus dem Lautsprecher.

»I heard about him, of course. Sorry, I have been distracted, I just was thinking about the number I should give you. I'm looking forward to a very busy evening.« Was die konnten, konnte er auch.

»And is there any result?«

Ab in drei Stunden. Da war er sicherlich schon mit Elisabeth unterwegs. Aber wo? Ein Notfall. Also die Stadt Brünn. Die hatte bis elf Uhr offen, mit dem inoffiziellen Bier danach bis Mitternacht. Er gab die Nummer seines Stammwirtshauses durch. »It's called Stadt Brünn, Stadt Brünn, you know, city Brünn. It's an event location too. Please ask for the inspector, just for the inspector. It's a joke between the missis, I meant the lady of the house and me.«

Miller lachte, verstand bestens und versprach, alles genauestens weiterzugeben sowie dass sich Mister Green absolut sicher melden würde. Denn man schätze die Arbeit von Hector Johnson sehr.

»Also alles für die Katz!« Fischer ließ sich in einen der Sessel plumpsen.

Sie schwiegen allesamt.

»Das sind Amis«, sagte Wilhelm schließlich. »Die werden

schon nervös, wenn bloß einem der ihren irgendwo auf der verdammten Welt auch nur ein Haar ausgerissen wird. Der wird sich melden. Aber wahrscheinlich werden sie zuerst einmal bei der Botschaft nachfragen, um für sich zu klären, ob sie sich absichern müssen. Dann werden sie nachdenken, ob das auch eine sogenannte Story für sie ist. Und schließlich werden sie ganz genau überlegen, was sie uns sagen und was nicht. Aber das werde ich diesem Mister Howard Green ausreden. Denn die wissen nicht alles, was wir wissen. Und bis die jemanden zu uns geschickt haben, ist die Geschichte schon geklärt, alt und aufgegessen.«

»Na, dass du dich da nur nicht irrst, Chef«, meinte Berner. »Die haben da doch sicher so an Zulieferer …«

»Korrespondenten«, half ihm Wilhelm.

»Genau. Da oder aber sicher drüben in Bonn. Und er könnt sich jetzt bequem auf die Sach draufsetzen.«

Schweigen.

»Und warum hat er des net schon tan?«, fragte Fischer. »Der Tod vom Neger is in allen Zeitungen gestanden.«

»Klein, ganz klein«, merkte Lukaschek an.

Schweigen.

»Und weil ich das Gefühl hab«, Wilhelm sah sie der Reihe nach an, »dass da irgendwer der Journaille einen Maulkorb umgehängt hat. Weil es eben nur so klein war. Die ganze Zeit. Ein ermordeter Neger! Bitte, Leute, das ist doch normalerweise was für die. Und ein Ami! Da tun sich doch Spekulationen auf! Rassismus, alte Schuld aus der Besatzungszeit, weil er vielleicht wen erschlagen hat, Spionage und was weiß ich noch alles. Aber seit Beginn nicht mehr als höchstens ein kleiner Einspalter pro Tag.«

Fischer reckte sich und streckte die Arme durch. »Gut, Chef, also auf in die Stadt Brünn.«

Alle drei waren mit einem Mal ganz geschäftig und strebten zur Tür.

»Nicht so eilig, meine Herren.«

Sie sahen ihn mit gerunzelten Stirnen an.

»Ja, ich werde dort ohne euch hingehen. Ich bin verabredet. Und bei diesem Gespräch habt ihr nichts zu suchen.«

Berner grinste. »Der Fodor und ein Rendezvous.«

»Aber, Chef«, begehrte Lukaschek auf, »wir sollen doch mithören, damit wir ja nix versäumen, hast gesagt!«

»Lukki, des würde dort sowieso nicht funktionieren, denn die haben dort ein ganz normales, einfaches Telefon. Da ist keine Lautsprechertaste. Wäre bei den Gästen auch nicht besonders beliebt, glaube ich.« Er sah sie wieder alle drei der Reihe nach an. »Aber ich werde eine gute Assistenz haben, mit blitzsauberem Verstand, vertrauenswürdig, die auch noch gut Englisch versteht. Ich werde sie in den Dienst setzen und mithören lassen. Ihr braucht euch also keine Sorgen zu machen.«

»I sag's ja: Rendezvous. Mit einer Madame. Bessere Kreise. Und seeeeeehr gute Freundin«, analysierte Berner.

Die drei musterten jede Pore in seinem Gesicht und jede Falte seines Gewandes.

»Ja, gut erkannt, eine sehr gute Freundin. Aus Jugendtagen. Und jetzt ist Schluss. Ihr schreibt jetzt den allgemeinen Fallbericht für den Wiesinger, dann schreibt ihr einen über heute Nachmittag, und gemeinsam denken wir nach, was wir jetzt schon alles wissen und wohin uns das führt. Bis morgen, Burschen, bis morgen.«

Sie trabten hinaus.

Wilhelm lehnte sich mit einem großen Seufzer zurück. Nicht irgendwann, nein, schon bald musste er zumindest seinen engsten Getreuen reinen Wein über seine Familienverhältnisse einschenken. Es graute ihm davor.

Es klopfte. Schon wieder. Aber er war noch im Dienst, was sollte er also machen?

»Herein!«

Kummer betrat den Raum, pfefferte einen Akt auf Wilhelms Tisch und fläzte sich unaufgefordert in einen der Sessel.

Wilhelm sah den Akt, sah seinen Kollegen an. Schlug die Mappe auf. Das Galeriefoto von Fichte sprang ihn an. Offenbar war der Spitzel schon einmal erkennungsdienstlich erfasst worden. Mit der vorgewölbten Unterlippe wirkte er wie ein illegitimer Nachwuchs von den Habsburgern. Wilhelm klappte den Akt wieder zu und schob ihn zu Kummer.

»Na, du willst ja jetzt mitmischen beim Fall Fichte, mein lieber Fodor«, sagte Kummer über die Maßen freundlich. »Da hab ich mir gedacht, du solltest dich vielleicht amal auch in den Akt einlesen. So fürn Überblick. Wäre vielleicht net schlecht fürn Anfang.« Er verschränkte die Arme und zog eine Augenbraue in die Höhe.

»Es tut mir leid, Kummer.«

Die Augenbraue wanderte noch höher.

Kummers berechtigt schlechte Laune bedurfte einer Sonderbehandlung. Wilhelm holte aus dem Schreibtisch eine Cognac-Flasche und zwei Schwenker und hielt sie seinem Kollegen vor die Nase. Der wiegte den Kopf, mehrmals, brummte schließlich zustimmend. »Aber nur, weil's a Scheißtag war. Als Bestechung ist des zu wenig. Und als Entschuldigung net amal vorhanden.«

Wilhelm schenkte ein, sie nahmen einen Schluck.

»Weißt, Kummer, mir ist das erst kommen mit Zapfi und Fichte, wie du noch auf dem Nord warst. Es war blöd, mit dem Kubart zu reden, das ist mir dann auch gleich klar geworden. Es ist völlig in Ordnung, dass du einen Grant hast auf mich. Aber weißt, ich hab einen Fall, wo ich die ganze Zeit nur das Gefühl habe, dass ich warten muss. Ich kann einfach nichts tun, kommt mir vor. Und wenn ich dann was tun kann, dann bin ich halt ...« Er hob die Handflächen und nippte erneut.

»Des is do Schwachsinn, Fodor. Du hast gesagt, du wolltest mich eh schon kontaktieren.«

»Ja, weil ich immer prinzipiell nachfrage, wenn sich Spuren mit dem Rayon eines Kollegen kreuzen. Und dieses Mal führt mich eine Spur in den Zweiten, und zwar nur dorthin.« Er berichtete Kummer grob die bisherigen Erkenntnisse, und er erwähnte besonders den Hinweis des Dokumentationsarchivs auf Zapfi.

»Hm«, machte Kummer und rollte den Schwenker zwischen den Fingern. »Ich hab gestern eine Unterredung mit deinem Freund gehabt. Dem Herrn Major Bär.«

»Aber geh!«

»Ja, weil wir da mit dem Fichte in ganz suspekte Kreise eintauchen. Der hat Kontakt zu unsere Nazis, vornehmlich zu denen von der Olympia-Verbindung.«

Wilhelm schauderte es.

»Und was mir der Bär noch gesagt hat: Die sind auch mit dem Bund Heimattreuer Jugend verbandelt.«

»Die sind doch schon seit ein paar Jahren verboten. Wegen Wiederbetätigung.«

»Ja, bei uns, aber net in Deutschland. Neu gegründet in Passau, schon vor sechs Jahr, also bereits vor dem Verbot. Die haben die Kraken bis nach Südafrika ausgestreckt. Und sie sind auch in der Südtirolsache engagiert. Ganz massiv engagiert.«

Wilhelm zündete sich eine Zigarette an. »Und deswegen hat der Fichte sterben müssen. Weil er um diese sämtlichen Verbindungen gewusst hat und zu redselig war.«

»Wahrscheinlich. Nur mir geht's da wie dir. Nix, mit dem ma amal was Gescheites anfangen könnten. I renn immer nur hinterher.«

Sie sinnierten den Plafond an.

»Unsere Leiche von Hietzing, der Johnson, und deine Leiche vom Augarten, der Fichte. Die einander kennen. Brisante Politik. Beide tot. Theoretisch könnten beide vom selben Mann umgebracht worden sein«, meinte schließlich Wilhelm. »Aber irgendwas passt da nicht zusammen. Denn der Johnson hat nicht wegen Südtirol recherchiert. Der ist auf den Fichte wegen Spanien gekommen. Wegen des Bürgerkriegs dort. Nehmen wir zumindest aufgrund des Fotos an. Und unsere Zeugin hat auch berichtet, dass er etwas von Spanien gesagt hat. Vor ein paar Monaten sogar dort war.«

»Aber der Fichte is nie in Spanien gwesen.«

»Mist.«

Sie nippten.

Wilhelm schloss die Augen. »Ich zitiere Kubart: Jeder muss für sich entscheiden, ob es ihm guttut, wenn er sich neue Freunde sucht. Erst recht aus dem Ausland.« Er sah Kummer an. »Das klingt doch danach, dass die Laus und seine Leute gewusst haben, dass sich der Fichte mit dem Johnson getroffen hat.«

»Es drängt sich auf. Aber ich sage nur: vielleicht. Vielleicht aber auch nicht. Es wimmelt bei uns nur so von ausländischen Agenten. Meint dein Freund, der Bär. Vielleicht hat sich der Fichte ja mit einem … na, sagen wir einmal, vom CIA getroffen, damit die mit der heimattreuen Jugend aufräumen?«

»Die Hoffnung stirbt zuletzt.«

Kummer holte aus der Sakkotasche einen Zettel und reichte ihn Wilhelm. Darauf stand: »Morgen sind wir so weit. Sehr interessante Lektüre. Alles Liebe, Klara«. »Das hat mir so ein Schakl von ihrer Abteilung in die Hand gedrückt, wie wir gemeinsam gewartet haben, dass bei dir endlich die Tür aufgeht. Aber der Bub hat in die Fahrschule müssen.«

»Morgen kriegen wir das transkribierte Notizbuch von unserem Toten«, erklärte Wilhelm. »Vielleicht wird das ein Tag, an dem für uns beide Türen aufgehen.«

»Die Hoffnung stirbt zuletzt.«

Sie grinsten und tranken.

9

Hoffentlich kam Elisabeth bald. Zu Mittag nur Linsen, die nicht zur Gänze und dann nicht auf Dauer, danach der Schnaps, vorhin der Cognac und jetzt fast schon ein ganzes großes Bier – Wilhelm fühlte sich schwach. Nun holte ihn ein, dass er letzte Nacht im Alkoholdunst nur gedämmert statt fest geschlafen hatte. Jede Minute würde er einnicken.

Dazu kam die beinahe unheimliche Stille in der Stadt Brünn. Der Poet war in Rotwein und Schreiben vertieft, im Eck neben Wilhelm saß wie immer schweigend das alte Ehepaar von schräg gegenüber, an der Schank wärmte sich der Herr Wickerl mit einem Seidel auf, Schurli glänzte mit Abwesenheit, detto dieser neue Stammgast mit dem seltsamen Akzent, Wirt Otto polierte die Weingläser und stierte ins Nichts, Frau Wilma hatte sich noch gar nicht gezeigt – kurzum: Es herrschte sozusagen gähnende Leere. Das war nicht gut. Ohne Geräuschkulisse konnte er kein ernstes Gespräch mit Elisabeth führen.

»No ans?« Otto stand plötzlich an seinem Tisch.

»Ich wart lieber. Sagen Sie, Herr Otto, wo sind denn heute alle?«

Er zuckte mit den Schultern. »Na, es ist ja erst halber siebene. Aber vielleicht ist heut auch irgendwas im Fernsehen, und sie sind alle oben.« Es klang bitter.

Und Wilhelm verstand den Wirten. Seine Frau weigerte sich standhaft, ein Fernsehgerät zu installieren, denn man sei ein Gasthaus und kein Kino. Was zur Folge hatte, dass bei interessanten Sendungen viele Stammgäste zum Konkurrenten drei Gassen weiter pilgerten. Aber Wilhelm war sicher, dass Frau Wilma bald klein beigeben würde, sie war zu sehr Geschäftsfrau, um dauerhaft auf die Einnahmen zu verzichten.

Otto setzte sich halb auf den Sessel neben Wilhelm. »Und was sagen S' dazu?«, flüsterte er.

»Zu was?«

»Hat Ihnen der Bär gar nix derzählt?«

Alle schienen in jüngster Zeit mit seinem Freund Dolferl zu tun zu haben. Er musste ihn morgen bei der wöchentlichen Bauernschnapsrunde ordentlich ausfragen. »Nein, ich war den ganzen Tag unterwegs. Was gibt's denn?«

»Gestern haben wir da an Bahö ghabt.«

Wilhelm riss pflichtschuldigst Augen und Mund auf.

»Ja, der Neue, wissen S' eh, der mit dem teuren Rotwein«, Wilhelm nickte, »ja, der Herr Major und a Kollege von ihm haben ihn eingesacklt. Gestern, beim dritten Glasel.« Sein Bedauern, dass es nicht beim fünften geschehen war, klang deutlich durch.

»Ja, warum denn? Wissen Sie was?«

»Nein, deswegen frag ich Sie ja! Aber der Major Bär ist ja bei der Staatssicherheit, oder net?« Dolferl vermied immer jeglichen Hinweis auf seine Arbeit, aber neugierigen Wirtsleuten blieb fast gar nichts verborgen. »Und die haben do mit Spionen und so zum Tun, oder net?«

Der deutsche Anklang in der Sprache dieses Mannes, die Narben im Gesicht, der Versprecher mit den Medaillen, eine gewisse Dichte an Buden von deutschnationalen Burschenschaften im Bezirk – Wilhelm vermutete anderes. Aber vielleicht war er durch den Fall auch fixiert. »Morgen fragen wir ihn, Herr Otto. Und bringen Sie mir bitte jetzt doch ein Krügel.«

Otto seufzte und trabte zum Schanktisch.

»Das Telefon ist eh frei, oder? Es ist wirklich wichtig! Sie holen mich bitte, auch wenn ich grad austreten bin, ja?«, rief ihm Wilhelm nach.

Der Wirt winkte über die Schulter und begann sein Zapfwerk.

Die Tür knarzte auf. Jetzt! Jetzt kam Elisabeth, und er konnte gleich sein Schnitzel bestellen. Er benötigte dringend etwas Handfestes.

Es betraten drei mittelalterliche Pärchen das Gasthaus, die Herren in schwarzen Anzügen, die Damen in eleganten Kleidern. Gäste des Theaters in der Josefstadt auf einer Vorab-Stärkung. Otto wuselte sofort zu ihnen und nahm sechsmal Frankfurter mit Senf und Kren sowie sechs Grüne Veltliner auf. Verschwand in der Küche. So viel zur Bevorzugung von Stammgästen, er durfte darben. Aber wenigstens hallte es nun nicht mehr so leer in der Gaststube, denn die sechs beschnatterten den Unglücksfall mit den Jugendlichen am Neusiedlersee, um nach ein paar Sätzen über die Blödheit von Alpinisten im Generellen und jene von drei Österreichern im Speziellen zu wettern. Sie waren am Wochenende trotz Wetterwarnung am Mont Blanc herumgeklettert und vom Blitz getroffen worden. Zwei Tote. Ein weiterer Österreicher rutschte am Brenta tödlich aus, ein anderer am Matterhorn. Und so ging es weiter.

Wilhelm versenkte sich in die Zeitung. Und schon wieder blickte er auf ein Hakenkreuz, das durfte doch nicht wahr sein! Demonstranten in Chicago trugen so gekennzeichnete Plakate. Sie waren gegen Schwarze vorgegangen, die für gleiches Wohnrecht demonstrieren hatten wollen. Wilhelm blätterte geschwind um. Na fein, sein zweites neues Lieblingsthema: Südtirol. Man ergoss sich in Vermutungen, warum Bundeskanzler Klaus trotz aller anderen Hinweise nun doch an die ligurische Küste auf Urlaub gefahren war und ob Moro die Verhandlungen abgebrochen habe. Ja, verdammt, stand denn in der Zeitung nichts, was ihm nicht auf die Nerven ging? Oh doch, da! Der Mondsatellit Orbiter hatte erste Testbilder zur Erde geschickt. Diese waren ihm zwar mitgegeben worden, bewiesen aber, dass die Technik einwandfrei funktionierte. Morgen sollten nun echte Fotos folgen. Das war etwas! Aber was stand hier? Zeitungssterben in New York? Drucker wollten am Samstag nur sechs Stunden statt achteinhalb arbeiten? Verdammt, war dieser Miller deswegen so besonders geschäftig gewesen? Um über eine Krise hinwegzutäuschen? Das prominenteste Opfer war seit Kurzem die Herald Tribune. Wilhelm lugte zum Telefon und schickte ein Stoßgebet zum Himmel, dass es in den nächsten zwei, drei Stunden für ihn läuten würde.

»Langsam gibt mir deine Unaufmerksamkeit zu denken.«

Wilhelm sah in einen Fliederbusch. Nein, der war kurviger. Elisabeth trug wieder so einen Sack, nur dass er dieses Mal einfärbig und bis zum Knie reichend war. Darunter verspielte das geometrische Muster der Strumpfhosen die Schlankheit ihrer Beine, die beinahe flachen Schuhe erledigten den Rest. Wenn seine Halbschwester etwas stämmigere Waden gehabt hätte, hätte man sie wegen Unförmigkeit verhaften müssen. Und auf ihrem Kopf thronte eine Reiterkappe, wie der Rest der Bekleidung in einer Nuance zwischen Flieder und Violett.

»Nur für dich. Damit du nicht wegen einer Frau in Mini für die nächsten drei Wochen zum Gesprächsstoff wirst.«

Das würde er so auch. Nicht nur die Theaterbesucher, die gerade ihren Wein serviert bekamen, glotzten herüber, sondern auch der Poet, Herr Wickerl und das alte Ehepaar.

Otto tänzelte zu ihnen und verbeugte sich tief vor Elisabeth. »Gnädige Frau! Welch Glanz in meiner Hütte!« Bla, bla, bla. »Und Sie sehen bezaubernd aus, wie immer.« Er beugte sich zu ihr. »Dieser neue Stil steht Ihnen prächtig, wirklich prächtig, sehr apart. Als wäre eine Göttin vom Laufsteg heruntergeschwebt!«

Elisabeth reichte ihm die Hand zum Kuss. »Der Herr Otto! Wie immer ein Charmeur der Extraklasse. Es ist jedes Mal ein Vergnügen, bei Ihnen einzukehren.«

Er küsste. »Viel zu selten, gnädige Frau.« Er küsste. »Viel zu selten, zu meinem Bedauern.« Er küsste.

Elisabeth entzog ihm die Hand mit einem breiten Lächeln. »Das liegt nicht in meiner Macht, lieber Herr Otto, das wissen Sie doch. Einerseits ist mein kleines Nest etwas weit weg von der Josefstadt, und andererseits«, sie wies auf Wilhelm, »strenge Rituale und einsamer Wolf. Wo bleibt dann Platz für mich?«

»Und mein Bier?«

Die beiden bedachten ihn mit gerunzelter Stirn. Sei's drum, Otto nahm jetzt wenigstens die Bestellung auf: einen Rotwein vom Guten sowie ein Käsebrot für Elisabeth und sein Schnitzel mit Erdäpfelsalat.

Er musterte seine Schwester. Gut, wenn er einmal außer Acht ließ, dass ihm der Stil nicht gefiel, blieb doch, dass sie eine ausgesprochen elegante, edle und wunderschöne Erscheinung war. Mit einem Trottel als Mann. »Wie geht es dir jetzt?«

»Bestens.« Sie strahlte, bedankte sich bei Otto für den Wein, lobte das Tröpferl über den Klee und entgegnete mit dem Heben des Glases sowie einem Nicken das Zuprosten des Poeten.

»Wie kannst du dem zuprosten?«

»Ich habe keinen Streit mit ihm. Ich kenne ihn nur von deinen Erzählungen. Oder willst du, dass wir ein Remmidemmi veranstalten?« Sie hielt ihm das Glas zum Anstoßen hin. »Brauchst du gar eine Wirtshausprügelei, um dich abzureagieren? Du wirkst so angespannt. Hattest du einen schweren Tag?«

Er trank, ohne anzustoßen. Sie lächelte mit einer Mundecke und trank ebenfalls.

Wilhelm stellte etwas zu fest das halb leere Glas ab. »Ja, hab ich gehabt. Aber wir sind hier, um über deine Malaise zu reden.«

Sie nahm eine Zigarette aus der Packung und steckte sie in

einen Spitz. Der war neu. Wilhelm gab ihr Feuer. Sie inhalierte tief und lächelte den Plafond an. »Es gibt keine Malaise mehr.«

»Er hat dem Gspusi den Laufpass gegeben?« Wunder geschahen immer wieder. Auch wenn es natürlich nur ein Aufschub war. Die nächste Ehefrau eines Geschäftspartners kam nur allzu schnell des Weges.

Elisabeth sah ihn direkt an. »Nein, Will, hat er nicht. Aber ich ihm.«

»Wie bitte?«

»Nach unserem Gespräch in der Früh bin ich rüber ins Hummel gefahren, weil ich dringend einen Darjeeling benötigt habe. Der ist dort ja ausgezeichnet. Und wie es der Zufall so will, war das Café voll, und eine Dame bat, sich zu mir setzen zu dürfen. Sie hat mir ihre Lebensgeschichte erzählt, die nicht en gros, aber en detail meiner entsprochen hat. Mit einer wesentlichen Abweichung: Sie hat irgendwann die Eskapaden ihres Mannes nicht mehr ausgehalten und sich einem jugendlichen Schwärmer hingegeben, einfach, um sich wieder einmal begehrt zu fühlen, worauf ihr Mann die Scheidung zu ihren Ungunsten einreichen konnte. Worauf sie jetzt von ihrem Bruder abhängig ist. Und das möchte ich nun gar nicht.«

Das Käsebrot kam.

Sie bedachte Otto mit einem neuerlichen Lächeln, das dieses Mal aber so distanziert war, dass der Gute wusste, wo sein Platz war.

»Ich bin direkt vom Hummel zu Taborsky. Er lässt jetzt zur Sicherheit einen Privatdetektiv engagieren. In zwei bis drei Monaten sollte die ganze Angelegenheit geregelt sein. Zu meinen Gunsten.«

Den Zusatz hätte es nicht gebraucht. Taborsky war nicht nur der Familienanwalt der Herberstorffs, sondern hatte als Partner in seiner Kanzlei auch einen in der männlichen Nobilität Wiens gefürchteten Scheidungsexperten. Eisenstein würde ausbluten, bis er anämisch war.

»Ich …«

»Sag nichts, Will.« Sie legte ihre Hand auf die seine, die sofort zu kribbeln begann. »Wir haben diesem … Menschen ohnehin schon zu viel Zeit gewidmet. Er ist Vergangenheit. Seine Kinder wird er natürlich sehen dürfen, ich bin ja kein Ungeheuer, aber ich möchte ihm das letzte Mal bei der Verhandlung begegnen. Was auch der Fall sein wird. Denn Taborsky wird jegliche Kommunikation in Bezug auf die Kinder übernehmen. Es ist also alles gut. Reden wir lieber von dir. Du siehst aus, als wärst du durch einen Fleischwolf gedreht worden.«

Wilhelm entzog ihr möglichst unauffällig die Hand und stürzte die zweite Hälfte des Biers hinunter. Seine Schwester … Sie begeisterte ihn. Mit dieser Entwicklung hatte er nicht gerechnet, die musste er erst irgendwie verdauen. Nun, das konnte er dann auch im Bett. Sie wollte nicht weiter darüber sprechen, aber er spürte, dass er es sehr wohl über seine Probleme tun wollte.

Und so ließ er den Tag minutiös Revue passieren, bei Schnitzel und einem weiteren Bier. Elisabeth gab an den passenden Stellen Ohs oder Ahs oder »Nicht wirklich« oder »Aber nein« von sich, und er fühlte, wie ihm leichter wurde. Er hatte zwar noch immer keinen Durchblick, aber er kam sich seltsamerweise nicht mehr so machtlos vor.

»Neeeew Yooooork!«, schallte es plötzlich durch den Raum.

Hervorragend, jetzt war er die nächsten Wochen nicht nur wegen Elisabeth, sondern auch wegen des Anrufs das Gesprächsthema Nummer eins in der Stadt Brünn. Er stand auf. Fühlte sich unsicher auf den Beinen. Gut möglich, dass es auch sein Verstand war.

»Liz? Darf ich dich bitten, mitzukommen und notfalls zu übersetzen? Und bitte kein Kommentar.«

Sie nahm ihn nicht einmal mit einem halben Lächeln auf den Arm, sondern folgte ihm ernst zum Telefon. Er hielt den Hörer so, dass sie alles verstand. Es war tatsächlich Howard Green am anderen Ende. Nach umfänglichen Entschuldigungen berichtete er über die Recherchen von Hector Johnson. Der sei der Aussage einer Exilspanierin in Paris nachgegangen, wonach unter Franco vor allem unter dem Zepter der katholischen Kirche, genauer vermutlich des Opus Dei, ein reger Kinderhandel betrieben wurde. Jungen, alleinstehenden Frauen oder politisch nicht opportunen Ehepaaren wurden etwa durch den Vorwand einer Totgeburt die Babys weggenommen, um sie vertrauenswürdigen Gefolgsleuten zu übergeben. Und Hector habe eine Spur nach Österreich gefunden. Mehr wisse er nicht, Hector habe sich am Ende seiner Recherchen am Sonntag melden wollen. Er würde nun übrigens das FBI oder den CIA oder wen auch immer kontaktieren, damit man diesen miesen Mörder von Hector zur Rechenschaft ziehen könne. Falls aber »Dear Mister Fodor« zuerst veritable Fakten herausfände, würde er sich freuen, wenn er ihm diese zukommen ließe, damit man das in der New York Times auf die Titelseite bringen könne. Hector sei ein feiner Kerl gewesen.

Wilhelm legte auf.

Elisabeth sah ihn mit großen Augen an. »Will ich jetzt wissen, wo du da schon wieder hineingeraten bist, oder will ich es nicht wissen?«

18. August 1966, Donnerstag

1

Die Vögel zwitscherten. Wilhelm schlug die Augen auf und freute sich. Er fühlte sich bestens, so richtig ausgeruht. Wie gut, dass er auf seine Schwester gehört und nur noch Sodawasser getrunken hatte. Außerdem hatte sie ihn schon um halb zehn nach Hause geschickt, wo er dann in der Sekunde, da sein Kopf den Polster berührte, eingeschlafen war.

Er strampelte mit den Beinen, um die Venen zu stärken und den Kreislauf in Schwung zu bringen, wie er es immer seit seiner Zeit als Pflasterhirsch tat, sprang aus dem Bett und beschloss, dem Körper auch noch ein paar Kniebeugen und Liegestütze zu gönnen. Beim zehnten vermochte er sich nicht mehr in die Höhe zu stemmen. Das war erschütternd. Gut, die wurden ab nun ins Morgenprogramm aufgenommen.

Er stellte die Kaffeemaschine auf den Gasherd und legte zwei Semmeln ins Rohr, um sie etwas aufzubähen. Ab ins Badezimmer. Heute hatte er Zeit für eine Dusche. Wilhelm kauerte sich in die Badewanne und ließ das Wasser über den Kopf perlen. Dafür war er seinem Vater, seinem leiblichen, noch immer dankbar: dass er dem Wunsch seines Sohnes nachgekommen war und diesen Luxus eingebaut hatte. Wilhelm nützte ihn viel zu selten.

Geputzt, rasiert und mit einem frischen Hemd ausstaffiert, holte er die Zeitung herein. Er ließ Butter auf den Semmelhälften zergehen und steckte seine Nase in die Kaffeewolke. Heute, ja, heute, das spürte er, schafften sie im Fall Johnson den Durchbruch. Kinderhandel in Spanien. Es war unfassbar. Und die Spur nach Österreich, die aufgrund von Hectors Verhalten wie ein Pfeil auf die Gattermeyers zeigte. Konnte das sein? Konnte es wirklich sein, dass Johannes Gattermeyer in Spanien ein Kind gekauft hatte? Es war ungeheuerlich. Und er mochte sich gar nicht vorstellen, was für ein Schock das für Helena sein musste.

Nein, Johnson war sich nicht sicher gewesen, denn sonst hätte er Helena doch gleich darauf angesprochen. Nun, es konnte aber auch sein, dass er noch auf Beweise gewartet hatte.

Wilhelm nippte am Kaffee.

Das Rot-Kreuz-Papier. Er musste dem Labor Beine machen, den Namen der Mutter zu entziffern. Und ein neuerlicher Besuch bei Herta Gattermeyer drängte sich auf. Wenn jemand, außer dem untergetauchten Jakob, Bescheid wusste, dann sie. Doch sie würde schweigen, als Mutter und Großmutter. Nun, er konnte nur hoffen, dass die eingedeutschte Abschrift des Notizbuchs, die er heute von Klara bekommen sollte, diese ungustiöse Angelegenheit um die notwendigen Details erhellte.

Und außerdem stand ein Plausch mit seinem Freund Dolferl an. Kummer-Fichte, Fichte-Johnson sowie seine unsägliche Neugier, was es mit diesem Rotweintrinker in der Stadt Brünn auf sich hatte.

Herzhaft biss Wilhelm in die Semmel und nahm sich die Zeitung zur Brust. Angst vor Hochwasser, Schweinefleischengpass und der Absturz eines Sportflugzeuges – ähnlich uninteressant ging es weiter. »Gewürze nur mehr in Drogerien?« Was für eine Schnapsidee! Genauso wie die Überlegung des Landwirtschaftsministeriums, eine Norm für Obst festzulegen. Als hätte das Land keine anderen Probleme. Aber das war interessant: Im vorigen Jahr war die Anzahl der zugelassenen Autos um 88.513 angestiegen, jetzt besaß schon jeder fünfte Österreicher ein Auto. Jeder fünfte! Wenn das so weiterging, kamen bald auf einen Österreicher zwei Autos. Dann würde jede Ausfahrt ein fröhliches Herumstehen.

Es läutete. Schon wieder Elisabeth? Es musste sie sein, denn sonst kam niemand auf die Idee, ihn um halb sieben Uhr morgens aufzusuchen. Seine Assistenten? Eine neue Leiche? Wilhelm kontrollierte das Telefon, der Hörer lag korrekt auf der Gabel. Er nahm ihn ab. Freizeichen. Eben, und um diese Uhrzeit war das Vierteltelefon normalerweise nicht besetzt. Sie hätten ihn erreicht. Also keine neue Leiche.

Es läutete gleich drei Mal hintereinander. Elisabeth wollte

ihn kontrollieren, das war es. Ob er gestern nicht doch noch bei einem Branntweiner abgesoffen war. Sie hatte mittlerweile, was das betraf, eine ganz schlechte Meinung von ihm, das hatte sie ihm gestern mehr als deutlich klar gemacht. Er hatte sich auch ein kleines bisschen schuldig gefühlt, doch so eine Kontrolle ging entschieden zu weit, sie war nicht seine Frau, es ging sie im Grunde nichts an.

Dauerläuten.

Wilhelm sprang auf und marschierte zur Eingangstür, riss sie auf, setzte zu einer harschen Begrüßung an – und sah sich seinem Freund Dolferl gegenüber. »Äh, der Herr Major Bär beehrt mich mit einem Besuch! Was verschafft mir die morgendliche Gunst?«

»Du bist ja angezogen?«

»Ja, was ist daran so erstaunlich?«

»Du stehst nie vor sieben auf, und außerdem habe ich schon Sturm geläutet. Da nimmt man an, dass der Betroffene noch schläft, wenn er nicht gleich beim ersten Mal öffnet.«

Wilhelm sah seinen Freund aus Polizeischultagen an. Sie hatten schon alles und noch viel mehr geteilt, von Wilhelms Alpträumen rund um die Ermordung seiner Adoptiveltern bis zum ersten gemeinsamen Puffbesuch, aber selbst, wenn Dolferl einen veritablen Liebeskummer hätte, würde er nicht unangemeldet vor der Tür stehen. Um diese Uhrzeit. Es musste beruflich sein. Wilhelm machte die Tür weit auf.

Dolferl wartete, bis Wilhelm ihm Platz anbot, bejahte freudig das Kaffeeangebot und zündete sich eine Zigarette an.

Wilhelm schob ihm den Messingaschenbecher hin. »Ich habe gerade an dich gedacht.«

Dolferl runzelte die Stirn.

»Ja, der Herr Otto hat mir von eurem Einsatz vorgestern berichtet. Und weil ich den Herren kennengelernt habe und mir so meine Gedanken mache und diese Gedanken zu einem anderen Erlebnis passen, bei dem du neuerlich ins Spiel kommst, einem Erlebnis, das mit meinem Kollegen Kummer zu tun hat, wollte ich einmal mit dir plaudern.«

Dolferl nickte andächtig. »Erzähl mir von deinem Fall.«

Jetzt zündete sich Wilhelm eine Zigarette an. Der Rauch blieb ihm im Hals stecken, es war definitiv noch zu früh. Er hustete, holte ein paarmal tief Luft und nahm einen weiteren Zug. Na bitte, ging doch. Er brauchte jetzt etwas zum Anhalten. »Ich glaube, lieber Bär, dass ich das nicht muss. Ihr nehmt euch doch überall Einsicht, wo ihr wollt, egal, ob ihr dürft oder nicht.«

Dolferl lachte auf. »Und wie sollen wir das machen? Telepathie? Aber du hast natürlich recht, in groben Zügen bin ich informiert. Lassen wir das Herumgeeiere.« Er aschte energisch ab. »Ich wollte dir nur sagen, dass du beobachtet worden bist«, er hob abwehrend eine Hand, »nicht von uns! Und ich will dich bitten, vorsichtig zu sein.« Er runzelte die Stirn. »Nicht unbedingt eine Sache, die man beim Bauernschnapsen bespricht.«

»Von wem?«

»Wissen wir nicht genau. Ein schwarzer Mercedes mit der Nummer –«

»Eins, acht. Und weiter?« Wilhelm merkte, dass seine Hand zitterte. Zugleich verspürte er eine sehr große Befriedigung. Er hatte doch keine Paranoia. Oder vielleicht hatte er sie, aber eben nicht immer unbegründet.

»Fünf, drei. Der Wagen ist auf einen Sägewerksbesitzer zugelassen, draußen in Simmering, und dem sind wir zufällig schon ein paarmal im Dunstkreis von Norbert Burger begegnet.«

»Dem Nazi.« Er krümelte ein Stück von der Semmel und rollte es zu einem Kügelchen. »Aber wenn ihr wisst, wem der Mercedes gehört, wieso seid ihr dann nicht sicher, wer mich beschattet? Das ist doch unlogisch.«

Dolferl wiegte den Kopf. »Wir beobachten gerade ein paar Rechtsextreme. Informanten haben uns zugetragen –«

»Fichte?«

»Unter anderem. Sie sagen, dass wieder einmal etwas geplant ist, und zwar etwas Größeres, als Telefonzellen zu sprengen, wie es dieser Kubart gemacht hat. Und auch nicht irgendwelche Gleise nach Südtirol.«

»Bitte entschuldige, aber das ist wirklich schlimm genug. Die Mutter vom Berner wäre einmal fast dabei draufgegangen.« Das war zwar übertrieben, aber in der Sache richtig. Es hätte immerhin sein können.

»So habe ich das nicht gemeint. Jedenfalls ist uns da ein Neuer aufgefallen bei den Treffen. Ein gewisser Friedhelm Bergmann aus dem Ausseer Land. Mit besten Verbindungen zu den Deutschen, vor allem zum Bund Heimattreuer Jugend. Und der hat da im Achten Quartier in einer Bude gefunden, hat seinen Rotwein in unserer Stadt Brünn gesüffelt. Wir haben ihn beobachtet, und dadurch haben wir gesehen, dass er Kontakt zu dem Mercedes hat und so weiter. Kurzum: Die beobachten dich. Und wir wissen noch nicht, warum. Deshalb meine Frage: Was genau hast du bei deinem Fall schon herausgefunden?«

Wilhelm sah, dass seine Zigarette genau die gleiche traurig zur Seite gebogene lange Aschesäule aufwies wie jene gestern bei Kummers Assistenten und bei Fischer. Er stippte ab. »Der Kubart hat Telefonzellen gesprengt?«

»Ja, ist auch einkastelt worden dafür. Er ist ein Fanatiker von allem, was bumm macht, und dazu brabbelt er gelegentlich was vom großartigen Deutschen Reich, weil er sich dadurch für was Besseres hält. Aber wir sind sicher, dass er bloß ein armer Irrer ist.«

Wilhelm brummte. »Na, auf mich hat der sehr wohl so gewirkt, als wüsste er, was er will.«

»Also?« Dolferl beugte sich zu ihm.

Wilhelm dämpfte die Zigarette aus und nahm einen Schluck vom mittlerweile kalten Kaffee. »Es gibt zwei Richtungen, in die wir ermitteln.« Und er entschloss sich, Dolferl alles detailgetreu zu erzählen, was die Zubereitung einer weiteren Kanne Kaffee nach sich zog.

»Und dann«, Wilhelm zerkrümelte den Rest der Semmelhälfte, »habe ich gestern von Hectors Chef bei der New York Times erfahren, dass er an einer skandalösen Sache dran war, die mit Spanien und Wien zu tun hat.« Und während er so vom Kinderhandel berichtete, wurde ihm plötzlich klar, was unter dem Wasserfleck auf dem Rot-Kreuz-Papier verborgen war: der Name Eva. Die als Helenas Mutter eingetragene »Maria« war keine Spanierin, sondern Eva-Maria Gattermeyer. Der Beweis, der Johnson Gewissheit gegeben hätte. Noch war es eine Vermutung, ja, aber eine, für die er sich in den Hals stechen lassen würde. Dass die beiden ein gestohlenes Kind adoptiert und mit den Kindertransporten vom Roten Kreuz nach Wien bringen hatten lassen.

»Du schaust, als hätte dich der Blitz getroffen!«

Wilhelm erläuterte seinen Gedankengang. »Was ich mich aber frage«, er nahm einen ausführlichen Zug von der Zigarette, »wenn der Jakob seinen Bruder so gehasst hat, warum hat er Johnson nicht die Nazi-Papiere und die Rot-Kreuz-Unterlagen aus dem Versteck gezeigt?« Er nahm einen Schluck Kaffee, sah sich im Wiedehopf'schen Salon sitzen und gab sich selbst die Antwort. »Weil er Helena nicht den Schmerz über ihre wahre Herkunft antun wollte.«

»Kann sein.« Dolferl dämpfte aus und überschlug die Beine. »Aber bist du eigentlich schon einmal auf die Idee gekommen, dass nicht der Jakob den Johannes, sondern der Johannes den Jakob erschlagen hat? Und er jetzt als Jakob lebt?«

»Warum sollte er das tun?«

»Mein Lieber, was würdest du dir wünschen, wenn du ein Nazi der ersten Stunde wärst, für Franco gekämpft und wahrscheinlich sogar von Beginn an bei der SS mitgemischt hast? Und wenn plötzlich auf deinesgleichen Jagd gemacht wird? Zumindest von den Besatzern?«

Wilhelm wurde heiß. Dass er nicht selbst auf die Idee gekommen war! Und jetzt wusste er auch, was ihn am Gespräch mit Herta Gattermeyer vor allem irritiert hatte: Vor den Namen ihrer Söhne hatte sie fast immer gezögert. Um sich nicht zu verreden! Das war es! Und deshalb das Versteck des Nazi-Klumperts. Jakob war Johannes! Der Vater hatte dem Kleinkind den Vater vorgespielt. »Ich bin so ein Trottel! Du hast so recht! Das erklärt alles!«

Dolferl hob eine Hand. »Das ist nur einmal ein Gedanke. Aber ich würde ihn nicht gänzlich außer Acht lassen.«

»Ja, aber mit dem passt alles zusammen! Noch ein Grund

mehr für ihn unterzutauchen. Stell dir vor, der Johnson steckt das, sagen wir, dem Kurier, und die titeln mit dem ach so seriösen Gattermeyer vom Valerie als Kinderhändler!«

Dolferl nickte. »Und ein Grund für ihn, dem Johnson die Schleife zu geben.«

Wilhelm nickte. Dann wurde ihm schon wieder heiß. »Wir haben noch gar nicht sein Alibi überprüft.« Er fühlte sich wie ein Polizeischüler. Schlagartig hatte er den Geschmack von Kohlrabi im Mund. Das war das Wichtige gewesen, was er im Marktgespräch mit Herta Gattermeyer hätte klären sollen.

»Ihr habt ja bislang auch geglaubt, dass ihm etwas zugestoßen ist.«

»Trotzdem.« Die Milde in Dolferls Stimme war unerträglich. »Aber weißt, zuerst diese jämmerliche Hitze, und dann ...« Er stand auf und wusch die Kaffeemaschine aus.

»Jetzt zerfleisch dich nicht. Ist ja nichts passiert. Zuerst war er nur Auskunftsperson, dann verschwundener Zeuge. Mir lässt vielmehr keine Ruhe, warum die dich beobachten. Dass du das mit dem Johannes herausbekommst, kann ihnen wurscht sein. Die Schweinereien von Spanien haben hier kein Gewicht.«

Wilhelm füllte zwei Wassergläser. Sie tranken und schwiegen.

»Vielleicht haben sie ja eigentlich diesen Ausseer-Mann beobachtet, und der hat sie eines Tages damit konfrontiert, dass er sie bemerkt hat?«, mutmaßte Wilhelm.

»Vielleicht«, murmelte Dolferl. »Er sagt jedenfalls nichts zu dem Thema. Er sagt überhaupt nichts. Und wir können ihm nichts Strafrelevantes nachweisen. Wir müssen ihn gehen lassen.« Er seufzte.

Sie zündeten sich neue Zigaretten an.

»Da steckt noch was dahinter«, meinte schließlich Dolferl. »Und ihr seht es nur noch nicht. Was genau haben all die Leute gesagt?«

Wilhelm lachte auf. »Das ist jetzt aber nicht dein Ernst, oder?«

Dolferl verdrehte die Augen.

»Gut, Bär, wenn mir noch etwas einfällt, sage ich es dir.« Er nahm einen tiefen Zug. »Übrigens ... Die Elisabeth lässt sich scheiden.«

»Na, endlich. Sie hat dem Trottel ohnehin viel zu lange die Stange gehalten. Wenn auch nur im übertragenen Sinn.« Er sah Wilhelm scharf an. »Aber das kann dir eigentlich wurscht sein. Als Mann. Nicht als Bruder. Du weißt schon, was ich meine.«

»Bitte, für was hältst du mich eigentlich? Für Zeus?«

»Wieso? Bist du auch in die andere Herberstorff-Schwester verliebt? Diese ... Wie heißt sie?«

»Helena.« Wilhelm verpasste Dolferl einen Rempler, der rempelte zurück, sie lachten.

Wilhelm schob die vierte, unangetastete Semmelhälfte zur Seite. »Nein, ich weiß, wo meine Grenzen sind. Wobei ich auch als Bruder sagen darf, dass ihr neuer Stil einfach nur völlig unattraktiv ist.« Er beugte sich vor. »Sie trägt jetzt diese Sackkleider. Man sieht überhaupt nichts mehr! Und dann auch noch so kurz, dass sie Strumpfhosen anzieht.«

»Ja, die Strumpfhosen sind ...« Dolferl wiegte den Kopf. »Aber andererseits haben sie dann ja diese kurzen Röcke an. Und das finde ich dann doch sehr anziehend.«

»Pah!« Wilhelm verkroch sich hinter seiner Zigarette.

»Du bist ein stockkonservativer Langweiler.« Dolferl grinste ihn an.

»Nein, nur ein Liebhaber der weiblichen Rundungen.«

Dolferl lachte, ging ins große Zimmer und studierte Wilhelms Plattensammlung. Er gab Ausrufe des Entzückens von sich. »Jedenfalls hoffe ich, dass ihr noch recht lange dieses Arrangement habt. Dass sie, obwohl geschieden, noch immer nicht wagt, die Platten mit zu sich nach Hause zu nehmen, weil der Herr Papá es nicht goutieren würde.« Er machte zwei Tanzschritte, wobei er nur einen Arm bewegte.

Und da fiel Wilhelm eine Bemerkung von Penthesilea Wichert alias Sili ein.

2

Wilhelm blieb mitten auf dem Gang stehen. »Nein, Dolferl, lassen wir es. Es passt nicht.«

»Der Zeitraum passt. In dem Bergmann hier aufgetaucht ist. In dem Penthesilea Wichert den seltsamen Besucher beobachtet hat. Der schlaffe Arm. Du bist nicht umsonst auf die Idee gekommen.«

»Aber Jakob ist Sozialist. Der würde lieber in einen Misthaufen springen, bevor er mit so jemandem wie dem Bergmann redet. Und es gibt einfach zu viele Kriegsversehrte mit schlaffem Arm.« Oder mit einem kaputten Bein, ergänzte er lautlos.

»Wenn es sich wirklich um Jakob handelt.«

Wilhelm knurrte und wand sich.

»Komm, Willi, wir probieren es einfach. Ich möchte außerdem sehen, wie er auf dich reagiert. Ob er der ist, der dich beobachten lässt.«

Wilhelm seufzte. »Aber ich bin nur dabei. Du machst.«

Dolferl klopfte ihm auf die Schulter.

Als Wilhelm den Raum betrat, zog Friedhelm Bergmann die Augenbraue in die Höhe. »Ich dachte, Sie sind nur einfacher Kriminalbeamter.«

»Woher wissen Sie überhaupt, dass ich Polizist bin?«

Maliziöses Lächeln. »Von Herrn Otto natürlich.«

»Natürlich.« Und höchst unwahrscheinlich, weil dieser die Order hatte, nicht über Wilhelm zu plaudern. Aber was wusste man schon? Vielleicht hatte er einmal ein Glas zu viel mit seinem Gast mitgetrunken.

Er spürte Bergmanns Blick auf sich, dessen Lächeln wurde breiter.

Und Wilhelm bemerkte an sich einen Drang, den er sonst gar nicht so kannte: Er wollte diesem glatten, frechen Gesicht eine verpassen. Er war heilfroh, dass Dolferl übernahm.

Der konfrontierte Bergmann, sehr selbstsicher wirkend, mit der Tatsache, dass eine Zeugin ihn exakt beschrieben habe. Und laut dieser Aussage sei er ein paarmal nachts bei Jakob Gattermeyer auf Besuch gewesen sowie mit ihm dann Richtung Innenstadt spaziert.

»So? Sagt man das? Welche Zeugin soll das bitte gewesen sein?«

Dolferl und Wilhelm schwiegen, wusste der Mann doch sicherlich genauso gut wie sie, dass sie ihm die Frage nicht beantworten mussten.

Bergmann sah sie unverwandt an, die souveräne Haltung beherrschte er perfekt, doch seine Hand zuckte leicht. Zehn Zentimeter neben ihr lagen seine Zigaretten. Er nahm sich keine. Der Mann war bestens geschult, diese Handlung hätte nur Unsicherheit vermittelt – was jetzt das Zucken erledigt hatte. »Ich muss Sie enttäuschen, ich kenne keinen Jakob Gattermeyer.«

Wilhelm war, als schlich sich ein kleines, selbstzufriedenes Lächeln in Bergmanns Mundwinkel. Es war ähnlich jenem verächtlichen am Sonntagabend in der Stadt Brünn, als er vom Jahr '34 gesprochen hatte.

Und noch bevor er wirklich über den Schachzug nachdachte, fragte Wilhelm: »Und kennen Sie vielleicht einen Johannes Gattermeyer?«

Bergmann neigte den Kopf, als wolle er Wilhelm Anerkennung zollen. »Einen solchen habe ich tatsächlich einst einmal kennengelernt. Damals in Jarama.« Er lächelte. »Ist aber lange her. Was wohl aus ihm geworden ist?«

»Jarama?«, fragte Dolferl.

Wilhelm klärte ihn über den Einsatz beider Männer für General Franco auf. Dolferl musterte Bergmann ausführlichst, machte sich Notizen.

Dann fragte er ihn geduldig, ob er jemals in der Taborstraße Nummer sechsundzwanzig bei jemandem auf Besuch gewesen sei, und zwar ganz neutral, ohne den Namen Gattermeyer zu erwähnen. Oder im Hotel Valerie. Ob ihm ein schwarzer Mercedes mit der Nummer 1853 etwas sage. Schweigen, Schweigen, Schweigen.

Bergmann wandte sich ab, hielt die Hand vor den Mund und gähnte. Er sah sie wieder geradeheraus an. »Entschuldigen Sie bitte, aber das Gespräch hier ist sehr ermüdend. Ich habe Ihnen alles Wesentliche gesagt: bei wem ich auf Besuch bin, wo ich Quartier genommen habe und wann ich wieder abzureisen gedenke. Mir ist wirklich schleierhaft, was Sie von mir wollen.«

Einfach eine mitten auf die Nase donnern, das müsste man jetzt dürfen. Oder Fischer sein, dem diesbezügliche Regeln egal waren, solange alle Anwesenden wegschauten.

Sie verließen den Raum.

»Ich hab's dir gesagt. Es ist sinnlos.«

»Wir haben noch Fräulein Wichert«, gab Dolferl zu bedenken. »Kollegen stehen vor der Tür und fangen sie ab, wenn sie wieder nach Hause kommt. Und dann veranlassen wir eine Gegenüberstellung.«

»Ja, macht das. Ich hoffe, dass sie ihn erkennt. Und selbst wenn nicht, hoffe ich ganz ehrlich, ihr findet was, womit ihr ihn wegen des rechten Drecks drankriegt.«

Wilhelm ließ seinen Freund stehen, flüchtete durch die Gänge, die Stiegen hinunter, hinaus auf die Straße, rannte förmlich über den Ring hinein in den Stadtpark, hetzte weiter bis zum Teich.

Er starrte ins Wasser.

Spürte, wie ihm der Schweiß über die Schläfen rann, riss sich das Sakko vom Leib.

Das konnte so nicht weitergehen. Ja, als halbwegs informierter Mensch, der noch dazu vor langsam an die Oberfläche steigenden Wahrheiten nicht die Augen verschloss, konnte man schon Abscheu vor diesem braunen Regime empfinden. Doch bei ihm war der Ekel körperlich, er vernebelte ihm die Sinne und auch das Denken. Er beeinträchtigte seine Arbeit, wenn er nicht aufpasste. Das musste er ändern, und der erste Schritt zur Änderung war immer, der Sache ins Auge zu sehen. Er musste es sich ermöglichen, seinen Hass zu kanalisieren, also dem Mörder seiner Adoptiveltern gegenüberzustehen und ins Gesicht zu spucken.

Wilhelm schleppte sich zurück zum Ring. Eine Telefonzelle. Nicht nur reden, sondern tun. Er kramte ein paar Schilinge heraus, ein paar mehr, ließ die erste Münze in den Schlitz rutschen – dann fiel ihm ein, dass Soswinski in Oberösterreich auf Recherche weilte. Er sammelte das Geld wieder ein. Und fühlte sich wie ein leerer Sack. Seine Hände zupften ungeschickt an der Zigarettenpackung herum, er schüttelte die Finger aus. Die Taubheit wich langsam. Los jetzt, aufgeschoben war doch nicht aufgehoben!

Er bemühte sich um einen strammen Gang, als er wieder die Sicherheitswache betrat. Vor drei Stunden noch war er voller Zuversicht gewesen, und das berechtigt. Es war das Beste, diesen Bergmann zu vergessen, stolz auf sich zu sein, dass er zumindest den Versuch gestartet hatte, sich der Vergangenheit zu stellen, und sich nun auf die vielen schönen Erkenntnisse und Ergebnisse zu freuen, die heute sicherlich nur so auf sie herabflatterten.

Er nahm zwei Stufen auf einmal und war zufrieden, dass ihm nicht die Luft ausging.

Im ersten Stock bog er ab und klopfte an die Tür von der Abteilung Jugend und Sitte. Klara öffnete höchstpersönlich und bot ihm Platz sowie Kaffee an. Letzteres lehnte er höflich ab.

»Ich weiß«, sie grinste, »aber leider steht nicht jeder in Berners Gunst. Unsereins muss sich mit dem Gschloder da begnügen.« Sie warf einen theatralisch verzweifelten Blick auf ihre Tasse.

»Ich werde bei ihm ein gutes Wort für dich einlegen, sagen wir … für einen Kaffee pro Monat?«

Sie schob einen Stapel Papier Richtung Tischkante und sagte: »Dafür mindestens zwei Mal pro Monat.«

»Das kleine Buch sind so viele Seiten?« Wilhelm ließ die Blätter durch die Finger gleiten.

»Keine Sorge, wir waren nur emsige Bienen. Wir haben auch an den richtigen Stellen diverse Skizzen hineingepaust. Und wir haben Glück gehabt, weil es beginnt erst mit dem 19. November vom Vorjahr. Da hat er das Büchlein offenbar von einer Madeleine zum Geburtstag geschenkt bekommen. Widmung auf der ersten Seite.«

»Oder Pech, wenn er davor schon etwas Relevantes recherchiert hat.«

»Glaube ich nicht. Schau dir gleich die Seite an, die ich markiert habe. Ich bin mir ziemlich sicher, dass das der Beginn der ganzen Sache ist.«

Er schlug bei der Markierung auf. »13. Dezember 1965«. Dann folgte die schnelle Skizze einer sehr schönen Frau um die dreißig, dunkelhaarig, rassig. Hinter ihr war der Schatten eines Mannes erkennbar. Dann stand da: »Kind 2 x tot. Glaubt es nicht ← Geburt Spital. Cartagena. Sie zuf. andere ♀ kennglt., auch t. Kind. Sozial. Saragossa. Seuche? Falsche Ärzte? And.? Geschichte NY? Lokal?«

Dann eine Telefonnummer. Das passte genau zu dem, was Johnsons Chef ihm gestern erzählt hatte.

»Du kennst Cartagena und Saragossa?«

»Leider nicht, ich war noch nie in Spanien.« Er grinste. »Das bringt dir mindestens eine Sacher heute Nachmittag.«

»Nein, nein, mein Lieber, die ist zu trocken. Lieber eine Annatorte beim Demel. Ich will heute zum Demel. Ich brauch so richtig viel Schokolade. Saftige, fette Schokolade.«

»Was ist los?«

»Meine Schwester kommt auf Besuch.«

»Wenn du Schokolade brauchst, dann ist es die Frau Bürgermeister aus Spitz?«

Klara ließ den Kopf auf die Unterarme fallen. »Ja, genau die. Sie kommt mit dem Abendzug.«

Er würde Klara noch zusätzlich einen Cognac spendieren, denn wenn auch nur die Hälfte ihrer Erzählungen stimmte, dann war diese Frau der lebendig gewordene Klischeealptraum. Das älteste von vier Mädchen, Heirat aus Vernunft, den Mann in den Posten des Bürgermeisters getreten und ihm so nebenbei fünf Kinder geboren habend, die alle immer bestens angezogen und frisiert waren, sich seit dem Tod der Mutter als Verantwortliche für das Schicksal ihrer Schwestern fühlend und sich demnach ständig einmischend. Besonderes Sorgenkind: Klara, die geschlechtsfremd einem Beruf nachging. Einem Männerberuf noch dazu. Ehrlos. So etwas konnte nur zur Unfruchtbarkeit führen. Am besten zöge sich Klara sowieso gleich in ein Kloster zurück.

Die eigene Schwester. Er würde Elisabeth nie vorschreiben, was sie tun … Nun, das mit ihrem Mann … Das hätte er einem

Freund auch nahegelegt. Aber wie war das mit ihrem neuen Stil? Darüber musste er einmal nachdenken.

Er versprach Klara den Besuch beim Demel, was er dieses Mal gern aus tiefstem Herzen tat, und begab sich in sein Büro. Sorgsam legte er den Packen der Abschrift von Johnsons Notizbuch vor sich hin. Nun denn, die Lektüre würde sicherlich sehr aufschlussreich sein. Er befeuchtete den Finger …

Es klopfte, und in der Sekunde stand Lukaschek im Zimmer. »Morgen, Chef!«

»Guten Morgen! Was gibt's?«

»Der Karasek hat mich angerufen, der kann sich erinnern.«

Wilhelm durchforstete sein Hirn. Nichts. »An was?«

»Na, wie der beste Freund vom Murl gheißn hat.«

»Oh! Und?«

»Spencer.«

Das Kleidungsstück. »Aha, Mister Kurzjäckchen also. Und wie weiter?«

»Des waß er net.«

»Unglaublich hilfreich.«

Lukaschek ruderte mit den Armen. »Ja, aber immerhin. Wenn ma über einen Ami fallen, der Spencer heißt, wissma, des ist unser Spencer. Oder glaubst, dass da recht viel so heißen?«

»Unter Umständen, Lukki, unter Umständen sind wir dann am Ziel. Ich danke dir. Aber das besprechen wir nachher bei unserer Runde, wenn der Fischer da ist. Und bis dahin …« Ja, was eigentlich? Er musste das Notizbuch lesen, bevor klar war, wie sie weiter vorgehen sollten. Also sollte er vor der Morgenbesprechung noch einiges abarbeiten. Musste herausfinden, wie genau die Spur aussah, die Hector nach Wien geführt hatte und … Nein, doch, er hatte etwas für Lukaschek. »Ab ins Labor. Die sollen dir endlich sagen, ob sie etwas über das Rot-Kreuz-Papier herausbekommen haben.« Er benötigte noch die Bestätigung für seine Vermutung.

»Passt, Chef.« Und schon war Lukaschek verschwunden.

Wilhelm blätterte zur markierten Seite: »Weit. Span. ♀ Flamenco. Tablao in La Taberna. Morgen o. dann Samstag«.

Es klopfte. Herrgottnocheinmal! Fischer stürmte herein. »Chef, die Mutter von der Johanna legt jedes Mal auf, wenn ich anruf.«

»Das ist ihr gutes Recht, lieber Siggi. Lass es gut sein. Kümmere dich halt um die Kleine, wenn sie dir so leidtut.«

»Kümmern?«

»Ja, lad sie zum Spielen mit deiner Tochter ein oder so.«

»Die zwei mögen sich nicht.«

»Aha. Na, dann weiß ich auch nicht. Vielleicht redest du einmal mit der Uschi und erklärst ihr, warum dir die Johanna so wichtig ist?«

»Die is mir net wichtig.«

»Fischer!«

Er senkte den Kopf. »Passt schon, Chef. Du hast recht.« Er schlich aus dem Zimmer.

Wilhelm musste ihm bei der Morgenbesprechung, die heute eine Mittagsbesprechung sein würde, noch einmal klarmachen, dass er endlich seiner Menschlichkeit vertrauen sollte und nicht ... Pah, nein. Er mochte nicht schon wieder darüber nachdenken.

»16. Dezember 1965«.

Es folgte eine Skizze von rauschenden langen Röcken mit Volants, oder wie man die Dinger auch immer nannte. Wilhelm spürte förmlich eine wirbelnde Bewegung. Er hätte die Szene gern jetzt und hier gesehen.

Darunter wieder Notizen: »♀ 1 Joanna t. K. ≠ wie Sofia, weil allein. Vor F. geflohen. Allein!!!! Nonnen sagen: widernatürlich. Nur ohne J. Chance auf christl L. Fortgejagt«.

Es war noch einmal ein Unterschied, ob es einem ein Journalist mit beruflicher Klarheit am Telefon schilderte oder ob man die hektische Niederschrift eines wahrscheinlich tränenreichen Berichts las. Es war ungeheuerlich, wenn das alles stimmte.

Das Telefon läutete. Wilhelm ließ die Hand über dem Hörer schweben. Eigentlich wollte er das Notizbuch weiterlesen. Er hob ab.

Ein Leichenfund. Und beim Opfer sei ein Zettel entdeckt

worden: »Bei Sicherheitswache melden. Nach Gruppeninspektor Berner oder Chefinspektor Fodor fragen«.

3

Das Simmeringer Nichts. Vielleicht vierhundert Meter entfernt Glashäuser, unmittelbar daneben Wirtschaftsgebäude und ein Wohnhaus, in ihre Richtung leuchtend ein Feld mit Gladiolen und ein saftig dunkelgrünes mit kleinen Bäumen. Rundherum Felder – abgeerntete, solche mit Getreide und direkt rund um sie eines mit Sonnenblumen. Dazwischen Raine mit Büschen und Bäumen. Kurz gesagt: ausnahmsweise ein Flecken ohne verdreckte Gstetten zwischen Industrieanlagen, die in letzter Zeit in dieser Gegend wie die Schwammerl in die Höhe schossen.

Wilhelm entrang sich ein Seufzer. Es hätte trotz des grauen Himmels beinahe idyllisch sein können, wenn da nicht direkt neben dem Feldweg im Schatten eines Bildstocks die Leiche von Franz Bäcker gelegen wäre. Drei Meter entfernt stand sein beiger Mercedes, erneut ohne das Taxischild auf dem Dach. Der Körper war vollkommen verdreckt mit nasser Erde, dennoch war das Einschussloch auf der Stirn gut zu erkennen.

Wilhelm hockte sich auf den Begrenzungsstein neben dem Bildstock und zündete sich eine Zigarette an. Er hatte Bäcker noch einmal zu sich bestellen wollen. Hätte ihm das das Leben gerettet? Diese Frage beschäftigte ihn, seit der Leichenfund gemeldet und kurz danach der Name des Opfers durchgegeben worden war. Er hatte an nichts anderes mehr denken können. Und es beschäftigte ihn vor allem die Frage: Warum Frankie? Seit Montag, spätestens Dienstag hatte er damit gerechnet, Jakob Gattermeyers Leiche gemeldet zu bekommen. Der hatte wahrlich Dreck am Stecken, erst recht, wenn er tatsächlich in Wahrheit Johannes war. Aber Frankie Bäcker?

Dessen dunkle Locken vermischten sich mit dem Braun der Erde. Der Kopf schien sich aus dem Boden herauszudrücken.

Er war ein ansehnlicher Mann, vor allem jetzt, wo sein Gesichtsausdruck so erstaunlich friedlich war. Der zweite enge Vertraute von Maria Katzinger innerhalb von fünf Tagen, der ermordet worden war. Das rückte natürlich nun auch die selbst ernannte Freigeistin in den Fokus. Hatte diese Frau etwa auch irgendwelche brisanten Geheimnisse, die sie mit aller Gewalt verteidigen wollte? Oder war sie eine Art schwarze Witwe, die ihre Partner nach erfolgtem Beischlaf um die Ecke brachte? Lächerlich.

Neben ihm würgte und bröckelte es zum wiederholten Male. Er hörte, wie Lukaschek beruhigende Worte murmelte und offenbar ein Taschentuch reichte, weil ein »Danke« folgte mit einem Versprechen der gewaschenen Rückgabe.

Wilhelm zwang sich in die Höhe und in eine offizielle Haltung. Er bot dem Bauern, der die Leiche gefunden hatte, eine Zigarette an.

Der nahm sie mit einem kleinen Lächeln. »'tschuldigung! Man sollt meinen, i wär des gwöhnt, weil i ja a selber di Schweinderln … Und der Krieg, der war a ka Honigschlecken, aber …« Er schüttelte den Kopf. »Und des mitten in die Sonnenblumen!« Er sah Wilhelm mit gerunzelter Stirn an. »Ob i di jetzt no verkaufen kann? Di san da sehr haglich, in der Mühle. Und i hab ja erst angfangen mit dem Anbau. Wissen S', i hab mir net vorstellen können, dass si des rentiert mit den Körndln, weil da brauchen S' ungefähr sechzig von die Stauden für an Liter! Für einen Liter Öl!«

»Verstehe.« Wilhelm deutete zum Bildstock. »Aber das Opfer liegt ja daneben. Schauen Sie, es berührt nicht einmal den Stängel von einer einzigen Pflanze.« Der Mann wischte mit dem Blick über die Leiche und atmete beruhigt aus. »Sagen Sie, wann haben Sie das Feld das letzte Mal kontrolliert?«

»Na, vorm Regen.«

»Am Feiertag?«

»Wir haben kan Feiertag.«

Bauernschädel. Wilhelm zog an der Zigarette. »Am Montag?«

Nicken. »So um sechse.«

»Am Abend?«

»Was soll i am Abend da?« Ehrliches Erstaunen.

Wilhelm merkte, wie sich seine linke Hand ballte. Ganz ruhig. »Vielen Dank, Sie haben uns sehr geholfen, Sie können jetzt gehen.«

Der Bauer trat die Zigarette aus, machte zwei Schritte und drehte sich um. »Und wann seids ihr da fertig?« Seine Augen waren Schlitze.

»Wenn wir fertig sind.« Wilhelm hasste diese Frage nach all den Jahren als leitender Ermittler.

»Zahts an, weil heuer war's so trocken. I muss in zwa Wochen wahrscheinlich ernten.«

Wilhelm spürte einen Lachanfall aufsteigen. »Das werden wir schaffen.«

»Sicher?«

»Sicher.«

»Na, aber ihr seids Beamte …«

»Sicher, habe ich gesagt.« Nun trat er die Zigarette aus und lachte in seine Brust.

Der Bauer nickte und schlurfte zu seinem Traktor, der den Weg bis zur Leiche umgewühlt hatte. Er rumpelte davon.

Fischer und Lukaschek gesellten sich zu Wilhelm. »Hat einer von euch beiden eine Idee, was der gute Mann hier heraußen –«

»Am Arsch von Wien«, präzisierte Fischer.

»Du sagst es. Was kann er hier gewollt haben?«

Fischer schnalzte mit den Lippen. »In so eine Gegend fahrt ma nur, wenn ma entweder an frischn Hasn hat und romantische Stunden im Heu verbringen will, oder wenn ma a Gschäftl drahn will.«

»Also wenn ma was machen will, was kana mitkriegn soll«, fasste Lukaschek zusammen.

»Das sehe ich auch so, wobei ein Gspusi unwahrscheinlich ist, denn das bringt einen im Normalfall nicht um«, pflichtete Wilhelm bei. »Aber was ich eigentlich wissen wollte: Warum hier? So weit draußen? In der Stadt gibt es auch genug dunkle Ecken in Beserlparks, genug Spelunken, in denen niemand was hört oder sieht.«

Waller trat zu ihnen. »Livores und Rigor mortis voll ausgebildet, dazu geringe Körpertemperatur – meine Ersteinschätzung: mindestens acht, eher zehn oder zwölf Stunden. Ich muss mir das aber noch genauer wegen des Regens gestern ansehen. Und heute ist es ja schon wieder einigermaßen warm, das kommt noch dazu. Aber als erstes Zeitfenster für euch.«

»Mehr als sechsunddreißig Stunden können es eh nicht sein, Waller, weil er da noch bei uns im Sicherheitsbüro war.«

Waller nickte, sah zur Leiche zurück und schüttelte den Kopf. »Und? Hat er etwas mit unserem mysteriösen Mann von der Brücke zu tun?«

»Er hat ihn zumindest gekannt. Aber sonst?«

»Samma grad a bissel verwirrt«, erklärte Lukaschek.

»Am dunkelsten ist die Nacht vor der Dämmerung, lieber Herr Lukaschek. Meine Herren, ich mache mich vom Acker und erwarte die Feldfrucht im Trockenen.« Waller lachte über seinen Witz und stapfte zu seinem Auto.

Oberspurensicherer Reiser nahm seinen Platz ein. »Fodor, du willst es net hören.«

»Der Regen hat alles verwaschen.«

Reiser nickte. »Mit viel gutem Willen kann man da drüben«, er deutete auf den Feldweg neben Wilhelm, »noch eine zweite Reifenspur erkennen, die nicht zu einem Traktor gehört und a net zu einem von den unseren Wagen.«

Wilhelm beugte sich zur angegebenen Stelle. Er sah nichts, absolut nichts außer Erdbrocken und Löchern.

»Aber auch da muss ich dich enttäuschen. Es ist zu wenig Profil für einen gescheiten Abdruck, der vor Gericht hält.«

»Hans!« Ein Kollege Reisers winkte ihn zu sich.

Wilhelm und seine Mannen begleiteten ihn zur Fundstelle hinter dem Bildstock. Es handelte sich um einen Schuhabdruck, gelegen im Wind- und Wetterschatten, daher bestens erhalten. Er war schmal und spitz mit breitem Absatz, der klassische Herrenschuh, und somit passte er so gar nicht zu den weichen Rauhlederschlüpfern von Bäcker und schon gar nicht zu den Tretern des Bauern.

»Also ein zweiter Mann«, stellte Wilhelm fest. Er fühlte sich fast erleichtert, denn er mochte sich Maria Katzinger nur ungern als männermordenden Vamp vorstellen. »Wir müssen schnellstens seine Vermieterin befragen, ob sie irgendetwas von illegalen Geschäften weiß.«

»Oder er war vom anderen Ufer«, gab Fischer zu bedenken. »Und di zwei haben zum Beispiel wegen dem Geld gestritten.«

»Sie hat doch erzählt, dass sie einmal mit ihm etwas hatte.«

Fischer zuckte mit den Schultern. »Es gibt solchane und solchane und dann a no solchane.«

»Du meinst, Allesesser?«, fragte Lukaschek mit runden Augen.

»Des bist du ja a«, feixte Fischer, was ihm einen Rempler seitens seines Kollegen und diesem Gelächter der anderen einbrachte.

Wilhelms Blick fiel auf das Ehepaar, das schon die ganze Zeit die Absperrung belagert hatte. Jetzt baute der Mann gerade einen Campingtisch auf, die Frau hielt einen Korb am Arm, aus dem eine Stange Wurst herausstand. Er gab seinen Assistenten ein Zeichen, ihm zu folgen.

»Ja, wie hamma's denn?«, blaffte Fischer sie an. »Wir san da ja net bei an Kirtag!«

»Aber Herr Inspektor«, erklärte der Mann, während seine Frau Wurst, Käse, Speck, Brot, Jausenbretter und Messer auf dem Tisch verteilte, »des is doch für euch! Ihr werdets doch an Hunger kriegn!«

Fischer sah Wilhelm an, sein Mund stand offen.

Wilhelm ging es nicht anders, so etwas hatte er noch nie erlebt. Aber warum nicht? »Vielen Dank. Das ist sehr nett.« Er nickte Lukaschek zu, der bereits beim Tisch stand. Der ließ sich auch sofort ein Brot mit der Braunschweiger herrichten. Fischer entschied sich für Speck. Wilhelm selbst für ein Käsebrot. »Und Sie sind?«

»Die Pichlers. Uns gehört die Gärtnerei da hinten.« Frau Pichler deutete zu den Glashäusern.

Herr Pichler schnalzte mit der Zunge. »Und ausgerechnet heut bin i net zu die Bäum gangen. Sonst hätt ich ihn gfunden.«

Wilhelm sah zur Baumschule. »Die ist aber ein beträchtliches Stück entfernt.«

»I geh mitn Hasso immer a Runde. Aber er is schon alt. Und heut hat er net wollen.« Tiefes Bedauern schwang bei der Erklärung mit.

»Es ist eh nicht so schön, eine Leiche zu finden«, versuchte Wilhelm, ihn aufzumuntern.

»Des is ma wurscht. Is ja a nix anderes als a Misthaufen. Tote Materie. Und später a guter Dünger.«

»Also, wenn i mir vorstell, dass i mit meine Paradeiser a Leich mitiss?« Lukaschek verzog den Mund.

»Des merken S' do gar net. Is höchstens gschmackiger. Außerdem san in jedem Misthaufen Leichen. Halt von Viechern, aber Leichen.«

Lukaschek betrachtete sein Wurstbrot. Es war äußerst selten, dass er um seinen Appetit kämpfte. Doch irgendein erhellender Gedanke durchzuckte offenbar sein Hirn, denn er biss wieder kraftvoll zu. Wahrscheinlich war es die Erkenntnis, dass er genau in diesem Moment sowieso eine Leiche aß.

Wilhelm war diese seltsame Empfindlichkeit, ja, im Grunde Bigotterie mancher Menschen höchst unverständlich. Er nahm sich zusätzlich ein Stück Speck. »Herr Pichler, haben Sie vielleicht gestern am Abend etwas bemerkt?«

Herr Pichler verzog sinnierend den Mund.

Seine Frau, die etwas hinter ihm stand, lächelte. »Wissen Sie, mein Mann hat a paar Granatsplitter im Körper. Der muss was nehmen gegen die Schmerzen.« Sie deutete pantomimisch Trinken an. »Und dann schlaft er oft ganz zeitig ein.«

»Verstehe«, wandte sich nun Wilhelm an sie. »Aber Sie, gnädige Frau, sind sicher immer sehr lange sehr fleißig.«

»Is ja auch immer was zum Tun.«

»Ja, und? Haben Sie was beobachtet oder net?«, fragte Fischer kauend.

»Doch, zwei Autos. Den Mercedes da«, sie nickte zu Bäckers Wagen, »und a dunkle Limousine. Ka Mercedes. I kann's net sagen.« Sie zerdrückte ihr Gesicht in eine Miene der Entschuldigung. »Jedenfalls san die zwei Fahrer ausgestiegen und haben geredet. Is mir bald fad worden, da hab i wieder am neuen Vorhang weitergenäht.«

»Und der eine Fahrer …«

»Is der da vorn. Der andere war im Anzug. Grau oder schwarz. Es war ja scho duster. Die Sonn is schon untergangen gewesen. Finster war's no net. Also wird es zwischen sieben und halb acht gewesen sein.«

»Und haben Sie irgendwelche Details von dem anderen Mann erkennen können?«

Sie schüttelte den Kopf. »Is ja schon weit weg.« Große Augen. »Doch! Der andere hat an Hut aufghabt, und er hat geraucht. Aber net normale Tschick. Des war was Längeres. Und, ja, genau, der hat si des Ding so komisch angezündet. Zuerst hat er was rauszupft und dann damit das Ding anzundn. Deswegen weiß i des! Aber sonst?« Sie hob bedauernd die Handflächen.

Sie bedankten sich, trabten zurück zum Fundort, wo sie den Kollegen bezüglich der Jause Bescheid gaben, was Erheiterung und Freude gleichermaßen auslöste.

»Na, dann wissen wir ja schon eine Menge über den Mörder«, fasste Wilhelm auf dem Weg zum Auto zusammen. »Hutträger, Raucher, Maßschuh- und Anzugträger sowie Besitzer einer schwarzen Limousine. Unterwegs um sieben Uhr am Abend. Bestens. Jetzt brauchen wir nur noch halb Wien befragen, weil die andere Hälfte sind ja Gott sei Dank Frauen.«

»Wir wissen no was, Chef«, merkte Lukaschek an. »Weil jetzt is ma eingefallen, woher ma das bekannt vorkommen is mit dem Rauszupfen. Des macht nämlich der Sobotka vom Garten oberhalb a. Und der raucht Virginia-Zigarren.«

In Wilhelm flackerte etwas auf. Er versuchte, das Bild zu fassen, es gelang ihm nicht. Er verkroch sich in seinem Sitz und begann, Szene um Szene der letzten Tage zu analysieren. Es war mühsam und fruchtlos.

4

Sie folgten der Musik. Mozarts Requiem in voller Lautstärke. Sie klopften an der Tür zum Atelier, keine Reaktion. Wilhelm öffnete sie und sah sich der nackten Maria Katzinger gegenüber, besprenkelt mit schwarzen Tupfern und einen Pinsel schwingend, der schon die Größe einer Malerbürste hatte. Nur die Haare waren mit einem schwarzen Tuch verhüllt. Sie wiegte sich zur Musik und fixierte die Leinwand vor ihr, die wüste Striche, Kleckse und Spritzer aufwies, vornehmlich in Schwarz und Grau.

Wilhelm schubste seine Assistenten, die wie kleine Buben grinsten, zurück ins andere Zimmer und schrie über die Schulter Katzingers Namen. Die Musik endete abrupt. Dann Geraschel.

»Sie können sich umdrehen.«

Wilhelm tat wie geheißen und sah Katzinger nun in eine Art Morgenmantel gehüllt – überdimensional und smaragdgrün. »Ist Farbe auf der Haut nicht ein bissel unpraktisch?«

»Action Painting. In den Staaten machen sie das schon länger. Ekstase und Malerei, freie Emotion.« Sie schielte zur Leinwand. »Das wird mein Abschiedsgruß an Hector.« Sie sah Wilhelm wieder an. »Gibt es etwas Neues? Haben Sie das Schwein?«

Ihre Wut wirkte echt. Doch die Möglichkeit, dass sie eine gute Schauspielerin und schuldig war, durfte er trotzdem nicht außer Acht lassen. »Nein, haben wir nicht. Wann haben Sie Franz Bäcker zum letzten Mal gesehen?«

»Franz?« Sie griff, ohne hinzusehen, zur Wand, erreichte sie nicht. Wankte. Sie keuchte und sank in die Knie. »Nein. Nicht Franz.« Ihr Blick ging durch Wilhelm hindurch.

So gut spielte niemand. Er deutete Fischer, ihr aufzuhelfen, und Lukaschek, den Sessel beim Tisch zum Setzen zurechtzurücken. Katzinger ließ sich wie ein Mehlsack schleppen, saß dann auf der Kante mit herabhängenden Armen da. Fischer schenkte vom Rotwein ein, der auf dem Tisch stand, und reichte ihr das Glas. Sie reagierte nicht. Lukaschek meinte, er hole sicherheitshalber auch Wasser, und verschwand.

»Gestern um circa halb sieben, da ist er zur Nachtschicht aufgebrochen.« Sie nahm das Glas Wein und trank es auf ex leer. Es fiel ihr aus der Hand, doch der Teppich unter dem Tisch dämpfte seinen Aufprall, und es blieb heil. »Ist er überfallen worden?« Sie wurde schlagartig lebendig, ja, freudig erregt. »Sind seine Verletzungen schwer?«

Wilhelm sah sie nur an.

Sie sank wieder zusammen. »Warum? Wer?«

»Wir wissen es nicht.«

»Wie?«

»Er ist erschossen worden. Es tut mir leid.«

»Erschossen.« Sie flüsterte das Wort so akkurat, als sinniere sie nach seiner Bedeutung.

Wilhelm nahm sich den zweiten Sessel und setzte sich ihr gegenüber. »Er wurde weit draußen in Simmering in einem Feld aufgefunden. Haben Sie eine Ahnung, was er dort wollte? Es muss um circa sieben Uhr gewesen sein.«

»Simmering.« Wieder dieses Flüstern.

Lukaschek kam mit einem Wasserkrug und einem Glas zurück, schenkte ein, reichte es ihr. Sie sah es lange an, sehr lange, hob das Weinglas auf, füllte es bis zum Rand an und trank. Lukaschek stand wie ein begossener Pudel da, leerte schließlich das Wasserglas selbst. Er zog sich mit Fischer hinter Katzinger zurück.

»Frau Katzinger?« Sie nickte, ohne Wilhelm anzusehen. »Bitte helfen Sie uns. Ein paar Fragen, und dann lassen wir Sie auch schon in Ruhe.« Nicken. »Haben Sie eine Ahnung, ob Frankie in irgendwelche obskure, vielleicht sogar kriminelle Geschäfte verwickelt war?«

Sie lachte auf. »Deswegen fährt er ja Taxi.«

»Wie meinen Sie das?«

Sie trank erneut, schüttelte sich ab und schob das Glas weit von sich. »Da gibt's ja genug Lokale bei uns in der Gegend, einschlägige Lokale. Es hat ihn immer wieder da reingezogen, weniger wegen der Damen, mehr wegen der Atmosphäre. Er stammt aus einer erzkatholischen Familie, kommt aus einem kleinen Dorf bei Sankt Pölten. Auf eine verquere Art war für ihn das Milieu die große Welt.« Sie verharrte.

»Er hat gespielt?«

»Stoß.« Ihre Augen blitzten. »Wenn ich den einmal auf der Straßn erwisch, diesen Enzo, der ihn da reingezogen hat, dann mach ich ihn um einen Kopf kürzer. Ich hätte ihn kurzerhand rausschmeißen sollen, wie er da einmal bei uns aufgetaucht ist.«

Stoß! Dieses Kartenglücksspiel war strengstens verboten und eine Domäne des Milieus. Die Herren der Nacht hatten den unschuldigen Frankie sicherlich bis auf die Unterhosen ausgezogen. »Wie viel Schulden hatte er bei denen?«

»Hat er mir nicht gesagt. Ich wollte es auch nicht so genau wissen. Von der ganzen Sache wollte ich nichts wissen. Ich habe ihm einfach nur die Miete gestundet, bis er sich wieder derrappelt.«

Fischer hockte sich zu ihr. »Und wissen S' vielleicht den Namen von diesem Enzo?« Kopfschütteln. »Vielleicht Stadlmeier?« Wiegen des Kopfes. »So a Rothaariger mit an ordentlichen Pfrnak?«

Sie nickte und verlängerte ihre Nase. »So ein Zinken.«

Fischer stemmte sich in die Höhe. »Der rote Enzo. Is so a Neuer im Milieu. Noch jung. Mitte zwanzig. Auf den hat mi letztens a Kollege bei an Boxkampf vom Orsolics aufmerksam gemacht. Die Kollegen können uns sicher helfen, den zum Finden.«

»Na, des is ja schon amal was«, brummte Lukaschek zufrieden.

Katzinger stöhnte auf, als hätte ihr jemand ins Herz gestochen. »Und am Dienstag, wie er von seiner Schicht nach Hause gekommen ist, hat er mich noch zu trösten versucht. Hat gesagt, wir fahren weg, weit weg nach Griechenland oder Portugal. Weil er verdient jetzt richtig viel Geld, hat er gesagt.« Sie tat auf geheimnisvoll. »Er fährt regelmäßig ein hohes Tier wie ein Privatchauffeur. Die Schulden sind bald abbezahlt, und dann machen wir eine Reise.« Sie wedelte mit der Hand und kniff ein Auge zusammen. »Das mit dem hohen Tier habe ich ihm nicht geglaubt, weil welchen Grund gäbe es, mir dessen Namen nicht zu verraten? Seiner besten Freundin? Nein, das war gelogen. Aber nicht, dass er bald Geld bekommen würde. Das hat echt geklungen.« Sie schlug sich mit beiden Handflächen gegen die Stirn. »Verdammt! Was ist da los? Warum? Ich verstehe das Ganze nicht. Zuerst Hector und jetzt Franz.«

Jetzt endlich löste sich der Schock in einem Weinkrampf. Sie verfrachteten Maria Katzinger in ihr Zimmer. Es war nichts mehr aus ihr herauszulocken, auch nicht, ob es da eine Freundin gab, die sich um sie kümmern konnte. Wilhelm beschloss, Klara zu bitten, nach ihr zu sehen. Man konnte diese Frau jetzt wirklich nicht dauerhaft allein lassen.

Das gab er im Auto dann auch per Funk an Berner durch. Außerdem bat er ihn, einen Kollegen von der Sitte aufzutreiben. Sie verabredeten ein Telefonat in zehn Minuten im Weinhaus auf dem Karmelitermarkt, wo immer Jakob – oder Johannes – Gattermeyer seine Mutter zu erreichen pflegte. Ebendort bestellten sie sich drei Himbeerkracherln, was sämtlichen Gästen offene Münder bescherte. Pünktlich läutete das Telefon, das Wilhelm dem Wirten förmlich aus der Hand riss. Der Kollege von der Sitte wusste sofort, von wem die Rede war, weil sie ihn alle mit Argusaugen beobachteten. Heinrich Stadlmeier, wie Enzos bürgerlicher Name war, hatte das Zeug, sich bald an die Spitze zu schwingen. Und er verweilte am späten Vormittag für gewöhnlich im Café Josi am Ilgplatz, um das Geld von seinen vier Hasen abzukassieren.

Wilhelm, Fischer und Lukaschek schwangen sich in den Puch und glühten hinüber ins Stuwerviertel, dem Bauch des Milieus. Sie enterten das Café, das mehr von einem Schrein für Elvis Presley hatte als von einem Rotlichtlokal, und stolperten quasi schon beim Eintreten über den Gesuchten, der am Tisch neben der Bar den Nacken einer pausbäckigen Blondine kraulte. Sein Spitzname müsste in Wahrheit »Der rote Pfrnak« lauten, befand Wilhelm. Fischer hatte mit der Beschreibung nicht übertrieben.

»Die Herren Gesetzeshüter! Nur herein, herein! Geh, Jeanny«, rief er der Kastanienbraunen hinter der Bar zu, »für unsere

Freunde und Helfer was immer sie a wollen. Schreib's auf mei Plattl.« Er machte eine großzügige Geste zu den Sesseln an seinem Tisch.

Wilhelm verkniff sich nur schwer das Grinsen. Der junge Mann hatte tatsächlich schon die Attitüde eines großen Unterweltkönigs, bald würde er auch wirklich einer sein. Er setzte sich, Fischer und Lukaschek taten es ihm gleich. Sie bestellten Sodawasser, was die Kastanienbraune mit erhobener Augenbraue und dieser Enzo mit einem halben Lächeln kommentierte.

»Nun, meine Herren, wie kann i Ihna helfen?« Er bedachte die Blondine mit einem Klaps auf den Hinterkopf. »Meine Mädels san alle sauber, gell, Pipsi?« Diese nickte. »Bescheinigt vom Amtsarzt.«

»Das glaube ich gern.« Wilhelm lächelte ihn an. »Nein, es geht mehr um einen Freund von Ihnen.«

»An Freund?« Enzo ließ von der Prostituierten ab und legte ein Bein über das Knie des anderen. »Wir san da alle Freund. Quasi a Familie.«

»Einen speziellen. Einen gewissen Franz Bäcker.«

Enzo setzte ein filmreifes erstauntes Gesicht auf. »Kenn i net.«

»Frankie«, mischte sich nun Fischer ein, »so a verklemmtes Landei, dem du das Stoßspielen zeigt hast. Mit langen, dunklen Locken. Gut baut. Der dir vü Geld schuldig is.«

Die Augen von Enzo verengten sich für den Bruchteil einer Sekunde, er wusste also ganz genau, von wem die Rede war. »Da muss i jetzt scharf nachdenken.«

Fischer lehnte sich auf den Tisch, seine Sakkoärmel spannten. »Vielleicht denkst a glei nach, wo du gestern am Abend so um siebene herum warst.«

»Na, na, na, wer wird denn glei so fuchsig sein?« Er lehnte sich ebenfalls vor. »Ihr habt mir übrigens no gar net eure Deckeln zeigt.«

Wilhelm lachte, der Vergleich von Kokarden mit Gesundheitszeugnissen von Prostituierten erheiterte ihn. Er präsentierte dem Mann seinen Ausweis, wie es auch seine Assistenten taten. »Haben wir das Spiel jetzt offiziell eröffnet, Herr Stadlmeier?«

»Ordnung muss sein, Herr Chefinspektor. Also, wie heißt der no amal?«

»Das wissen Sie ganz genau, Herr Stadlmeier. Eiern wir nicht herum.«

Fischer schnalzte mit dem Zeigefinger gegen das Glas. »Der Frankie is tot. Hast du eahm gmacht? Gestern am Abend?« Er beugte sich noch weiter vor. »Und dei Alibi überleg dir gut, weil wir schütteln's so lang durch, bis das klanste Flankerl von an Lug außefallt.«

Enzo schob die Blondine von sich und beugte sich nun Nase an Nase zu Fischer. »Wenn der tot is, bring i eahm um.«

Womit geklärt war, dass dieser rote Enzo Frankie nicht erschossen hatte. Dennoch fragte Wilhelm: »Und wieso, lieber Herr Stadlmeier?«

»I sag nur: acht Fleck.« Er lehnte sich zurück und zündete sich eine Smart an.

Lukaschek pfiff. »Net wenig Marie.«

Und Wilhelm überlegte, wie viele Jahre Bäcker hätte Taxi fahren müssen, um achttausend Schilling abbezahlen zu können. Wahrscheinlich sein halbes Leben, wenn man die Wucherzinsen hinzurechnete, die in diesen Kreisen üblich waren.

»I hab ma schon überlegt, wie er's abarbeiten kann, der Trottel, aber dann is er zu mir kuma und hat ma aufs Leben von seiner Katz, dem rassigen zwahundertfuffzger Ferrari, bei dem er wohnt, geschworen, dass er's ma zruckzahln kann. Und zwar heute am Abend.« Er hieb mit der Faust auf den Tisch. »I bring do kan um, der ma so vü Marie schuldt! No dazu, wenn i eahm ma herrichten kann. Als Bugl oder was a imma.«

Die Vorstellung, dass Frankie als Leibwächter Enzos Geld eintrieb oder Prostituierte zur Räson brachte, hatte etwas Aberwitziges. »Gut, Herr Stadlmeier. Wann hat er Ihnen das gesagt?«

»Des war am Sonntag«, kam es wie aus der Pistole geschossen. »Wie ma alle drüben in der Krieau waren und a bissel gfeiert haben.« Er ließ den Rauch in Kringeln entweichen. »Weil, wie si herausgstellt hat, so a Würstl, das i kauft hab, des Zeug zu an Champion hat.«

»Sie haben a Rennpferd? An Traber?« Lukaschek himmelte Stadlmeier förmlich an.

»Und außerdem a Alibi, wenn euch des alles no net reicht.« Enzo lehnte sich wieder auf den Tisch. »I war gestern bei Kollegen von euch, weil i hab ana Sau von Kunden die Pappn polieren müssen. Pempern ja, aber net prügeln, wenn's net ausgmacht is. Und scho gar net, wenn's net zahlt is.«

5

Sie fuhren zum Karmelitermarkt zurück, versorgten sich ebendort mit Wurstsemmeln und schleppten sich die Stiegen in Katzingers Haus hinauf. Sie lag noch immer so da, wie sie sie gebettet hatten. Sie reagierte weder auf ihren Namen noch auf das Rütteln der Schulter, das sah nach einem veritablen Nervenzusammenbruch aus.

»Soll man net die Rettung rufn?«, fragte Lukaschek.

»Wegen was? In die Luft stieren?« Fischers Replik klang besorgter, als es seine Worte taten.

»Klara weiß sicher, was zu tun ist«, beendete Wilhelm die Diskussion.

Sie machten sich auf die Suche nach Frankies Wohnbereich und wurden erst fündig, als sie auch noch das Erdgeschoß erkundeten. Er bestand aus einem winzigen Vorzimmer, einer kaum größeren Küche mit Waschgelegenheit, einem Zimmer und einem Kabinett. Die spärliche Einrichtung war ebenso bunt durcheinandergewürfelt wie im Rest des Hauses, und es fanden sich neben dem Telefonbuch von Wien kaum persönliche Dinge – ein Stapel Zeitungen von Express bis Die Presse, also vom eher linken Boulevard bis zum bürgerlichen Leitorgan, ein Kreuz an der Wand, ein Filmplakat von »Mary Poppins«, auf der Kommode zwei Bücher, und zwar die Bibel mit Frankies Namen auf der Innenseite, wie Wilhelm feststellte, und Jack Kerouacs »Unterwegs« mit dem Stempel der Stadtbücherei. »Da hat einer noch nicht wirklich gewusst, wer er ist, kommt mir vor. Dabei – so jung war Bäcker ja auch nicht mehr.«

Seine Assistenten quittierten die Feststellung mit Schulterzucken und setzten sich an den Tisch. Er gesellte sich zu ihnen. In harmonischer Schweigsamkeit futterten sie die Semmeln.

Bei der zweiten Semmel brach Lukaschek die Stille. »Wie hat der so vü Geld auftriebn? Mit'n Taxifahrn net.«

Sie einigten sich darauf, dass es nur zwei Erklärungen geben konnte: Franz Bäcker hatte einen Weg gefunden, selbst jemanden beim Spielen hereinzulegen, oder er hatte jemanden erpresst. Ersterem widersprachen Frankies offensichtliche Naivität und Unerfahrenheit, und so drängte sich die zweite Möglichkeit auf, da er mit Hector Johnson und seinen brisanten Ermittlungen zumindest peripher zu tun gehabt hatte.

Im Hof bremste sich ein Auto ein. Wilhelm schickte Fischer, Klara einzuweisen. Er selbst schlüpfte aus den Schuhen und legte die Füße auf die Kommode, schloss die Augen. Es war schon wieder ein langer Tag. Und er würde noch andauern. Er sollte schleunigst seine Freunde von der Schnapserrunde informieren, denn die Chance auf einen gemütlichen Ausklang wurde immer geringer.

Fischer kam mit erhobenem Daumen zurück und widmete sich dem Rest seiner Semmel.

»Also Erpressung«, nahm Wilhelm das Gespräch wieder auf. »Und da bietet sich nach dem, was wir bislang wissen, eigentlich nur der Gattermeyer an.«

»Da muss ihm dann der Johnson aber doch was gsteckt haben, denn im Gespräch mit der Helena is der Brudermord sicher net vorkommen«, meinte Fischer.

In diesem Moment wurde Wilhelm klar, dass seine beiden Assistenten von den brisanten Entwicklungen der letzten fünfzehn Stunden nichts wussten, weil sie entgegen ihrer Regel kein Morgengespräch geführt hatten, dank der Geschichte mit Dolferl und Bergmann und dank des Leichenfunds. Auch bei der Fahrt nach Simmering war ihm der Gedanke daran nicht gekommen, einerseits, weil er sich mit Vorwürfen gegeißelt, und andererseits, weil der Fund von Franz Bäcker sie alle drei sowieso komplett verwirrt hatte.

Wilhelm setzte sich wieder ordentlich hin und klärte seine Assistenten über den Kinderhandel auf und auch gleich über die Überlegung, dass Jakob eigentlich Johannes war.

Beide glotzten ihn an.

»Des wird ja langsam a richtige Raubersgschicht!«, meinte Fischer.

Lukaschek schlug mit der flachen Hand auf den Tisch. »Des passt. Eva-Maria. Die im Labor haben gsagt, da auf der Geburtsurkundn is amal Eva-Maria gstandn. Die haben des wirklich gmacht mit dem Kind, die ham die Helena in Spanien kauft und mitgnommen.«

»Habe ich mir gedacht.« Wilhelm nickte. »So weit, so gut. Aber ich habe inzwischen wieder meine Zweifel, dass Jakob Johannes ist beziehungsweise umgekehrt. Denn warum hat er sich, wenn er denn der Johannes war, dann nicht als guter Onkel eingeführt und somit erst recht Vater sein können? Seine Frau hätte den Mund gehalten, seine Mutter auch, und sonst hätte sich niemand was dabei gedacht. Kommt doch öfters vor, als man denkt, dass ein Familienmitglied die Rolle des anderen übernimmt. Dass zum Beispiel ein Mann nach dem Tod seiner Frau deren Schwester heiratet.«

»Wo du recht hast, hast du recht, Chef«, meinte Lukaschek.

Fischer zündete sich eine Zigarette an und funktionierte ein Häferl mit Wasser zum Aschenbecher um. »Gut, das alles sind Sachen, wegen denen man einen Mann erpressen kann. Aber woher will der Frankie das gewusst haben? Nach allem, was wir bis jetzt über den Johnson gehört haben, kann i mir net vorstellen, dass der gredt hat, net amal als Besoffener.«

»Burschen, die Herumraterei bringt uns gar nichts. Wir brauchen was Handfestes, eine Notiz, ein Foto, was auch immer. Auf, auf, einmal rundherum und retour.« Er deutete um sich.

Seufzend erhoben sich die beiden und begannen, jeden Gegenstand auseinanderzunehmen – Fischer etwas lässig und daher langsamer, weil er die Tschick partout nicht aus der Hand legen wollte.

Wilhelm begab sich unterdessen in den ersten Stock und fand Klara in der Küche Tee zubereitend vor. »Und?«

»Ich mach einmal einen Kamillentee, nur glaube ich, dass das nichts nützt. Aber ich hab schon die Rettung angefunkt. Das dauert aber ein bissel, weil's ja keine lebensbedrohliche Situation ist.« Sie kam zu ihm. »Du, Wilhelm, ich fürchte ...«

»Ich auch. Und es tut mir leid, dass ich dich damit beauftragt habe, aber ich wollte die Frau nicht noch mehr sabbernden Kollegen aussetzen.«

Klara lächelte. »Ich hab ihr schon einmal einen Rock drüberziehen können.«

»Danke. Wir holen unseren Kaffee gleich morgen nach. Wenn du Zeit hast.«

»Schauma amal.« Sie lächelte noch breiter und strich sich eine Strähne hinters Ohr.

Ein süßes Ohr.

Und schon wieder fand er etwas an Klara attraktiv. Vielleicht begründete sich seine Empfänglichkeit für weibliche Reize auch darin, dass er Anne schon beinahe drei Wochen nicht mehr gesehen hatte. Seine Dauergeliebte weilte seit über vierzehn Tagen mit ihrer Tochter auf Sommerfrische am Semmering. Mit seinem Geld. Und er darbte inzwischen. Nein, das war ein unfairer Gedanke. Sie hatte sich erst nach langem Zureden den Zuschuss zum Urlaubsbudget geben lassen.

Er verabschiedete sich von Klara möglichst unverfänglich, indem er ihr zuwinkte, und sah dann seinen Burschen dabei zu, wie sie die Wohnung von Bäcker wieder in ihren Urzustand versetzten. Sie hatten nichts gefunden – außer unter dem Kopfpolster eine rote, mit Zwirn zusammengebundene Haarsträhne.

Lukaschek überreichte sie Wilhelm. »Glaubt ihr, dass er es mitbekommen hat? Wie der Johnson und sie nach dem Käse an auf Paris gmacht haben?«

»Des muss für ihn di Hölle gwesen sein«, meinte Fischer. »Hat er eigentlich a Alibi ghabt?«

»Seinen Taxidienst«, klärte Wilhelm ihn auf.

»Aha.« Fischer sah ihn nur an.

»Ja, so einen Dienst kann man nicht hundertprozentig nachprüfen, da hast du schon recht. Aber dass er ihn aus Eifersucht …? Geh, das mit dem Geld ist doch viel wahrscheinlicher. Bei so einer großen Summe gehen leicht einmal jemandem die Nerven durch.«

Fischer deutete nur auf die rote Strähne.

»Ja, schon«, gab ihm Wilhelm recht, »das machen nur verliebte Trotteln. Aber nicht jeder verliebte Trottel bringt gleich alle möglichen Konkurrenten um die Ecke.«

»Die Katzinger hat gemeint, dass sie sich gewundert hat, weil er beim Johnson nicht so narrisch worden ist wie bei anderen davor. Des kann auch deswegen gewesen sein, weil er gemerkt hat, das zwischen die zwei is gefährlich, und er hat einen Plan geschmiedet, und er hat sich an ihn rangeworfen, damit er Vertrauen aufbaut.«

»Liest du seit Neuestem Courths-Mahler, Siggi?«

»So a Gschicht is net mehr Tschingbum als die mit dem Kinderkauf.« Er hörte sich leicht beleidigt an.

»Ja, aber warum is er jetzt dann tot?«, fragte Lukaschek. »Dann müsst ihn ja die Malerin hamdraht haben. Sonst fallt mir dann kana mehr ein.«

Wilhelm nickte. Er hatte ihn schon gehabt, den Gedanken, aber jetzt musste er ihn offiziell zulassen, was ihm gar nicht behagte. Nun, Gefühle und Vorlieben hatten bei einer Ermittlung nichts zu suchen. »Also gut, schlechte Nachricht für euch: Nachtschicht. Ihr krempelt den Rest des Hauses auch noch um.« Die beiden stöhnten. »Nicht beschweren. *Ihr* seid doch auf die Idee gekommen!«

Fischer schlug sich mit der Hand auf die Stirn. »Wie blöd kann ma a sein!«

»Und ich schaue jetzt einmal, ob ich Berner noch erwische. Der soll die Funkgesellschaft von dem Bäcker kontaktieren und bei denen nachfragen, was sie so über seinen Dienst am Samstagabend wissen.«

Im Hof bog er aber dann zur Stiege ab. Er musste zuvor Klara instruieren. Vielleicht war Maria Katzinger ja doch tatsächlich eine exzellente Schauspielerin. Und Eifersucht, gekränkte Eitelkeit sowie Rache waren nun einmal unter den ersten fünf bei den Tatmotiven.

Er nahm immer zwei Stufen auf einmal, eilte ins Schlafzimmer und winkte seine Kollegin zu sich auf den Gang, das Treppenhaus hinunter, quer über den Hof, möglichst weit weg vom Fenster zu Katzingers Wohnbereich. Dann fasste er die Überlegungen, die Fischer, Lukaschek und er getätigt hatten, zusammen.

Sie runzelte die Stirn. »Also, ich weiß nicht. Da muss sie schon sehr gut spielen. So gut, dass Hollywood sie entdeckt hätte.«

»Ich kann es mir ja auch nicht vorstellen, aber wir haben uns alle schon geirrt. Die ältesten und gefinkeltsten Hunde sind nicht davor gefeit, einmal auf jemanden reinzufallen.«

»Gut, ich hab ein Auge auf sie. Aber wenn sie wirklich so gewieft ist, wird sie sich noch mindestens eine Woche lang scheintot stellen.« Damit entschwand sie.

Wilhelm begab sich zum Auto und funkte Berner an. Der meldete sich zum Glück. Er ließ Wilhelm aber gar nicht erst ausreden, sondern teilte ihm aufgeregt mit, dass der Major Bär ihn dringend suche.

»Und warum?«

Was er dann hörte, vermochte er nicht zu glauben.

6

Wilhelm ignorierte Lukascheks Protest, dass so ein Verhalten für einen Chefinspektor nicht standesgemäß sei, und klemmte sich höchstpersönlich hinters Lenkrad. Die Hausdurchsuchung wusste er bei Fischer in besten Händen, und er hatte ihm Unterstützung in der Gestalt von drei Streifenbeamten organisiert. Klara war mit Katzinger und der Rettung ins Spital gefahren, er konnte sich nun also vollkommen ungestört auf das konzentrieren, was ihn erwartete.

Die Taborstraße quoll von Autos über. Mit einem Mal konnte er es nicht mehr erwarten, auf die Sicherheitswache zu kommen. Er pflanzte das Blaulicht aufs Dach und gab Gas. Lukaschek jammerte.

»Reiß dich zusammen. Du bist Polizist. Was machst, wenn du einmal einen Bankräuber verfolgen musst?«

»Verstärkung … Aaaaah! Bitte, Fodor, ich hau mir noch den Schädel an.«

»Dann halt dich besser fest.«

»Was ist denn eigentlich los?«

»Das wirst du gleich sehen.« Wilhelm schaute auf die Armbanduhr. Nach dem, was Berner berichtet hatte, müsste die Überstellung schon beendet sein.

»Geh, jetzt sag schon. Tu nicht so geheimnisvoll.«

»Ich glaube es nicht, deswegen sage ich nichts. Ich muss mich erst persönlich mit eigenen Augen – du gschissenes Arschloch! Schleich di! Bist farbenblind, du Seicher? Des is a Blaulicht, du Hirnhappler!«

»Chef!«

»Na, is ja wahr. Blindgänger. Wenn er net fahren kann, soll er den rosa Fetzen abgeben.«

»I hab gar neeeeeet … Ah! I hab gar net gwussst, dass du so viele Schimpfwörter kennst, Chef. Du redest doch sooooonst … Ah, geh weida, jetzt krieg ich an blauen Fleck.«

»Hör auf zu raunzen, Lukki.« Er bog scharf ab und bremste sich quietschend vor dem Balken zum Innenhof der Sicherheitswache ein. Der ächzte sich Zentimeter um Zentimeter in die Höhe. »Geht's vielleicht noch a bissel langsamer?«, brüllte Wilhelm aus dem Fenster.

»Chef, der Kollege da kann do nix für den Balken.«

»Er könnte ihn wenigstens einmal schmieren«, knurrte Wilhelm.

Endlich konnte er einfahren, er stellte sich auf den erstbesten Platz, hechtete zur Hintertür, die Stiegen hinauf.

»Chef, jetzt wart doch, ich kann net so schnell.«

»Dann friss net so viel«, knurrte Wilhelm. Im nächsten Moment war er froh, dass Lukaschek so weit hinter ihm lag und den Satz sicher nicht gehört hatte.

Er stürmte durch die Gänge, bis er die Tür zum Vernehmungszimmer zwei erreichte.

Dolferl hatte sich gerade eine Zigarette angezündet und reichte sie Wilhelm wortlos. Zündete sich selbst eine an. Sie pafften.

Lukaschek keuchte zu ihnen. »Kann mi jetzt bitte wer aufklären, warum i mir grad an Herzinfarkt hol?«

»Hast du nix gesagt, Willi?«

Wilhelm schüttelte den Kopf. »Ich muss ihn zuerst sehen, sonst glaube ich es nicht.« Er wusste nicht, wohin mit seinen Armen. »Verdammt, ich habe mir um dieses Arschloch Sorgen gemacht, obwohl anscheinend schon der Funke von Mitgefühl zu viel ist.«

»Ja, ich weiß, aber mir kannst du es glauben. Er hat es nicht ungeschickt gemacht. Die Haare sind schwarz gefärbt, auch die Augenbrauen und der Witz von Schnurrbart, den er sich in den letzten Tagen hat wachsen lassen. Er hat sich sogar da«, Dolferl legte den Finger auf die Stelle, wo sein linkes Kiefergelenk sein musste, »einen Leberfleck aufgemalt, der natürlich auch auf dem Passfoto gut sichtbar ist.«

»Leberfleck?«, fragte Lukaschek.

»Dann natürlich die allseits beliebte Brille. Seine ist eine sündteure mit schwarzem Rahmen, damit sie zu seinem neuen Typ passt.«

»Neuer Typ?«, fragte nun Wilhelm.

»Er hat sich die Haare nach hinten pickt, so auf lässig. Tragt an schwarzen, sehr guten Anzug mit einem weißen Unterleiberl drunter, an T-Shirt. Dazu Lackschuhe. Er schaut a bissel aus wie eine Mischung zwischen James Dean und diesem Designer aus Paris – geh, wie heißt der geschwind noch einmal, der mit den Brillen ...«

»Yves Saint Laurent.« Wilhelm bemerkte, wie Lukaschek den

Mund aufriss. »Als guter Kieberer, Lukki, musst du von allem ein bissel Bescheid wissen. Du weißt nie, wann du es brauchst.«

Lukaschek nickte wie ein Tafelklassler.

»Ja, genau, wie eine Mischung aus Dean und Saint Laurent«, fasste Dolferl zusammen.

»Und wo?«, fragte Wilhelm.

»Schärding-Engelhartszell. Er wollte offenbar zu seinen Gesinnungsfreunden in Passau.«

»Wer hat nach Deutschland wollen? Zu welchen Gesinnungsfreunden?« Lukaschek stemmte die Hände in die Seite.

Wilhelm rieb sich die Stirn. Er fühlte sich erschöpft. »In welchem Zusammenhang haben wir von Passau gehört, Lukki? Ha? Schaust halt in deinen Notizen nach.«

»Brauch i net. Weil ich des sonst wüsst.« Er klang eingeschnappt.

Richtig, Wilhelm hatte Lukaschek zu Unrecht angespitzt, denn er hatte sowohl mit Kummer als auch mit Dolferl allein über Fichtes und Bergmanns und der ganzen nationalen Partie Verbindung zu Olympia-Burschenschaft und dem Bund Heimattreuer Jugend gesprochen. Die fehlende Morgenbesprechung. Schon wieder.

»Nazis, Lukki, Nazis. Tut mir leid, das ist wirklich immer nur zwischendurch gefallen, wie ich mit dem Kummer und Dolferl über Fichte und Bergmann geredet habe. Da gibt es eine Verbindung in Passau, die anscheinend Gesinnungsgenossen massiv unterstützt. Zum Beispiel auch beim Kampf um Südtirol.«

»Bergmann? Wer ist des scho wieder?«

Und jetzt wurde Wilhelm wieder einmal heiß. Verdammt, alles galoppierte nur so dahin, man verlor ja sämtlichen Überblick. Und er war seiner Position schon überhaupt nicht mehr würdig, wenn er es nicht einmal schaffte, seine Assistenten beständig auf dem Laufenden zu halten. Er donnerte den Zigarettenstummel auf den Boden und zermalmte ihn mit dem Schuh. »Ja, ich hab's vergessen. Mea culpa, mea maxima culpa. Ich –«

»Was für a Kuppa?«

»Ach, Lukki!« Wilhelm überrollte eine Woge von Zärtlichkeit

angesichts der Unbelecktheit von Lukaschek. Er wandte sich ab. Er war einfach der falsche Mann auf dem Posten. Bislang hatte er sich immer für souverän gehalten. Hatte gedacht, er würde immer und überall den Überblick bewahren. Und nun? Zwei Leichen, kein Täter, stattdessen eine Nachlässigkeit nach der anderen.

Er zündete sich eine neue Zigarette an, bekam nebenbei mit, dass Dolferl Lukaschek in Stakkato mit dem Geflecht der Rechten vertraut machte, was eigentlich er hätte tun sollen. Aber am heutigen Morgen war alles so schnell gegangen, so wahnsinnig schnell! Zuerst Dolferls Besuch, dann das missglückte Verhör von Bergmann, sein Anfall von Vergangenheitsbewältigung. Lediglich ein paar Minuten Ruhe waren ihm vergönnt gewesen. Die hatten gerade dafür gereicht, dass er in das Notizbuch hineingelesen hatte – aber eben nur hineingelesen, was ein großes Versäumnis war, denn dort stand sicherlich einiges Erhellendes drinnen. Weiter mit der frischen Leiche, dem roten Enzo, dem Problem Katzinger. Bitte, wo blieb einem da Zeit, einmal die Gedanken zu sortieren? Geschweige denn, sich mit seinen Mitarbeitern auszutauschen?

Und jetzt auch noch der Wiederauferstandene. Er hatte die Nase gestrichen voll. Warum spielte das Schicksal immer ausgerechnet ihm so verzwickte Fälle zu? Nein, das stimmte so nicht. Wenn er es genau bedachte, dann hatte Kummer auch die Scheiße am Dampfen. Denn dieser Kubart würde von seiner Aussage nicht abweichen. Es war klar, dass der Mord an Fichte etwas mit dem rechten Milieu zu tun hatte, aber ohne Beweise war da nichts zu holen. Vor allem, weil ein echtes Motiv fehlte. Die Kameraden hatten sicherlich schon länger geahnt, dass Fichte nicht mehr ganz frank war. Warum also jetzt? Nur, weil er sich mit Johnson getroffen hatte? Sie mussten wirklich Brisantes geredet haben. Hoffentlich stand etwas im Notizbuch darüber.

Er spürte Tupfen auf seiner Schulter und drehte sich um.

»Ich hab übrigens auch eine schlechte Nachricht, Willi«, meinte Dolferl. »Ich hab sein Alibi überprüft. Er war im ›Chat noir‹.«

»In dieser tiefen Gürtelhütte? Das passt doch gar nicht zu ihm.« Wilhelm verstand gerade gar nichts.

»Fodor, das ›Chat noir‹! Mit seinem Hinterausgang zum Picasso seiner Werkstatt! Hat seinen neuen Pass in Auftrag gegeben. Jedenfalls hat er den Johnson nicht machen können.«

Wilhelm entkam ein Lacher. Deswegen war er so hergesaust? Nein, er war hergesaust, weil er endlich einmal Antworten haben wollte. Und doch! Er lachte noch einmal auf. Ließ den Stummel fallen und kickte ihn vor dem Aufprall wie einen Fußball quer durch den Gang. War erstaunt, dass er so gut getroffen hatte.

»Chef? Alles in Ordnung mit dir?«

»Alles bestens, Lukki. Ich habe gerade ein Tor geschossen.« Ein Eigentor, ergänzte er im Geiste. Aus dem Augenwinkel bemerkte er, wie die beiden einander ansahen. »Nein, wirklich, alles in Ordnung mit mir. Los geht's, bevor er selber auf die Idee kommt, dass wir ihn nicht festhalten können, weil er nichts angestellt hat.«

Er betrat den Vernehmungsraum und hätte Jakob respektive Johannes Gattermeyer beinahe nicht erkannt. Denn der fiel in seiner Verkleidung definitiv unter die Kategorie »attraktiver, geheimnisvoller und interessanter Mann«, obwohl er die besten Jahre ja schon etwas hinter sich hatte. Keine Spur mehr vom leicht langweiligen Chefportier.

Wilhelm spürte, wie sich seine Hände ballten. Er merkte, wie seine Beine Schritte machten. Er konnte nichts dagegen unternehmen. Er wollte es auch nicht. Er sah diesen Mann plötzlich als jungen Kämpfer vor sich, mit einem Schiffchen auf dem Kopf und einer Zigarette im Mundwinkel. Sah ein greinendes Baby, das Rote Kreuz auf weißem Grund, eine verhärmte Frau, eine schwarzhaarige Schönheit. Und dann war alles nur mehr Rot.

Das Nächste, was er wahrnahm, war, dass Gattermeyer sich Blut von der Nase wischte. Am Boden liegend. Neben dem umgekippten Sessel liegend. Liegend.

Und schließlich fühlte er, wie sich schier unzählige Hände in seine Arme krallten und ihn wegzerrten, weg von diesem Kretin.

7

Wilhelm schaltete die Tischlampe ein, er schaltete sie aus. Er fegte die Asche neben dem Aschenbecher auf den Boden, betrachtete sie ebendort, kam sich schlecht vor, beruhigte sich mit dem Gedanken, dass der Putzfrau die paar Flankerln gar nicht auffallen würden.

Mein Gott, war die Herumsitzerei langweilig. Hm, er könnte das Notizbuch weiterlesen.

Er würde nichts mitbekommen.

Wilhelm schaltete die Tischlampe ein, er schaltete sie aus, wieder ein. Rieb sich das Gesicht. Bitte, was konnte da unten so lange dauern? Es war doch ohnehin alles klar. Hoffentlich machte Lukaschek als sein Stellvertreter gute Figur, er war manchmal so fürchterlich unbedarft. Nein, das würde er schon, denn Dolferl gab den Taktstock sicher nicht aus der Hand.

So wie er es getan hatte.

Was hatte ihn da nur geritten? Ohne Not einen Verdächtigen oder Zeugen oder was auch immer zu schlagen, war erbärmlich. Er hatte gewusst, dass Gattermeyer Hector Johnson nicht auf dem Gewissen hatte, dank Dolferls korrekter kriminalistischer Arbeit. Die er hätte tun sollen. Ja, ja, ja, Gattermeyer war Zeuge gewesen und dann gleich darauf potenzielles Opfer – dennoch.

Wilhelm holte aus der Schublade den Cognac. Er betrachtete die Flasche, fuhr mit dem Mittelfinger ihre Kurven ab, stellte sie zurück.

Und die alten Geschichten? Kriegsverbrechen interessierten außer ein paar Idealisten niemanden. Der Raub respektive – offiziell – die Adoption eines spanischen Kindes ebenso wenig. Er war sich nicht einmal sicher, ob Johnson mit seiner Vermutung, dass das ein Blätterrascheln in den heimischen Gazetten erzeugen würde, richtiggelegen war. Der Brudermord – welcher Gattermeyer auch immer vor ihnen saß – war kaum zu beweisen, denn die Mutter würde nun nach der Rückkehr des Sohnes alles ableugnen und ihnen vorwerfen, dass sie sie absichtlich falsch verstehen und ihr einen Strick daraus drehen wollten. Und etwas anderes hatten sie nicht. Totenschein neutral, ausstellender Arzt tot.

Wilhelm schaltete die Lampe aus, schaltete sie ein. Zündete sich eine Zigarette an, leerte den Aschenbecher in den metallenen Mistkübel.

Er hatte Gattermeyer wahrscheinlich anstelle von Bergmann geschlagen. Das war es. Oder auch nicht. Nazibrut, so oder so.

Es klopfte, er ließ eintreten. Berner erschien mit zwei Flaschen Bier. »Du bist ja quasi schon außer Dienst. Dem Bericht von der Einvernahme zu lauschen, wirst nach so an Flascherl ja sicher no schaffen, oder?«

Wilhelm lächelte ihn an, mit all der Dankbarkeit, zu der er in seinem momentanen Zustand fähig war. Sie stießen gleich mit den Flaschen an und tranken. Berner machte es sich auf einem der Sessel bequem und schloss die Augen.

»Willst du nicht heimgehen?«

»Na, ich möchte jetzt schon no wissen, warum der abghaut is.«

Wilhelm war verwundert, vor allem über sich selbst. Jetzt hatte er sich gerade aufgezählt, was alles nicht relevant war, war zum Schluss gekommen, dass im Grunde keine Anklagepunkte übrig blieben, und hatte sich selbst diese entscheidende Frage nicht gestellt. Ja, wenn Gattermeyer nichts zu fürchten hatte, warum hatte er sich verkleidet und in den Zug nach Deutschland gesetzt?

Das Telefon klingelte.

Berner beugte sich vor. »Is wahrscheinlich für mi, i hab meins zu deinem durchgestellt.«

Wilhelm deutete ihm abzuheben.

»Gruppeninspektor Berner am Apparat Chefinspektor Fodor? – Ja, da san S' genau richtig, danke, dass Sie zurückrufen. – Ja, es ist wirklich furchtbar. – Verstehe. Ja, so an Fahrer will ma natürlich net verlieren. – Ja, natürlich können wir Ihnen Bescheid geben, wer's war, es wird aber auch in allen Zeitungen … – Verstehe, Fräulein Polster, wenn Ihnen des nachert also so wichtig is … – Aber können wir jetzt vielleicht den letzten Samstag …? –

Vielen Dank, Sie haben uns sehr geholfen. – Ja, ich melde mich, versprochen.« Berner legte auf, verdrehte die Augen und nahm einen langen Zug vom Bier.

»Also nachert?« Wilhelm grinste ihn an. Er hörte das ununterbrochene Schnattern von Fräulein Polster förmlich selbst.

»Die Zentrale von der Gesellschaft, für di der Bäcker gefahren is. Alles lückenlos bis auf eineinhalb Stunden.« Berner grinste breit zurück.

»Ungefähr zwischen halb neun und zehn Uhr am Abend.«

Berner nickte. »Er is angeblich was essen gegangen.«

»Just in dem Zeitraum von Johnsons Ermordung? Das gibt es nicht.« Wilhelm legte die Zigarette ab, stützte das Kinn in die gefalteten Hände. Zuerst im Haus der Katzinger hatte er der Logik der Gedanken und dem Prinzip, nichts auszuschließen, Folge geleistet, aber nun fühlte er sich wie elektrisiert. »Kann es wirklich so einfach sein?«

»Manchmal is es des.« Berner rülpste. »'tschuldigung.«

»Also … Der Bäcker bekommt mit, wie die Katzinger und der Johnson sich ausführlich und wahrscheinlich sehr leidenschaftlich miteinander vergnügen. Katzingers Bericht hat ja danach geklungen, als wäre die … fleischliche Verbindung der beiden etwas ganz Besonderes gewesen. Vielleicht sagt Hector am nächsten Tag sogar etwas zu ihm. Entweder dass er sich wieder in Katzinger verliebt hat und bei ihr bleiben will oder etwas Abfälliges. Gleichwohl, Bäcker gerät in unsägliche Wut.«

»Würd ich auch«, meinte Berner und schnippte den vor sich hin glimmenden Filter von Wilhelms Zigarette in den Aschenbecher.

»Ich auch. Entweder weil ich meine Felle davonschwimmen sehe oder weil ich nicht will, dass meine Göttin beleidigt wird.« Wilhelm legte die Handflächen auf den Tisch. »Er beschließt also, den Störenfried aus dem Weg zu räumen. Und was ist besser als ein nebulöses Alibi durchs Taxifahren. Er macht sich also auf die Socken zum Dienst, gibt der Zentrale Bescheid, dass er Pause macht und …«

»Und?«

Ja, *und*. Genau das war der Punkt. Wilhelm nahm einen

Schluck. »Ich sitze also im Taxi und beschließe: jetzt. Woher weiß ich, wann Johnson wo sein wird?«

»Er hat's ihm erzählt.«

»Hm. Eine Möglichkeit, aber nur zu einem geringfügigen Prozentsatz glaubhaft. So geheimnisvoll, wie der Johnson die ganze Zeit getan hat.«

»Vielleicht hat er ihn ausspioniert?«

»Wie soll er das denn ...?« Wilhelm zog den Stapel Papier zu sich. »Sein Notizbuch«, erklärte er Berner. »Wir müssen also nur die Seite finden, wo er etwas über den Samstagabend geschrieben hat.« Er blätterte.

Eine Skizze von Theodor Fichte sprang ihm ins Auge, ohne Zweifel auf den ersten Blick anhand seiner Unterlippe erkennbar. Der junge Mann hatte in Johnsons Zeichnung einen bestürzend gedemütigten Blick. Über ihm schwebte wie der Dschinn eine Figur, die dieselbe Unterlippe wie er und zusätzlich eine Rotzbremse wie der Braunauer sowie das Dollarzeichen auf ihrem Anzug aufwies. Der Mann hatte eine Rute in der Hand. Sah nach Vater aus. Und hinter Fichte duckte sich ein Dienstmädchen, erkennbar an Schürzchen und Häubchen. Es hatte eine gebogene Nase, wie es üblicherweise Karikaturen von Juden aufwiesen. Aus dem Mund der Vaterfigur quoll in einer Sprechblase »Ha! Ha! Ha!«. Über der Skizze war der Datumseintrag: »13. August 1966«. Darunter stand: »Vater Kindesfreundin X + arme Sau. Spitzel.«

»Was is?« Berner gähnte. »So spannend?«

»Gleich. Ich bin da nur über etwas gestolpert.«

»Jakob = Johannes. Alle wissen. Freunde = Nazis. Jo. n. immer aktiv. Südtirol!«

In Wilhelm wurde alles ganz still. Da stand es blau auf weiß. Sie hatten alles richtig vermutet, Dolferl und er. Und jetzt war ihm auch klar, warum Gattermeyer in der Wohnung diese seltsame schwarze Kleidung hängen hatte. Für seine Terroristenausflüge. Und wie hatte Katzinger Johnson zitiert? Dass er fasziniert sei, wie eine Sache in die andere übergehe. So konnte man das formulieren. Ein Roter wird zum Nazi wird zum Terroristen.

Verdammt! Warum nur hatte Johannes Gattermeyer auch unbedingt an diesem Abend Picasso besuchen müssen? Er war der perfekte Verdächtige, aber was, Schuldige!

Die Tür krachte auf.

»Es reicht mir!« Dolferl stand wie der Kriegsgott Ares im Raum. Sein Blick fiel auf Wilhelms Bier. Er nahm die Flasche und trank. Ausführlich.

»Lukaschek?«, fragte Wilhelm seinen Assistenten, der hintennach hereingeschlichen kam.

Dieser ließ sich ächzend auf dem noch freien Sessel nieder, nestelte aus der Sakkotasche einen blauen Schokoladenriegel, wickelte ihn fein säuberlich aus. Provokant. Langsam. »Also i kann da nur sagen: Vergönn dir eine Schmidt famos.« Grinsend biss er in die Süßigkeit.

»Lukki!«

Lukaschek wedelte beschwichtigend mit den Händen. »Eine gute Nachricht hamma für euch: Das Fräulein Penthesilea hat den Bergmann einwandfrei identifiziert. Jetzt gibt er es auch zu, dass er den Gattermeyer besucht hat, aber nur als Freund. Weil sie sich kennen von einem Aufenthalt von ihm in seinem Hotel oder so. Schwammig halt, des Ganze.«

»Und sonst? Warum hat der Gattermeyer eine Fliege gemacht?« Inzwischen konnte er es sich zwar bestens vorstellen, aber er wollte wissen, wie dieser Kretin argumentierte.

Dolferl setzte die leere Flasche ab und gab Lukaschek mit weit ausholender Geste die Sprecherlaubnis.

Dessen Bauch hüpfte. In der nächsten Sekunde schüttelte sich Lukaschek vor Lachen. »Wart, wie hat er gesogt?« Er lachte und schüttelte den Kopf. »So a Hirnhappler, sag i dir, Fodor, so a Dolm. Also: Die Fragen von Herrn Johnson haben ihn an den frühen Tod von seinem Bruder erinnert«, rezitierte Lukaschek mit theatralischem Ernst, »und wie dann auch noch der Johnson selber gestorben ist, da ist ihm klar geworden, dass er noch etwas anderes vom Leben will. Bevor es aus ist.« Er hielt sich den Bauch vor Lachen. »Hat mi an den Bäumeumarmer erinnert, den ma amal ghabt haben in an Fall. Aber wie kann ma so deppert sei und wirklich glauben, dass ma mit ana neuen Haarfarb a anderer Mensch is?« Er wischte sich die Tränen aus den Augen. »I sag ja, nix als Schwafelei.«

Wilhelm nahm Dolferl die leere Flasche ab und bugsierte sie in den Mistkübel. Er setzte sich aufrecht hin und legte die Hände auf die Abschrift des Notizbuchs. »Nun, Don Quixote und Sancho Pansa, eure Windmühlen sind tatsächlich Riesen.«

Alle drei sahen ihn an.

»I hab so das Gefühl, dass der Vergleich, egal, wie er gmeint is, in jedem Fall a bissl hinkt«, meinte Berner.

»Kann sein, egal.« Wilhelm tippte auf den Stapel. »Denn das da ist das Notizbuch oder Gedächtnisprotokoll von Hector Johnson. Und da drin steht, dass der Fichte sicher gewusst hat, dass der Jakob eigentlich der Johannes Gattermeyer ist, weil das bei dieser Bagage jeder gewusst hat. Und dass der Johannes Gattermeyer anscheinend die Attentate in Bezug auf Südtirol mitplant. Das ist das, was ich bislang gelesen habe, bevor ihr hereingepoltert seid. Ich weiß nicht, was da noch notiert ist. Aber wenn es so weitergeht …?«

Stille im Raum.

»Ich brauch sofort eine Kopie davon«, meinte schließlich Dolferl. »Das ist Munition, aber was rede ich, Dynamit! Wer weiß, ob die damit nicht wie die Dominosteine umfallen?«

Sein Freund war ganz klar genauso überarbeitet wie er selbst, stellte Wilhelm fest, denn sonst wäre er nicht stante pede dermaßen enthusiastisch gewesen. »Aber mach gleich eine zweite für den Kummer mit. Vielleicht hilft ihm das beim Fichte-Mord.« Oder sie entdeckten zu zweit noch etwas, was dann beide Fälle löste. Er reichte Dolferl das Dokument.

Der sah es wie eine Spinne an.

Berner stemmte sich in die Höhe. »Ich erledige des schon. Zwei Abzüge. Zu Befehl.« Er salutierte – und Berner war der einzige Mensch, bei dem Wilhelm diese Geste vertrug, denn er meinte sie nicht ernst.

Nun holte Wilhelm das zweite Mal die Cognac-Flasche aus der Lade, doch jetzt entstöpselte er sie. Er goss die zwei Schwenker voll und reichte sie Dolferl und Lukaschek. »Mehr Gläser habe ich nicht. Aber ihr seid zuerst dran, so, wie ihr gelitten habt.«

Die beiden strahlten auf und genossen den guten Tropfen.

Wieder wurde die Tür aufgerissen. »Fodor, ich kann einfach … Na, schau di an, Vollversammlung?« Fischer blieb abrupt stehen.

»Es ist alles grad ein bissel schwer durcheinander«, meinte Wilhelm. Und dann fasste er die letzten Stunden in Bezug auf die zwei Nazis zusammen, inklusive Notizbucheinträge.

Fischer nahm Berners Sessel ein. »Na, servas.« Er rubbelte sich die Haare. »Aber wenigstens etwas, weil in dem Haus haben wir no gar nix gfunden. Wirklich so gar nix.«

»Und ihr habt überall nachgeschaut?«

»Überall. Na ja, bis auf die zwei Stadln im Parterre. Aber die haben ka Lichtleitung. Und mit di Scheinwerfer … I weiß net, da hab i immer das Gefühl, dass i was durch di scharfkantigen Schatten überseh. Außerdem bin ich müd, ich seh nix mehr.« Bestätigend rubbelte er sich die Augen. »I möcht di zwei also erst morgen machen.«

»Ja, tu das.«

»Wieso müss ma di eigentlich überhaupt machen?«, stöhnte Fischer. Er drehte den Kopf im Nacken.

»Es war deine Idee, dass Katzinger und Bäcker was mit den Morden zu tun haben.«

»Lass mi in Ruh, Fodor.«

»Er hat kein Alibi.«

Fischer setzte sich ruckartig kerzengerade hin. »Und des sagst erst jetzt?«

»Zeitig genug.«

19. August 1966, Freitag

1

Wilhelm kitzelte etwas in der Nase. Er rieb sie. Und tauchte wieder ab, mit aller Willenskraft, in den Traum, der ihm so viel Vergnügen bereitete. Denn da fuhr er im roten Cabrio mit Liz, Anne und Klara zum Wienerwaldstausee. Und er wusste, was sie gleich tun würden: nackt baden. Komplett verbotenerweise.

Sie bremsen sich ein, springen aus dem Auto. Liz ist die Erste, die ihr Kleid über den Kopf zieht, und Anne in der nächsten Sekunde die Zweite. Klara sieht zu ihm, ihre Brüste schwellen an, werden Luftballons, sprengen das Kleid. Sie lacht aberwitzig, in furchtbar grellen Tönen, und geht rückwärts ins Wasser, immer weiter. Es steht ihr bis zum Nabel, bis zu den unförmigen Brustwarzen, bis zum zarten Hals, bis zum leicht geöffneten Mund. Er strebt zu ihr, um sie zu retten, doch seine Füße stecken im Untergrund fest. Er kämpft dagegen an umzufallen. Sieht, wie sich Liz und Anne lachend Klara nähern und sie zwischen sich nehmen. Dabei berühren sie auch diese Monsterbrüste. Ihm selbst schwillt seine Männlichkeit an. Die dürfen das nicht tun, das darf nur er! Und doch saugt sich sein Blick an dem Bild fest. Die Frauen winken ihm. Oh, gleich wird er … Plötzlich steht da eine schwarze Gestalt mit einer Granate in der Hand. Die Lunte brennt. Der Teufel presst die Granate zwischen Klaras Brüste. Wilhelm schreit. Er will laufen, doch seine Füße kleben noch immer fest. Der Teufel stützt sich auf die Frauen, taucht sie unter, Wilhelm greift nach ihnen …

Schmerz.

Wilhelm schlug die Augen auf. Rieb sich die Hand. Und sah auf ein Telefon. Es war schwarz, nicht grün, so wie bei ihm daheim. Er hatte den Arm gegen den Büroschreibtisch gedonnert. Über ihm brannte die Schreibtischlampe, obwohl die Sonne durch das Fenster lachte und genau auf die Stelle leuchtete, wo er seinen Kopf gehabt hatte. Das Kitzeln. Und vor ihm lag der Stapel mit den Notizen von Hector Johnson.

So lange war er noch nie im Büro eingenickt. Noch dazu an einem Tag respektive Abend, wo er am Vortag respektive Vorabend brav gewesen war. Und natürlich war »eingenickt« ein euphemistischer Ausdruck, denn er hatte sicherlich Stunden tief und fest geschlafen. So, wie sich sein Nacken anfühlte.

Er dehnte ihn, warf einen Blick auf die Wanduhr. Leicht verschwommen erkannte er, dass es kurz nach sechs war. Er betrachtete die Unterlagen und versuchte zu rekapitulieren, was er gestern alles gelesen hatte. Es gelang ihm nicht, er fühlte sich komplett benommen. Erst einmal aufwachen, war die Devise, und wieder ein Mensch werden.

Wilhelm schnappte sich das Sakko und trabte zur Toilette. Der Schwall kaltes Wasser im Gesicht gab ihm die klare Sicht zurück, ein ebensolcher über die Haare den Ansatz von Frische. Er kämmte sich akkurat und trank ausführlich direkt vom Hahn. Jetzt war er immerhin so weit munter, um zu erkennen, dass er frische Luft und dringend etwas zu essen benötigte, bevor er wieder erstklassig einsetzbar war.

Er stakste die Treppen hinunter und über den Ring, der schon erstaunlich stark befahren war. Im Park holte er einmal tief Luft. Vielleicht sollte er ein paar dieser Übungen machen, die diese neue Vorturnerin im Radio, diese Ilse Buck, der Nation jeden Morgen ans Herz legte? Aber hier im Park? Nun, es war kein Mensch da, so zeitig in der Früh – da fiel ihm der Bäumeumarmer von einem Fall letztes Jahr ein. Wilhelms Blick wanderte unwillkürlich auf die andere Seite des Teichs. Tatsächlich, dieser Soziologe, wie immer in Weiß gekleidet, streckte gerade seine Arme gen Himmel. Der Anblick rührte Wilhelm. So viel Leid war damals geschehen, aber die Wellen der Zeit hatten die Spuren ausgewaschen und das Leben ging weiter. Und wenn er nun auch noch die alte Frau Hofrat vom damaligen Fall traf, jetzt mit neuer Gesellschaftsdame, die sie durch die Gegend schob? Es war alles … Sein Magen knurrte. Genug philosophiert. Im Central-Markt bekam er sicherlich schon etwas.

Wilhelm marschierte los. Als er den Park beim Seitenausgang verließ und nach links schaute, sah er tatsächlich weit oben in der Wollzeile eine Person im Rollstuhl mit einer jungen Frau in Begleitung. Er grinste in sich hinein. Und mit jedem Meter zur Markthalle wurde sein Schritt beschwingter. Heute würde ein guter Tag – nun ja, das hatte er sich gestern auch gedacht.

Während er beim Fleischhauer auf seine zwei Krakauer-Semmeln mit Gurkerl wartete, fiel ihm auf, dass der Mann ein vollkommen vernarbtes Gesicht hatte. Und das schob ein Datum vor sein inneres Auge, das ihm gestern aufgefallen war, beziehungsweise der dazugehörige Ort: »16. Jänner 1966, Palomares«. Spanien, ja, klar, der Eintrag war auch entsprechend gewesen. Ein Carlos bestätigte offensichtlich einen weiteren Fall von Totgeburt. Und der hatte dann diesen Pedro kontaktiert, mit dem sich Johnson am darauffolgenden Tag treffen wollte. Doch dann war da nichts gewesen. Die nächste Eintragung lautete »20. Jänner 1966, Palomares«. Und dort fand sich dann auch die Bestätigung, dass Gattermeyer Helena quasi für seine Leistungen im Bürgerkrieg bekommen hatte. Pedro hatte ihm die Verbindungen hergestellt, wenn Wilhelm aus den Kürzeln alles richtig herausgelesen hatte, und bereute es inzwischen offenbar. Den Grund dafür hatte er sich aus den Gedankenfetzen von Johnson allerdings nicht zusammenreimen können. So weit, so gut.

Er nahm seine Semmeln entgegen und marschierte zurück Richtung Sicherheitswache. Warum hatte Johnson Pedro nicht am nächsten Tag getroffen? Und vom Ort Palomares hatte Wilhelm schon irgendwo einmal gehört. Es war so ein unbestimmtes Gefühl, das ihm aber umso vehementer riet, dieser Sache auf den Grund zu gehen. Er musste Berner in das Archiv einer Zeitung oder noch besser in die Nationalbibliothek schicken. Nein, keine gute Idee, denn der wusste nicht, wonach er suchen sollte, nachdem es ja er selbst, Wilhelm, nicht einmal wusste.

Auf der Brücke über den Wienfluss beschloss Wilhelm, nun doch die erste Semmel zur Hälfte zu essen, auch wenn das unschicklich war, so mitten auf der Straße. Aber es waren ja kaum

Leute unterwegs und die noch morgenblind. Er biss herzhaft zu und wusste im selben Moment, dass diese beiden Semmeln das entgangene Abendessen nicht ersetzen würden. Er lehnte sich auf das Geländer und sah ins Wasser. Er wusste gar nicht, wo der Fluss entsprang. Das könnte er einmal mit Liz erkunden. Oder mit Klara. Oder auch mit Anne und ihrer Tochter. Am Ende des nicht überdachten Teils leuchtete das Gold der Stadtbahnstation in der Morgensonne. Es war ein beeindruckender Anblick. Der Otto Wagner hatte da damals wahrlich eine Prachtarbeit abgeliefert. Fast den ganzen Fluss entlang standen diese Stationen – hm, auch in der Nähe der Pilgrambrücke, wo hundert Meter weiter das Vorwärts-Gebäude stand. Wo wiederum die Arbeiter-Zeitung produziert wurde. Es war nicht nah, aber – Wilhelm sah auf die Uhr, es war jetzt drei viertel sieben – bis zur Ankunft der anderen zu schaffen, wenn er die Stadtbahn nahm. Oder die Straßenbahn, die gerade am Ring einfuhr. Alle anderen Zeitungsredaktionen waren viel weiter weg, und die Nationalbibliothek sperrte erst irgendwann am Vormittag auf.

Er eilte zum Lueger-Platz. Die Bim stand noch in der Station. Der Schaffner sah ihn, aber wie so oft schlich sich ein hämischer Ausdruck in das Gesicht dieses Gottes des öffentlichen Verkehrs, und Wilhelm wusste, dass dieser jetzt sofort die Tür schließen würde. Wilhelm klatschte die Kokarde gegen das Fenster. Die Tür rumpelte wieder auf.

Er erklomm die Stiegen. »Wieso macht euch das so viel Spaß?«

»Was?«

»Das wissen Sie ganz genau.«

»I waß es net, weil sonst hätt i ja jetzt an Spaß.« Der Mann sah ihn bierernst an.

Wilhelm setzte sich ganz nach vorn, um den Komiker wieder vergessen zu können, bevor er sich in ein Wortduell einließ, was er ohnehin verlöre. Sein Magen knurrte. Sollte er es wagen? Nein, lieber eine rauchen. Er schob das Fenster auf und genoss die Morgenluft mit Zigarette.

Einmal Umsteigen später stand er vor dem imposanten Gebäude mit der auffälligen Uhr, in der einst der Republikanische

Schutzbund seinen Sitz und die SDAP ihre Parteizentrale gehabt hatten. Eine rote Hochburg. Sein Vater, sein leiblicher, der alte Herberstorff, bekäme jetzt bei diesem Anblick, sein Sohn das Haus des Feindes betretend, einen Herzinfarkt.

Er fragte sich zum Archiv durch und saß alsbald vor einem Folianten mit den Ausgaben vom Jänner. In jener vom 16. des Monats beherrschte der Sieg von Karl Schranz vor vier Schweizern am Lauberhorn das Titelblatt. Auch auf den nächsten Seiten nichts, was mit dem Franco-Land zu tun hatte. Montags gab es die Zeitung ja nicht, aber da, tags darauf, da war ein Artikel über einen Vorfall in Spanien, und zwar über den Zusammenstoß eines B-52-Bombers mit einem Tankflugzeug, worauf beide abgestürzt waren. Deshalb hatte es bei ihm geklingelt! Sie hatten ja erst vor ein paar Tagen darüber bei der gerichtsmedizinischen Untersuchung geredet. »Ein amerikanischer Militärsprecher weigerte sich mitzuteilen, ob die B-52 Atombomben mit an Bord hatte.« Ah ja, da war die wahrhafte Sauerei. Der Mann *weigerte* sich. Frechheit. Doch es stand nirgends »Palomares«. Das musste er in einer anderen Zeitung gelesen haben. Hier war nur von Almería die Rede und von einem Kaff namens Cuevas del Almanzora.

Wilhelm blätterte weiter. Mittwoch nichts, Donnerstag nichts – ja, gab es denn so etwas? Interessierte es niemanden, ob es in Europa Atombomben regnete? Freitag, da! Vier Atombomben waren an Bord gewesen, drei hatte man gefunden, eine nicht. Mit Geigerzählern waren sie unterwegs, taten aber so, als sei im Grunde nichts passiert. Regierungen hielten ihre Untertanen oft für sehr dumm. Ha! Und das Beste war, dass ein paar Zeilen darunter stand, in Florida sei eine bestückte Rakete auf eine Fregatte gefallen. Keine Gefahr natürlich, weil sie noch in der Schutzhülle gewesen war, die Atombombe. Dieses Wettrüsten mit dem gefährlichen Zeug würde ihnen allen noch einmal das Leben kosten.

Er blätterte zur nächsten Ausgabe – und besann sich, dass er nicht zum Privatvergnügen hier war. Der Spur der verloren gegangenen Bombe musste er ein anderes Mal folgen. Die Information, die er brauchte, hatte er: Hector Johnson war beim Absturz des B-52-Atombombers im Zentrum des Geschehens gewesen.

Er zuckelte zurück zur Sicherheitswache und hatte nur einen Gedanken: Er musste sofort Waller anrufen. Natürlich hatte er, Wilhelm, keine Ahnung, was so eine Atombombe anrichten konnte. In Japan waren sie zur Detonation gebracht worden – das schien eindeutig zu sein: ratzeputz alles weg. Hier war sie nicht detoniert, aber es gab eine Verstrahlung. Denn wieso waren sie sonst mit den Geigerzählern ausgeschwärmt? Und er bildete sich auch ein, irgendwo gelesen zu haben, dass die Erde von ganzen Feldern abgetragen worden war. Warum taten sie das, wenn keine Gefahr herrschte? Vielleicht hatten Johnsons seltsame Schwächen und Verletzungen damit zu tun. Waller würde es sicherlich herausfinden. Auch wenn es dem armen Johnson nicht mehr half.

Wilhelm kontrollierte die Uhr. Es war kurz nach acht, also alles noch im grünen Bereich. Und jetzt ging es darum, endlich herauszufinden, wer Johnson umgebracht beziehungsweise warum es Bäcker getan hatte respektive ob Katzinger Rache geübt hatte oder ein bislang völlig Unbekannter der Spielmacher war. Denn dazu hatte er im Notizbuch nichts gefunden.

2

Sein Büro war besetzt, und zwar von Fischer in Begleitung einer pausbäckigen Rothaarigen Anfang dreißig. Sie fiel, trotz der fünfzehn Lebensjahre zu viel, definitiv in die Schnitzler'sche Kategorie des süßen Wiener Mädels. Und sie war trotz ihrer biederen Aufsteckfrisur in Hosen gekleidet, was bei ihr aber mehr nach praktischen Überlegungen als nach Provokation aussah. Ebendiese sowie die Bluse, die Schuhe – flach – und die Handtasche waren in eher dunklen Blautönen gehalten. Eine Frau, die auf sich schaute, die aber dem Leben nicht unbedingt keck ins Gesicht blickte.

Fischer sprang auf. »'tschuldigung, Chef, dass wir uns da breitgemacht haben, aber es war einfacher, glei da zu dir –«

»Passt schon, Fischer, wenn du mir sagst, worum es geht. Es wird ja wohl was Wichtiges sein, Frau …?« Er beugte sich zur Rothaarigen.

Sie sprang ebenfalls auf. »Horvath. Irma Horvath, sehr geehrter Herr …« Ihr Blick eilte hilfesuchend zu Fischer.

»Chefinspektor«, sprang dieser bei.

»Chefinspektor Fodor.« Sie lächelte. »Ich kenn mich da nicht so aus bei den Dienstgraden.«

»Müssen Sie ja auch nicht, keine Sorge.« Er drückte ihr die Hand und umrundete den Schreibtisch, um sich auf seinen Sessel zu setzen. Nun war sie also doch da, die Mutter der kleinen, armen Johanna. Und sie musste etwas mitzuteilen haben, denn eine reine Bestätigung der Vaterschaft hätte Fischer ihm allein berichten können. Der Tag hatte bestens begonnen, und so ging er auch weiter!

»Weißt, Chef«, setzte Fischer eilfertig fort, »wir haben uns gestern zufällig auf der Gassn troffn, und i hab dem Fräulein Horvath gholfn, den Sack mit di Erdäpfel von ihrer Oma draußen in Mistelbach –«

»Danke, Fischer. Aber wir wollen jetzt –«

»Nein, Chef, i muss dir erklären, dass wir dann do noch auf a geschwindes Bier –«

»Fischer, das brauchst du nicht. Mir zu erklären, warum das Fräulein Horvath uns nun doch erzählt, dass Hector Johnson der Vater von Johanna ist.« Fischer sank in sich zusammen. »Denn das tut sie jetzt selbst.« Er beugte sich vor, bot ihr mit einer Handbewegung Platz an, worauf sie sich blitzschnell setzte, und schenkte ihr ein Lächeln. »Wasser? Kaffee? Eine Zigarette?« Er streckte ihr die Packung entgegen.

Sie errötete. Mein Gott, musste diese Frau einen trüben Alltag haben, wenn sie schon bei der geringsten Aufmerksamkeit, noch dazu von der Polizei, fast unangenehm berührt war!

»Ja, bitte, einen Kaffee, wenn es keine Umstände macht?«

Er nickte Fischer zu. »Berner soll für uns alle drei einen machen.« Fischer leuchtete wieder auf, wurde lebendig vor Vorfreude. »Und organisiere auch Wasser.« Fischer ging zur Tür. »Wo ist eigentlich Lukaschek?«

»Den hab i beten, dass er statt mir die Stadln bei der Katzinger durchsucht, weil ich ja da …« Sein Assistent flüchtete.

Weil er ganz genau wusste, dass Wilhelm so eigenmächtige Änderungen nicht ausstehen konnte, noch dazu, wo die Dame gar keine Begleitung gebraucht hätte. Erstaunlich war, dass Fischer, sein rassistischer Fischer, einen Rüffel für eine Frau, die ein Verhältnis mit einem »Bimbo« gehabt und von diesem ein dunkles Kind hatte, auf sich nahm. Hatte er beim »geschwinden Bier« festgestellt, dass das alles auch nur Menschen waren? Eine zu beobachtende Entwicklung.

Wilhelm zündete sich selbst eine Zigarette an und lehnte sich zurück. »Nun, Fräulein Horvath, warum haben Sie meinem Kollegen nicht schon früher bestätigt, dass Hector Johnson der Vater Ihres Kindes ist?«

Ihr Blick riss sich von ihm los, irrte umher, während die Hände die Kanten der wuchtigen Handtasche abfuhren. »Weil ich … Es ist …«

Schweigen.

»Es ist alles in Ordnung, liebes Fräulein Horvath, wir wollen Ihnen nichts Böses. Fangen wir doch am besten ganz vorne an.«

»Ganz vorne?« Rehblick.

»Ja, und zwar *ganz* vorne. Es würde mich interessieren, wenn Sie erlauben. Wir sind ja unter uns. Und was wir reden, bleibt auch unter uns. Gehen wir also zwölf Jahre zurück. Österreich war noch besetzt. Überall Russen, Amerikaner, Briten und Franzosen. Aber wir haben schon gespürt, dass es aufwärts geht. Wir hatten Spaß mit der neuen Musik, wir sind tanzen gegangen, wir sind mit dem Roller ausgefahren, wir haben uns Platten geleistet. Und Sie waren eine junge …?«

»Verkäuferin. Ich war bei einem Posamentenhändler in der Kandlgasse.«

»Ah, sehr schön. Diese Spitzen und Bänder sind ja etwas sehr Schönes.«

Sie nickte beinahe untertänig. »Und um die Ecke waren auch die Amis mit ihrem Radio. Und bei einem Kaffee in der Westbahnstraße habe ich den Spencer kennengelernt. Und über den Spencer …«

Da war er, der Name, den Karasek erwähnt hatte. »Den Spencer wie?«

»Wieso wollen Sie das wissen?« Mäuschenblick.

»Weil das zu einer vollständigen Aussage einfach dazugehört, liebes Fräulein.« Seine bewusst in die Stimme gelegte Strenge schüchterte sie hoffentlich ein.

»McIlroy. Spencer McIlroy.«

»Danke. Und weiter?«

Fischer hielt die Tür auf, damit Berner das Tablett mit den drei Kaffee hereinbalancieren konnte. Man bediente sich. Und alle waren zuerst einmal nur vom perfekten Kaffee beeindruckt.

»Berner, du bist ein Meister«, brach schließlich Wilhelm das genussvolle Schweigen. »Danke dir. Und jetzt wollen wir weitermachen.«

Berner hob kurz die Hand und verließ das Büro lächelnd.

»Sie haben also Spencer McIlroy in einem Kaffeehaus kennengelernt. Und dann?«

»Wir sind ein paarmal ausgegangen. Wissen Sie, ich hab ihn irgendwie mögen. Und er ist Amerikaner.«

Eine gute Partie, ergänzte Wilhelm in Gedanken. Und halbwegs nett, also könnte man es mit ihm aushalten. Im besten Fall in den Staaten mit ihm ein kleines nettes Haus beziehen, vielleicht sogar mit Swimmingpool.

Er dämpfte die Zigarette aus. »Verstehe. Und dann?«

Sie atmete tief durch. »Und dann hat er eines Tages zum Tanz«, ihre Gesichtszüge wurden weich, »Hector mitgebracht. Sehr charmant, sehr …« Sie richtete sich kerzengerade auf. »Verstehen Sie mich bitte nicht falsch! Wenn Spencer etwas mehr … Wie soll ich sagen?«

»Engagement gezeigt hätte?«

Sie nickte. »Aber er war immer korrekt. Ich habe mich schon gefragt, ob er wirklich an mir interessiert ist oder ob er nicht aus irgendwelchen Gründen eine Freundin brauchte. Eine dumme Überlegung, ich weiß, aber was soll man sich denken, wenn einen der Mann, mit dem man sich ungefähr zwanzig Mal getroffen hat, noch immer nicht küssen will?«

»Das ist mir auch unverständlich, Fräulein Horvath.«

Sie errötete erneut. »Jedenfalls … Was soll ich sagen …?«

»Sie waren jung, Sie hatten Bedürfnisse und Herr Johnson war sehr charmant, mehr brauchen Sie uns nicht zu erklären. Wir verstehen das. Und dann sind Sie in andere Umstände gekommen?«

Sie nickte wiederum.

»Und warum haben Sie ihm das nicht gesagt?«

»Er war nicht da. Der war von einem Tag auf den anderen nicht mehr da. Spencer hab ich mich nicht zu fragen getraut. Und ich hab nichts von ihm gewusst. Seinen Namen natürlich und dass er Chauffeur ist, aber ich habe nicht gewusst, wo er wohnt, weil wir uns immer nur bei mir getroffen haben. Und außerdem …« Sie versank in sich selbst.

»Haben Sie geglaubt, dass es ihn sowieso nicht interessiert, weil er sich ja nicht mehr gemeldet hat.«

Nicken.

»Und dann?«

»Dann war Spencer da. Er hat nichts gesagt. Er hat am Anfang auch nichts gewollt. Er hat mir nur eine bessere Wohnung besorgt, er hat mir eine gute Heimarbeit organisiert. Und dann hat er mit der Kleinen gespielt, hat mit uns Ausflüge gemacht …«, sie seufzte, »ist irgendwann bei mir auf ein Glas Wein sitzen geblieben.« Sie zuckte mit den Schultern.

»Und ist er jetzt offiziell der Vater von Johanna?«

»Nein, aber der gute Onkel, der wie ein Vater ist. Johanna liebt ihn. Und er liebt Johanna.«

»Mehr als Sie?«

Sie nickte wiederum. »Sehen Sie, das frage ich mich immer wieder. Ob er eigentlich nur Johanna will und mich bloß in Kauf nimmt.«

»Aber, Fräulein Horvath!«, mischte sich nun Fischer ein. »Das kann ich mir nicht vorstellen!«

Sie schenkte ihm einen dankbaren, beinahe demütigen Blick.

Jetzt kam der heikle Teil. »Und vor ein paar Tagen ist nun Hector Johnson wie aus dem Nichts aufgetaucht?«

Sie breitete die Arme aus. »Ich hab ihn fast vergessen gehabt!« Aufgerissene Augen. »Plötzlich steht dieser Mensch vor mir und fragt mich, ob Johanna von ihm ist. Was für eine Frage! Hat er sie nicht angeschaut? Oder was glaubt er, mit wie vielen Murln ich ins Bett gegangen bin?« Das ehrliche Entsetzen ließ sie offensichtlich eine unverblümte Sprache sprechen.

Fischer knurrte.

Wilhelm schob Horvath das Glas Wasser zu.

Sie packte es wie eine Ertrinkende und leerte es. »Ich habe ihm ins Gesicht gelacht. Und dann hat er sich entschuldigt. Hat gesagt, dass er sich ab nun um sie kümmern werde. Alle Versäumnisse nachholen wolle.« Sie lachte bitter auf.

»Ich habe da eine Zwischenfrage: Wissen Sie, wie er überhaupt auf die Idee gekommen ist, dass Ihr Techtelmechtel nicht folgenlos geblieben ist? Und wie hat er Sie gefunden? Sie wohnen jetzt ja in Döbling. Übers Meldeamt?«

Sie atmete tief durch. »Er hat in Paris bei einem Cocktail einen Landsmann getroffen, einen früheren Kameraden aus der Besatzungszeit hier, und der hat ihm erzählt, dass er in Wien Spencer mit einem dunklen Mädchen gesehen hat …«

»Des is aber schon a gewaltiger Zufall, dass der eine an anderen trifft, der wiederum und so weiter«, warf Fischer ein.

Sie schüttelte den Kopf. »Diese Amerikaner, die im Ausland leben, die haben überall so Gruppen …«

»Communities«, sprang ihr Wilhelm bei. Elisabeth hatte also recht gehabt.

»Genau. Auch Spencer trifft regelmäßig Leute. Ich war aber noch nie dabei.« Es klang bitter. »Jedenfalls hat Hector sich dann in Wien mit Spencer getroffen, von dem er ja durch die anderen wusste, dass er mittlerweile in der Residenz arbeitet. Und –«

»Ich habe noch eine Zwischenfrage: Ist Spencer ein heller Typ? Vielleicht sogar ein Albino?«

»Ja, ein Albino. Wieso wissen Sie das?« Verängstigter Häschenblick.

Wilhelm schaute Fischer an. Der nickte vor sich hin. Sie hatten es geahnt, dass so viele Blonde nicht mehr unter die Rubrik Zufall fielen. Es war alles derselbe Mann gewesen – der erste Termin von Hector im Valerie, der Freund beim Radio, von dem Karasek erzählt hatte, der Mann vor der Residenz, der Elisabeth ins Gesicht gelogen hatte ... Sie mussten endlich mit ihm reden.

»Wir sind sozusagen schon über ihn gestolpert, haben aber nicht gewusst, wer er ist oder wie er heißt.« Wilhelm beugte sich zu ihr. »Und wie hat Spencer auf Hectors Ansinnen reagiert?«

Sie atmete tief durch. »Er hat gemeint, für die Johanna ist es gut, wenn da jemand ist, der dieselbe Hautfarbe hat wie sie.«

Das konnte stimmen. Oder auch nicht. Wilhelm schaute zu Fischer. Der verzog den Mund. Ja, ein Charakter wie Fischer hätte den Ehrlosen einmal gründlich verprügelt und ihn dann davongejagt.

»Und Sie?«

Horvath senkte den Blick, zuckte mit den Schultern und fuhr emsig mit den Daumen die Kanten der Handtasche ab.

»Wie oft haben Sie sich denn mit Hector getroffen?«

»Zwei Mal. Auf einen Kaffee«, murmelte sie. »Ohne Johanna. Ich kann ihr das nicht so einfach antun.« Ihr Kopf fuhr auf. »Und recht habe ich mit meiner Vorsicht gehabt! Jetzt ist er tot! Das wäre etwas gewesen, oder? Schau, mein Schatz, das ist dein Papa. Oh! Tut mir leid, er ist schon wieder weg, weil er ist jetzt tot! Wie mir Spencer das gesagt hat, wollte ich ihn am liebsten selber noch einmal umbringen. Lässt sich einfach ausrauben und ermorden, der Idiot! Das ist einfach rücksichtslos: plötzlich aufzutauchen und dann abzukratzen.« Sie weinte.

Gut, das war geklärt. Die alten Gefühle waren eindeutig sofort wieder aufgeflammt. »Fräulein Horvath, es war kein Raubmord.«

»Ja, das hat mir gestern Herr Fischer gesagt.« Sie lächelte ein kleines Lächeln, kramte ein Taschentuch heraus und tupfte sich ab. »Deswegen bin ich ja jetzt da. Denn bei einem Mord, also einem richtigen Mord, muss man ja die Polizei unterstützen.«

Stille breitete sich im Raum aus.

»Nur deswegen?«, fragte Wilhelm schließlich.

Erneute Stille.

Schließlich setzte sich Horvath aufrecht hin und sah Wilhelm geradeaus an. »Auch weil Spencer nach dem Tod von Hector so seltsam gewesen ist.«

»Wie seltsam?«

»Er hat mir Blumen gebracht. Er hat mich geküsst, sogar vor Johanna. Also ich ...« Sie kämpfte mit sich, als müsse sie einen nächtlichen Nackttanz auf dem Heldenplatz gestehen. »Mir ist irgendwie der Gedanke gekommen, dass ihm es wehgetan hätte, wenn Hector wirklich wieder in unser Leben getreten wäre. Deswegen wollte ich von Ihnen auch nichts hören oder sehen. Ich wollte nur, dass Gras über die Sache wächst. Wieso über vergossene Milch weinen?« Sie packte das Taschentuch wieder ein. »Und gestern«, sie knabberte an der Unterlippe, »ist mir Spencers Verhalten beinahe unheimlich geworden. Er hat mir nämlich einen Heiratsantrag gemacht. Nach all den Jahren. Und er will keine Sekunde länger warten. Heute Abend im Prater feiern wir mit ein paar Freunden von ihm Verlobung. Er findet das originell.«

3

Sie saßen bei Berner und rauchten – Fischer mit ausgestreckten Beinen, wobei er einen Fuß ständig gegen die Schreibtischwand schlagen ließ.

»Kannst bitte damit aufhören?«

Fischer setzte sich aufrecht hin. Jetzt wippte das Bein. »Also, i weiß net, wie es euch geht, aber dass der Hector von einem von der Kubart-Partie gmacht worden is, glaub i jetzt langsam nimma. Oder, Fodor?«

»Sagen wir einmal so: Solange wir noch kein Geständnis von wem auch immer haben, bleibt alles auf dem Tisch. Aber ich würde sagen, wir können diesen Aspekt weit an den Rand schieben.«

»Bis zur Kante.«

»Für mi purzelt er schon runter«, meinte Berner. »Fodor, was is los? Einvernahme, Druck machen, Alibi prüfen, aushebeln, einkasteln.«

Wilhelm sprang auf. »Einvernahme! Siehst, da fängt es schon an. Der McIlroy ist Botschaftsangehöriger, also hat er Diplomatenstatus. Und er ist ein Ami. Die marschieren mit vollem Gerät auf, um einen von den ihren aus dem Schussfeld zu bringen.«

»Also, des kann ja –«, setzte Berner an.

»Und was haben wir in der Hand gegen ihn? Die Vermutung, dass er höchstwahrscheinlich eifersüchtig war. Das sind viele. Also schwaches Motiv, keine Zeugen und vermutlich ein bombensicheres Alibi.« Wilhelm bemerkte, dass er wie der Tiger im Käfig herumlief.

»Aber des kann do ka –«

»Und außerdem bleibt da noch der Mord an Bäcker. Wieso? Der letzte Eintrag am Samstag war, dass Johnson den Gattermeyer im Valerie aufsuchen wollte, der aber nicht da war. Danach ist gar nichts mehr. Gar nichts. Kein Hinweis, mit wem er sich sonst noch getroffen hat, nichts, warum er in Hietzing war, keine Plauderei mehr mit Bäcker. Denn die drei Mal vorher hat er immer Skizzen zu den Besäufnissen gemacht. Übrigens sehr lustige.« Er starrte aus dem Fenster, ohne zu erkennen, was da draußen war.

Er hörte, wie Fischer den Blechaschenbecher von Berner über die Tischplatte schrammte. »Hietzing. I sag nur Hietzing. Der Johnson war fast nur im Zweiten unterwegs …«

»Und im Ersten beim Dokumentationsarchiv«, hörte sich Wilhelm beißen, »und in Ottakring beim Branntweiner, und, und, und.« Er schnippte die Zigarette hinaus.

»Im Zweiten«, beharrte Fischer. »Alles begründet, alles logisch. Nur für Hietzing haben wir keinen Grund gefunden.

Bislang. Jetzt schon. Der Johnson wird sich mit dem McIlroy ausreden haben wollen. Und des is aus dem Ruder gelaufen.«

Schweigen.

Berner räusperte sich. Räusperte sich ein zweites Mal. Wilhelm sah ihn an.

»Mein lieber Fodor, wenn i des jetzt richtig verstanden hab, dann willst du uns in deiner eloquenten Art klarmachen, dass du den Ami zwar zumindest für einen der Mörder haltest, aber den Schwanz einziehst, weil's net leicht geht.«

»Berner, du bist ein …« Er verschluckte das letzte Wort, bevor es Schaden anrichten konnte, und wandte sich wieder zum Fenster. Schwanz einziehen. Ha! Er hatte doch vollkommen klar dargelegt, dass sie momentan keinerlei Handhabe hatten. Sie konnten die Ratte nicht einmal aus dem Haus locken, weil dasselbe scharf bewacht wurde.

Fischer schlug mit den Händen auf die Schenkel. »Holen wir uns di Horvath wieder herein und sagen wir ihr unseren Verdacht. Sie hat ihn doch schon selber. Wenn sie sich bestätigt fühlt, rückt sie dann sicher noch mit was raus, was ihr bis jetzt no net so wichtig vorkommen is.«

Wilhelm sah ihn an. »Vielleicht. Wenn uns nichts anderes einfällt, können wir es ja probieren. Aber dieser Mann bezahlt ihr das Leben, Fischer, Wohnung, Essen, Schule. Ohne ihn ist sie aufgeschmissen. Die Chance ist groß, dass sie einknickt, wenn es hart auf hart kommt. Ich hätte gern zusätzlich was Handfestes.«

»Was Handfestes!« Fischer sprang auf. »Was Handfestes! Lass mi nur machen, Chef, i hab noch alle zum Kooperieren bracht!«

»Stellst du dich nur so blöd, Fischer, oder bist du jetzt wirklich vernagelt? Du kannst dich mit deinen aufgekrempelten Ärmeln brausen gehen, wenn es sich um Diplomaten handelt. Wenn wir auch nur irgendwas nicht ganz korrekt machen, dann bedeutet das eine Krise auf höchster Ebene!«

»Du bist einfach nur feig, Chef.«

»Hö, hö, hö!«, mischte sich nun Berner ein. »Jetzt beruhigt euch …«

»Misch dich nicht ein!«, schnappten Wilhelm und Fischer

unisono, um sich im nächsten Moment wie Kampfhähne anzublitzen.

»Da seids ihr!«, polterte Reiser in den Raum. »Könnt ihr bitte das nächste Mal an Zettel aufhängen, damit ma net wie a Dolm im ganzen Haus herumirren muss?«

Sie murmelten Entschuldigungen, boten ihm Platz, Kaffee und Berners geheime Reserve von Mannerschnitten an.

»Was is los? Warum seids ihr so schasfreundlich?«

Berner fing zu kichern an, was bei ihm, dem mächtigen Bass, nach dem Warmstottern eines Rasenmähers klang. »I glaub, wir sind nur alle froh, dass wir dich sehen.«

So konnte man euphemistisch das Implodieren eines gehörigen Streits bezeichnen.

»Aha.« Reiser beäugte sie der Reihe nach. »Na, i muss ja net alles verstehen. Also, zur Sache.« Er knallte eine Mappe auf den Tisch. »Schuhabdruck: Größe dreiundvierzig. Außerdem ist der Absatz innen mehr abgetreten als außen, was heißt –«

»Dass der Mann Senkfüße hat.« Wilhelm hatte das Gefühl, ein zartes Pflänzchen der Hoffnung sprießen zu sehen. Und er sah Fischer lautlos das Wort »handfest« formulieren. Dabei zuckte er mit den Augenbrauen.

»Genau. Dann der Reifenabdruck.« Reiser hob die Hände. »Nicht für das Gericht, das hab ich euch schon gestern gesagt, aber vielleicht für euch. Wir haben in etwa das Muster des Profils und …« Er sah sie erneut der Reihe nach an. »Wieso grinst ihr wie Hutschpferde? Irgendwas stimmt mit euch nicht. I geh lieber wieder, das is ma net geheuer.« Er stand auf.

»Das Muster?«, fragte Fischer.

»Steht alles da drin. Kurz: Ihr suchts an Ami-Schlitten, vielleicht an Pontiac oder an Buick.« Er winkte über die Schulter und verließ fluchtartig den Raum.

Schweigen.

Fischer klatschte in die Hände. »I sag nur: Ami-Schlitten.«

»Ja, eh, Fischer. Es verdichtet sich. Dass unser Zigarrenraucher ebenfalls der McIlroy ist. Lass mich nachdenken, wie wir's angehen.«

»Da seids ihr!« Lukaschek schob sich in den Raum. »Sag, könnts ihr vielleicht beim nächsten Mal –«

»Ja, Lukki.« Wilhelm drückte ihn in den eben frei gewordenen Sessel. »Wir hängen einen Zettel auf. Da, nimm.« Er reichte ihm die Mannerschnitten.

Mit großen Augen, ebenso verunsichert wirkend wie Reiser, nahm er sich eine, aber eben nur eine. »Danke.« Er sah sie der Reihe nach an.

»Alles in Ordnung, Lukki«, bemühte sich nun Fischer um Normalität, »wir haben nur grad an ... Spaß gehabt. Also, was ist? Hast was gefunden in den Stadln?«

»Ein Wachstuch.« Er biss in die Schnitte.

»Und?«, forderte nun Berner.

»A Filmrolle. Kleinbild. I hab sie grad dem Reiser fürs Labor mitgegeben.«

Wilhelm spürte, wie sein Herz heftig klopfte. Kein Mensch hob eine Filmrolle in einem Wachstuch versteckt in einem Stadl auf, wenn diese nichts Brisantes enthielt. Er nickte Fischer zu, der erwiderte die Geste.

»Hast ihm gsagt, dass es pressiert?«, fragte Berner.

Kopfschütteln.

»Lukki!« Wilhelm fragte sich einmal mehr, warum die wirklich hellen Momente seines zweiten Assistenten nur so unregelmäßig verteilt waren. Aber Berner telefonierte schon mit Reiser.

»Und sonst nix?«, fragte Fischer.

»Doch. Schon.« Und jetzt grinste Lukaschek. »Den Stummel von einer Virginia-Zigarren.«

»Dann eben nur die Negative! Des wird doch schneller gehen, oder?«, wurde Berner laut.

»Virginia. Schau, schau.« Fischer grinste ebenfalls.

»Also, in ana Viertelstund? Passt!«, bellte Berner.

Wilhelm nahm sich den Reservesessel und setzte sich zu ihnen. »Denken wir's kurz durch: Der Bäcker wird kaum, nachdem er tot war, den Stummel aufgehoben und daheim versteckt haben. Das heißt, er hat ihn von einer früheren Gelegenheit.«

Die anderen nickten.

»Und wenn er ihn versteckt, heißt das, er ist für den ehemaligen Besitzer belastend.«

Nicken.

»Das heißt, unser Virginia-Freund hat etwas getan, mit dem ihn Bäcker erpresst hat, was auch zu dem Geldsegen passt, den er erwartet hat, und zu seinen Spielschulden. Nur bei so einer Malaise kommt man auf eine derart blöde Idee.«

Nicken.

Etwas klopfte auf der Schreibtischplatte. Wilhelm sah hin. Berner ließ eine Lupe am Griff aufhüpfen. Er starrte vor sich hin und hatte rote Wangen.

»Kannst du das bitte lassen?« Wilhelm war stolz auf die Milde in seiner Stimme.

Berner strahlte ihn an. »Glei wissen wir's, glei wissen wir's!«

»Du bist ja aufgeregter als wir«, meinte Fischer.

»I war ja a schon lang nicht mehr so nah dabei beim Finale.«

»Dein Wort in Gottes rechtem und linkem Gehörgang.« Wilhelm rieb sich die Stirn.

»Wieso Finale?«, fragte Lukaschek.

Fischer übernahm es, ihn über die Aussage von Irma Horvath und den Bericht Reisers aufzuklären.

»Ja, des kann nur des Milchflaschl gwesen sein«, resümierte Lukaschek.

»Richtig«, stimmte ihm Wilhelm zu. »Wenn es Erpressung war, dann kann es nur um den Mord am Johnson gegangen sein. Wieso war Bäcker da dabei? Und wieso ist der Mord nicht bei der Residenz passiert? Weil«, gab er sich gleich selbst die Antwort, »er mit Johnson nicht gesehen werden wollte. Also hat er gesagt, er kommt ihm entgegen. Oder so irgendwie.«

»Und der Bäcker war dabei, weil Johnson vielleicht einen Zeugen hat haben wollen dafür, was er sich mit dem Mc… dem Spencer ausmacht«, mutmaßte Fischer.

»Oder …« Wilhelm kam da so ein Gedanke. »Geh, Fischer, hupf rüber und hol die Niederschrift von der Zeugenaussage von diesem Nachtschwärmer, der Johnson auf der Brücke stehen gesehen hat.«

Fischer gehorchte aufs Wort.

Sie aßen Mannerschnitten. Sie aßen noch mehr Mannerschnitten.

Endlich kam er zurück. »Sie will wissen, wie lange sie noch da warten muss, die Horvath. Ihre Tochter ist allein daheim.« Er gab Wilhelm die paar Seiten.

»Berner! Ruf die Klara an, bitte. Sie hat schon wieder einen Fürsorgefall. Sie soll sich bereithalten.« Er fuhr mit dem Finger über die Zeilen, las quer. »Hier! Ich weiß jetzt, dass ich es schon einmal gehört habe. Und gelesen.« Er sah seine Assistenten forsch an. »Ich hoffe, ihr auch.«

Sie nickten brav.

»Aber wir haben alle miteinander nicht daran gedacht. Weil es ja auch noch nicht wichtig war. Beamter Sattler: ›War der Mann schon auf der Brücke, wie Sie das Haus verlassen haben?‹ Zeuge Egger: ›Nein, das hätte ich Ihnen ja gesagt. Aber was mich gewundert hat, war, dass da am Ende der Brücke, nein, mehr schon auf der Hadikgasse ein Taxi gestanden ist.‹ Beamter Sattler: ›Und warum hat Sie das gewundert?‹ Zeuge Egger: ›Weil da kein Taxistand ist.‹ Beamter Sattler: ›Es wird sich jemand bestellt haben. Da sind in unmittelbarer Nähe zwei Kinos, das Schönbrunn-Kino …‹ Der Zeuge Egger unterbricht: ›Und das Hietzinger Park-Kino, ich weiß. Und ein Hotel ist auch dort. Ich wohne da. Es ist mir aber trotzdem komisch vorgekommen.‹« Wilhelm sah seine beiden Assistenten und dann Berner an.

»Der Bäcker hat also den Chauffeur gspielt«, mutmaßte ebendieser.

Ein junger Mann betrat klopfend und zögerlich den Raum. »Ich habe da einen Negativfilm.« Er hob die Rolle in die Höhe.

Der Bär Berner sprang wie ein Wiesel auf und entriss dem Burschen den Film. Er entrollte ihn am Schreibtisch und begutachtete die Bilder mit der Lupe. »Da! Schwarz und Weiß, nur umgedreht. Der Johnson mit dem Albino auf der Brücke. Der Albino raucht was Langes.«

»Eine Virginia.« Lukaschek strahlte.

»Und da!«, fuhr Berner fort. »Der Albino mit erhobenen

Armen. Ohne Zigarre. Und dann der Albino allein. Wie er über die Brüstung schaut.«

Sie sahen einander der Reihe nach an und strahlten nun alle.

Lukaschek schüttelte den Kopf. »Der Trottel hätt den Bäcker zahlen sollen. Ohne den Mord an ihm hätten wir ihn nie für den ersten erwischt.«

Wilhelm betrachtete nun selbst den Streifen.

Fischer sprang auf. »Also los!«

»Fischer, brems dich ein.«

»Wieso, Chef?«

»Weil erstens nirgends zu sehen ist, dass er den Johnson tatsächlich packt. Die Arme kann er auch vor Schrecken in die Höhe gerissen haben …«

»Aber Chef!«

»Ich sag ja nur, was der Verteidiger sagen wird. Und zweitens: Ich muss jetzt damit zum Wiesinger, das weißt du ganz genau. Einen Diplomaten kastelt man nicht so einfach ein wie einen Radaubruder. Und das hat jetzt nichts mit Feigheit zu tun, sondern mit Erfahrung und damit einhergehendem Überlebenswillen. Für uns alle.«

Fischer ließ den Kopf fallen. »Ich weiß. Es ist nur … Ich weiß, Chef.«

»Ich weiß auch, Fischer.« Wilhelm schleppte sich zum Büro seines Chefs.

4

Die Krone der Platane fühlte sich wie eine schützende Hand an, die Blätter raunten ihm zu: »Entspanne dich, Wilhelm, es wird alles gut ausgehen.«

Wilhelm nahm den Hut ab und fächelte sich Luft zu. Natürlich sagte das nicht die Platane. *Er* wollte es, *er* hoffte es. Vielleicht sollte er zum Herrgott beten, dass dieser seinem Chef das nötige Gespür und die richtige Dosis Durchsetzungskraft verlieh, um den Amis klarzumachen, dass McIlroy vor Gericht gehörte. Bis das mit den Zuständigen ausbaldowert war, hieß es warten. Und das war das schlimmste Wort für einen Ermittler, der alle Puzzleteile beisammen hatte und nur mehr die Handschellen klicken hören wollte. Als er daraufhin Wiesinger quasi mit Arbeitsniederlegung bis zur Klärung der Sache gedroht hatte, war nur ein müdes, gelächeltes Nicken die Antwort gewesen. Gefolgt von der Weisung, Horvath heimzuschicken und vorerst nichts zu unternehmen. Daraufhin hatte Wilhelm auch Fischer, Lukaschek und Berner freigegeben, eigenmächtig, trotzig, und seine Männer hatten diese illegale Weisung mehr als willig angenommen.

Sein Blick fiel auf das Denkmal für Lueger. Das passte, dass er sich ausgerechnet hierher geflüchtet hatte, die Huldigung an den ehemaligen Bürgermeister von Wien, diesen Virtuosen auf der Geige des Antisemitismus, streute nun noch zusätzlich Salz in die Wunde. Wie schön wäre es doch gewesen, einen von den Nazis für den Mord an Johnson dranzukriegen, aber nein, die kamen wieder einmal ungeschoren davon.

Seine Burschen und er hätten miteinander zu einem Heurigen gehen und gemeinsam mit ein paar Flaschen reschen Veltliners ihren Ärger hinunterspülen sollen, aber die Idee war ihnen im ersten Moment der Fassungslosigkeit nicht gekommen. Ja, sie hatten gewusst, dass die Benachrichtigung des Chefs vonnöten war, dass nun vielleicht die Dinge sehr kompliziert würden, aber sie hatten nicht damit gerechnet, dass Wiesinger die Notbremse zog und die Maschinerie komplett zum Stillstand brachte.

Und so ärgerten sie sich nun allesamt allein über den Fall. Nun, er nicht mehr lange. Da kam Klara schon. Als er ihr Entwarnung wegen der Tochter der Horvath gegeben hatte, waren sie übereingekommen, den Kaffee vom Vortag gleich nachzuholen. Er setzte seinen Hut auf und war im Begriff aufzustehen, doch sie deutete ihm, sitzen zu bleiben.

Klara ließ sich neben ihm nieder. »Ich liebe diesen Baum. Hast du eine Ahnung, wie alt er ist?«

»Nein. Aber sicher schon ein paar Jahre.«

»Achtunddreißig. Mein Opa hat ihn gepflanzt.« Stolz schwang in ihrer Stimme mit. »Also nicht offiziell, das waren zwei andere, aber er war der Gärtner. Und ich weiß noch, wie er das erste Mal mit mir da zu diesem Baum gegangen ist. Da hat er gesagt: ›Weißt du, Klärchen, der Baum beschützt jemanden, den ich nicht beschützen würde. Er hat den Arbeitern das Wahlrecht in Wien verweigert. Aber er soll alt werden, der Baum, weil er nichts dafürkann. Dabei habe ich ihm geholfen. Und er soll alles sehen und beobachten. Und irgendwann lernen wir, den Bäumen zuzuhören. Wenn wir das einmal können, werden wir vielleicht gescheiter.‹«

»Schöne Geschichte.«

Sie schwiegen. Wilhelm war nach einer Zigarette. Er bot auch Klara eine an. Sie pafften beinahe friedlich nebeneinanderher. Wenn da nicht sein Groll gewesen wäre.

»Und weißt du, was ich noch liebe?«, fragte Klara.

»Nein.«

»Clowns.«

»Wie kommst du denn jetzt darauf?«

»Morgen ist doch das große Zweihundertjahresfest im Prater. Und sie fangen schon heute an, mit ein paar Musikkapellen und eben Clowns.« Sie dreht sich zu ihm. »Bitte, Wilhelm, lass uns dorthin gehen. Ich habe auch ungeheure Lust, wieder einmal das Toboggan hinunterzusausen.«

Wilhelm merkte, wie er sich versteifte. Vor diesem über zwanzig Meter hohen Rutschturm aus Holz graute ihm. »Da hat sich doch vor ein paar Jahren eine Frau aufgespießt.«

»Blödsinn. Die hat sich nur einen Splitter eingezogen.« Sie sprang auf und streckte ihm die Hand entgegen. Dabei lächelte sie wie eine Fünfzehnjährige voll Vorfreude auf das Leben.

Was sollte, nein, konnte ein Mann dem entgegensetzen? Noch dazu, wenn er bei dieser Frau in der Schuld stand? Er erhob sich seufzend.

Die nächsten Stunden kam sich Wilhelm wie in einem Traum vor – manchmal in einem zum Fürchten, manchmal in einem zum Genießen. Er lauschte in der Straßenbahn zum Prater Klaras

Geschichten über ihren Großvater, die allesamt witzig und von tiefster Menschlichkeit geprägt waren. Er pflichtete ihr bei, dass ihre Schwester eine unerträgliche Nervensäge war, der man Einhalt gebieten musste – was sie gestern Abend mit dem Verbot eines weiteren Überfallbesuchs getan hatte. Er durchlitt sofort nach Betreten des Vergnügungsparks Höllenqualen, als er mit der Hochschaubahn fahren musste. Er knabberte fast an Klaras Lippen, als sie gemeinsam Zuckerwatte verspeisten. Er nahm das erste Mal ihre Hand und stellte fest, dass es sich gut anfühlte. Er ließ sieben Todesmutige an sich vorbei, bevor er sich aufgrund des Spotts von Klara traute, im Toboggan hinunterzusausen. Er stellte fest, dass ihm zwar das Herz in die Hose geplumpst, doch er nicht gestorben war. Worauf er sich ein zweites Ticket kaufte und den neuerlichen Rutsch unsäglich genoss. Er lachte bei den Clowns. Er geriet in Wut, weil Klara beim Autodromfahren viel gefinkelter war als er. Sie lachten beide im Spiegelkabinett Tränen, er legte den Arm um sie, als sie in der Geisterbahn in das Dunkel einfuhren.

Schließlich stellten sie fest, dass sie Hunger hatten. Und wenn man schon im Prater war, dann musste man auch ins Schweizerhaus. Sie bestellten sich beide ein Budweiser, das es hier vom Fass gab, und gemeinsam eine Stelze.

»Du hättest aber ruhig auch eine alleine nehmen können. Ich hätt mir dann den Rest von meiner mit nach Hause genommen.«

»Ich bin ja nicht der Lukaschek. Nein, so eine Schweinshaxe ist doch genug für zwei, oder? Und wenn nicht, nehme ich mir noch Mohnnudeln.« Wilhelm lehnte sich zurück. Er fühlte sich rundum zufrieden. Seit Langem das erste Mal. Der Ärger vom Dienst war weit weg, und er musste bei der Frau ihm gegenüber weder daran denken, dass sie seine Schwester war, noch, dass das Arrangement keine Zukunft zuließ, weil es da noch immer den Schatten eines verstorbenen Mannes wie bei Anne gab.

Sie erzählten einander Schnurren aus ihrer Kindheit, sie säbelten gemeinsam die Stelze in essbare Stückchen, sie bestellten zeitgleich ein zweites Budweiser, dazu einen Schnaps zum Verdauen.

Und dann schaute sich Wilhelm wohlgefällig um. Worauf er Spencer McIlroy direkt in die Augen blickte. Die Verlobungsfeier. Neben ihm Irma Horvath. Am Tisch weitere sieben oder acht Leute. Er sah sofort wieder Klara an, versuchte, ihr bei der Erzählung über einen Urlaub in Grado zu folgen. Bestellte sich noch einen Schnaps. Verdammt, warum nur war er hier? Sein Hirn hätte schalten sollen, als Klara mit dem Vorschlag Prater gekommen war. Er sah nur mehr den Mund seiner Kollegin, der Gott sei Dank redete und redete. Sein Bauch grummelte. Die Stelze hatte offenbar auch etwas gegen den Ami. Irgendwann rutschte Wilhelms Blick doch zur Seite, und er beobachtete, wie sich McIlroy eine Virginia in den Mund steckte und sie mit dem Faden, den man herausziehen musste, anzündete.

»Wilhelm? Was ist los?«

»McIlroy. Unser Mörder. Da rechts.« Jetzt, wo er es laut aussprach, wurde ihm vor lauter Wut auch noch übel.

Sie sah unauffällig hin. »Dann sollten wir gehen.«

Er nickte und stand auf. »Bitte entschuldige, ich muss nur geschwind aufs Örtchen.«

Wilhelm flog förmlich in die Toilette, doch beim Betreten beruhigten sich seine Innereien schlagartig, als wäre das Gebäude ein Schutzschild. Er streckte den Kopf unter den Wasserhahn und fühlte sich wieder klarer. Schlug sich ein paarmal mit den Händen auf die Wangen. Er durfte Fälle einfach nicht so nah an sich heranlassen. Dann sah er in den Spiegel und ebendort McIlroy, der rauchend im Türrahmen lehnte und ihn beobachtete.

Wilhelm drehte sich um und starrte zurück.

Ansatzlos wieselte McIlroy zu den Kabinen und kontrollierte, ob sie besetzt waren. Er wieselte zurück und klemmte die Eingangstür mit einem großen Mistkübel zu. Und als Wilhelm ihn sich bewegen sah, wusste er, was in ihm angesichts des schief abgetretenen Schuhs Alarm geschlagen hatte: Der Schatten einst im Dommayer, der ihn im Gastgarten beobachtet hatte und dann in den Innenraum verschwunden war, hatte denselben Gang gehabt, leicht nach innen geknickt. Senkfüße. McIlroy lehnte sich nun an die Wand neben der Tür. Gemütlich rauchend.

»Sie haben mich schon einmal so beobachtet.«

»Mehrmals.« McIlroy nickte. »Ich wollte wissen, mit wem ich es zu tun bekomme.«

»Und was soll der Zinnober da jetzt?« Wilhelm deutete auf die verbarrikadierte Tür. »Wir wissen beide, dass Sie es waren, wir wissen beide, dass ich nichts unternehmen kann und sich unsere Chefs das ausmachen, und ich habe draußen eine entzückende Frau sitzen, mit der ich gern weiterhin einen schönen Abend haben möchte.«

Mit einem Satz war McIlroy bei ihm und klopfte ihm die Brust sowie die Rippen ab. Ebenso flink, noch bevor sich Wilhelm der Perlustration hatte widersetzen können, war er wieder an seinem Platz an der Mauer. »Bitte entschuldigen Sie, aber mir ist es seltsam vorgekommen, dass ein Polizist bei meiner Verlobungsfeier auftaucht. Sie könnten ein Agent provocateur sein und mich zu unbedachten Äußerungen treiben.«

Insgeheim bewunderte Wilhelm das Deutsch des Mannes. Er konnte sich beileibe nicht vorstellen, nach zehn oder auch zwanzig Jahren Amerika so perfekt Englisch zu sprechen. »Wieso sind Sie mir dann überhaupt nachgeschlichen?«

McIlroy lächelte. »Eben um sicherzugehen, ich weiß ja nicht, wie nüchtern ich den Abend verbringe ...«

»Und?«

»Was hat mich verraten?« Er wedelte mit der freien Hand. »Ich weiß, so sophisticated war der murder nicht« – ein erster Schnitzer, genau beim Eingemachten, interessant – »aber es war niemand auf der Straße. Ich war mir sicher, keine Zeugen zu haben. Ja, ich habe erwartet, dass Sie unsere alte Freundschaft herausfinden, dass Sie mich als buddy befragen, der ihm geholfen hat, sein Kind zu finden, dass Sie mich unter Umständen verdächtigen, weil ich doch mit Irma sehr eng befreundet bin, doch ich war mir sicher, dass Sie es mir nicht beweisen können. Nun habe ich aber erfahren, dass die Indizien schwer belastend sind.«

»Ah! Das wissen Sie schon? Und Ihr Chef beschützt Sie trotzdem? Ich fasse es nicht.« Wilhelm bedauerte zutiefst, dass er seine Zigaretten am Tisch hatte liegen lassen.

»Ich weiß nicht, ob er das tut, das erfahre ich morgen. Nach meiner Hochzeit.« Er lächelte ein kleines Lächeln, das man fast als wehmütig bezeichnen könnte. »Die hat er mir auf jeden Fall zugestanden.«

»Warum?«

McIlroy paffte. »Irma liegt mir sehr am Herzen. Ich will sie versorgt wissen.«

Wilhelm verkniff sich den Kommentar, dass ihm das ein bissel spät einfalle.

»Besser spät als nie.« McIlroy lachte auf. »Wissen Sie, ich dachte nicht, dass sie mich lieben kann.«

Und durch das winzige Zucken seiner Hand Richtung Gesicht, wusste Wilhelm, dass der Mann den Umstand meinte, Albino zu sein. »Wirklich rührend. Aber kein Grund, zum Mörder zu werden.«

»I hadn't planned this!«, fuhr McIlroy ihn an. »Otherwise you never would have caught me!« Er wandte sich ab. »So, was war der Fehler in that not … geplanten Verbrechen?«

Der Mann ging ihm mit diesem weibischen Selbstmitleid fürchterlich auf die Nerven. Nein, das traf es nicht. Auf den Sack ging er Wilhelm, vor allem, weil er gleichzeitig so tat, als wäre er ein Superhirn, das bloß aufgrund eines nicht kalkulierten Ausrasters in die Bredouille geraten war. Aber er bröckelte auch schon, denn sein Deutsch war nicht mehr wie gemeißelt. »Ich bin die falsche Adresse, wie wir schon festgestellt haben, ich bin nicht mehr für Sie zuständig.«

Es rüttelte an der Tür. »He, was is'n da los? Krempel, depperter, geh scho auf.«

McIlroy presste sich dagegen. »Schnell«, zischte er, »wir haben nicht mehr viel Zeit. Der Fehler.«

»Schleichts eich, machts auf di Hüttn! I muss schiffen!«

»Zuerst Sie. Warum haben Sie es getan?«

»Geh, was issn des für a Häuslverein da? Na, die hörn jetzt was von mir, di Krewecherln.« Die Stimme entfernte sich schimpfend. »Sperren da anfoch die Brunzhüttn zua!«

McIlroy fixierte ihn, ließ die Schultern fallen. »Okay, Sie sitzen am längeren Ast. Ich habe entdeckt, dass er nie mein Freund gewesen ist. Er hat sich lustig gemacht über mich. Über Irma und mich. He was making fun of my manhood.« Er boxte gegen die Tür. »This fucking asshole! Was proud of his charm, of his dick, never had any doubt about Irma flying back into his arms! I should have cut off his cock.« Er keuchte. »Enough. The ... Fehler?«

»Dass Sie auch Bäcker umgebracht haben.«

»Bäcker? This is sein Name?« Er lachte auf. »Ich habe ihn nicht screened. Ich wollte keine Spuren ... Ich habe ihn bestellt to nowhere, und ich habe in Prater die Waffe gekauft.« Verwunderung lag in seiner Stimme.

»Das Nowhere war nicht komplett einsam, Punkt eins, man hat Sie gesehen. Punkt zwei: Sie hätten sich einen Mietwagen nehmen sollen. Punkt drei: Sie sollten nicht immer so auffällig Ihre Virginia rauchen.« McIlroy schlug seinen Kopf gegen die Tür. »Punkt vier: Sie hätten den Mann ein oder zwei Mal zahlen und ihn dann erst umbringen sollen, weil es mit ein bissel Abstand dann vielleicht nicht mehr so in Verbindung mit dem Mord an Johnson gestanden wäre, den er bestens gekannt hat. Punkt fünf, der daraus folgt: Sie hätten Bäcker screenen sollen, denn dann wären Sie selbst auf diesen Gedanken gekommen. Und Punkt sechs: Sie hätten es wie einen Unfall aussehen lassen müssen. Conclusio, Mister Spencer McIlroy«, Wilhelm lächelte breit, »you're a fucking amateur. Don't be upset, you would have been caught anyway.«

Mittlerweile stand McIlroy vornübergebeugt mit den Händen auf den Knien da, die Virginia noch immer zwischen seinen Fingern. »Ich verstehe, Mister Fodor. Lassen Sie uns nun unsere Frauen nicht beunruhigen.«

»Eine dringende Frage habe ich jetzt aber noch, wenn wir schon so amikal am Plaudern sind.« McIlroy runzelte die Stirn in seine Richtung. »Warum haben Sie Hector Johnson noch extra so hingesetzt, wenn Sie ihn so gehasst haben?«

»Hingesetzt?«

»Ja, als würde er ins Wasser schauen.«

»Das war ich nicht.« McIlroy riss die Tür auf und verschwand im Gastgarten.

Wilhelm glaubte ihm, die Verwunderung war echt gewesen. Hatte Bäcker seinem neuen Freund diesen letzten Dienst erwiesen?

5

Bei der Schwedenbrücke war Wilhelm mit seinem Bericht fertig. Klara löste die Finger aus den seinen, was er sehr bedauerte. Sie waren die ganze Strecke vom Prater bis hierher Hand in Hand gegangen, und es hatte sich sehr, sehr gut angefühlt.

Sie beugte sich über das Geländer. »Du bist kein Guter, Fodor.«

Sein Herz machte einen Holperer. »Wie meinst du das?«

»Du machst dich über ihn lustig. Genauso, wie es der Johnson gemacht hat.«

»Also, weißt, Klara …«

Sie lehnte sich mit dem Rücken ans Geländer. »Hast du eigentlich schon einmal darüber nachgedacht, was es bedeutet, nicht so wie die anderen auszuschauen? Einen weißen Tiger bewundern wir, einer weißen Schlange geben wir sogar die Ehre eines Märchens, aber ein weißer Mensch? So wirklich weiß? Nicht schweinchenrosa, wie wir sind? Der so seltsame, wässrige Augen hat? Die Sonne nicht vertragt? Das ist bei uns eine Attraktion von Fahrenden, wie es ewige Zeiten auch Neger, Zwerge, siamesische Zwillinge und bärtige Frauen waren.«

»Jetzt übertreibst du aber.«

»Vielleicht ein bissel, aber nicht wirklich. Und das weißt du nur allzu gut.« Sie legte den Kopf in den Nacken. »Ich verstehe ihn, wenn er sagt, dass er Angst gehabt hat, diese Irma … findet ihn nicht attraktiv. Wenn ich mir so vorstelle, ob ich lieber mit einer distanzierten Milchflasche oder mit einem charmanten Schokoladenriegel ins Bett will …«

»Was? Was stellst du dir vor?«

Sie sah ihn wieder an. »Ich wähle den Schokoladenriegel. Also, natürlich nur, wenn da keine Gefühle im Spiel sind. Aber das waren sie ja noch dazu. Er muss sich komplett unterbuttert vorgekommen sein.« Sie legte den Kopf schief. »Kannst du ihn nicht wenigstens ein bissel verstehen?«

Wilhelm wandte sich ab und zündete sich eine Zigarette an.

»Fodor!«

Nix da »Fodor«. Sie beschuldigte ihn gerade, einen Menschen allein wegen seines Äußeren abverurteilt zu haben. Also im Prinzip wie Fischer zu sein. Das war die Höhe!

»Gibst du mir bitte auch eine?«

Er tat es, ohne ein einziges Mal in ihre Augen zu blicken.

Sie sogen und schnippten und drehten das Ding zwischen den Fingern und sogen.

Eine Windböe nebelte sie mit dem so typischen Geruch – schlammig, faulig und fleischig – des Fischmarktes oben bei der Salztorbrücke ein.

Wilhelm sog noch intensiver an der Zigarette. »Ich bin nicht so. Ich habe nur sein Selbstmitleid nicht mögen. Wenn man so geboren ist, dann muss man eben das Beste daraus machen. Aber diese Herumjammerei ist einfach nur peinlich.«

Er hörte sie an der Zigarette ziehen. »Du hast also noch nie mit deiner Herkunft gehadert?«

Dieser Satz durchfuhr ihn wie ein elektrischer Schlag. »Wie meinst du das?«

Sie stellte sich vor ihm hin. »Ich hab dich einmal zufällig im Kino in Breitensee gesehen und mich gewundert, was du da so weit draußen machst.«

»Und was hast du da draußen gemacht?«, fragte Wilhelm und rang nach Atem.

Sie zuckte mit den Schultern. »Erst recht hab ich mich gewundert, wie ich deine Begleitung erkannt habe. Denn die Eisenstein kenne ich beruflich von einer Wohltätigkeitsveranstaltung für Waisenkinder in Ottakring. Kleinadel, aber beileibe nicht unbedeutend. Die haben wirtschaftliche Macht und Verbindungen. Und dann hab ich damals auch noch gesehen, dass ihr sehr vertraut seid. Nicht eindeutig, aber doch. Ich hab folglich ein bissel recherchiert und herausgefunden, dass du in der Josefstadt in einem Zinshaus vom alten Herberstorff wohnst. Zwei Möglichkeiten sind im Raum gestanden: Entweder du bist ein Gspusi von der Eisenstein, der Tochter vom alten Herberstorff, oder du hast familiäre Verbindungen.«

Wilhelm hatte immer gewusst, dass Klara absolut unter ihrem Wert als Polizistin geschlagen wurde. Er bedauerte es im Moment zutiefst, damit recht gehabt zu haben.

»Dann habe ich aber nachgedacht. Wenn ich ein Gspusi in Breitensee treffen würde, würde ich mich sicher fühlen und den Mann küssen.« Wilhelm wollte es sich gar nicht vorstellen. »Das hat sie nicht getan. Da hat sich für mich die zweite Option aufgedrängt. Und man weiß ja, wie Adelige sind. Mit Dienstmädchen und so. Habe ich recht oder habe ich recht? Du bist mit denen verwandt. Dazu passt auch, dass du immer so sparsam über deine Eltern redest. Wahrscheinlich ist die Eisenstein sogar deine Halbschwester.«

»Mumpitz.«

Sie schwiegen, sie zertraten beinahe zeitgleich die Stummel.

»Du musst mir heute gar nichts sagen, Willi. Aber … Bis jetzt bin ich davon ausgegangen, dass wir Freunde sind. Und die sollten ehrlich zueinander sein. Irgendwann. Und jetzt will ich noch was zu trinken.« Klara streckte ihm die Hand entgegen. »Führ mich in eine der Spelunken da drüben in der Innenstadt, bitte.«

Er sah diese Frau an. Diese großartige Frau, die ihm ein wohliges Gefühl bereitete, die offenbar alles über ihn wusste und ihn trotzdem nicht verurteilte, auch nicht wegen seiner Feigheit, die aber einen viel zu großen Busen und die falsche Haarfarbe hatte. Er nahm die Hand.

Sie schlenderten weiter. Regen lag in der Luft. Entferntes Grollen wurde hörbar. Ganz entferntes. Klara bestand auf einen Cocktail in einer Bar. Bei den nachfolgenden zwei Gimlet blieb Wilhelm auf neutralem Boden, indem er Klara von seiner aktuellen Lektüre erzählte, dem Roman »Die Hornissen« von einem österreichischen Nachwuchsschriftsteller, einem gewissen Peter Handke. Zu seiner Überraschung kannte sie ihn auch, und so diskutierten sie heiß, ob die intensiven, seiner Meinung nach langatmigen Beschreibungen nichtssagende Übertreibung oder die Bloßstellung von Schreibtradition waren. In der nächsten Bar genehmigten sie sich Screw Driver. Plötzlich hörte sich Wilhelm über seine Kindheit im Burgenland erzählen, immer wissend, dass der Gutsherr, für den sein Vater als Verwalter arbeitete, sein Erzeuger war, sich trotzdem sehr behütet und geliebt fühlend. Und er stellte fest, dass es unglaublich guttat, frei von der Leber weg reden zu können. Er konnte gar nicht mehr damit aufhören, sodass sie die Zeit erst wieder mitbekamen, als der Barkeeper sie wegen der Sperrstunde hinauswarf.

Auf der Gasse waren sie erstaunt, dass der Morgen graute. Und erst jetzt sahen sie beide auf ihre Uhren – es war vier.

Er nahm wieder Klaras Hand. »Bin ich froh, dass ich im Streik bin, ich würde sonst morgen … also heute ordentlich aus der Wäsche schauen. Aber du? Wir halten dir am besten ein Taxi auf, dass du noch ein bissel zum Schlafen kommst.«

Klara schüttelte den Kopf. »Alles in Ordnung, einmal schaffe ich das schon ohne Schlaf. Lass uns noch ein bissel flanieren, dann ziehe ich mich um und verwundere alle auf der Wache, weil ich so aufgekratzt bin.« Sie lächelte ihn an.

Donner schreckte sie auf, und er war dieses Mal sehr nah. Ohne weiteres Wort verfielen sie in einen sehr flotten Schritt. Sie bogen auf die Kärntner Straße ein, bei der Oper vorn würden sie sich trennen.

Und Wilhelm stellte fest, dass er das gar nicht wollte. »So etwas müssen wir wieder einmal machen.«

»Finde ich auch.« Sie drückte seine Hand.

Erste Tropfen fielen, ein Blitz und nochmals Donner. Schweigend marschierten sie weiter. Übergangslos schüttete es.

Trotzdem blieb Klara neben der Oper stehen. »Ich würde mir gern ›Don Giovanni‹ anschauen. Am 6. September spielen sie es.« Es blitzte und donnerte erneut.

Wilhelm war es gleich. Diese Frau wurde mit jedem Satz, den sie sprach, liebreizender. »Also gut, dann machen wir das. Ich kümmere mich um die Karten.« Er wischte sich das Wasser aus dem Gesicht.

»Das ist lieb von dir.« Klara wischte sich das Wasser aus dem Gesicht.

Er nahm ihr Kinn und küsste sie. Der Himmel spielte groß auf mit Grollen und Zischen und Schnalzen. Er empfand es als Beifall. Sie küssten einander den Hals. Er fuhr mit der Hand über Klaras Rücken zu ihrem Rockbund. Seine Hand schlängelte sich zwischen Haut und Stoff. Sie stöhnte. Ihre Hand fuhr seinen Rücken hinab, streichelte seinen Hintern, kroch den Schenkel hinunter. Warum nicht hinauf und nach vorn? Er sehnte sich danach. Ihre Brüste pressten sich gegen seinen Brustkorb. Sie waren gar nicht einschüchternd, stellte er fest, sondern animierend.

Entfernt bekam er mit, dass rund um sie die Welt unterging, aber nur entfernt.

Ihre Zunge spielte mit seinen Lippen. Er revanchierte sich – und merkte, dass seine Männlichkeit mittlerweile nicht nur angeschwollen war, sondern bereits schmerzte.

Im nächsten Moment fühlte sich Wilhelm durch die Luft geschleudert, begleitet von einem unheimlichen Knall. Er landete auf seinem Hintern. In seinem Knöchel brandete Schmerz auf, weil derselbige zwischen Pflaster und seinem Hintern eingeklemmt war. Er zog ihn hervor und rappelte sich in die Höhe, sah sich nach Klara um. Sie lag zwei Meter entfernt von ihm auf dem Bauch. Er humpelte zu ihr, ihre Augen waren geschlossen, er rüttelte sie, brüllte sie durch das Rauschen an. Ihre Lider flatterten, sie sah ihn an. Er half ihr, sich aufzurichten. Auf ihrer Stirn war Blut, eine Platzwunde, und sie würde ein blaues Auge bekommen.

»Hat … Blitz … geschlagen?«, brüllte nun sie durch den Wasservorhang.

Er zuckte mit den Schultern und brachte sie in die Senkrechte. »Fehlt dir was?«

Sie tastete sich ab und schüttelte den Kopf. Wilhelm nahm Klara an der Hand und schleppte sich mit ihr zum Ring. »Da irgendwo ist der Knall hergekommen.« Wilhelm trat auf etwas – es waren Glassplitter.

Und dann sahen sie es: Die Filiale der Fluglinie Alitalia gegenüber im Opernringhof war zerstört. Auch das Meinl-Geschäft daneben hatte etwas abbekommen, rundherum bis zum Bristol waren Glasscheiben zerborsten. Instinktiv zog Wilhelm Klara unter die Arkaden der Oper.

Klara klammerte sich an ihn. »Das war kein Blitz, das war eine Bombe.«

Er drückte ihre Hand. Aus dem Augenwinkel sah er, wie in der Regenwand vor dem Meinl plötzlich zwei junge Männer tanzten. Wilhelm löste sich und machte zwei Schritte in ihre Richtung. Da verstand er so etwas wie »Leben!«, gebrüllt, gesungen. Offenbar freuten sie sich, den Anschlag überlebt zu haben.

Von rechts tauchte im Laufschritt ein Uniformierter auf, wahrscheinlich von der Wachstube Goethegasse.

Wilhelm kehrte zu Klara zurück, die starr auf das zerstörte Geschäftslokal blickte. »Das waren diese Arschlöcher vom Befreiungsausschuss, Klara, das sage ich dir.«

Der Polizist erstarrte kurz angesichts der herumliegenden Trümmer und des devastierten Geschäfts, dann rannte er zur Opernkreuzung und telefonierte mit der Zentrale. Wilhelm wurde bewusst, dass das seine Pflicht gewesen wäre. Doch es war alles so schnell gegangen, und er merkte, dass er vom Knall und vom Sturz benommen war. Zum Glück gab es diesen wackeren Kollegen. Er schämte sich, zugleich fühlte er unsägliche Wut in sich aufsteigen.

»Oder einer von dem Burger seiner Partie. Ich sag dir, Klara, wir haben da vorgestern in ein Wespennest gestochen. Lauter stramme Rechte. Ich habe mich fast … Klara?«

Er wandte sich um – und sah Klara mit verdrehten Augen auf dem Boden liegen. Sie zuckte. Ihre Hände waren verkrampft, Speichel floss aus ihrem Mund.

»Klara!« Er stürzte zu ihr. »Klara! Liebes! Was ... Hilfe!«

Verdammt, kein Mensch konnte ihn bei diesem Gewitter hören, und alle, die in der Nähe waren, hatten jetzt andere Sorgen. Was war das? Epilepsie, schoss ihm durch den Kopf. Was tun? Die Zuckungen. Klaras Kopf war gefährlich nahe bei der Stufe. Er riss sich das Sakko vom Leib und polsterte die scharfe Kante. Er versuchte, ihren Kopf zu halten, doch er entglitt ihm, und Klara schien bei dieser Berührung auch unwillig zu sein. Sie atmete schnell, viel zu schnell, verdammt, sie hyperventilierte. Taten das Epileptiker? Jetzt schien sie nur noch einzuatmen. Mund zuhalten? Nein, irgendwann hatte er gehört, dass man bei Hyperventilation in ein Sackerl atmen sollte. Sackerl. Seine Geldbörse. Wenn er sie aufspreizte? Er nestelte sie heraus, warf das Geld auf das Trottoir, stülpte ihr das kleine Zelt über Nase und Mund. Sie gierte einatmend hinein. Was war das bitte?

Sirenen. Er sah den Widerschein von Blaulicht auf der Fassade der Oper. Er blickte zum Ring. Streifenwagen rasten heran. Gleich würde auch die Rettung vor Ort sein, die Burschen waren schnell. Er würde Klara zu ihnen tragen, den Sanitätern notfalls Gewalt androhen, damit sie sie sofort ins Spital brachten.

Er sah wieder zu seiner Kollegin, die an diesem Abend so viel mehr geworden war. Wie viel mehr? Sie atmete ruhiger, es hatte geholfen. Der Blick ging auch wieder geradeaus. Irgendwann suchte er Wilhelms.

Klara legte die Hand auf die seine, die wiederum auf der Geldbörse lag, und schob sie weg. »Danke.«

Er zog sich zurück.

Sie setzte sich auf, schwang ein bisschen hin und her, atmete durch, doch es war ein gutes Atmen. Sie schüttelte sich ab und versuchte aufzustehen. Sie knickte mit dem Arm ein.

Wilhelm half ihr auf. »Geht es wieder? Kannst du wirklich stehen? Willst du nicht lieber noch ein bissel liegen bleiben?«

Sie schüttelte den Kopf, ohne ihn anzusehen. »Kannst du mich bitte nach Hause bringen?«

»Natürlich. Aber sagst du mir bitte, was da gerade mit dir los war?«

Sie schüttelte den Kopf erneut, starrte noch immer den Boden an. »Ein anderes Mal. Bringst du mich jetzt bitte nach Hause?«

Wilhelm sah zu den Streifenwagen, zu dem Tumult, der sich langsam bildete. Es war doch eigentlich seine Pflicht als Polizist ... und Klaras auch, hier helfend vor Ort ... Jetzt bremsten sich dunkle Limousinen ein. Sein Freund Dolferl und dessen Mannen erschienen auf der Bühne. Das große Besteck. Natürlich das große Besteck. Die da brauchten ihn nicht mehr. Er sah zu Klara. Und er erkannte in ihren Augen, dass sich gerade eine Tür schloss. Nein! Sein verdammtes Zögern. Oder etwas anderes? Jedenfalls durfte das nicht passieren!

Er packte sie unter dem Ellenbogen, sie versteifte sich. »Ich bringe dich nach Hause. Bitte entschuldige. Ich bringe dich nach Hause, Klara, Liebes. Ich bringe dich heim.« Währenddessen nahm er sie um die Taille und schleppte sie im Rücken des Tohuwabohus Richtung Karlsplatz, hinter dem sie irgendwo wohnte.

Epilog

Herr Gustav servierte ihm endlich, höchst unpassend für die Frühabendzeit, den Maria Theresia mit dem in dunkler Schokolade glänzenden Mohren im Hemd. Wilhelm nahm gierig einen Schluck vom Kaffee, sein Körper lechzte nach Reparaturalkohol, und der Cointreau tat auch prompt seinen Dienst. Jetzt konnte Wilhelm entspannt den Mohren anstechen. Heiße Süße für die Nerven. Bestens.

Er lehnte sich zurück und sah aus dem Fenster des Cafés. Gegenüber dem Eiles reckte sich stolz das Forum-Kino gen Himmel. Dorthin sollte er jetzt eigentlich Klara ausführen, wenn es ihr besser ging, doch sie war für seine Nachfragen nicht erreichbar, und zwar weder daheim noch auf der Sicherheitswache. Seit neun Uhr in der Früh versuchte er es beständig bei ihr. Nichts. Wie ein Tiger war er im Kreis gelaufen. Schwankend zwischen der einen Erkenntnis, dass er ein selten blöder Trottel war, der eine so beeindruckende Frau wie Klara offenbar mit irgendetwas verhärmt hatte, und der anderen Erkenntnis, dass er froh war, sie nicht zu erreichen, weil er noch immer nicht damit umgehen konnte, eine Frau zu mögen und zu begehren, die er im Grunde nicht begehrte.

Er war ein Fall für Steinhof, so viel stand fest.

Fischer und Lukaschek wippten sich zu seinem Tisch – zu viel Lässigkeit dafür, dass er sie um sieben Uhr in der Früh aus dem Bett geklingelt hatte und dass es jetzt früher Abend an einem aufgeregten Samstag war. Wilhelm nahm gleich noch einen Schluck vom Maria Theresia.

Die beiden knotzten sich auf die Bank ihm gegenüber. Herr Gustav erschien überraschend schnell und nahm die Bestellung nach zwei Kapuzinern auf.

Fischer streckte sich durch. »Du bist der Chef.« Er nickte.

Eine interessante Feststellung seines Assistenten. »Was meinst?«

»Na, du hast wie immer recht gehabt. Wir sind sofort zu

dem Sattler raus nach Hietzing, und der hat dann auch endlich irgendwann den Sandler, diesen Einstein, gefunden. Und wie du es dir dacht hast, hat der net nur des Geld rausgenommen aus der Börsen, sondern hat den Hector a no in Position gesetzt. Wir haben ihn natürlich gfragt, warum er des tan hat. Und er hat gmeint, des warat a zynisches Geschenk für den Kennedy gewesen, weil der nix weiterbracht hat mit der Gleichberechtigung von di Neger. I hab dann gfragt, warum er so gschwollen daherredt, da hat er irgendwas von Geschichteprofessor und Universität dahergeschwafelt. Wie a solchener auf der Straßn landen kann, frag i mi, aber wurscht. Es ist geklärt.«

Herr Gustav brachte die beiden Kapuziner. Seine Assistenten machten sich gierig über die Kaffees her.

Als Erster lehnte sich wieder Lukaschek gesprächsbereit zurück. »Und? Wissma jetzt schon, ob wir den McI… also den Spencer endlich einkasteln dürfen?«

Wilhelm verrührte den Schlagobers des Mohren mit der dunklen, flüssigen Schokolade. »Ich habe den Wiesinger nicht erreicht.«

»Hektik wegen dem Anschlag«, mutmaßte Fischer.

Wilhelm nickte. »Aber ich habe Berner die Dienstanweisung heraussuchen lassen, die wir bekommen haben, wie vor zwei Jahren der Wiener Vertrag in Kraft getreten ist. Wissts eh, der den Umgang mit Diplomaten regelt.«

Fischer schnellte nach vorn. »Ja, und?«

»Unsere Regierung muss ihn zur Persona non grata erklären, dann wird er ausgewiesen und in den USA vor Gericht gestellt. Oder auch nicht.«

Fischer ließ sich zurückfallen und verdrehte die Augen. »Oder auch nicht.«

Wilhelm zerdrückte das letzte Stück vom Kuchen in der nun hellbraunen Soße. »Es könnte aber auch sein, dass die Amis was von uns wollen, und sie liefern ihn im Gegenzug als Bauernopfer aus. Darum geht's bei den Palawern jetzt wohl.«

»Na, bestens«, knurrte Fischer, »dann heißt's also abwarten und … Kaffee trinken.« Er nahm einen Schluck.

Sie sinnierten die Luft zwischen ihnen an.

»Ich versteh's no immer net, Fodor, dass er dir alles gestanden hat«, meinte Lukaschek.

»Na, weil's eh wurscht war«, erklärte Fischer.

Wilhelm schleckte ausführlich seine Kuchengabel ab. »Nein, weil dem armen Würstel nichts als seine Eitelkeit geblieben ist. Der Stolz auf sein Hirn.« Und es pochten Klaras Worte auf der Brücke in seinem Inneren. »Wenn man sich nicht mit dem, was einen ausmacht, aussöhnt, ist man ein Getriebener.«

»Was meinst damit, Chef?«, fragte Lukaschek.

Wilhelm wurde der Antwort enthoben, weil sein Freund Dolferl zum Tisch trat. »Gestatten?«

Sie empfingen ihn freundlichst, auch der Herr Gustav.

Als endlich alle Notwendigkeiten erledigt waren, beugte sich Dolferl zu Wilhelm. »Wir haben da einen Verdacht, wer der Bombenleger ist. Wir haben ihn festgenommen. Du wirst es nicht glauben! Aber bald in der Zeitung lesen.«

»Jetzt mach es nicht so spannend.«

»Der Kubart.«

»Nein!«

»Doch. Er ist einer von den üblichen Verdächtigen, die wir uns sofort angeschaut haben. Und Emanuel Kubarts Alibi verpufft im Nirgendwo. Tät mi net wundern, wenn die Burschen bei ihm grad alles finden, was man für den Bau von einer Bombe braucht.«

Wilhelm zündete sich eine Zigarette an. »Aber du hast doch gesagt, dass der nur … was sprengt?«

»Telefonzellen.«

»Genau. Also warum jetzt das?«

»Das werden wir ihn noch fragen.«

Sie schwiegen alle vier den Raum an.

Wilhelm schlug sich mit den Händen auf die Stirn. »Hätte ich nur rechtzeitig mit dem Kummer geredet! Dann hätte ich sicher mehr aus dem Kubart herausgelockt. Dann hätten wir das alles verhindern können. Und dann hätte ich –«

»Hätt i, war i, larifari«, brachte es Lukaschek auf den Punkt.

Dem war nichts hinzuzufügen. Sie widmeten sich ihren Kaffees. Doch nicht lange, und Fischer und Lukaschek fratschelten Dolferl mit vor Eifer glühenden Ohren nach Einzelheiten zu dem Attentat aus.

Wilhelm sah ihre feuchten Münder, die glänzenden Augen, vernahm die vor Aufregung krächzenden Stimmen, roch den Schweiß der Erregung und stellte fest, dass ihn das alles überhaupt nicht interessierte, weil er einfach nur müde war – müde vom nicht totzukriegenden braunen Mist, müde vom immer wiederkehrenden Tatmotiv Eifersucht und müde, ja, müde von der letzten Nacht ohne Schlaf.

Klaras Blick, als er im Prater zum ersten Mal ihre Hand genommen hatte, ihr Lachen im Autodrom, ihr Mund, der so hart mit ihm ins Gericht gegangen war, ihr warmer Körper, als sie sich vor der Oper geküsst hatten, ihr verzerrtes Gesicht bei diesem seltsamen Anfall, ihr Nichtblick bei der Verabschiedung vor ihrem Wohnhaus.

Wilhelm sprang auf und warf einen Zwanziger auf den Tisch. »Tut mir leid, Burschen, aber ich muss dringend auf den Westbahnhof.« Er rannte hinaus und sprang auf die Straßenbahn auf, die gerade langsam die Kreuzung passierte.

Drei Dutzend – weiße, gelbe? – rote Rosen noch heute mit Fleurop an ihre Schwelle geliefert. Vielleicht fiel die Tür dann nicht endgültig ins Schloss. Er lehnte den Kopf an das Fenster und wischte sich die Augen, die brannten.

Nachbemerkung an Sie, meine lieben Leserinnen und Leser!

In den letzten zwanzig Jahren seit der Veröffentlichung meines ersten Romans habe ich mir den Ruf erarbeitet, eine akribische Rechercheurin zu sein, zudem bin ich leidenschaftliche Historikerin und Sprachfanatikerin. Das führt aus Liebe zu Authentizität auch oft zur Verwendung eines Idioms der Figuren, das unseren aktuellen nicht ganz entspricht, was bislang kein Problem dargestellt hat.

Doch in »Leopoldstadt« kommen Begriffe vor, die nicht mehr nur nicht gebräuchlich sind, sondern in aktuellen Tagen starke negative Emotionen auslösen, allem voran die Bezeichnung »Neger« für schwarze Mitbürgerinnen und Mitbürger – und es war mir, als ich das Wort das erste Mal getippt habe, vollkommen bewusst, dass sich bei manchen Leserinnen und Lesern eine abwehrende Haltung einstellen könnte.

Doch dieser Begriff war in den Sechzigern noch ein allgemein gebräuchlicher, er wurde von Befürwortern der Gleichberechtigung Schwarzer und von Rassisten gleichermaßen verwendet. Eindeutig abwertend waren hingegen Ausdrücke wie »Kaffer« oder »Bimbo« – wobei Letzterer verrückterweise in den 1930ern zum liebevollen Spitznamen eines bewunderten Fußballers wurde: (Der weiße) Franz Binder besuchte mit seinen Kollegen des Meistervereins SK Rapid auf einer Nordafrika-Tournee den Film »Wirbelsturm«, dessen (schwarzafrikanische) Hauptfigur, genannt »Bimbo«, in Laufstil und Aussehen an den Mittelstürmer erinnerte … und noch heute heißt eine Straße in Binders Geburtsstadt »Bimbo-Binder-Promenade«. Sie sehen: Alles nicht so einfach.

In den Sechzigern wurde gelegentlich auch der Begriff »Farbiger« verwendet, um etwa in Zeitungsartikeln Wortwiederholungen zu vermeiden, punktuell findet sich das Adjektiv »schwarz«. Erst in den siebziger Jahren begann eine breitere kritische Auseinandersetzung, die die Verwendung anderer Begriffe wie »Schwarzer« oder »Afroamerikaner« ins allgemeine Bewusstsein rückte (insofern ist die Figur des Gerichtsmediziners Engelbert Waller in diesem Roman ein Pionier). In den Wörterbüchern wurde die Bezeichnung »Neger« ab Mitte der Siebziger, teils auch erst viel später mit der Bezeichnung »abwertend« versehen.

Wenn Figuren in diesem Roman also »Neger« und andere heutzutage nicht mehr akzeptable Begriffe verwenden, so tun sie das aus Gründen der Authentizität. Es war mir ein Anliegen, Sie in ein möglichst originalgetreues Bild jener Zeit eintauchen zu lassen. Ich bin mir sicher, dass die jeweiligen Figuren Sie haben merken lassen, welche gesellschaftlichen und ethischen Einstellungen sie haben.

Dass ich persönlich Rassismus in jeder Form verabscheue, brauche ich wohl nicht besonders hervorzuheben – denke ich.

Ihre
Sabina Naber

Danksagung

Zuallererst möchte ich Ihnen, liebe Leserinnen und Leser, danken, dass Sie so zahlreich zu meinem Buch »Eine Melange für den Schah« gegriffen haben, denn nur durch Ihr Interesse bekommen wir Autorinnen und Autoren die Chance, weitere Romane zu veröffentlichen – in meinem aktuellen Fall das zweite große Abenteuer von Chefinspektor Wilhelm Fodor, der Ihnen natürlich auch dankt, so als Gentleman der alten Schule …

Erneut ging dem Schreiben des Romans eine intensive Recherchezeit voraus – anhand von Zeitungen und Zeitschriften, Sachbüchern, Dokumentationen, Ausstellungen und natürlich Zeitzeugen. Da aber »Leopoldstadt« nur eineinhalb Jahre nach »Eine Melange für den Schah« spielt, konnte ich noch viele Berichte von damaligen »Informanten« weiterverwenden, die da waren: Monika Faber, Ursula und Norbert Doubek, Isabella Farkasch, Sepp Grünberger, Ingeborg Halzl, Leonore Hellmer, Kitty Kino, Bernd Matschedolnig, Helga und Heinz Prochazka sowie Michaela Sburny.

Mit zusätzlichen Infos für das aktuelle Buch versorgten mich Ingeborg Gintenreiter, die ich bei einer meiner Lesungen kennenlernen durfte und die spontan zugesagt hat, mir ihren Erinnerungsschatz zur Verfügung zu stellen, Helga und Peter Hofmann, die mir sehr viel über die damalige Kunstszene erzählt haben, das Bezirksmuseum Leopoldstadt (insbesondere Dr. Dr. Gertraut Rothlauf), Michael Haberle (Kriegsgeschichtliches), Wolfgang Pensold vom Technischen Museum Wien und Dr. Michael Tatzber (bezüglich Telekommunikation) sowie Alexander Schratt, mit dem ich versucht habe, Informationskrümel zur im Nebel liegenden Geschichte der damaligen US-Community in Wien zu finden. Ihnen allen gebührt mein großer Dank!

Danach waren wieder meine lieben Testleserinnen und -leser im Einsatz, von denen mich manche schon jahrelang begleiten. Und ich möchte hier nun endlich einmal festhalten, dass höchstwahrscheinlich niemand derart großartige hat wie ich: Sie sind akribisch, knallhart, grundehrlich sowie mit Adleraugen und bewundernswerter Verve ausgestattet. Andrea Bramberger, Ursula und Nobert Doubek, Michaela Glanzer, Susanne Gebhart-Siebert, Andreas Pittler, Susanne Schubarsky, Marion Wiesler – vielen Dank euch für die liebevolle Unterstützung!

Ein besonderer Dank ergeht dieses Mal an meinen Mann Robert Stöger – er erträgt während der Schreibphasen geduldig Fernsehen mit Kopfhörern, meine emotionalen Ausbrüche, meine geistigen Abwesenheiten, meine ständigen Zwischendurchfragen (als Historiker, Politikwissenschaftler, Wirtschaftsexperte, Sportfanatiker und generelle Neugierdsnase ist er ein unerschöpflicher Quell an Erfahrung und breit gestreutem Wissen) und fungiert in weiterer Folge auch noch als gewichtiger Testleser.

Wenn schließlich das Buch dann so richtig und endgültig das schützende Nest verlässt …

Lieben Dank an meinen Agenten Lars Schultze-Kossack, der mich seit Jahren betreut und unterstützt.

Und großen Dank an den Emons Verlag, der das zweite Mal mit mir das Abenteuer wagt – und erneut will ich keine einzelnen Namen herausstellen, weil die Zusammenarbeit mit jeder einzelnen Mitarbeiterin und jedem einzelnen Mitarbeiter immer ein höchst erfreuliches, weil professionelles und von Respekt getragenes Ereignis ist – gemeinsam mit Wilhelm Fodor sage ich herzlich: Chapeau et merci!

EINE MELANGE FÜR DEN SCHAH
SABINA NABER
KRIMINALROMAN
emons: